전북 지역 아동문학 연구

어른을 위한 어린이책 이야기 **10**

전북 지역 아동문학 연구

2010년 2월 21일 1판 1쇄 인쇄 / 2010년 2월 28일 1판 1쇄 발행

지은이 최명표 / 펴낸이 임은주 / 펴낸곳 도서출판 청동거울
출판등록 1998년 5월 14일 제13-532호
주소 (137-070) 서울 서초구 서초동 1359-4 동영빌딩
전화 02)584-9886(편집부) 02)523-8343(영업부)
팩스 02)584-9882 / 전자우편 cheong1998@hanmail.net
홈페이지 www.cheongstory.com

편집주간 조태봉 / 편집 김은선 / 마케팅 배진호 / 관리 김은란

ISBN 978-89-5749-132-4

본 사업은 전주문화재단의 "2009 전주 문화예술활동 마케팅 지원 사업"의 지원금을 받았습니다.

전북 지역 아동문학 연구

최명표 지음

청동거울

　이 책은『전북 지역 시문학 연구』(청동거울, 2007)에 이은 성과이다. 앞으로 비평과 소설 관련 연구서가 이어져야 마무리될 것이다. 이른바 지역 문학의 연구에 착수하게 된 이유는 소박하다. 이 지역의 문학 연구자들은 전공이라는 테두리에 갇혀서 다른 영역은 넘겨다볼 생각조차 안 한다. 이러한 분위기는 한국의 학계가 안고 있는 생리적 결함이자 구조적 모순을 반영하고 있다. 겉으로는 통섭이니 통합적 안목을 부르짖으면서도, 속으로는 자신의 구각을 깰 엄두조차 내지 못한다. 이름하여 학문공동체를 지탱하고 있는 공식적인 제도와 폐쇄적 문법에 안주하느라 바깥 세상의 움직임에 대한 성찰을 감행하지 않는다. 그들의 외면 속에서 이 책은 태어날 수 있었기에, 한편으로는 감사한 마음도 들 터이나 진정으로는 속이 편치 못하다.

　모름지기 지역에 거주하는 연구자들이라면, 그 지역의 문학현상에 대한 탐구를 게을리해서는 안 된다. 근자에 이르러 공간과 장소에 대한 관심이 높아지는 것을 보라. 그것들이 각광받게 된 사연인즉, 문화적 의미를 지니고 있기 때문이다. 문학이 문화를 구성하는 인자라면, 연구자들은 지역의 문학과 작가들에게 관심을 보여야 마땅하다. 지역의 작가들은 철저하게 중앙집중화된 환경 속에서 외로움을 견디며 문학 활동에 분전하고 있다. 그들의 노고는 연구자들의 애정 어린 접근과 객관적인 평가 외에 달리 보상받을 길이 없다. 연구자들의 직무유기로 인해 지금까지 전북 지역은 찬란한 문학 유산에도 불구하고, 변변한 문학사조차 기술되지 못하고 있는 게 아닌가.

한국의 아동문학 연구도 그와 유사한 맥락에 처해 있기는 마찬가지다. 연구자라면 아동문학이니 성인문학이니 가리어 연구하기보다, 실재하는 문학현상을 편견없이 바라보려는 열린 자세를 지녀야 한다. 그러나 이 나라의 연구 풍토는 전혀 그렇지 못하다. 요즈음에 들어와 한국 문단의 형성 과정을 알아보려는 연구자들이 '아동'이라는 기표를 자주 다루고 있으나, 그들의 관점이나 태도를 볼 양이면 썩 내키지 않는다. 그들은 문학의 본질적 국면은 건드리지도 않은 채, 시대적 표지로 아동을 다룰 뿐이다. 어느 시대고 문제는 있기 마련이지만, 아동문학을 대하는 연구자들의 태도가 순수하지 않고 바르지 못한 것은 예나 지금이나 변함없다.

그와 함께 지역의 연구자들이 아동문학을 더러운 사식 취급하는 자세는 크게 꾸짖을 일이다. 아동문학은 특수한 문학인 탓에, 문학성과 대상성을 아우를 수 있는 특별한 능력을 필요로 한다. 결코 아무나 나설 수 있는 영역이 아닌 것이다. 연구자들은 이 사실을 염두에 두고 지역의 아동문단에 배전의 관심을 표해야 한다. 아동문학의 지반이 단단하지 않으면 문학이나 독자의 장래는 보장되지 않는다. 이 평범하고 단순한 사실이 지역의 연구자들에게 각인되기를 바란다. 어렸을 적에 읽었던 문학적 바탕이 그들에게 지금의 문학관과 소임을 마련해주었다. 아동문학은 그처럼 한 인간의 운명을 바꾸어 놓기도 한다. 연구자들이 아동문학의 중요성을 늦게라도 깨우쳐 엄정한 자세로 학문적 접근을 서두르기 바란다.

이 책에 수록된 글은 두 부류이다. 하나는 학술적 목적으로 쓴 것이고, 다른 하나는 청탁에 의해 쓴 것이다. 전자는 1부에 수록되어 있다. 전라북도 지역의 아동문단이 형성되는 과정을 살펴보고, 그 무렵에 어려운 여건 속에서도 사명처럼 문학 활동을 한 작가들을 조명하고자 노력했다. 그것은 국권을 빼앗긴 서러움을 한탄하기보다는, 미래 세대를 위한 몸부림을 보여준 그들에게 한 연구자로서 바치는 경의이다. 후자는 해방 후에 활발히 활약하여 이 지역의 아동문학계를 흥성하게 이루어준 작가를 비롯하여 동시대의 작가들을 살펴본 글이다. 그들은 고향의 문명을 기억하면서, 이 나라의 아동문학 발전을 위해 헌신적으로 노력하고 있다. 그들이 있어서 전북의 아동문학은 듬직하다.

부록으로 국권침탈기 전북 지역 아동문학가들의 작품을 수록하였다. 그들의 작품을 묶은 이유는 자명하다. 이제라도 낯선 곳에 흩어져 있거나 연구자들의 눈에 띄지 않아서 거론되지 않는 작품들에게 제자리를 찾아주고 싶은 마음과 연구 도중에 발견한 작품들을 한데 묶어서 연구자들의 발품을 덜어주고 싶은 마음에서 모았다. 아직도 도처에 산일된 채 연구자들의 눈길을 기다리고 있을 작품들이 많다는 사실이야말로, 연구자들을 힘나게 하는 것도 없다. 비록 그 일이 힘에 부칠 만큼 팍팍할지라도, 연구자라면 불평을 마다하고 나서야 할 터이다.

끝으로 이 책을 낼 수 있도록 재정적으로 지원해 준 전주문화재단의 관계자에게 감사하고, 난삽한 원고를 깔끔하게 재단해 준 청동거울의 식구들에게 우정을 표백한다. 그들의 후의에 힘입어 빈한한 연구자는 예정한 성과를 제출할 수 있었다. 아울러 이 책을 읽어줄 얼굴 모르는 독자들에게도 무한한 감사를 드린다. 모든 이들이 지역의 문학현상에 대해 좀더 관심을 갖게 된다면, 그보다 더 기쁠 수 없으리라.

2010년 봄

최명표

| 차례 |

제3부 동화작가론

제4부 서평, 해설, 발문

부록 전북 아동문학 연구 자료

제1부
전북 지역 아동문학론

전북 아동문단의 형성 과정

1. 서론

한국의 근대문학은 시대적 형편으로 인해 계몽 담론의 생산 수단으로 대두되었다. 대한제국은 외국의 노골적인 탐욕에 무방비 상태로 노출되었고, 당시 언론인을 위시한 우국지사들은 존망의 위기에 처한 조국을 구하기 위해 각종 담론을 생산하느라 분주하였다. 그들은 미처 담론의 소비 과정에 주의를 기울일 틈도 없이, 다양한 지식을 소개하고 유통시키는 데 심혈을 기울였다. 이 과정에서 문학은 공론장의 내부로 편입되었다. 이전에는 주변부에 머물 정도로 소외된 존재였으나, 정치 담론에 대한 주위의 견제가 자심해지면서 비교적 비정치적 담론에 속하는 문학이 각광받게 된 것이다. 당대의 지식인들이 작가의 반열에서 각종 문학 담론의 생산에 참여했던 사정도 그에 기인한다. 그러한 움직임은 3·1독립만세운동 이후의 각성으로 구체화되었고, 민족해방운동은 사회의 각 부면에서 경향간의 유기적 연대에 의해 역량을 비축하기에 이르렀다. 운동 역량은 식민 상태의 조속한 척결을 목표로 다양하게 전개되었고, 그 배후에는 신문이나 잡지와 같은 매체가 자리하고 있었다. 각종 매체들은 사회 구성원들의 의식화 작업을 지속적으로 추진하였고, 편집자들은 인문적 소양과 현상의 인식 능력을 고양하기 위한 수단으로 문학을 주목하였다.

이처럼 문학이 근대의 표지로 자리잡게 된 배후에는 매체의 역할이 상당하였다. 매체는 문학의 발전과 변화를 견인하고 후원하기를 주저하지 않았다. 특히 신문은 막강한 영향력을 앞세워 문학을 사회의 제도로 공인하였다. 신문마다 경쟁적으로 문학작품을 게재하고, 현상문예 등의 등단 절차를 정립하여 작가─독자의 분화를 촉진하였으며, 연령별 독물의 생산 체제를 갖추도록 독려하였다. 신문의 힘으로 사회운동은 활기를 띠었고, 식민지 원주민들의 독해 능력은 향상될 수 있었다. 공공재로서의 신문은 일간으로 발행되는 특성상 각종 기사들은 신뢰성을 담보하고 있다. 특히 1929년 7월《조선일보》에서 시작한 '문자보급운동'과 1931년 7월《동아일보》에서 시작한 '브 나로드운동'은 문단의 형성에 막대한 영향을 끼쳤다. 비록 정량화할 수는 없으나, 두 신문사에서 역점적으로 추진했던 농촌계몽운동은 문학의 향유층을 확산시키는데 크게 기여하였다. 아울러 1933년 조선어학회에 의해 제정한「한글맞춤법통일안」도 문단의 형성 과정을 탐색하는 단계에서 반드시 검토되어야 할 요인이다.《동아일보》에서는 관련 사설과 기사, 강습회 등을 통해 맞춤법의 통일 사업을 체계적으로 후원하였고, 그에 힘입어 문자 생활이 획기적인 국면을 맞게 되었다. 맞춤법은 읽기와 함께 쓰기를 동반한다는 점에서 작가의 자격을 규정하는 준거로 작용하였다. 또 그것은 일정한 수준이 교육을 요구한다는 점에서 작가의 학력(學歷)을 제고하였으며, 계몽사업의 수행 능력을 가늠할 수 있는 척도였다. 이처럼 한국의 근대문학은 매체에 신세진 바 크다.

한국의 아동문단도 매체에 힘입어 형성되었다. 애국계몽기의 신문을 통해서 축적된 계몽 의지는 최남선에 의해 계승되었다. 그가 1908년에 창간한 『소년』은 '소년'들에게 근대적 지식과 함께 본격적으로 문학 담론의 장을 마련해주었다는 점에서 선구적이다. 그것은 신세대에 대한 기성세대의 바람을 문자화한 것으로, 한국문학의 출발점 행동을 규정하여 문학의 효용적 측면을 중시하는 태도를 고착화시켰다. 이러한 문학관은 초기의 아동문단이 형성되는 과정에서 지배적 역할을 수행함으로써, 1920년대에 방정환의 등장으로 본격화된 아동문학이 외부 요인에 의해 재단되는 폐해를 초래하기도 했다. 이 시대의 아동문학을 "아동문화운동이요, 아동예술운동이자 사회운동이며 민족운동의 일환"[1]으로 평가하는 것도, 결국 민족운동전선에 복무하던 운동가들의 문학관에 기인한 것이다. 그렇지만 미처 공고한 기반을 다지지 못한 아동문단에 운동가들의 참여는 물적 토대를 확보하기에 용이한 측면도 있었다는 사실은 부인되지 말아야 한다. 그들의 문학적 성과에 대한 엄밀한 검토가 필요한 이유이다. 특히 경성에 비해 상대적으로 기반이 취약한 지역의 입장에서는 그들의 문학 행위를 공적 영역에서 상세하게 다룰 필요가 있다. 그런 태도야말로 지역 문단의 형성 기반을 탐구하는 데 소용되는 필수적인 전제조건이고, 유명 작가에게 포위된 문학사의 오류를 시정할 수 있는 근거자료를 찾아나서는 자세이다.

전북 지역의 초창기 아동문단은 매체에 의해 자극되면서 소년운동의 차원에서 시작되었다. 전북 지역에서 발행되던 매체는 아동문학을 취급하지 않았으므로, 경성에서 나오는 신문이나 잡지를 통해 문단의 형성 과정을 살펴볼 수밖에 없다. 먼저 도내에서 아동문학 작품을 발표한 작가들은 전문 작가와 비전문 작가로 이분할 수 있다. 전자는 이익상이나 채만식처럼 기성작가들이 해당되며, 후자에는 사회운동에 참가했던 인사들과 학생으로 세분된다. 후자 중에서 운동에 종사했던 사

---

1 이재철, 『한국현대아동문학사』, 일지사, 1978, 131쪽.

람들은 운동상의 필요에 의해 문학작품을 발표하였다. 이런 연유로 그들이 제출한 작품들은 한국문학사와 전북문학사에서 철저히 배제되어 왔다. 그러나 그들의 작품을 도외시하는 태도는 옳지 못하다. 일례로 신채호의 소설은 문학작품으로 인정하면서, 그들의 작품은 논외로 취급할 이유가 없는 것이다. 또 최남선의 계몽 담론은 문학의 범주로 포섭하면서, 그들의 성과를 배제하는 태도도 온당치 못하기는 마찬가지다. 이에 본고는 국권침탈기에 제출된 전북 지역의 아동문학 작품 전량을 대상으로 문단의 형성 과정을 살펴보고자 한다.

2. 소년운동과 아동문단 형성의 상관 관계

1) 전북의 소년운동과 아동문단

1920년대는 한국아동문학사에서 길이 기억할 만한 시기다. 이 즈음에 이르러 취학 아동이 급격히 증가하기 시작하였고, 출판 시장이 급속히 확대되었다. 특히 "1920~30년대 책 시장을 가장 넓게 점하였던 매뉴얼로서의 출판물 중에서 가장 대표적인 것은 수험 준비서와 참고서"[2]라는 사실은, 이 무렵의 교육열을 증명하기에 부족하지 않다. 이러한 현상은 야학의 쇠퇴와 공교육의 증가를 비롯하여 갖가지 문제 사태를 야기하였다. 교육이 공식적 사회제도로 정착되자, 당국의 요구에 따라 시민 통치를 정당화하면서 민족의 문화 유산에 대한 외면 풍조가 생겨났다. 이에 민족해방운동전선에서는 위기감을 느낀 나머지 다양한 운동 등, 전통적인 민족공동체의 해체 국면에 대응하기 위한 자구

---

2 천정환, 『근대의 책읽기』, 푸른역사, 2003, 184쪽.

책을 강구하였다. 소년운동은 이와 같은 위기 국면에서 기원하였고, 시대적 요구에 의해 출발한 사회운동이었다. 특히 소년운동은 문학이 사회적 제도로 정착하는 과정에 관여하여 작가—독자의 출현과 문학 작품의 생산—소비에 두루 상관하였다. 전국 각지에서 진행된 소년운동은 문학 작품의 주요 공급처였다. 이 시기에 『어린이』가 발간되고, 아동문학 전문 작가들이 출현하기 시작한 이면에는 소년운동이 자리하고 있는 것이다. 곧, 소년운동과 취학률 상승 등이 한데 어우러지면서 아동문단은 본격적으로 형성되기 시작하였다.

　1920년대의 소년운동을 주도한 세력은 청년들이다. 청년은 "근대 주체의 표상이며, 과거와 결별하고 미래를 선취해야 하는 이상적 주체 모델"[3]이었다. 청년들이 『소년』을 비롯한 각종 매체와 학교에서 학습한 여러 가지 내용 중에서 '문학'은 주목을 요한다. 왜냐하면 그들은 문학을 계몽담론의 일종으로 수용하고, 문학을 활용하여 '근대 주체'와 '이상적 주체'를 구성하려고 시도했기 때문이다. 근대 주체는 문학 작품에 나타난 모델이고, 이상적 주체는 문학교육으로 구안되는 모델이었다. 이 점이야말로 당시의 청년들이 문학작품의 생산—소비 과정에 깊이 개입하게 된 근본적인 요인이다. 그들은 문학작품을 생산하여 소년들에게 주체를 설명하고자 했고, 그 과정을 통해서 새로운 주체의 모습을 제시하고자 노력하였다. 그들의 움직임은 아동문학 작품의 발표로 구체화되었고, 바야흐로 근대적인 아동문단을 형성하는 기반이 되었다. 그런 까닭에 이 시기 청년들이 전력했던 소년운동에 주의를 기울이지 않으면 안 된다. 그것은 아동문단이 생겨나게 된 단초를 찾는 일이고, 초기의 작품에 교훈적이고 계몽적인 내용이 지배적인 사정을 유추할 수 있는 계기를 제공한다. 청년들은 소년회, 동화회, 독서

---

3 소영현, 『문학 청년의 탄생』, 푸른역사, 2008, 67쪽.

회, 야학 활동 등을 통해서 자신들에게 부여된 시대적 임무를 구현하려고 시도했다. 따라서 이 무렵에 전국 각지에서 족출하듯이 전개된 소년운동에 착목하는 태도는 아동문단의 형성 과정을 살피는 데 긴요하다.

초기의 전라북도 아동문단은 소년운동의 지도자들이 대거 참여하면서 활성화되었다. 대표적으로 곽복산은 김제소년회와 김제소년연맹, 김제소년동맹, 조선소년총연맹전북연맹창립준비위원회, 김제독서회 등 각종 소년운동에 두루 참여한 인물이다. 그는 1927년 6월 11일 김제 천도교당에서 개최된 김제소년회 임시총회에서 집행위원으로 선출되었고,[4] 그 해 7월에는 조선소년총동맹김제소년동맹 상무위원으로 활동하였다.[5] 그는 이와 같이 소년회 운동에 바쁜 중에도 상당량의 아동문학작품을 발표할 만치 전방위적으로 활동하였다. 그와 함께 김제의 소년운동에 가담했던 고용준(高容俊)은 시 「江南의 봄」(《동아일보》, 1924. 3. 10) 등을 발표하였다. 그는 김제 관내 중학기성회에서 각 면에 지부를 설치할 목적으로 11월 22일부터 30일까지를 선전데이로 정하고, 각 면을 순회하며 집회의 취지를 홍보할 선전대원으로 선발되었다.[6] 군산의 김완동도 청년단체 등의 다양한 사회운동에 참여했었다. 이들은 각기 이바지한 층위가 다르다. 고용준은 시작품만 발표했고, 곽복산은 시와 동요·동화·평론 등을 두루 발표했으며,[7] 김완동은 동요·동화·소년소설·평론 등을 발표하였다. 모두 해방 이후에는 작품

---

4 《중외일보》, 1927. 6. 13.
5 《중외일보》, 1928. 7. 23
6 당시 선발된 선전대원은 趙紀芳, 崔宰徹, 李鍾圭, 趙洪敏, 溫樂均, 李奉吉, 張準錫, 郭錫, 趙判五, 高容俊, 趙東建, 趙宗泰 등이다. ─《시대일보》, 1925. 11. 24.
7 곽복산은 1928년 동아일보사에서 '春日街上所見'이란 제하에 모집한 '스케취文 모집'에 「피리부는 不具少年」을 응모하여 선외작으로 뽑혀 4월 21자 신문에 게재되었다. 당시 학예부에서는 "서울이고 시골이고 봄날 거리에서 본 일은 무엇이든지 흥미를 늑기는 일이면 흐리지 않은 관조(觀照)와 예리한 붓으로 심각(深刻)하게 여실(如實)하게 해학미(諧謔味)가 잇게 『스케치』한 '一行十四字로 五十行 以內의 분량으로 투고 규정을 고시하여 일정한 문장 수련을 요구하였다. 이 사실도 한국 문단의 제도화 과정에서 참작할 만하다.

활동을 중단하였으나, 그들이 여러 편의 문학작품을 발표하여 초기의 전북 문단을 형성한 점은 온전하게 평가되어야 한다. 이들이 전문 작가가 아니라는 점과 청년 시절에 국한하여 작품을 발표했다는 등의 이유로 전북문학사에서 배제해 왔던 태도는 시급히 교정되어야 한다. 그들의 선구적이고 순수한 문학적 열정에 의해 전북 문단이 지금의 모습을 갖추게 된 것은 객관적 사실로 기록되어야 하는 것이다.

소년운동가들은 일찍이 문학의 효용성을 발견하고, 작품의 생산 과정에 참여하였다. 그들이 도하 각 신문에 문학작품들을 발표하면서 문단의 저변은 확대되었고, 작품의 양적 증가와 독자층도 확장되기에 이르렀다. 그들은 취학아동의 증가 추세에 비해 턱없이 부족한 독물의 수요를 충당하기 위해 직접 작품을 발표하거나 구연하고, 아동문학 작품집의 판로를 열어주었다. 각 소년연맹에서는 어린이날 행사장에서 열린 각종 대회의 시상품으로 동화집을 부상으로 수여하였다. 일례로 1928년 5월 6일 개최된 개성소년연맹 주최의 어린이날 기념 행사에서는 현상변장인물찾기의 상품으로 소년에 한해 '동화집 일책(一冊)'을 수여한다고 공고하였다.[8] 이것은 당시 동화집의 인기를 말해주는 척도로서, 동화작품의 소비 과정에 소년운동가들이 참여했던 정도를 알려주는 증거이다.

또 소년운동가들은 소년들에게 문학작품을 직접 요구하기도 했다. 그 보기는 『어린이』의 '각 지방의 소년회 소식' 란에서 '함열 동지회의 소년부 창립'이라는 제하에 "전북 익산군 함나면 함열리에 있는 함열 동지회에서는 이번에 소년부를 새로 창설하였는데 그 회 창립 5주년 기념과 소년부 창립을 기념하기 위하여 오는 3월 하순에 그곳 보통학교 안에서 학예품 전람회를 열고 소년 가극회까지 연다는데 각지 소년

---

8 《동아일보》, 1928. 5. 4.

소녀 여러분이 작문(半紙에 써서 일매씩) 2월말일 안으로 보내 주시기 바란다 하며 잘 된 것에는 상품도 드리겠다 합니다."[9]라고 소개한 『어린이』에서 찾아볼 수 있다. 이처럼 소년운동의 지도급 인사들이 아동문학 작품을 발표하고 소비하는 과정에 연루되어 있다. 그 효과는 그들의 사회적 위상과 결부되어 신속히 문단에 파급되었다.

아울러 함께 검토되어야 할 조직이 각 시군에서 운영되었던 동화회와 독서회 등이다. 동화회는 처음에 방정환 등이 각 지방을 순회하면서 촉발되어 각지에 조직되었다. 당초에 소년운동가들은 1910년대의 소년 담론에 함의된 계몽성을 계승하는 수단으로 동화회에 착안하였다. 곧, 그들은 "계몽이라는 시대적 과제의 시급성 때문에 내용의 전달을 중시"[10]했던 것이다. 그러나 동화회가 지역마다 활성화되면서 성인을 대상으로 한 소년 문제 토론이나 시국 강연 등이 정치적 성격을 함유하여 제한받으면서, 소년들에게 알맞은 구연동화나 현상 동화대회 등으로 나아갔다. 그로 인해 동화회는 횟수를 거듭할수록 아동문학의 발전에 소요되는 물질적 기반을 착실하게 비축하게 되었다. 본래 의식화된 어린이를 육성하기 위해 개설된 동화회는 운영 과정에서 문학을 향유의 대상으로 승격시켰고, 작가와 독자의 분리가 가속화되어 아동용 독물의 시장이 형성되기에 이르렀다. 동화회를 통해서 생겨난 독자들은 『어린이』의 구독이나 각종 매체에 작품을 투고하며 문학적 수련 과정에 접어들 수 있었다. 아직 변변한 문학적 지반을 다지지 못한 도내 형편으로서는 동화대회를 개최하여 작품의 생산과 소비를 장려하고, 청중들의 창작 의욕을 고취시켜준 동화회의 활동에 수복하여야 하는 것이다. 특히 일정한 금액을 내걸고 열린 현상동화대회는 동화대회의 제도화와 청중—독자의 증가를 최촉하는 계기였던 바, 이 예는 각

---

9 『어린이』, 1924. 2.
10 최명표, 『아동문학의 옛길과 새길 사이에서』, 청동거울, 2007, 17쪽.

신문잡지에서 문학작품의 현상 공모를 제도화한 것과 대응된다. 이러한 움직임은 동화회의 지도자들이 동화의 효용성을 높이 평가했다는 반증이면서, 동시에 동화의 저변을 확충하는 일에 앞장섰던 예이다.

설령 동화회의 지도자들이 문학적 소명의식보다는 시대적·세대적 책임감에 따라 움직였다고 할지라도, 경성과 달리 매체의 혜택을 적게 받을 수밖에 없는 지역의 특성상 동화회는 아동문단의 형성에 막대한 역할을 수행하였다. 특히 동화회는 소년회나 독서회 등과 다른 특징을 갖고 있다. 동화회는 타 운동에 비해 덜 이념적 성격을 띠고 있었고, 불특정 다수의 집합을 통해서 정보를 교류하기에 알맞아서 주민들의 관심이 높았다. 동화대회는 참가자와 청중의 직접적 대면에 의해 조성되는 문학적 생산—소비의 현장이다. 참가자는 자신의 작품에 대한 청중들의 반응을 통해서 장단점을 즉시 파악하게 된다. 청중들은 독자로 전환되어 동화작품의 생산 과정에 개입하게 될 뿐만 아니라, 즉각적인 반응을 통해서 작품의 감상에 동참하게 된다. 이처럼 생산자와 소비자가 신문이나 잡지, 동화집 등을 통한 독서라는 매개항을 거치지 않고 대면함으로써, 참가자들을 독자화하여 소비시장을 개척하는 데 이바지하였다. 말하자면, 동화회는 문단이 미처 형성되기 이전의 문학 유통구조를 담보해주는 화석이다.

독서회는 언론 매체와 상호 협력관계를 구축하기도 했다. 《동아일보》와 《조선일보》는 1925년 6월 조직된 김제독서구락부에 자사 신문을 무료로 기증하기로 결정하였다.[11] 유수 신문사의 지원은 필연적으로 문학의 유통구조를 가격하게 된다. 신문에 게재된 아동문학작품은 동화회에서 형성되었던 작가—독자의 관계와 다른 차원의 생산—소비 구조를 발생시켰다. 양자의 관계는 동화회의 비공식적이고 직접적 대

---

11 《동아일보》, 1925. 7. 15.

면보다는 신문을 매개로 문학작품을 주고받는 간접적인 관계였다. 이것은 독서회원들에게 문학작품의 발표 의욕을 불러일으키는 동시에, 경향간의 문학적 간극을 좁히면서 도내 문단의 형성을 앞당기는 기회를 제공하였다. 또 전문작가의 출현을 앞당기게 되는 계기이면서, 아동문학 도서의 시장을 개척하는 동기로 작용하였다.

소년 중심의 독서회는 소년회나 마을 단위의 독서회 등과 상호 연계하여 각종 활동을 전개하였다. 한 예로 1926년 1월 조직된 부안군 백산면 원천리의 삼각(三角)독서회는 정읍의 삼각소년회와 연대하여 각종 사업을 추진하였다. 두 회는 삼군의 접점지역에 위치한 특성을 활용하여 소년들에게 필요한 도서를 구입하는 문제 등에서 힘을 합쳤다. 위에서 알 수 있듯이, 독서회와 소년회의 긴밀한 관계는 아동문학 작품의 감상과 작가의 출현을 고무하였다. 물론 그것은 당시 경성 문단의 지배적 문학 경향을 모방하게 될 역기능이 우려되지만, 아동문단의 양적 증가와 지역적 확대를 담보할 수 있다는 점은 정당히 평가되어야 한다. 특히 주민을 대상으로 조직된 독서회에서 소년용 도서의 구입 등을 지원한 사실은 아동 문단의 형성 과정에서 그들이 수행한 역할을 주시하도록 요구한다.

위와 같이 소년운동은 식민지의 사회적 정황들을 고스란히 반영하여 아동문단의 형성에 이바지하였다. 동화회와 독서회가 각자의 고유한 특성을 살리어 아동문학의 발전에 동참한 것은, 이 시기의 문단을 과도기적 현상으로 파악하도록 견인한다. 당초에 아동문학은 사회운동의 일환으로 기획된 까닭에, 작가층의 중첩과 작가─독자의 분화가 단행될 수 없었던 것이다. 그러다가 독서회의 출현과 함께 양자는 차츰 미분화 상태를 청산하게 되었고, 그 결과 어린이들을 대상으로 한 잡지들의 흥성을 앞당기게 되었다. 또한 전북 지역의 소년운동이 민족해방운동과 밀접히 관련될 수밖에 없었던 사실은, 아동문학 작품의 향유층을 확대하는 데 쓸모 있었다. 비록 운동가들이 문학적 효용 가치에 중점을 두었다고 할지라도, 소년들의 문학적 감수성을 세련시키는 기회로 활용되기에는 부족하지 않았다. 이런 측면에서 전라북도의 초기 아동문단이 활성화되기까지 동화회와 독서회, 야학 등에서 소년들에게 문학작품의 감상 기회를 제공하고자 노력했던 소년운동가들의 공적을 참작하지 않으면 안 되는 것이다.

2) 전북 아동문학과 『어린이』

주지하다시피, 『어린이』는 방정환이 주도한 잡지다. 최남선이 『소년』(1908)을 창간하여 한국 아동문학의 효시를 이루었다고는 하지만, 잡지의 대상은 아동뿐만 아니라 소년을 넘어 청년까지 포괄할 정도로 광범위하였다. 그러므로 한국의 아동문학은 방정환에 이르러 시작되었다고 보아야 타당하다. 이전에 소설을 쓰고 있던 방정환은 일본 유학에서 돌아온 이후부터 어린이 문화운동에 착수하였다. 그는 천도교 수령 손병희의 사위라는 막강한 후광을 업고, 국권을 강탈당한 식민지의 원주민 아동들을 위해 각종 문화운동을 활발히 전개하였다. 그가 1923년에 창간한 『어린이』의 공적은 "동요·동화·동화극이라고 한 분명한 장르의식이라든가, 잡지의 제호부터가 아동을 한 사람 몫으로 대접하여 〈젊은이〉, 〈늙은이〉처럼 〈어린이〉라는 호칭을 보편화시킨 것"[12]에서 찾아볼 수 있다. 1923년 6월에 창간된 『어린이』는 1934년까지 발행되어 한국 아동문학의 발전에 다대한 업적을 남겼다.

전라북도 아동문학도 『어린이』와 다양한 측면에서 연루되어 있다. 그 양상은 도내 출신 작가들이 『어린이』에 작품을 발표하거나, 독자들

---

12 이재철, 『아동문학개론』, 문운당, 1969, 39쪽.

이 잡지를 읽고난 소감을 발표하거나, 작품을 투고하는 것으로 나타났다. 그러나 『어린이』가 전북에서의 출발은 전국적인 인기와는 달리 성대하지 않았던 듯하다. 당시의 대표적 잡지 『개벽』이 지령 30호가 발간되기까지 전라북도에 지사가 설립되지 않았다[13]는 연구 결과가 이러한 추론을 뒷받침한다. 다 알다시피, 『어린이』는 천도교단의 후원을 받아 발간되던 잡지였으므로, 동일 재단의 잡지 『개벽』과 유통망을 공유하였다. 따라서 당시 낙양의 지가를 올리던 『개벽』이 전라북도에 지사를 설치하지 못했다는 사실은, 잡지의 인기와 상관없는 외부적 요인을 추론하도록 강권한다. 이것은 1894년 갑오농민전쟁의 패배로 인해 가혹하리만큼 탄압된 도내 동학의 교세와 관련시켜 이해하지 않으면 안 된다. 전쟁 준비 과정에서 나타났듯이, 전봉준을 위시한 남접 세력과 손병희 중심의 북접 세력은 전후에도 극심한 내홍을 겪었다. 그것은 천도교단의 주축세력에 전북 출신 인사들이 드물다는 사실에서 확인 가능하다. 그와 같은 저간의 사정 때문에 교세가 우세한 북부지방에 비해, 전라북도에서 『개벽』의 독자층 확보는 상당기간 어려움을 겪을 수밖에 없었을 터이다.

따라서 『어린이』가 전라북도에서 독자를 증가시킬 수 있었던 배경에는 『개벽』의 지사가 1923년 이후에 설치되었다는 사실과 상관된다. 이 시기에 이르러 청년이 당대의 표상으로 부각되었고, 각 지역마다 청년 운동이 활성화되기 시작했다. 당시 도내 『개벽』 지사의 운영자들이 대부분 청년운동에 관여하고 있었다는 사실은 『어린이』의 판로 개척과 밀집히 관련된 것이나.[14] 청년들은 선난의 책임으로부터 자유로웠고, 그들은 신식 교육을 받은 세대였기에 전쟁의 경과에 대한 합리적 인식을 갖고 있었다. 그들에게는 과거의 구원이 문제되는 것이 아니라, 현

---

13 최수일, 「『개벽』 유통망의 현황과 담당층」, 임경석 외, 『『개벽』에 비친 식민지 조선의 얼굴』, 모시는사람들, 2007, 37쪽.

재적 시점에서 객관적 정세를 파악하고 미래를 맞이할 '준비론'적 사유가 우선이었다. 이때 어린이가 청년들에게 표상적 존재로 대두되는 것은 당연하다. 청년들은 후세대를 위한 운동에 참여하는 것으로 자신들의 소임을 정당화할 수 있었고, 각종 매체와 학교에서 접했던 '문학'의 효용성이야말로 운동의 효과를 거양하는 데 적합하게 생각되었다. 그러므로 청년들이 사회의 주도세력으로 부상하자, 소년들에게 문학의 실체를 제시할 수 있는 『어린이』가 주목받게 되었던 것이다. 그러한 추측은 『어린이』를 돌려가며 읽었다는 독자 감상문에서 사실로 확인할 수 있다.

　2월호는 참말 굉장히 재미있고도 부록까지 굉장히 재미있어서 기쁘기 한이 없었습니다.
　우리 공부방에서는 그걸로 손님 대접을 하였더니 오는 사람마다 밤을 새고도 그러고도 또 날마다 놀러오면서 다음달부터는 모다 애독자가 되겠다고 야단들입니다. 그렇게 재미있는 것을 연구해 만들어 주신 방 선생님께 백배천배합니다. (순창읍내 송태식 외 72인)[15]

　아주 확실히 여름이 되었습니다. 첫 여름의 새파란 나뭇잎들이 아침 햇볕을 받아 번득이는 것을 보면 신선하기가 살아난 듯이 상쾌합니다.
　요사이 아침 마당에 나설 때마다 저는 『어린이』생각을 간절히 합니다. 이

---

14 당시 『개벽』의 시군 지사를 경영하던 인사들과 청년운동과의 관련상은 다음과 같다. 군산지국장 高禾柱(군산청년회), 이리지사장 金甲基(이리청년회), 군산지사장 朴世赫(군산청년회), 전주지사장 朴泰華(민중운동자동맹, 전주청년회, 전주형평청년회), 전주지사 기자 申時徹(전주청년회)·金雲英(전주여자기독교청년회)·柳寶敬(애국부인회, 전주여자청년회), 김제지사장 鄭錫述(김제청년연맹, 김제청년동맹), 김제지사 기자 李奉吉(김제청년회, 전북노동연맹)·鄭錫泰(신흥청년회, 김제청년회), 군산분국 고문 李貞馥(군산기독교청년회)·全榮律(군산농우회, 군산노동청년회, 군산청년동맹)─최수일, 위의 책, 73~85쪽에서 전라북도 관련 인물 발췌.
15 『어린이』, 1927. 3.

렇게 멀디 먼 시골에 사는 우리에게도 유익하게 해주는 생각을 하면 내 일생을 어린이 잡지와 떨어지지 말리라고 생각하면 알지 못할 눈물까지 납니다. (전북 부안군 산내면 이성하)[16]

춘천에 계신 물심초씨 감사합니다. 잘 되지도 않은 나의 글을 읽으시고 또 그렇게 고맙게 위로의 말씀까지 들려주셔서 감사합니다. 그러나 이 글은 나의 사실을 그린 것이 아니요 그냥 어느 동무의 사실을 생각하고 추상으로 쓴 것입니다. 이렇게 되고 보니까 내가 도리어 군을 위로해 주어야 할 처지가 되었습니다. 군의 말과 같이 군은 아무쪼록 『조선을 아버지로 섬기어 주시오.』하고 말할 뿐입니다. (익산 윤용순)[17]

여보? 직이영감. 먼저번 두 번이나 편지를 잘라먹었지만 이번에는 꼭 전해 주어야 합니다. 그러고 답장을 착실히 받아 전해 주시요. 독자 자습실 문제를 독자가 써보내도 좋습니까. 빠른 답장을 간절히 기다리며. (고창군 흥덕면 흥덕리 박병식)[18]

여러 선생님 저희들을 위하야 얼마나 분주하십니까? 대단히 감사합니다. 그리고 김해에 계신 여러 동무여 미안하오나 거기 사시는 견왕삼 씨의 주소와 연세를 좀 제게 알리어 주십시오. (전북 이리 욱정 선영당 한상진)[19]

인용문은 '독자 담화실' 등의 독자란에서 전북 지역 출신자들의 글만 빌췌한 것이나. '순장읍내 송태식 외 72인'에서 짐작할 수 있듯이, 당시 『어린이』는 인기 잡지였기에 여럿이 돌려가며 읽었던 것으로 보인

---

16 『어린이』, 1924. 6.
17 『어린이』, 1929. 3.
18 『어린이』, 1931. 12.
19 『어린이』, 1934. 2.

다. 당시 신문에서조차 "소년소녀 잡지 『어린이』는 창간 이래로 독자가 날로 늘어서 금년 일월호는 초판이 일주일만에 매절되고 재판을 발행햇스나 역시 매절되고 금일에 제삼판을 발행한다는 바 그 부수가 만여에 달하야 조선 잡지에는 처음 되는 일"[20]이라고 놀랄 만큼 『어린이』는 선풍적인 인기를 얻고 있었다. 이런 판국이었으니 지방의 독자들조차 '모다 애독자가 되겠다고 야단들'이고 '내 일생을 어린이 잡지와 떨어지지 말리라'고 다짐할 수 있었으리라. 독자들이 순창, 부안, 익산, 고창 등에 거주하고 있던 것으로 미루건대, 이 잡지의 독자들은 도내에서 상당히 넓은 지역에 분포하고 있었던 것으로 보인다. 그것은 아동문단의 형성을 재촉하기에 알맞은 여건으로, 『어린이』의 작품 공모에 호응하는 문청들의 증가를 격려했을 터이다. 그 중 함열에 거주하던 조남영은 1929년 「순희와 종달새」라는 동화작품을 응모하여 입선하였다.[21]

『종달새야. 나는 고만 놀고 인제 저 땅으로 나려갈 테다.』

『에그 그게 무슨 말이요. 그게 무슨 말이요. 이렇게 좋은 세상을 버리고 어디를 간다고 그리우….』

『우리 집을 찾아간다니까. 어머니 아버지를 만나려….』

『순희씨! 내 말 좀 들어보세요. 힘 세인 어른들이 당신네 어린이를 내리누르고 꾀 많은 사람이 무식한 사람을 제 마음대로 속여나 먹는 저 인간 세상이 그렇게도 가고 싶어요. 순희씨! 언제든지 자유로우며 영원히 평화스러운

20 《시대일보》, 1925. 12. 23.
21 이 밖에도 『어린이』에는 '고산' 배선권의 동요 「졸업날」/「나는요」(『어린이』, 1933. 5)의 입선 소식을 안내했으나, 그의 거주지 '고산'은 일제시대에 소년운동과 문예 활동이 활발했던 함경도 고산일 가능성도 있어서 일단 논외로 한다. 그는 동요 「눈 온 아침」(『어린이』, 1934. 1)과 「마중」(『어린이』, 1934. 2) 등이 입선되기도 했다. 이와 유사한 경우가 '고산'의 전기영이다. 그는 주로 《중외일보》를 통해 다량의 동요 작품을 발표했는데, 배선권과 동일한 이유로 논의에서 유보하고자 한다.

이 세상에서 나하고 같이 살아요. 네?』

『그러나 종달새야. 저— 세상에는 나를 길러주시고 나를 사랑해 주시는 어머니 아버지가 계시니까 나는 가야 한다.』

『순희씨! 순희씨! 그러나…』

종달새가 무슨 말을 또 하려 했으나, 순희는 못 들은 척하고 그냥 후두두 날아서 어머니 방으로 살풋이 내려 앉았습니다.

아! 그러나 그것은 모두 한 꿈이었습니다.

순희가 낮잠을 자다가 꾼 허무한 꿈이었습니다.[22]

순희는 종달새를 위기에서 구출해준 인연으로 종달새가 사는 세상으로 가게 되었다. 말하자면 「은혜 갚은 호랑이」처럼, 이 작품은 복이 복을 불러오므로 생전에 복 짓는 일에 온힘을 쏟아야 한다는 전래담의 변형판이다. 조남영의 당선은 전문적인 아동문학가의 출현을 의미한다. 그처럼 현상문예 제도가 아동문단의 등용문으로 자리잡아 가는 동안, 도내의 작가군은 운동권 인사들로부터 전문 작가로 이동하게 되었다. 현상문예 제도는 "한국어가 근대 문어로 정착하는 과정적 차원에서도 평가해야 한다"[23]는 점에서, 그의 당선은 모국어로 사유하고 글쓰기의 한 사례가 된다. 그만치 『어린이』의 원고 모집이 내포하고 있는 의미망은 넓다. 조남영이 순희에게 은혜를 갚는 종달새의 이야기를 동화로 되쓰는 과정은, 아동용 독물의 변화 추이에 대응한다. 예컨대, 취학 인구의 증가는 공적 교육의 확대에 따른 것이지만, 전통적인 독서법의 변화를 견인하였다. 동화의 경우에 이전에는 할머니의 구술을 통해서 듣는 독법에 익숙했으나, 학교에서는 문자를 통해 묵독하는 기회

---

22 『어린이』, 1929. 5.
23 박헌호, 「동인지에서 신춘문예로—등단 제도의 권력적 변화」, 『작가의 탄생과 근대문학의 재생산 제도』, 소명출판, 2008, 81쪽.

가 늘어났다. 그 이전에 전래동화를 들으며 자란 아이가 문자를 깨우치며 일종의 개고판 동화를 창작하게 된 것이다. 곧, 조남영의 동화는 구술문화에서 문자문화로 이행하는 과정을 정직하게 드러내고 있다.

또 전북 출신의 기성작가와『어린이』가 밀접히 관련된 모습도 눈에 띈다. 성해 이익상(星海 李益相. 1891~1935)은《동아일보》,《조선일보》,《매일신문》등의 기자로 재직하는 동안에 여러 편의 소설[24]과 평론을 발표하여 초기 한국 문단을 선도한 작가이다. 그는 김팔봉·박영희 등과 파스큘라와 조선프롤레타리아예술동맹(KAPF)을 조직하여 계급주의 문학의 정착에 공헌한 선구자이다. 그의 등단 사실은 불분명하다. 그는『청춘』제11호(1917. 11)의 특별현상문예에 가작으로 당선되었으나, 작품명은 알려지지 않은 채 '부안 동중리 이익상'으로만 표기되었다. 이어서『청춘』13호(1918. 4)에 소설「日常의 벗」이 당선작으로 표기되었으나, 역시 '부안'이라는 거주지 외에 작품이 수록되지 않았다. 그의 작품은 소설「낙오자」(《매일신보》. 1919. 7. 14)가 선외가작으로 뽑히면서 비로소 활자화되었다. 그는『어린이』에「백모님과 싸우고」(『어린이』. 1928. 5),「보고 생각하는 데서」(『어린이』. 1928. 9),「저녁 산보」(『어린이』. 1929. 7) 등 3편의 추억담과 동화「새끼 잃은 검둥이」를 발표하였다.

영길은 어미를 떨어진 강아지들이 어떻게 슬플까 그것을 생각하고는 밥도 잘 먹지 못하고 잠도 잘 이루지 못하였습니다. 그리고 지금의 어미 검둥이를 일년 전에 자기 집으로 가져 왔을 때의 일을 생각하였습니다. 오늘의 어미 검둥이도 그때에는 새끼 검둥이었습니다. 집으로 갖다 논 사오일 동안은 저녁에는 조금도 잠을 자지 않고 어미를 찾으며 끙끙거렸습니다.

---

24 이익상의 단편소설은 최명표 편,『이익상단편소설전집』(현대문학, 2009)에 정리되어 있다.

이것을 생각하매 지금의 새끼 검둥이 둘이 어데서 끙끙거리며 애를 태우는 것이 눈에 뵈이는 듯하였습니다.

그러하야 영길은 다시 어머니에게 『어미 검둥이가 작년에 끙끙대는 것처럼 새끼 검둥이도 지금 다른 곳에서 끙끙거리겠지요?』라고 물었습니다.

어머니는 『그런 것을 생각하면 무엇하니?』라고 예사로 여기는 듯이 대답하였습니다.

영길은 『자기의 집도 영애 집처럼 부자이었으면 검둥이가 그대로 있을 수 있을 것을……』이라고 생각하였습니다.

그러나 며칠 뒤에 다만 한 마리 남았던 얼룩이조차 다른 일가 집에서 가져가 버렸습니다.

영길은 새끼를 다 잃어버린 검둥이를 볼 때마다 가엾은 생각을 하였습니다.[25]

어린 시절에 누구나 경험했을 법한 사연이다. 아이는 검둥이와 헤어지는 게 싫어서 '내 밥을 조금씩 덜어서 주고라도' 강아지를 기르자고 조르지만, 어머니는 냉정하게 거절해버린다. 이익상은 짧은 분량의 작품에 유년시절의 가슴아픈 추억을 솔직하게 담고 있다. 그가 아동문단과 인연을 맺게 된 배경에는 보성고보 동문 방정환과의 친밀한 관계가 연루되어 있다. 그가 최초로 발표한 평론 「빙허 군의 「빈처」와 목성 군의 「그날 밤」을 읽은 인상」(『개벽』, 1921. 5)은 '목성'이라는 호를 사용했던 방정환의 소설작품에 관한 평론이다. 이처럼 이익상은 방정환과의 친분을 매개로 소년문화운동에도 깊숙이 관여했던 바, 1928년 5월 6일 조선소년총연맹에서 주최한 어린이날 기념식에 참석하여 축사를 하였다. 그 후 어린이 운동 단체들이 좌우로 분열되어 어린이날 기념

---

25 『어린이』, 1925. 3.

식의 개최를 둘러싸고 대립할 당시에, 이익상은 1931년 3월 출범한 전조선어린이날중앙연합준비위원회의 선전부에 이광수와 함께 이름을 올리고 제9회 어린이날 행사 준비에 동참하였다. 이러한 일련의 행적은 그의 어린이에 대한 깊은 관심을 보여주기에 충분하다.

일곱 살이 아니면 여덟 살이었을 것입니다. 그때만 해도 집안이 구차하지 아니하였겠다. 게다가 오형제 중의 막내아들이니 응석받이요 귀염둥인지라 가뜩이나 명절을 당하니 온통 내 천지인 듯하였습니다.

아침에 일찍 일어나서 밥을 먹고는 옷을 갈아입었습니다. 굉장하게 호사를 했지요.

그 호사가 지금 보면 활동사진의 야만사람들의 호사인 듯싶게 혼란스럽지만 그때에야 단연 씨―크·뽀―이지요.

그리고는 둘째 언니든지 셋째 언니든지를 보고 어서 세배를 가자고 졸랐습니다. 내 딴에는 그게 정월 초하룻날이거니 여겨 의심치 아니한 셈이지요.

그랬더니 언니가 싱글싱글 웃으면서 너 먼저 이웃집 할아버지한테 가서 세배를 하고 오라고 하였습니다.

그래 같이 가지 아니하는 것이 좀 이상은 하나 그것을 깊이 케일 생각이 없이 이웃집으로 가서 마침 밥상을 바든 영감님께 절을 넙풋이 했습니다.

『오!…… 그런데 이놈 오늘 아침에 웬일이가!』

이렇게 그 영감님이 물었습니다. 나는 서슴지 아니하고

『세배 왔어요.』라는 대답을 하였습니다. 그랬더니 그만 그 방안이 웃음통이 터져 버립니다.

나는 무슨 영문인지 몰라 어리벙하고 앉았는데 실컷 웃고 난 그 영감님이 이놈아 오늘이 성묘가는 날이지 세배하는 날이냐? 하겠지요!

나는 무렴해서 그만 왕― 하고 울었습니다. 울면서 그 집 머슴에게 업혀서 집으로 오니까 집안에서도 웃음 천지지요.

　어떻게도 무렴하고 또 언니에게 속은 것이 분하든지 트집을 쓰느라고 정작 성묘는 따라가지 못했습니다.[26]

　채만식은 위의 수필 「추석날에 세배」에서 어린 시절의 실수담을 그답게 유장하고 해학적인 필치로 전하고 있다. 이 글은 『어린이』의 '가을에 생각나는 어린 때'라는 특집에 수록된 것이다. 잡지사의 기획 의도에 부응하여 채만식은 실수담을 공개하여 웃음을 마련하고 있다. 이익상과 달리, 채만식은 "이정호 선생님이 옆에 앉아서 원고를 써 달라고 어떻게 몹시 조르는지 견딜 수가 없습니다"[27]라고 언급한 것으로 보아, 방정환에 이어 『어린이』의 편집 책임을 맡은 이정호와의 친분으로 『어린이』에 작품을 발표한 듯하다. 채만식은 이 잡지에 「어릴 때 본 눈」(『어린이』, 1929. 12) 등 3편을 발표하였는데, 잡지의 대상을 고려하여 어린 시절의 추억을 평이한 문체로 썼다. 그의 동참은 『어린이』의 권위를 선양하고, 도내 독자들의 독자란 참여와 글쓰기를 격려했을 터이다. 채만식은 이 외에도 여러 편의 아동문학 작품을 발표하여 전라북도 동화단의 기반을 확장시켰다.[28]

　잡지 『어린이』가 아동문학의 발전에 기여한 공은 실로 형언할 수 없을 정도로 크다. 그 중에서 1924년 무렵부터 동요의 황금기가 열리도록 공헌한 점은 높이 평가되어도 무방하다. 이 잡지에 은성 목일신(隱星 睦一新, 1913~1986)의 작품이 게재되었다. 그는 『어린이』에 '전주 목

---

26 채만식, 「추석날에 세배」, 『어린이』, 1932. 9.
27 채만식, 「원고·빙수」, 『어린이』, 1930. 7.
28 채만식의 아동문학 작품으로는 소년소설 「어머니를 찾아서」(『소년』, 1937, 4~8), 「이상한 선생님」(『어린이나라』, 1949), 동화 「쥐들은 고양이의 목에 방울을 달러 나섰다」(『신가정』, 1933. 10), 「왕치와 소새와 개미와」(『문장』, 1941. 4) 등이 있다. 그의 아동문학 작품에 대해서는 최명표, 「궁핍한 날들의 삽화-채만식론」, 『한국근대소년소설작가론』, 한국학술정보, 2009, 140~160쪽 참조.

일신, 연령 18세, 현직 학생'이라는 이름하에 동요 「늦은 봄」을 발표하였다. 본래 전남 고흥 출생이었던 그는 1928년 고흥공립보통학교를 졸업한 뒤에 전주로 이사와서 신흥중학교에 입학한 해에 유명한 동요 「누가 누가 잠자나」를 지었다. 1931년《조선일보》신춘문예에 동시 「시골」이 당선되어 정식으로 문단에 등장한 그는 보통학교 재학 시절에 동요를 발표할 정도로 조숙한 문사였다. 그가 비록 전주 출신이 아니고 장성한 뒤의 생활 근거지가 전북은 아니었을지라도, 전주에 거주하는 동안에 발표하고 쓴 작품들은 전북의 아동문학사에 버젓이 수렴되어야 옳다.

봄바람이아장아장 사라지구요
햇볕이누엿누엿 늦어가는봄
앞산골로봄님이 떠나갑니다

송이송이봄꽃이 떨어지구요
풀잎이다복다복 첫여름마중
숲속으로여름이 찾아옵니다.

—목일신, 「늦은 봄」[29] 전문

목일신은 그 무렵의 동요단에 유행하던 7·5조를 채택하여 '늦은 봄'의 모습을 풍경화로 보여준다. 특히 '아장아장, 누엿누엿, 송이송이, 다복다복' 등의 의태어는 모방 본능에 충실한 아동기의 실태를 적확하게 재생하고도 남는다. 그의 동요는 곽복산 등의 운동가들과 달리, 밝고 경쾌한 분위기를 조성하고 있다. 이것은 그가 학생 신분으로

---

29 『어린이』, 1930. 5.

당시 유행하던 중앙 문단의 추세를 충실히 따른 결과이다. 그는 철저히 아동들의 순결한 표정과 명랑한 모습을 노래로 나타내고자 노력하였다. 목일신은 이 외에도 전주에 거주하는 동안에 『어린이』의 '지상 웅변대회'에 「규칙적 생활」(『어린이』, 1929. 7·8)이라는 제하의 웅변 원고를 제출하였고, 동요 「첫가을」(『어린이』, 1930. 9)과 「전보ㅅ대」(《중외일보》, 1930. 3. 17) 등을 발표하였다.

이처럼 『어린이』는 전라북도 문단의 형성 과정에 깊이 관련되어 있다. 도내의 『어린이』 정기독자가 산술적으로 드러난 바는 없으나, 독자란 등으로 미루어 보더라도 상당한 부수가 도내에 배달되었으리라고 추정할 수 있다. 이 시기에 도내에서 발행된 아동문학 동인지가 전무했다는 점도 『어린이』의 독자층 확보에 도움을 주었을 것이다. 『어린이』가 도내에 두터운 독자층을 확보했다는 사실은 상대적으로 아동들이 누릴만한 독물들이 적었다는 사실과 함께, 『어린이』의 보급에 소년회와 청년회 등의 사회운동 단체가 연루되었음을 노정한다.[30] 전북 지역에서는 『어린이』를 통해서 아동문학의 필요성을 제고하고, 장르에 대한 인식을 심화시킬 수 있었다. 그것은 목일신처럼 전문 작가의 등장을 앞당기는 동기가 되었다. 또한 『어린이』는 한국 아동문학의 주류적 경향이라고 할 수 있는 순수주의를 확산시킴으로써, 장래 도래할 동화의 추세를 결정지었다. 곧, 도내에서 발표된 작품들 중에서 프롤레타리아 계열의 작품으로 분류할 만한 것이 마땅치 않은 것도 『어린이』의 영향이라고 볼 수 있는 것이다.

---

[30] 1928년 4월 22일 출범한 논산소년회의 창립총회에서 결의사항에는 '소년잡지사 지사 경영의 건'이 들어 있다.─《동아일보》, 1928. 4. 27.

3) 전북 지역 동요·동시단의 형성

언어는 동일한 사용자들을 결속시키어 문화적 정체성을 확보하고 유지할 수 있도록 공헌할 뿐만 아니라, 작가와 작품 그리고 독자의 삼각 관계를 구축하여 문학의 기반을 제공한다. 한국처럼 근대로의 이행기에 이민족의 간섭에 시달리고, 급기야 외세에 강점된 경우에는 모국어의 중요성이 드높아진다. 언어는 공동체의 구성원들에게 동질감과 연대의식을 불러일으키어 이민족에게 맞설 힘을 마련해준다. 낱말은 언어공동체의 기억이므로 "한 언어에 속하는 모든 이들은 그 어떤 다른 공동체보다도 서로 가까이 있으며, 그들은 운명적으로 서로 그리고 그들의 언어와 결합"[31]되어 있다. 한민족은 언어를 매개로 공통의 기억을 공유하면서 '운명적'으로 '결합'되는 것이다. 이런 까닭에 신문이나 잡지 매체는 공동체의 구성원들이 단일한 언어를 사용하도록 끊임없이 권장하는 강제수단이다. 문학이 매체를 활용하여 사회적 제도로 정착되어 가는 과정은 결국 언어공동체의 완성을 재촉하는 것이라고 할 수 있다. 그렇기에 근대문학의 초창기에는 작가의 신분이 불분명한 것이고, 필연적으로 계몽 담론의 전파에 문학이 동원되는 것이다.

동요는 1920년대에 황금기를 구가하였다. 어린이날의 행사 중에서 행진이 마련된 것에서 알 수 있듯이, 동요는 이 무렵의 아동문학 작품에서 과반 이상을 차지할 정도로 위세를 부렸다. 동요의 생산—소비에 필요한 물리적 환경이 축적되어 있었던 것이다. 전라북도의 아동문단도 그로부터 예외일 수 없었다. 아동문학의 초기에 복무했던 대부분의 작가들은 전문 작가가 출현하기 이전에 자신에게 부과된 임무를 다하였다. 그들은 소년운동에 종사하는 동안에 문학의 필요성을 공감하였

---

31 J. Leo Weisgerber, 허발 역, 『모국어와 정신 형성』, 문예출판사, 2004, 154쪽.

다. 그들에게 문학은 주제의 전달적 측면을 차치하고라도, 운동의 효과를 배가할 수 있는 문맹의 타파에 효과적인 수단이었다. 이 점은 그들로 하여금 아동문단에 진출하도록 이끈 동인이다. 그들은 운동의 대상이었던 아이들이 부를 수 있는 동요를 직접 제시함으로써, 계몽 담론을 효율적으로 전파할 수 있는 발판을 마련하였다.[32] 아울러 운동 과정에서 간단없이 돌출되던 세대간의 괴리감도 좁힐 수 있었던 것은 부수적인 효과이다. 그것은 문맹이 만연되어 있던 당시의 형편으로서는 문자 해독이 요구되는 동화보다는 동요가 제격이었다.

　동요는 동시보다 아이들의 특성에 잘 부합된다. 아이들은 '놀이하는 인간'의 전형으로서, 문자적 행위를 우선시하는 시보다 역동적 놀이에 알맞은 노래를 즐긴다. 특히 1920년대의 소년운동가들은 어린이 행사에서 문맹 상태를 최우선적으로 고려했었기에, 문자로 읽히는 시작품보다는 동요를 필요로 하였다. 전라북도의 아동문단도 동요의 창작에 힘썼는데, 그 대열은 곽복산을 위시한 소년운동가들이 앞장섰다.[33] 지금까지 밝혀진 곽복산의 처녀작은 「꿈에라도」(《조선일보》, 1928. 1. 17)이다. 그는 이 작품을 발표하면서 '김제소년독서회 郭福山'라고 명기하였다. 앞서 살펴본 바와 같이, 그는 도내의 소년운동을 주도했던 지도자급 인사이다. 그가 동요 작품을 발표하게 된 이유인즉, 식민지의 원주민 아동들에 대한 애정의 발로였다. 그의 작품에는 당시의 사회적 형편들이 사실적으로 묘사되어 있어서 우울한 정조가 주를 이룬다. 그

---

32 이 즈음에 《조선일보》가 문자보급가를 모집한 사실은 문맹의 심각성을 여실히 증명한다. 이때 전주 출신 김해강은 부인외 이름(李順珠)으로 응모하여 2능으로 입상하였다.—《조선일보》, 1931. 1. 1 ; 최명표 편, 『김해강시전집』, 국학자료원, 2006, 807쪽.

33 곽복산의 동요·동시 작품은 「어린별들」(《조선일보》, 1928. 2. 29), 「누나야」(《조선일보》, 1928. 3. 14), 「봄이 오면」(《중외일보》, 1928. 4. 2), 「슬픈 밤」(《조선일보》, 1928. 4. 21), 「나의 노래」(《조선일보》, 1928. 4. 24 ; 《중외일보》, 1928. 4. 25), 「아버님 생각」(《중외일보》, 1928. 4. 23 ; 《조선일보》, 1928. 4. 25), 「보스락비」(《중외일보》, 1928. 5. 5), 「깃븐 밤 슯혼밤」(《중외일보》, 1928. 5. 7), 「이것 보아요」(《중외일보》, 1928. 5. 15), 「가엽슨 쑷」(《중외일보》, 1928. 5. 16), 동화시 「쌔간 조희」(《중외일보》, 1928. 7. 8), 「아버님 무덤」(《중외일보》, 1928. 8. 27), 「배곱하 우는 밤」(《중외일보》, 1928. 10. 27), 「해ㅅ빗」(《중외일보》, 1928. 10. 31) 등이다.

는 대부분 친구, 누나, 아버지 등과 헤어진 슬픔을 노래하거나, 배고픔
으로 고생하는 아동들의 비극적 실상을 사실적으로 형상화하느라 힘
을 쏟았다.

> 달밝은밤 숲속에 버레웁니다
> 모다자는 이밤에 엇재울가요
> 굴머죽은 어린이 버레가되여
> 서러웁고 분해서 작고웁니다
>
> 대롱대롱 풀닙헤 매젓습니다
> 어느누가 이눈물 쑤렷슬가요
> 굴머죽은 어린이 버레가되여
> 밤새도록 울어논 눈물입니다
> 1928. 10. 밤 새암골에서

－곽복산, 「벌레의 눈물」[34] 전문

그의 작품은 아사자와 기아가 속출하던 당시의 시대 상황을 여실히
반영하고 있다. 이 시기의 아동들은 궁핍한 식민지 현실 때문에 어른
들의 유기와 살해의 대상이었다. 인용 작품이 발표된 10월 한 달 동안
한 신문 지상에 보도된 사건만 해도 10건[35]이 넘는 것으로 보아 아동
의 유기현상은 전국적으로는 대단히 빈발했을 터이다. 특히 이 해에는

34 《중외일보》, 1928. 10. 6
35 「풀바테 雙胎兒, 安東縣에」, 《동아일보》, 1928. 10. 2 ; 「安國洞 棄兒」, 《동아일보》, 1928. 10. 4
; 「巧妙한 棄兒, 남에게 맛기고 도망」, 《동아일보》, 1928. 10. 6 ; 「旱害의 反映 棄兒가 激增, 안
성 부근에 기아가 격증, 悲慘한 社會相의 一面」, 《동아일보》, 1928. 10. 7 ; 「慘酷한 棄兒, 원인
은 의문(의성)」, 《동아일보》, 1928. 10. 17 ; 「汽車에 棄兒」, 《동아일보》, 1928. 10. 21 ; 「天主
教堂前 棄兒」, 《동아일보》, 1928. 10. 21 ; 「兒를 毒殺, 동세의 아이를(단천)」, 《동아일보》,
1928. 10. 21 ; 「兒를 絞殺, 山中에 暗葬(평양)」, 《동아일보》, 1928. 10. 25 ; 「鍾路通 棄兒」,
《동아일보》, 1928. 10. 28 ; 「禮拜堂前 棄兒(평양)」, 《동아일보》, 1928. 10. 28.

한해가 심각하여 6도(황해도, 경기도, 충청남북도, 경상북도, 전라북도)의 농무과장들이 긴급회의를 열 정도였으니,[36] 전라북도에서 발생한 기아자들도 상당했을 것이다. 소년운동에 투신하고 있던 곽복산은 '굶어죽은 어린이'를 '벌레'처럼 취급하여 산중에 유기하는 비참한 인정을 고발하고 있다. 그는 '이슬'을 '버레의 눈물'이라고 표현하여 생전의 배고픔 때문에 승천하지 못하는 어린 원혼들의 참상을 시화하였다.

포훈 김완동(苞薰 金完東, 1903~1963)은 전주에서 태어난 아동문학가요 사회운동가이며, 언론인이자 교육자였다. 그는 전주사범학교를 졸업한 이래 대부분의 생을 교육계에서 보냈다. 그는 처음 교직에 종사했던 군산의 청년동맹과 신간회 등의 사회운동에 적극 참여하였다. 그는 도내의 다른 작가들과 달리, 1930년 《조선일보》와 《동아일보》의 현상공모에 당선되어 공식적으로 문단에 등장하였다. 그는 생전에 작품집을 남기지 않았으나, 사후에 친지들에 의해 1965년 유고집 『반딧불』이 발간되었다. 그는 해방 후에 전북 문단에 나서지 않고 후세교육에 진력한 탓에, 지역의 문학사와 한국아동문학사에 매몰되어 있다. 그는 1929년에 군산을 떠나 상경한 뒤에, 아동문학 활동을 병행하였다. 그는 이 시기에 동요, 동화, 평론 등을 서둘러 발표하고 침묵하였다.[37]

세살먹은 내동생은
우리집에 장사래요
째대입고 숫신신고

---

36 《동아일보》, 1928. 8. 26.
37 김완동이 이 무렵에 발표한 동요 작품은 「내 동생」(《동아일보》, 1930. 2. 25), 「이름난 순희」(《동아일보》, 1930. 3. 9), 「에비」(《동아일보》, 1930. 3. 14), 「서울」(《동아일보》, 1930. 3. 19), 「七夕노래」(《동아일보》, 1930. 8. 21), 「걸음마공부」(《동아일보》, 1930. 9. 16), 「반듸불」(《동아일보》, 1930. 9. 28), 「분꽃」(《동아일보》, 1930. 11. 3), 「우리 옵바」(《동아일보》, 1930. 11. 3), 「가을이 오네」(《동아일보》, 1930. 10. 4), 「고이 쉬는 반달」(《조선일보》, 1930. 10. 5), 「동무」(《동아일보》, 1930. 11. 2), 「한가위」(《조선일보》, 1930. 11. 7) 등이고, 그 외의 작품은 유고집 『반딧불』(보광출판사, 1965)에 수록되어 있다.

싸복싸복 거러가다

돌 샥리에 너머저도

울지안고 이러나서

두손털며 춤배앗고

한울한번 처다보면

다친곳도 당장나어

씩씩하게 거러가죠

—김완동, 「내 동생」[38] 전문

　이 작품의 끝에는 '附記 : 全羅道 一圓에서는 엄푸러저 우는 아이를
달넬째에 쌜리 옷털고이러서서 춤 배앗고 한울 처다보면 곳 낫는다고
합니다.(作者)'라는 설명이 붙어 있거니와, 전래의 구비문학적 유산에
대한 김완동의 관심도를 측정하기에 알맞은 빌미를 제공해준다. 그는
이 외에도 칠석(「七夕노래」), 강강수월래(「동무」), 추석(「한가위」) 등의 전
통 명절과 놀이를 작품화하려고 노력하였다. 이처럼 그의 동요는 다양
한 사회운동 경력과 상거를 띨 정도로, 전통적인 문화유산들을 노래화
하고 있어서 이채롭다. 이 점은 그가 동화나 소년소설에서 현실적 조
건의 혁파 의지를 표출한 것과 대비된다. 그는 전형적인 4 · 4조를 구사
하면서 아이들의 생활 장면에서 소재를 취하고 있다. 그로 인해 친밀
성을 내세우며 독자와의 거리는 좁혀지고, 일제에 의해 이식되기 시작
한 식민자본주의가 고착화되면서 사라져가던 옛것들에 대한 관심을
은연중에 촉구하는 효과를 거두었다. 그는 옛 풍습에 각인된 민족의
집단기억에 함의된 바를 주목하고, 동요라는 형식을 차용하여 노래한
것이다.

---

38 《동아일보》, 1930. 2. 25.

우리집어린아이 먹다흘린
조고마한 과자부스럭이

그보다도 더적은 개미한마리
영치기 영차 물고간다

스을다 힘에부처 재주를넘고
세밀다 곤두박질 미테들어도

다시 일어나선 쉬지도 안코
영치기 영차 물고서간다

적은몸 팔과다리 힘이들어도
처음에작정한듯 변함이 업서

바둥바둥 애쓰며 밀고가며
영치기 영차 물고서 간다

—이대용, 「개미 한 마리」39 전문

  이 작품은 시인이 개미의 노동 현장을 세심히 관찰하고 기록한 보고
서이다. 이대용(李大容)은 다른 시편들에서 검출할 수 있는 바와 같이,
자연현상을 노래하거나 동정적 시선을 유지하였다 개미이 근면한 모
습을 유심히 바라보는 화자는 어린 아이가 아니어도 무방하다. 왜냐하
면 그에게는 동시의 효용성보다도 글쓰기로서의 만족감이 우세하였기

---

39 《동아일보》. 1930. 2. 24.

때문이다. 동시 「五月이 낳은 아기」(『동광』, 1932. 7) 외에도 여러 편의 시를 발표한 이대용은 김제 출신이다. 그는 1946년 3월 조직된 전조선 문필가협회에 동향의 곽복산과 서정주, 채만식, 유춘섭, 이병기, 김해 강, 신석정, 윤규섭 등과 함께 추천회원으로 등재되었다.[40] 이 명단은 협회를 결성하고자 준비하는 과정에서 본인의 동의 여부와 상관없이 거명된 것이지만, 중앙 문단에서 기억할 정도로 이대용은 문명이 있었던 것은 분명하다. 이 외의 인적사항에 대해서는 아직 알지 못한다.

이와 같이 전북 지역의 동요와 동시단은 전문 작가가 출현하기 이전 부터 시나브로 형성되기 시작했다. 그들의 선구적인 노력은 전문 작가의 출현을 견인하였고, 도내 아동들에게 문학적 감수성을 훈련하는 기회를 제공하였다. 그들은 소년운동을 이끌던 비전문 작가들이었으나, 작품의 성취수준이나 작가적 품격면에서 보더라도 흠결을 찾아보기 어려울 정도로 일정한 수준에 도달해 있다. 하지만 그들은 해방 후에 아동문단에서 종적을 감추었다. 그것은 모국어의 회복으로 전북 아동 문단이 자연스럽게 재편성되는 계기가 되었으며, 그들의 공적은 후대 작가들에 의해 발전적으로 승화되었다. 일제의 식민지 하에서 그들이 남긴 족적은 지금도 여전히 승계되고 있는 셈이다. 그러므로 이 무렵에 전라북도의 동요·동시단을 형성하느라 분투했던 그들의 업적은 현 단계에서 정확하게 평가되어야 마땅하다.

4) 전북 지역 동화단의 형성

전라북도의 동화단은 신문과 잡지 등의 매체를 이용하면서 형성되었다. 아동문단이 형성되던 1920년대의 동화계는 동화시를 비롯하여 여

---

40 《동아일보》, 1946. 3. 11.

러 가지 형태의 작품들이 양산되고 있었다. 이것은 동화단이 미처 형식적 완성을 기하지 못한 채 부유하고 있었던 현실을 반영하고 있다. 이런 형편이었으므로 작품의 질적 수준도 성글었다. 그렇지만 전라북도의 경우에는 상당한 반열에 오른 작품들이 제출되어 주목할 만하다. 그 작품의 작가들이 사회운동에 가담했던 인사들이란 사실은 앞에서 문제시했던 전문 작가 중심 아동문학사가 지니고 있는 오류를 반박하기에 충분하다. 문학사는 모름지기 문학 작품을 대상으로 기술되어야지, 유명 작가의 명망에 구속되어서는 안 되는 것이다. 더군다나 문학을 포함한 모든 문화행위가 민족해방운동의 성격을 담지하고 있는 점은 작가 중심의 서술 방식에 내재된 근본적 한계들을 지양할 수 있다. 이런 측면에서 각종 변혁운동에 종사하면서도 아동문학 작품을 생산했던 작가들의 노고는 정당하게 인정되어야 한다.

소년운동에 전력하던 곽복산은 동요를 발표하는 한편으로 동화「새파란 안경(1-3)」(《동아일보》. 1929. 11. 25~27)을 발표하였다. 이 작품은 그의 대사회적 메시지가 우회적으로 표현되어 있다. 어느 마을에 살던 큰 부자는 돈을 주체하지 못할 만큼 갖고 있었으면서도, 그칠 줄 모르는 돈 욕심 때문에 패가망신하게 된다. 그는 칠궤에 돈이 가득 들어 있음에도 불구하고, 하늘에게 '이 세상이 자긔 한 사람만 남기고 모다 돈으로 변하게 하야 달라'고 빌 정도로 돈에 대한 욕심이 지나치다. 이처럼 과장된 서술은 부자의 성격을 도드라지게 만들어서 독자들에게 소기의 주제를 전달하는 데 기여한다. 작가가 운동가라는 전기적 사실이 무색할 만큼, 곽복산은 동화이 속성을 소상하게 파악하고 있는 셈이다. 이 작품은 그가 꿈꾸는 세상을 동화적으로 구현하고 있어서, 소년운동에 전력했던 순정한 열정을 살피기에 알맞다.

『밥이라니! 무슨 밥이오? 멀정한 사람이−.』

일하는 사람들은 돌아보지도 안코 비웃는 듯이 대답을 하얏습니다.

부자는 할말이 업섯습니다. 염치를 무릅쓰고 밥만 먹여달라고 말할 섄이 엇습니다.

『그러면 당신도 일을 하십시오. 이 나라는 일 안코 밥을 먹을 수가 업습니다. 우리는 노는 법이 업습니다. 놀 쌔는 놀고, 일할 쌔는 일합니다. 저 마을을 보십시오. 다가티 일을 하니까 아무 불평업시 다가티 잘 사는 것을―.』

일하는 사람은 평화한 마을을 가르키며 말하얏습니다.

부자는 하는 수 업시 일을 하얏습니다. 부자가 지게를 질머지기는 생전 처음이엇습니다. 지게를 지니까 먼저 업든 긔운이 바싹 낫습니다. 부자는 돌짐을 지고 산비탈을 내려오게 되엇습니다. 밥을 먹기 위하야서는 이러한 일을 아니 할 수 업섯습니다.

이상한 일이엇습니다.

몸이 흔들흔들하얏습니다. 그리고 갑자기 무서운 기가 들엇습니다. 어쩌케 하면 조흘지 몰랏습니다. 정신이 가물가물하얏습니다. 이 지음에

―아ㅅ 하고 소리를 질을 쌔에는―

부자가 벌서 산비탈에서 쩔어젓든 것입니다.

그 무거운 돌짐을 지고요…….

안경은 산산히 부서젓섯습니다. 부자는 벌덕 일어낫습니다. 하도 어이가 업서서 먼―산만 바라보앗습니다.

―모든 것은 꿈이엇습니다.―

동편에 쩌오르는 햇님은 이꼴을 보고 웃엇습니다.[41]

곽복산은 돈밖에 모르는 부자의 행태를 힐난하기 위해 부자로 하여금 '돈나라―일하는 나라'를 여행하도록 사역한다. 말하자면 '아무 불

---

[41] 곽복산, 「새피란 안경」 (3), 《동아일보》, 1929. 11. 27.

평업시 다가티 잘 사는 것'을 목표로 설정한 그의 세계관으로서는 작품 속의 부자처럼 일하지 않고도 잘 살며, 잘 살면서도 물욕을 그치지 않는 지주계급의 교만을 용납할 수 없다. 주위에서는 '굴머죽은 어린이'가 속출하는데도, 저 혼자만 잘 살겠다고 만용을 부리는 그야말로 공동체의 생존을 위해서라도 시급히 숙청되어야 할 존재이다. 작가는 평범한 전언을 내세우기 위해 부자를 출발점으로 돌아오도록 움직이고 있다. 이런 점에서 이 작품은 당시의 전문 작가 못지않은 풍부한 상상력을 토대로 환상의 세계를 묘사한 수작이다. 그는 환상이 자아의 발견에 이르는 도정이라는 문학적 사실을 고증하기라도 하듯이, 동화의 특수성을 십분 활용하여 소기의 효과를 거두고 있다.

김완동은 1930년 《동아일보》 신춘문예에 동화 「구원의 나팔소리!」가 3등 당선되고, 같은 해 《조선일보》의 신년 현상 문예에 동화 「弱者의 勝利」가 당선되어 문단에 나왔다. 그는 보기 드물게 두 신문사의 등용문을 통해 등장할 만큼 문재가 뛰어났다. 그의 동화 「구원의 나팔소리!」는 민의를 존중하지 않는 임금은 권좌에서 축출되어야 한다는 혁명적 메시지를 담고 있다. 그는 전복적 상상력을 발휘하여 식민지 원주민들의 고통을 은유하고, 아사자가 속출하던 식민지의 상황을 우화로 빗대어 표현하고 있다. 그 이면에는 동화를 "作家 自身의 兒童期를 回想하면서 童心을 가지고 兒童이 追求하는 世上을 童話로써 그려내는 것"[42]으로 파악한 작가적 신념이 자리하고 있다. 이러한 신념에 입각하여 그는 식민지의 '아동이 추구하는 세상'을 동화상으로 구현하고자 작품의 생산 대열에 합류했으나, 개인적 사정으로 인해 더 많은 작품을 제출하지 못하였다.

---

42 김완동, 「新童話運動을 爲한 童話의 敎育的 考察—作家와 評家 諸氏에게」 (1), 《동아일보》, 1930. 2. 16.

모든 백성들은 새 나라를 차즌 듯이 쒸며 즐겨하엿습니다. 왕자는 그 동안 부왕이 가난한 백성의 피를 쌜아 궁내에 싸아 두엇든 수만 석 곡식을 다 풀어 백성에게 난호아 주엇습니다. 그리하야 오래간만에 이 나라 백성의 입에서는 깃븐 우슴이 터저나왓습니다. 백성을 구원한 왕자는 만족한 빗을 얼굴에 씌우고 깃버하는 백성들의 광경을 물그럼이 바라보앗습니다. 그러고는 죽은 부왕의 시체를 차자 가드니 그만 씌어안고 늣겨 울엇습니다.[43]

이 작품은 옛날 한 임금이 정사를 돌보지 않고 백성들의 곤궁한 삶을 살피지 않다가 아들과 백성들에게 왕위를 빼앗기고 죽음을 맞게 되는 내용이다. 작가는 시대적 배경을 옛날로 설정함으로써, 당대의 극악한 현실이 어서 폐기되기를 열망하는 정치적 신념을 주제의식으로 구체화하였다. 그는 허구적으로나마 암울한 시대를 감내하는 원주민 아동들의 절망적인 심리를 위로하는 한편, 그들로 하여금 당대의 폭압적 식민 상태를 종결시키기 위한 결의를 다지는 정서적 기반을 제공하였다. 이와 같은 그의 주제의식은 소년소설 「아버지를 딸하서(1-7)」(《동아일보》, 1930. 1. 27~2. 2)에서도 이어진다. 이 작품에서 김완동은 소년 '소설'의 특성을 충분히 살려 식민지 현실의 사실적 묘사에 치중하고 있다. 그는 단 한 편에 불과하지만, 식민지 원주민 아동들의 비극적 삶을 형상화고자 공을 들였다. 작가는 자전적 요소를 반영하여 학교와 인쇄소에서 거푸 쫓겨난 실직 가장이 아들과 함께 간도로 떠나기까지의 과정을 묘사하고 있다. 그는 부자에게 연속적으로 비극적 사태들을 장만함으로써, 난관 속에서도 생을 긍정하는 자세와 미래를 향한 희망을 견지하였다.

---

43 김완동, 「구원의 나팔소리!」 (3), 《동아일보》, 1930. 1. 12.

부남이도 전에 창룡이를 업시 여겼든 것을 뉘우첫스며, 제 마음을 고치랴고 생각도 하얏섯다. 그리하야 곰곰이 생각하든 스테, 창룡이하고 마즈막으로 한자리에 안저서 음식이라도 난후고 갈릴가 하는 아름다운 생각이 빗나게 되엇든 것이다.

그째에 창룡이도 마음에 감사하얏다. 그리하야 고개를 들어 다시 한번 부남이를 바라보게 되엇슬 째, 광채 잇는 두 소년의 눈은 마주첫다. 그째 부남이는 간절히 말하얏다.

『창룡아! 내가 전에 잘못하얏든 것을 용서하여라. 그리고 나하고 우리집에 가자!』

전에는 드러보지 못하든 사랑에 넘치는 부남이의 말에 창룡이는 일변 놀랏스며 깃벗섯다. 그리하야 벌썩 쮜어가서 부남이와 악수를 하면서

『그게 무슨 말이늬? 내가 그동안 잘못하얏든 것을 용서하여라.』

하고 쾌활하게도 말을 하면서 우섯다. 이런 광경을 여페 서서 바라보든 두 아버지도 그 아름다운 행동에 감동하야 가티 웃엇다.[44]

작가가 간도로 떠나기 전에 부남이와 창룡이의 화해 장면을 장치하여 시적 정의를 실천하는 자세는 바람직하다. 왜냐하면 그것이야말로 동일 민족간의 단결과 위안을 상징적으로 보여주는 것이고, 떠나는 자와 남는 자의 재회를 예비한 몸짓이기 때문이다. 또 그것은 군상의 운동전선에 복무하는 동안에 목격했던 분열의 전철을 답습하지 않기를 바라는 기성세대의 소박한 바람이기도 하다. 이러한 결말이 중요한 이유인즉, 그것이 '소년'소설의 시적 징의를 구현하고 있는 까닭이다. 소년소설은 소설의 성격을 담지하고 있으나, 과도한 비극성을 내세우려는 충동을 억제하지 않으면 안 된다. 소년소설의 작가는 언제나 나이

---

44 김완동, 「아버지를 딸하서」 (6), 《동아일보》, 1930. 2. 1.

어린 독자들의 정서적 발달 단계에 부합되도록 숙고해야 하는 것이다. 김완동이 프롤레타리아 문학의 논리에 근접한 동화관을 갖고 있으면서도 작품상으로는 노골적인 형상화를 마다한 이유인즉, 운동에 종사하면서 지녔던 민족주의적 성향 탓이었을 게다.[45]

유엽(본명 春燮, 1902~1975)은 문단 초창기에 시 동인지『금성』을 주재하고 발행한 시인이다.[46] 그의 호는 화봉(華峰)이고, 전북 전주에서 출생하여 일본 와세다대학을 중퇴하였다. 그는 신흥학교 2년 후배 김해강 시인에게 격려 서신을 보내고[47] 소설가 이익상이 일본 부인과 살집을 마련해주는 등,[48] 동향의 작가들에게 깊은 관심을 쏟았다. 또 그는 해인사에 체류하던 시절에 시인 허민을『문장』에 등단시키고, 소설가 최인욱 등을 지도하기도 했다.[49] 유엽은 1930년대에 이르러 시작보다는 불교 설화, 제주도 전설 등을 소개하느라 열심이었다. 그는 1931년《매일신보》에 '인도편'이라고 명명한 연재물에서 불교 설화를 장기간에 걸쳐 소개하였는데, 그의 출가와 관련된 것으로 보인다. 그는「불교 동화(1-9)」(《매일신보》, 1931. 3. 31~4. 12)를 시작으로「回顧往昔」, 「龍宮에 가신 太子」,「지혜 잇는 난장이」,「활 잘쏘는 名人」,「물소와 원숭이」,「도적태운 귀신말」,「힌 코키리의 효도」,「머리 우에 불수레」, 「신의 도움」,「개암의 나라」 등을 10월말까지 연재하였다. 1934년에는 「전설의 나라 제주도의 민요(1-20)」(《조선중앙일보》, 1934. 5. 19~6. 10)를 연재하였는데, 이것은 그의 제주도 체류와 관련된 듯하다. 그의 노력

---

45 김완동은 조선공산당이나 사상단체에 가담하지 않은 민족주의 세력의 신간회 회원이다.―이균영,『신간회연구』, 역사비평사, 1996, 351쪽.
46 유엽의 시세계에 대해서는 최명표,「범애주의자의 시와 시론―유엽론」,『전북지역시문학연구』, 청동거울, 2007, 211~243쪽 참조.
47 김해강,「나의 문학 60년」, 최명표 편,『김해강시전집』, 국학자료원, 2006, 774쪽.
48 최명표,「생활중심 문학의 선구적 모습―이익상 단편소설론」, 최명표 편,『이익상단편소설전집』, 현대문학, 2009, 456쪽.
49 박태일,「슬픈 역광의 시대, 한 반딧불이 이끄는 길―허민의 삶과 문학」, 박태일 편,『허민전집』, 현대문학, 2009, 531쪽.

이 중요한 이유는 일제에 의해 미신이나 구습으로 분류되어 괴멸화되어 가는 구비문학의 유산들에 함의된 바를 간파하고 정리했다는 점에서 찾아볼 수 있다.

이처럼 일제에 의한 국권침탈기의 전라북도 동화단은 활발한 작품을 발표하면서 자리를 잡게 되었다. 작가의 수효가 적은 것은 어느 지역에서나 돌출되는 문제이고, 그것은 아동문단이 형성되는 도중에 일어날 수 있는 것이기에 시비할 게 아니다. 그보다는 작품의 성향이 고루 분포되어 있는 양상을 주시해야 한다. 특히 1930년에 들어서 유엽이 제주도의 민요를 수집하여 소개하고, 불교의 설화를 연재한 사실은 고무적이다. 그것들은 동화의 문학의 원형을 간직한 구비문학물에 대한 관심에서 우러나온 것으로, 일제의 문화 말살 정책이 기승을 부리던 시기에 제출되었다는 점에서 문학사적 의의를 찾을 수 있다. 또한 김완동과 곽복산의 경우에도 사회운동 경력에 따라 식민지의 현실을 서사화하면서도, 당시의 동화단에서 우월적 지위를 점하고 있던 계급주의적 성향으로부터 상거를 유지한 점은 결코 지나칠 일이 아니다.

5) 전북 아동문학평단의 형성

전라북도 지역의 문학평론은 이익상으로부터 비롯되었다. 그의 뒤를 이어서 윤규섭과 김환태, 작가로서는 채만식이 각기 다른 입장의 평문을 제출하여 평단을 구축하는 데 힘을 보탰다. 이익상은 중앙의 유수 언론기관에 종사하는 동인에 고향의 유엽, 김해강, 김창술, 신석성 능 후배시인들에게 지면을 적극 할애한 후원자였다. 전북 출신의 시인들은 전부 그의 도움을 받아 문단 활동을 시작하게 되었다고 해도 과언이 아니다. 그는 「童話에 나타난 朝鮮 情調(1-2)」(《조선일보》, 1924. 10. 13~20)에서 구비문학에 대한 해박한 교양을 바탕으로 동화에 대한 단상을 드러내었다. 먼저 그는 민족 정서의 원형을 신화나 동화에서 검출할 수 있다고 전제한 뒤에, 조선 동화의 저변에는 애상의 분위기가 지배적이라고 지적한다.

우리 朝鮮 由來의 文學이란 것이 漢文學의 分家인 感이 不無한 點으로 보아서는 童話 亦 漢文學 思想의 影響이 크게 잇스리라고 할 수 잇스나, 나는 생각컨대 우리 民族間에 傳來하는 童話가 今日에 이르러 組織的이나 系統的으로 硏究하기 어렵도록 典籍이 乏한 그것만큼 그 가운데에는 民族味가 잇는 民族的 創造라고 아니할 수 업습니다.

그럼으로 이와 가티 말함이 엇더한 獨斷에서 나옴인지 알 수 업스나, 우리 民族間에 傳來하는 童話의 內容 情緖는 漢文學의 影響이라 함보다는, 차라리 佛敎思想이 그 基調가 되엇다고 볼 수 잇스며, 그것보다도 民族的 固有한 情操가 그 가운데에 더욱 活躍한 것이라고 생각할 수 잇습니다. 엇지하야 이와 가티 哀傷이 固有 情緖化하게 된 因果關係는 더 말할 것도 업시 原因이 結果가 되고, 結果가 다시 原因을 지어 輪環連鎖의 關係를 만들은 것이라고 볼 수밧게 업습니다. 그럼으로 우리들이 童話 그것으로 말미암아 幼稚時에 이른바 感銘이 잇다 하면, 그것은 다시 말할 것 업시 哀傷的 氣分이라 할 것입니다.[50]

그는 전래동화 「해와 달」, 「콩죠시 팟죠시」, 「호랑이의 恩惠갑기」 등을 분석한 후에, 위의 결론에 다다른 것이다. 그는 구비문학과 한문학의 영향관계를 고려하면서도 불교와의 연관성을 동시에 지적하고, 종국에는 외래사상보다는 '民族的 固有한 情操가 그 가운데에 더욱 活躍한 것'이라고 단정한다. 이러한 태도는 문학적 정서의 독자성을 옹호

---

50 이익상, 「童話에 나타난 朝鮮 情調」 (2), 《조선일보》, 1924. 10. 20.

하려는 그의 문학관과 '原因이 結果가 되고, 結果가 다시 原因을 지어 輪環連鎖의 關係를 만들은 것'으로 파악한 세계관이 예정한 것이다. 이익상은 1929년 6월 4일 신우회경성지부에서 주최한 조선소년문예대 강연회에 참석하여 「동화에 나타난 조선 정조」라는 주제로 강연한 바 있다. 그는 인용문을 이 연설에서 재발표한 것으로 보인다. 그는 더 이상의 아동문학 평론을 발표하지 않았으나, 전라북도 아동문학 비평의 선편을 잡은 작가로서 빠짐없이 기록되어야 한다.

김완동의 「新童話運動을 爲한 童話의 敎育的 考察－作家와 評家 諸氏에게(1-5)」(《동아일보》, 1930. 2. 16~22)은 아동문학가들이 아동에 대한 객관적 인식을 결여한 채 작품 발표에 매달리고 있는 현실을 비판한 글이다. 그는 동화를 "兒童의 思想文學이 될 것이며, 兒童이 要求하고 잇는 眞正한 藝術"이며 "不合理한 環境을 써나서 理想的으로 追求하고 잇는 참된 兒童의 世上"[51]이라고 주장하였다. 이 논리는 당시 문단을 지배하던 프롤레타리아문학 단체의 것과 흡사하다. 그렇지만 그의 논리는 문학의 본질적 국면을 소홀히 하지 않으면서도, 당대의 형편을 객관적으로 인식할 것을 지향한다는 점에서 변별된다. 나아가 그는 아동기를 아동의 발달 단계에 따라 영아기, 유아기, 소년기로 세분하고, 각 시기별로 아동들의 특성을 열거한 뒤에 거기에 적합한 동화의 특질을 거론하였다. 그는 동화의 요건으로 다음과 같이 지적하였다.

一. 童心, 童語기 充滿힐 것
二. 現實을 굿게 把握할 것
三. 內容의 目的이 正確할 것

---

51 김완동, 「新童話運動을 爲한 童話의 敎育的 考察－作家와 評家 諸氏에게」 (1), 《동아일보》, 1930. 2. 16.

四. 內容은 豊富하고도 簡明할 것
五. 藝術의 階級性과 歷史性을 意識할 것
六. 階級意識을 徹底히 鼓吹시킬 것
七. 兒童의 動的 心理에 注意하야 表現할 것[52]

위의 일곱 가지 요건은 김완동의 동화관을 명백하게 드러내준다. 그는 아동 발달 이론에 대한 조예를 바탕으로 프롤레타리아 아동문학의 논의폭을 확장하고 있다. 그는 운동 경력에 터하여 계급주의 문학에 경도되어 있었음에도 불구하고, 앞의 동화처럼 투쟁적이고 도식적인 문학을 추종한 것은 아니었다. 그가 언급한 계급의식은 식민지 원주민들이 감당하는 현실적 모순에 대한 엄정한 파악을 강조한 것이고, 그 정도는 당대의 작가라면 누구나 인식하지 않으면 안 될 시대적 소임이었다. 더욱이 이 글의 논리는 '兒童의 動的 心理에 注意하야 表現할 것'에 방점을 찍고 있어서, 프롤레타리아문학을 주장한다기보다는 순정한 민족주의자의 문학적 신념이라고 보는 편이 타당하다. 왜냐하면 그는 앞서 알아본 것과 같이, 국내의 공산주의 조직이나 카프 등에 동참한 바가 없고, 생전에 프롤레타리아문학의 노선에 부응하는 작품을 발표하지 않았기 때문이다.

곽복산은 소년운동의 지도자로 활동하는 동안에 동요작품을 발표한 외에도 「어린이를 학대 말고 보호합시다(1-6)」(《동아일보》, 1935. 2. 9~21)를 발표하였다. 그는 아동의 학대 문제를 전문적으로 연구하는 기관이 없어서 정확한 통계 수치를 제시할 수 없는 식민지의 상황을 안타깝게 여기면서, 기성세대의 폭력 앞에 무방비로 노출된 아동들의 학대 문제를 깊이 있게 천착하고 있다. 이것은 그가 소년운동에 참가

---

52 김완동, 「新童話運動을 爲한 童話의 敎育的 考察―作家와 評家 諸氏에게」 (5), 《동아일보》, 1930. 2. 22.

하는 중에 갖게 된 관심이 표출된 것으로 보인다. 그는 장문의 평론을 통해서 해외의 아동 학대 상황을 소개한 뒤에, 그와 같은 비극적 사태를 예방하기 위해 노력하는 각국의 사례들을 법률과 정책의 검토를 통해서 소상하게 보고하고 있다. 그는 일본의 통계 자료를 구체적으로 인용하면서, 그것을 식민지의 상황과 견주면서 논리를 전개한다.

이 통계에 의하야 우리 조선의 아동 학대 실상과 경향을 추상 못할 바 아니어니와, 제일 주목되는 점은 이것을 성별(性別)로 나누어 보면 남아보다 여아가 만코, 그의 약 반수 이상 三천명의 여아가 예기(藝妓), 무기(舞妓) 혹은 술집의 작부, 여급, 배우 등이라는 것입니다. 이러한 현상은 남존여비(男尊女卑)의 사회를 아동 사회에서도 여실하게 보혀주는 것으로써, 세계 각국의 공통된 결점이 아닌가 합니다. 비교적 아동을 이해하고 애호하여 주는 가정에서도 『여아』는 가술리 여기고 『남아』는 더 대우하여 주는 경향이 잇지 안흘가요?

이상의 통계 수자에서 한 가지 더 주목되는 점은 아동 학대라 하면은 그것이 곧 가정 안에서의 부모의 손에서 즉접 학대되는 경우를 연상할 수 잇으나, 그와는 반대로 부모의 보호를 받어야 할 아동들이 일단 그 가정에서 쪼기고 버림이 되어 남의 손에서 학대를 받고 혹사(酷使)됨이 거의 전부에 가까운 수자를 보이니, 이 현상은 아동 학대 문제를 연구하는 데에 중심이 되지 아니치 못할 것으로 생각됩니다.[53]

'동경'[54]이라는 장소가 표기된 것으로 미루건내, 이 글은 곽복산이 일본 유학 중에 발표한 것으로 보인다. 그는 1927년 6월 《동아일보》 김제지국 총무[55]로 재직하다가 1929년 3월에 사임하고[56] 일본에 유학

---

53 곽복산, 「어린이를 학대 말고 보호합시다」 (3), 《동아일보》, 1935. 2. 14.
54 《동아일보》, 1962. 11. 28.

한 듯하다. 귀국 후에 그는 1935년 4월 《동아일보》 평양특파원으로 부임하였다.[57] 그는 일본에 체류하는 기간에 신문과 잡지에 관련된 글들을 발표하기도 했다.[58] 곽복산의 근면한 모습은 인용문에서도 확인된다. 그는 소년운동에 참여했던 경력을 바탕으로 아동 학대 문제로 관심사를 넓혔다. 그는 유학 중에 알게 된 일본의 아동 학대 실태를 토대로, 식민지의 아동 학대 문제를 의제로 제출한 것이다. 그의 제안은 자신이 몸담았던 소년운동 단체에서 운영했던 어린이날이나 아동애호주간을 무색케 할 정도로 자기비판적 성격을 갖고 있다. 그로서는 식민지 상태와 기성세대로부터의 학대라는 이중적 고통 속에 직면한 아동들의 권익을 신장하려는 의도로 여아의 실태를 제시한 것이다. 그의 논의는 소년운동의 차후 목표에 해당하는 것이지만, 그것이 공식 의제로 채택되기에는 상황이 여의치 않았다. 일제가 소년운동조차 탄압하기 시작한 것이다.

이처럼 국권침탈기의 전라북도 아동문학 평단은 광범위한 주제의식에 해당하는 평문을 제출하였다. 그들이 개진한 의견들은 이익상처럼 민족적 전통에 입각하여 전래동화의 정조를 분석한 것, 김완동처럼 계급주의적 논점 위에서 동화단을 향해서 비판적 견해를 피력한 것, 곽복산처럼 소년운동의 연장선상에서 아동의 인권 문제를 제기한 것 등으로 요약할 수 있다. 이들의 논의는 민족주의 계열과 진보적 계열로 양분되어 있던 아동문학 평단의 알력과는 아랑곳없이 고유한 시각을 확보하고 있다는 점에서 의미롭다. 다만 이들이 모두 해방 이전에 평필을 그만둔 것은 아쉬움으로 남는다. 이익상은 지병으로 요절하였고,

---

55 《동아일보》, 1927. 6. 15.
56 《동아일보》, 1929. 3. 10.
57 《조선중앙일보》, 1935. 5. 1.
58 곽복산의 글은 「일본 잡지계 전망(1-4)」(《동아일보》, 1934. 2. 6~9), 「신문의 과학적 연구에 대하야(1-3)」(《동아일보》, 1934. 10. 6~16) 등이다.

김완동은 문단에서 조기에 철수했으며, 곽복산은 일본 유학 후에 돌아온 뒤에는 언론 활동에 전념하였다. 그들의 활약은 꾸준히 이어지지 못했으나, 전북 아동문학 평단을 지반을 구축하기에는 부족하지 않았다.

3. 결론

위에서 살펴본 것과 같이, 전라북도의 아동문단은 신문과 잡지 등의 매체에 의해 발아하였다. 그것은 비전문 작가에 의해 선도되고, 이어서 전문 작가들이 가담하는 형세를 띠었다. 이러한 양태는 중앙 문단과 별반 다르지 않다. 소년운동을 지도하던 인사들은 운동의 효율성과 효과를 제고하기 위해서 아동들에게 필요한 독물을 직접 생산하는 대열에 앞장섰다. 그들의 선편에 의해 출발한 아동문단은 장르의 다양화를 이끌면서 작가층을 두텁게 만들었다. 그들은 전문 작가가 출현하면서 본연의 신분으로 돌아갔는 바, 이것은 한국아동문단의 형성 과정에 대응한다. 또 이익상이나 채만식과 같은 기성작가들은 개인적 인연을 매개로 아동문학 작품을 제출하면서 소년운동을 후원하였고, 아동문학 작품을 제출하였다.

전북 지역에 많은 독자를 확보하였던 『어린이』는 아동문학 작품의 차후 경향을 결정할 정도로 영향을 끼쳤다. 초창기 아동문단의 형성을 위해 헌신한 여러 작가들의 노력 덕분에 전북의 아동문난은 든든한 기반을 마련할 수 있었다. 그들의 문학 활동은 한국아동문학사의 부족한 서술을 바로잡을 수 있는 문학적 성취물의 제출로 완료되었다. 이울러 그들의 성과는 해방 후 전라북도에 조직된 아동문학연구회(기관지『파랑새』), 전북아동문학회(기관지『전북아동문학』) 등으로 계승되어 현재에 이르고 있다. 더욱이 해방 후에는 김해강, 신석정 등이 아동문학가들을 지도하거나 지원하면서 문단의 형성에 일조하였다. 그들의 동행은 전북 문단의 형성 과정과도 긴밀하게 관련된다. 따라서 본고의 후속 과제는 절로 밝혀진 셈이다.

전북 지역의 소년운동론

1. 서론

국권침탈기의 소년운동은 민족운동의 일환으로 전개되었다. 소년운 동의 이면에는 소년들이 식민지의 모순을 객관적으로 인식할 수 있는 역량을 지닌 '청년'으로 성장하기를 바라는 기성세대의 바람이 배어 있다. 곧, 소년들에게 부여된 기의는 선세대의 후세대에 대한 욕망의 대리물과 진배없다. 그것을 주도한 부류는 청년들이었다. 청년들은 소 년기에 애국계몽기를 거치면서 각종 매체를 통해 '소년'의 과업을 강 요당한 세대이다. 그들의 세대적 특징은『소년한반도』와『소년』 등을 통해서 계몽담론을 수용하였다는 점이다. 그들은 진화론을 비롯한 서 양 문명의 세례와 근대식 교육을 받은 공통의 이력을 바탕으로 근대적 주체의 자질을 학습하였다. 그들은 봉건적 遺습을 척결하고 시내적 환 경에 부합한 인물형의 창조 방안을 모색하였다. 곧, 이 시기의 소년운 동은 스스로 근대의 주체로 인식한 청년들이 소년들을 미래의 새로운 청년으로 양성하기 위한 의식화 사업이었다. 따라서 소년운동은 불가 피하게 시대의 요구와 식민지 사회 구성원들의 합의를 반영하여 전개

될 수밖에 없었다. 당시 소년운동에 기성세대들이 적극적으로 찬동하여 지원을 아끼지 않은 이유도, 결국 청년들의 기표상 자질에 동조한 인정행위였다. 그들의 승인으로 소년운동은 청년들에 의해 주도되면서 사회 변혁 대열에 합류하였다.

소년운동은 소년회, 동화회, 독서회, 야학 등의 다양한 양상으로 전개되었다. 소년운동은 애국계몽기를 거치면서 담론으로 구축된 '소년'을 민족의 동량으로 상정하고, 그들에게 알맞은 기의를 부여하기 위해 착수되었다. 먼저 소년회는 1909년 김규식이 발기한 대한소년회가 재정 곤란으로 폐회했다는 기사로[1] 미루건대, 대한제국기부터 존재했던 것으로 보인다. 그 후 소년회는 안변[2], 광주[3], 진주[4] 등지에서 자발적으로 조직되어 운영되었다. 초기 소년회의 모습은 1920년 7월 5일 창립한 황해도 운율소년회에서 찾아볼 수 있다. 이 소년회는 10세 이상 18세 이상의 소년 40여 명을 대상으로 "友誼敦睦, 德性修養, 智識啓發"[5]을 목적으로 조직되었다. 이 사실이야말로 소년운동을 연구하는 단계에서 필히 전제되어야 한다. 곧, 소년운동은 지역운동으로 출발했다는 점, 운동의 성격을 철저히 실력양성론에 맞추었다는 점, 운동의 대상

---

1 《대한매일신보》, 1909. 10. 31.
2 "安邊少年會 己未年에 創立한 바 당시 十五六歲 前後의 少年들이 創立한 것인 바 全朝鮮을 通하야 가장 率先하야 組織되엇슨즉, 이 일만 하여도 큰 자랑거리라 하겟다. 晩年 七個 星霜을 變함 업시 學習會, 童話會, 運動會 等을 主催하야 少年運動에 만흔 貢獻이 잇섯스나, 最近에 至하야는 解散廢局說까지 잇고 類似 少年團體가 갓흔 地域 內에 簇出함은 安邊少年團의 歷史를 爲하야 매우 遺憾이다 하겟다. 現位置는 安邊邑 前永蘇學校內이요, 會員은 十七歲 以下로 三十名이라 한다." ─《동아일보》, 1926. 12. 19.
3 "一九一九年 여름에 光州 楊波亭에서 同志 十餘 人이 會集하여 呱呱의 聲을 發하여 少年團을 組織하고 씩씩한 同志를 糾合한 後, 各其 任務에 當케 되어 오날까지 모름직이 꾸준이 싸워 왓든 것이 事實이다. 朝鮮 少年運動의 最初 發産地를 晋州라고 하지만, 그 實은 光州일 것이다. 其 當時 新聞에 發表는 안헛슬 뿐이다. ××運動을 實際的으로 展開하여 나가면 그만이다는 信條와 主張을 가지기 때문이다." ─김태오, 「少年運動의 當面 課題─崔青谷 君의 所論을 駁함」 (4), 《조선일보》, 1928. 2. 12.
4 "작년 팔월 경에 이십 이하의 학성 청년으로 조직된 진주소년회(晋州少年會)는 조선 독립을 목적하고 긔회를 보아 독립만세를 부르랴 하엿스나 형편에 의하여 중지하고 금년에 다시 진주소년운동회(晋州少年運動會)를 조직하고……" ─《동아일보》, 1921. 6. 24.
5 《동아일보》, 1920. 7. 17.

연령을 뚜렷이 범주화했다는 점, 분명한 목표의식을 내세웠다는 점 등은 지역 차원에서 소년운동이 연구되어야 할 필요성을 강조하기에 충분하다.

3·1독립만세운동 이후에 실력양성론이 운동 노선으로 공식화되면서 소년회는 전국적으로 제도화되기에 이르렀다. 소년회 운동은 천도교청년회가 개입하면서 조직적 양상으로 변모하였다. 천도교청년회는 1921년 4월 유소년부를 개설하고, 이어서 6월에 소년부를 천도교소년회로 분리하여 출범시켰다. 1923년 4월 천도교소년회에서는 소년운동협회를 출범시키고, 7월에 천도교당에서 전선지도자대회(全鮮指導者大會)를 열었다. 또한 진보적 소년운동가들은 1923년 3월 결성된 반도소년회를 주축으로 유관단체를 규합하여 1925년 5월 경성소년지도자연합발기회를 열고 오월회라 이름하였다. 오월회는 5월 31일 경성소년총연맹으로 개칭하려는 계획을 당국의 불허하자, 곧 해산하고 1928년 2월 경성소년연맹을 출범시켰다. 양측의 합의에 따라 1927년 7월 30일 최고의사결정기관으로 설치한 조선소년연합회를 장악한 진보적 운동가들은 1928년 3월 열린 제1회 정기총회에서 조선소년총동맹으로 명칭을 고칠 것을 결의하고, 사회주의적 운동 노선을 전면에 내세우며 방정환 계열의 운동가들을 본격적으로 배제하기 시작했다. 이러한 움직임은 사회운동의 방향전환과 결부된 것이었으며, 이후부터 소년운동의 주도권은 사회주의자들에 의해 장악되었다.

그러나 이러한 양상은 통일된 조직체가 갖게 되는 운동상의 가산점 외에, 지역운동으로 출발한 소년운동의 획일화를 가져오는 등 병폐도 적지 않았다. 따라서 이 무렵에 전국 각지에서 족출하듯이 전개된 소년운동에 착목하는 태도는 단순히 사회운동의 내력을 탐구하는 데 그치는 것이 아니다. 겉으로는 식민지 청년들의 움직임과 소년의 성장 과정을 살피는 일이다. 그러나 속으로는 소년이 근대적 주체로 거듭나

는 배경을 알아보고, 문학의 재생산 과정과 문단의 형성 과정을 고찰
하는 일까지 포함한다. 왜냐하면 소년회와 독서회 등에서 청년들이 제
공한 독물 덕분에 소년들은 '문학'의 실체적 모습과 처음으로 대면하
게 되었기 때문이다. 또한 소년들은 각종 집회에 참가하여 보편적 지
식을 습득하였고, 운동 국면에서 식민지 원주민으로서의 존재론적 한
계를 체감하였다. 이처럼 복합적인 의미를 내포하고 있는 소년운동에
관한 연구는 답보 상태에 머물러 있다. 그것은 전적으로 소년운동을
단일한 차원에서 접근하는 태도에 기인한다.

　이에 본고에서는 소년운동을 소년회, 동화회, 독서회 등으로 세분하
여 입체적으로 살펴보고자 한다. 이것은 종래의 소년운동 연구가 과도
할 정도로 운동사적 측면에 초점을 맞추어 진행된 것을 반성하면서,
동시에 청년들이 소망한 인간형의 창출에 기여했던 문학의 역할을 소
홀시한 문제점을 극복하려는 시도이다. 그 과정에서 앞서 말한 다양한
층위의 의미 자질들이 절로 드러나기를 기대한다. 아울러 본고는 논의
의 초점화를 기하기 위해서 전라북도에 한하여 검토할 예정이다. 그것
은 지역 단위에서 자발적으로 시작된 소년운동의 출발 배경을 존중할
목적에서 비롯되었다.

2. 전북 지역 소년운동의 전개 양상

1) 소년회의 활동 상황

　전라북도의 소년운동은 독립적 계열과 천도교 계열, 이후에 설립된
진보 계열 등이 각축하면서 활발하게 전개되었다. 1927년 조선총독부
경무국에서 발행한 「朝鮮の內治狀況」 중 '少年運動'란을 보면, 1922년

3월 11일에 조직된 무주의 무주소년회 1개에 불과하던 전라북도 내의 소년운동 단체는 1925년에 4개, 1926년에 8개, 1927년에 4개가 새로 설립되어, 1927년 현재 총 17개의 조직체가 존재했던 것으로 보고되었다. 1928년 도내 각 지역에 운영되던 단체수는 29개, 회원수는 1,136명으로 조사되었다.[6] 이 무렵에 전국적으로 조직되었던 소년운동 단체가 200여 개[7]였던 점을 고려하면, 전라북도의 소년운동은 타 지역에 못지않다. 이 점은 갑오농민전쟁과 구한말의 의병 봉기에 따른 연속적인 타격으로 극심하게 약화된 전북 지역의 운동 세력을 감안하면 도리어 성황을 이룬 편이다. 전북 지역의 소년운동이 서부 평야지대에서 활발히 이루어진 것에서 추측할 수 있듯이, 그 이면에는 강점 이전부터 계속된 일제의 농지 수탈이 주요 원인이었다. 1904년 전라도 관찰사의 조사에 의하면 일본인들이 임피, 만경, 부안 등 10여군에서 사들인 농지가 대략 790섬지기이고, 태인군수의 조사에 의하면 41명의 외국인이 도내의 775섬지기의 농지를 불법적으로 매점하거나 전당 잡고 있었다.[8] 이와 같은 사정은 일제에 대한 적개심을 불러일으키어 각종 변혁운동을 추진하는 원동력으로 작용하였다.

앞에 인용한 고등경찰의 보고서는 일선 경찰들이 축소 보고하였거나, 부정확한 정보에 기반한 것으로 보인다. 그 증거로 1922년 말 현재 전라북도의 천도교청년회가 전주, 고산, 익산, 김제, 원평, 정읍, 진안 등 7개소에 지회를 두고 활동하고 있었다는 점,[9] 1922년 6월 11일 진안군 용담면소년부 주최로 용담보통학교 운동장에서 무주, 금산, 용담 3군 연합축구대회가 열린 점,[10] 1922년 8월 24일 정읍외 태인청년회권

6 김정의, 『한국소년운동사』, 민족문화사, 1992, 126쪽.
7 "…全朝鮮에 흐트저 잇는 二百餘 少年團體의 運動을 統一하며…" — 김태오, 「全朝鮮少年聯合會 發起大會를 압두고 一言함」 (1), 《동아일보》, 1927. 7. 29.
8 원용찬, 『일제하 전북의 농업수탈사』, 신아출판사, 2004, 17쪽.
9 조규태, 『천도교의 문화운동론과 문화운동』, 국학자료원, 2006, 117쪽.
10 《동아일보》, 1922. 6. 19.

에서 태인소년회가 창립된 점[11] 등을 들 수 있다. 한 연구자의 조사에 의하면, 1920년대 존재했던 전라북도의 소년회 현황은 다음과 같다.

〔전주〕 전주소년회

〔익산〕 이리소년회, 이리소년동맹, 함열동지회 소년단

〔고창〕 고창소년회, 무장소년회, 고창소년동맹, 고창소년군

〔순창〕 순창소년단

〔정읍〕 태인소년회, 산외소년회, 정읍소년회, 비호단(飛虎團)소년부

〔김제〕 김제소년동맹, 김제소년단, 백구소년회, 공덕소년회, 죽산소년회

〔군산〕 군산어린이회, 활승(活勝)소년군, 기독소년군, 신흥소년군, 군산
　　　　소년군

〔임실〕 임실소년회

〔부안〕 부안소년회

〔금산〕 금산소년회, 정유단(丁幼團), 금산청년회소년부, 금산이호대(二號
　　　　隊)[12]

하지만 이 조사 외에도 1923년 12월 16일 정읍 고부의 영주(瀛州)소년단에서 임시총회를 열었다는 기사[13]와 김제 백구의 광성(光成)소년회가 1927년 12월 9일 창립 1주년을 맞아 소년회관을 신축했다는 기사[14] 등으로 추측컨대, 전북 도내에는 공식적으로 확인되지 않은 다수의 소년회가 존재했던 것으로 보인다. 특히 각 사찰이나 교회에 소속된 소년회들이 통계에 반영되지 않은 점이 감안되어야 할 것이다. 인

---

11 태인소년회의 임원은 회장 宋股相, 부회장 吳錫熙, 총무 金粲植, 재무 겸 회계 朴林洙, 서기 宋
　鎭, 간사 宋判同, 議事部長 金粲植, 智育部長 崔柱羽, 德育部長 金鎭九, 사교부장 朴林洙 등이
　다.─《동아일보》, 1922. 9. 7.
12 김정의, 앞의 책, 152~153쪽.
13 《동아일보》, 1923. 12. 16.
14 《동아일보》, 1927. 12. 18.

용문의 소년회, 소년동맹, 소년단, 소년군, 소년부, 어린이회 등의 명칭에서 짐작 가능하듯이, 전라북도의 소년운동 단체는 다양한 운동 성향을 띠며 활동하였다. 예컨대 1927년의 어린이날 행사를 보면, 정읍에서는 정읍청년회야학원아동부에서 5월 2일 행사를 가졌고,[15] 고창에서는 5월 2일 고창소년회가 주최하였으며,[16] 군산에서는 소년단체들이 연합하여 5월 7일에 행사를 열었다.[17] 그것은 김제,[18] 태인,[19] 고창, 군산, 정읍[20] 등지에서 자체적으로 어린이날 행사를 가졌다는 보도에서 재차 확인이 가능하다.

이 밖에도 도내에서는 소년회가 각지에 설립되어 세력을 확장하였다. 군산소년회가 1925년 5월 30일 미우(米友)구락부에서 창립총회를 열었고,[21] 7월 16일에는 장수소년회가 출범하였다.[22] 1925년 10월 30일에는 전주소년척후대가 발족되었다.[23] 1926년 8월 3일 정읍 이평면 두지리소년회가 창립되었고,[24] 9월 19일 샛별소년회가 정읍 태인청년회관에서 창립총회를 가졌으며,[25] 고창소년회는 1926년 12월 12일 고창노동회관에서 창립총회를 열던 중에 당국으로부터 해산 명령을 받았다가,[26] 100여명의 회원으로 1927년 말에 재결성되었다.[27] 임실소년

---

15 《동아일보》, 1927. 5. 6.
16 《동아일보》, 1927. 5. 6.
17 《동아일보》, 1927. 5. 6.
18 《동아일보》, 1927. 5. 2.
19 《동아일보》, 1927. 5. 5.
20 《동아일보》, 1927. 5. 6.
21 군산소년회의 임원은 회장 金一洙, 부회장 金今東, 총무 朴景勳, 서무부장 金鎭浩, 학예부장 洪元杓, 운동부장 金先逢, 서기 權德吉·李允達 등이다.—《동아일보》, 1925. 6. 4.
22 장수소년회의 임원은 회장 李勉鎬, 총무 宋燁, 지육(智育)부장 曹千洙, 간사 金光洙·馬鳳伊, 예술부장 高炳燦, 간사 金東俊, 덕육(德育)부장 李相龍, 간사 李在祚, 회계부장 朴中錫, 간사 嚴鳳錫·李喆岩, 평의원 韓寅命·李春元, 고문 柳寅燮·金吉坤 등이다.—《동아일보》, 1925. 7. 24.
23 《동아일보》, 1925. 11. 8.
24 《동아일보》, 1926. 8. 10.
25 《동아일보》, 1926. 9. 25.
26 《조선일보》, 1926. 12. 16.
27 《동아일보》, 1927. 5. 21.

회는 1927년 4월 13일 임실청년회관에서 창립총회를 가졌다.[28] 군산 소년군은 7월 3일 군산노동공제회관 광장에서 입대식을 거행하였고,[29] 군산어린이회는 7월 10일 군산유아원에서 창립총회를 열었다.[30] 또 8월 4일 순창청년회관에서 순창소년단이 창립되었으며, 옥구 임피소년회는 12월 19일 이병만(李炳萬)의 집에서 창립총회를 갖고 출범하였다.[31]

소년회는 대부분 독립 단위별로 활동하였으나, 유사 단체를 통합하거나 인접 지역과 연대하여 운동 역량을 제고하기도 하였다. 전자의 예로 1922년 12월 5일 금산의 소년단체 박애회(博愛會)·수남(水南)소년회·수북(水北)소년회·조애회(朝愛會)가 금산청년회관에서 금산청년회소년부로 통합하고 창립총회를 개최하였다.[32] 후자의 예로 정읍의 삼각(三角)소년회는 김제, 부안의 소년까지 망라한 3개군 연합체로 1926년 7월 18일 부안 원천리 노동학원에서 제1회 정기총회를 개최하였다.[33] 이 소년회의 소재지인 정읍 화호리는 정읍, 부안, 김제의 3군의 경계에 위치한 곳이라서 상호접근성이 뛰어났다. 그런 지리상의 잇점을 활용하여 삼군의 소년들을 회원으로 수용할 수 있었다. 아울러 이웃한 부안 원천리에 설립된 삼각독서회와 자매단체였던 삼각소년회는 정기총회를 부안에서 갖기도 하였다.

한편 전라북도의 소년회는 1920년대 후반에 들어서 경성의 총연맹의 지부로 활동하는 추세를 보였다. 이러한 움직임은 "이 시기 전북 지

---

28 《동아일보》, 1927. 4. 20.
29 《동아일보》, 1927. 7. 7.
30 《동아일보》, 1927. 7. 10.
31 《동아일보》, 1927. 12. 31.
32 금산청년회 소년부의 임원은 부장 任顯植, 총무 朴勝吉, 사교 간사 朴允鳳·任甲岩·任鎔準·金成福, 자선 간사 金泰恩·韓在任, 기독교육 간사 李在奉·任文桓, 재무 간사 金濟成·金泰寅, 운동 간사 金九鉉·金聲寬, 서기 金濟雄·鄭海闐 등이다.—《동아일보》, 1922. 12. 23.
33 이 날 위원으로 선출된 사람은 金正洙(임시 의장), 鄭永權, 金三述, 吳峻根, 朱漢植, 金洪祚, 朴龍基, 鄭炯模, 徐吉龍 등이다.—《동아일보》, 1926. 7. 1.

역에서 사상운동·계몽운동을 전개하던 '청년 유지'들은 대부분이 모두 평야지대에 거주하던 '유식 좌경 청년'들이었다"[34]는 사실과 관련된다. 1928년 6월 조선소년총연맹은 제2회 집행위원회에서 "도에는 도 연맹, 군에는 군 연맹을 둠"[35] 등의 지도 노선을 채택하고, 경상남도를 시작으로 도지부의 결성 사업에 착수하였다.[36] 도내에서는 1928년 3월 18일 고창청년회관에서 고창소년회와 효성(曉星)소년회[37]가 통합하여 고창소년동맹으로 출범시켰다.[38] 4월 29일 익산에서는 기존의 각소년회를 총망라하여 전익산소년동맹을 출범시켰다.[39] 정읍에서는 태인과 산외의 소년단체가 주동이 되어 6월 3일 태인소년회관에서 정읍소년동맹창립준비위원회[40]를 개최하고 임시의장에 김진상(金鎭祥), 서기에 이왕림(李旺林)을 선출하여 6월 17일 정읍청년회관에서 창립대회를 열었다.[41] 그러나 일경에 의해 곧바로 강제 해체되었다가 8월 12일에 다시 창립식을 가졌다.[42] 각 시군의 동맹에서는 면단위 지부의 설치에 착수하였는데, 정읍소년동맹산외지부가 8월 1일 산외청년회관에서 창립총회를 가졌다.[43] 익산에서는 1928년 7월 21일 익산소년동맹북일

34 홍영기, 『1920년대 전북 지역 농민운동』, 한국학술정보, 2006, 92쪽.

35 《중외일보》, 1928. 6. 6.

36 《중외일보》, 1928. 6. 16.

37 효성소년회는 1928년 1월 23일 창립되었으며, 지도자는 소년부 朴炳赫·陳泰鏞, 소녀부 郭南壽다.－《중외일보》, 1928. 2. 9.

38 고창소년동맹의 임원은 집행위원 崔基榮·金貴重·朴東錫·姜判男·金二次·殷九甲·李光玉·趙在奎·申順鍾·金小者·裵四次·郭琪燮·金寶培·殷淑貞·殷玉甲, 지도자 金亨斗·尹炳勛 등이다.－《중외일보》, 1928. 3. 23.

39 《중외일보》, 1928. 5. 3.

40 이 날 창립준비위원으로 위촉된 사람은 金鎭祥, 張在善, 金容九, 洪石, 宋亮根, 朴龍琯, 徐明錫, 李明林, 朴文奎, 閔炳玉, 金正洙, 宋三台, 朴鍾厚, 徐承達, 朴景洙 등이다.－《동아일보》 1928. 6. 6.

41 정읍소년동맹의 임원은 집행위원장 洪石(후보)·金容九, 서무재정부장 朴龍琯·金容九, 연락조직부장 宋三台·宋高根, 조사연구부장 朴純喆·金埼河, 교양부장 宋在順·金正洙, 체육부장 林鎬羅·朴文奎, 인쇄부장 徐承瓊·朴景洙, 검사위원장 李旺林·閔炳玉·張在善 등이다.－《중외일보》, 1928. 6. 23.

42 재출범한 정읍소년동맹의 임원은 집행위원장 朴錦海(후보)·吳奉云, 서무재무부 朴洪吉·朴龍琯, 선전조직부 金容九·朴勳奎, 조사연구부 李相鎬·宋三龍, 체육부 林鎬羅·李行哲, 교양부 朴鍾運, 유년부 梁鳳燮 등이다.－《중외일보》, 1928. 8. 20.

지부가 설립되었고, 이리지부는 7월 22일 익산청년동맹분회관에서 창립되었다.[44]

이처럼 단일한 진용을 갖춘 전북의 소년단체는 1928년 조선소년총연맹이 어린이날을 주관하자 군산·정읍,[45] 죽산·임실,[46] 이리·김제·고창,[47] 무장[48] 등지에서 어린이날 노래를 부르며 깃발 행진을 하는 등, 어린이날 기념 행사를 성황리에 개최하였다. 시군의 조직 정비가 마무리되면서 도 단위의 통일된 조직의 결성에 나섰다. 동맹측 관계자들은 1928년 7월 26일 이리 익산소년동맹회관에서 조선소년총연맹전북연맹창립준비위원회를 설립하여 준비위원장에 박세혁(朴世赫),[49] 준비위원으로 곽복산(郭福山) 등을 위촉하고,[50] 8월 7일 창립대회를 예정하였으나 경찰 당국의 불허로 열리지 못했다.[51] 1928년에 작성된 일경의 보고서를 통해 본 전라북도 소년운동의 실상은 아래와 같다.

「사상문제에 관한 조사 서류 (5)」

문서 제목 : 조선소년총연맹 제2회 정기대회 개최의 건(문서번호 : 京鍾警高秘 제17542호)

발송자 : 경성 종로경찰서장(1928년 12월 31일 발송), 수신자 : 경성지방법원 검사정(1929년 1월 4일 수신)

---

43 《동아일보》, 1928. 8. 1.
44 이리지부의 임원은 집행위원장 李元龍, 서무부 朴魯順·朴奉珍, 교양부 朴世赫·徐昌業·李愛順, 체육부 李鍾八·南玉哲, 후보 梁在澈·河洞鎬·李貞述 등이다. —《중외일보》, 1928. 7. 26.
45 《동아일보》, 1928. 5. 9.
46 《동아일보》, 1928. 5. 10.
47 《동아일보》, 1928. 5. 11.
48 《동아일보》, 1928. 5. 12.
49 박세혁은 평안도에서 군산으로 이주한 인물로 군산노동청년회와 군산청년회 간부를 역임하였으며, 군산소년운동에 투신했을 무렵에는 서점을 경영하고 있었다. —이균영, 『신간회 연구』, 역사비평사, 1996, 348쪽.
50 당시 위촉된 조직준비위원은 朴世赫, 李鍾奎, 朴世鐸, 郭福山, 金泳柱, 朴魯順 등이다. —《중외일보》, 1928. 7. 29.
51 《중외일보》, 1928. 8. 12.

연루자 : 박세혁(朴世赫)[52], 박노순(朴魯順), 장재선(張在善), 곽복산(郭福山), 정창렬(鄭昌烈), 박춘영(朴春榮), 이○진(李○震)

단체 : 김제소년연맹, 정읍소년연맹, 익산소년연맹, 임실소년회, 군산소년연맹, 군산어린이회, 익산소년동맹, 김제소년동맹

「사상문제에 관한 조사 서류 (6)」

문서 제목 : 조선소년총연맹 제2회 정기대회 개최의 건(문서번호 : 京鍾警高秘 제17542호)

발송자 : 경성종로경찰서장(1929년 1월 7일 발송), 수신자 : 경무국장, 경기도경찰부장, 경성지방법원 검사정(1929년 1월 8일 수신)

연루자 : 羅賢燮(임실소년동맹), 郭福山(김제소년동맹), 朴斗燮(김제소년동맹), 張在善(정읍소년동맹), 朴魯順(익산소년동맹), 朴春榮(금산소년동맹), 李○震(금산소년동맹), 鄭昌烈(금산소년동맹), 郭福山(김제소년회)[53]

종로경찰서장이 작성한 인용문은 전국을 망라한 자료에서 전북 지역과 관련된 내용만 발췌한 것이다. 위 (5)는 1928년 경성부 견지동의 시천교회당에서 열린 조선소년총연맹 제2회 정기대회와 관련된 첩보이며, 위 (6)은 동 건에 대한 인적사항을 좀더 자세히 기록한 것이다. 보고서에 나타난 바처럼, 전라북도에서 활동하던 소년운동 지도자들은 대부분 경성과 유기적 관계를 맺고 있었다. 그것은 소년회 운동의 능률적 추신을 노보한다는 점에서 긍정적이다. 그렇지만 운동의 예속화를 재촉하여 본래 지역운동으로 출발한 소년운동의 정체성을 훼손

---

[52] 박세혁은 전라북도 대표로 1927년 7월 30일 조선소년연합회 중앙집행위원에 피선되었다.—《동아일보》, 1927. 10. 19.

[53] http://db.history.go.kr

시킨다는 점에서 부정적이다. 더욱이 이 시기의 사회운동이 소위 방향 전환론에 입각하여 노선을 수정하자, 소년운동가들은 "離散으로부터 統一에, 氣分運動으로부터 組織的 運動에 轉換할 絶對 必要"[54]를 강조하면서 방향을 전환하였다. 그에 따라 종전에 지역별로 실행되던 소년운동보다는 조직화되었으나, 한편으로는 단일한 움직임과 선명한 이념을 강조하여 일제의 탄압 국면에 직면하게 되었다.

도내의 각 지역에서 소년회 운동이 활발히 전개되자, 일제는 대회의 개최를 금지하거나 관련 인사들을 의법조치하였다. 일경은 1927년 군산어린이회에서 주최한 어린이날 기념 행사와 정읍 산외소년회의 행사를 금지하였다.[55] 그들은 1928년에 정읍소년회, 김제소년동맹, 이리소년동맹(위원장 朴魯順)의 기념 행사 등을 옥내집회로 한정하여 감시하였고,[56] 5월에는 임실소년회의 행사도 금지시켰다.[57] 일경은 1929년 1월 김제의 소년동맹 대회를 사상분자가 지도한다는 구실로 불허하였고,[58] 3월 공덕소년회의 임시대회도 금지하였다.[59] 1930년 8월 1일에는 정읍 줄포소년회의 창립총회가 경찰의 제지로 무산되었다.[60] 익산에서는 1931년 익산소년동맹사건으로 정영모(鄭永謨)가 징역 8개월을 선고받기도 했다.[61]

위에서 알아본 바와 같이, 전라북도 소년운동은 지역의 청년 운동가들이 지도하였다. 이 시기의 청년회 조직에는 거의 소년부가 설치되어 있었다. 그렇지 않으면 금산청년회처럼 아예 소년회를 청년 조직으로

---

54 김태오, 「丁卯 一年間 朝鮮 少年運動―氣分運動에서 組織運動에」 (1), 《조선일보》, 1928. 1. 11.
55 《동아일보》, 1927. 5. 9.
56 《동아일보》, 1928. 5. 11.
57 《중외일보》, 1928. 5. 8.
58 《조선일보》, 1929. 1. 30.
59 《조선일보》, 1929. 3. 12.
60 《조선일보》, 1930. 8. 5.
61 《조선일보》, 1931. 1. 29.

흡수하여 단일한 노선을 취하기도 했다. 그것은 소년회가 청년 운동가들에 의해 조직되어 활동한 것으로부터 기인한다. 설령 소년들에 의해 설립된 것이라 할지라도, 지도부는 청년 운동단체와 긴밀히 연락하며 물질적인 도움과 경제적인 후원을 받았다. 이런 측면에서 보아도 소년 운동은 지역사회의 변혁 운동이라는 점이 중시되어야 하고, 소년운동이라는 대상성에 잡착하는 접근 자세를 지양하지 않으면 안 된다. 비록 운동의 대상은 소년이었을지언정, 주체는 변함없이 청년이었다. 특히 소년회 산하에 덕육부·지육부·예술부 등을 설치한 사실은 '소년'을 근대적 '청년'으로 탄생시키려는 소년운동의 목적을 확인시켜 준다. 그들은 소년들에게 근대적 주체의 자질을 부과하기 위해 노력하였으며, 이때 선택된 것이 교양물로 제공된 문학작품이었다. 그러므로 청년들이 동화회를 개최하게 된 것은 자연스러운 절차였다.

2) 동화회의 활동 상황

청년들은 소년회 외에도 동화회, 독서회 활동 등을 통해서 자신들에게 부여된 시대적 임무를 구현하려고 시도했다. 그들은 "보편적이고 평준화된 지식을 획득하는 것이야말로 '소년'이 문명의 주체인 '청년'으로 성장할 수 있는 필요조건"[62]으로 파악하고, 각 시군에 소년회와 별도 혹은 유관 조직으로 동화회와 독서회 등을 조직하였다. 즉, 두 모임은 소년들에게 '보편적이고 평준화된 지식'을 전수시키려는 제도적 실천이었으며, 청년들의 헌신적인 노력에 힘입어 지식의 확산이 이루어졌다. 그들은 식민 당국의 영향권에 놓인 학교에 대응한 비공식 교육 기관을 개설함으로써, 일제의 충량한 '신민'이 아닌 식민지의 '소

---

62 윤세진, 「『소년』에서 『청춘』까지, 근대적 지식의 스펙터클」, 권보드래 외, 『『소년』과 『청춘』의 창』, 이화여대출판부, 2007, 29쪽.

년'을 양성하고 싶었다. 동화회와 독서회는 야학과 더불어 청년들의 계몽 의지를 구체적으로 확인시켜주는 기관이다. 그것이 비록 형식교육처럼 체계적으로 지식을 구조화하지 않았을지라도, 청년들의 의도를 살피기에는 부족하지 않은 공간이다. 또한 동화회는 청년들의 의도와 무관하게 초창기 문학의 형성 과정에 깊이 연루되어 있다.

동화회는 한국 문단의 형성 과정을 살피기에 필수적으로 검토되어야 한다. 동화회가 지역마다 활성화되면서 아동문학은 발전의 초석을 닦았고, 작가와 독자가 탄생하면서 아동용 독물의 시장이 형성되기에 이르렀다. 1929년 현재 국민학교 취학률이 20%에 불과할 만큼 만연된 문맹률은 계몽의 기획을 구체화하기에 적합한 공간이었다. 그것은 초기의 청중들 중에 어린이보다도 기성인들이 많았다는 사실에서 확인할 수 있으며, 이 점이야말로 동화회의 설립자들이 기도했던 부수적인 목적이었다. 동화회는 말하자면 아동(문학)을 표면에 내세워서 당국의 감시를 피하고, 식민지 원주민들의 몽매한 내면을 타파하여 국권을 회복하려는 속뜻이 은닉된 실력양성론의 일환이었다. 동화회의 역할을 간파한 일제는 지도부 인사들의 동태를 주시하였고, 군국주의가 기승을 부리던 1940년대에 이르러서는 '군국동화대회'[63]를 개최하여 군국주의 담론의 확산을 강제하기도 했다.

1920년대에 널리 유행한 동화회는 전통적으로 계승되던 소위 '청(聽)문예'를 재현한 것으로, 엄격히 말하면 전근대적인 읽기 방식에 속한다. 역사상 읽기는 공동체의 규범을 공유하는 음독으로부터 개인의 내밀한 욕망을 소유하는 묵독으로 이행되어 왔다. 그 보기는 조선시대에 널리 유행하던 가창이나 이른바 무릎학교기에 전래동화를 들려주고 듣는 사례에서 살펴볼 수 있다. 그러나 두 가지의 읽기 방식은 단절

---

63 《동아일보》, 1940. 7. 14.

적으로 나타나는 것이 아니라, 역사적으로 공존하면서 특정 국면에 이르러 강조될 뿐이다. 문제는 1920년대에 접어들어 동화회라는 다중적 공간을 통해서 전근대적 읽기 방식이 재발견되었다는 점이다. 이것은 "목소리로 된 말은 사람들을 굳게 결속하는 집단을 형성한다"[64]는 점에서, 시기상의 요인들에 대한 검토를 요청한다. 이때는 사회주의 사상이 유입되고, 일제의 이른바 토지조사사업으로 인한 농촌공동체의 파괴 공작이 기승을 부리던 시절이었다. 이런 판국에 동화회는 국권 강탈과 농토 상실이라는 민족의 이중적 비애를 위무하는 한편, 지역의 공동체적 유대를 강화하는 자리였다.

문학교육의 측면에서도 동화회는 주목할 만한 역할을 수행하였다. 특히 "유년기에 획득할 수 있고, 획득하기 시작하는 문학교육의 본질적 양상의 하나는 이야기를 듣는 기술"[65]이라는 사실은 동화회의 중요성을 증거한다. 동화회에 참석한 청중들은 듣기 활동을 통해서 문학적 감수성을 훈련시키고, 문학의 실체적 국면에 진입할 수 있었다. 특히 동화회에서는 청중들의 독물 선택권이 원천적으로 봉쇄되어 있었기 때문에, 청년들에 의한 특정 독물의 제시가 일반화되었다. 이 단계에서 독물은 청중들의 집단적 정서에 호소하는 내용이 선택되었을 공산이 크다. 그러므로 여럿이 보편적으로 체험할 수 있는 독물은 필연적으로 공동체적 소속감과 유대감을 심화하여 민족적 정체성을 인식시키기에 기여했을 것이다. 이러한 경험은 "이야기책과의 경험은 읽기에 대한 긍정적 태도를 형성할 수 있고, 읽기 학습에 대한 강한 욕구를 발전시킬 수 있다"[66]는 점에서, 읽기 방식의 변화를 필연적으로 수반하

---

64 Walter J. Ong, 이기우·임명진 역, 『구술문화와 문자문화』, 문예출판사, 1995, 117쪽.
65 Nothrop Frye, 김인환 역, 「문학교육」, Nothrop Frye 외, 『문학의 해석』, 홍성사, 1981, 178쪽.
66 Judith A. Schiekedanz, 이영자 역, 『읽기와 쓰기를 즐기는 어린이로 기르는 방법』, 이화여대출판부, 1995, 69쪽.

게 된다. 그것은 소년들의 읽기 활동을 자극하여 장래의 독자로 전환시키는 한편, 출판 시장을 비롯한 문학의 저변을 확대하는 밑거름이 되었다.

식민지에 동화회가 확산되게 된 계기는 1913년 9월 일본의 제국주의 아동문학가 이와야 사자나미(巖谷小波)의 방문이었다. 일본에서 『少年世界』의 독자들을 위해 각지를 순회하며 동화를 구연하던 그는 조선인 학생 200여명을 대상으로 동화구연회를 가졌다. 그의 뒤를 이어 일본의 동화구연가 오키노 이와사부로우(沖野岩三郎)가 내방하였다. 그는 소년잡지 『킨노후네(金の船)』에서 독자 확보 방안의 하나로 설립한 동화강연부에 소속된 전문 구연가였다. 그는 식민지의 주요 도시를 순회하면서 일본인과 조선인을 상대로 구연회를 가졌다. 그가 1922년 5월 18일 군산을 방문하여 가진 순회 동화강연회는 심상소학교 1학년부터 고녀 4학년까지의 학생 1,500명, 성인 500명의 청중이 참석하였다. 22일 열린 전주 강연회에는 소년과 성인이 3,000명 참석하였고, 그 중 조선인은 1,000명이었다.[67] 이러한 성황은 소년들에게 동화에 대한 친밀성을 갖게 해주고, 동화 장르가 거부감 없이 조기에 정착할 수 있도록 이바지하였다.

방정환은 동화회의 성공적 정착에 크게 기여하였다. 그는 한국 아동문학의 아버지로 추앙받을 정도로 문단 형성에 공이 큰 인물이다. 그는 어린이날 기념 행진에서 동요를 부르게 하여 1920년대를 "동요 황금시대"[68]로 만들었는가 하면, 전국을 순회하며 동화를 구연하였다. 그의 구연과 동화회 활동에 힘입어서 동화라는 낯선 장르가 문단에 공식적으로 소개되었고, 아동문학 장르의 분화를 촉진시켜 전문작가가 출현할 수 있는 토대를 마련할 수 있었다. 그는 1922년 7월 세계명작

---

67 大竹聖美, 『근대 한·일 아동문화와 문학 관계사 : 1895~1945』, 청운, 2005, 72쪽.
68 이재철, 『아동문학개론』, 문운당, 1969, 40쪽.

동화집『사랑의 선물』(개벽사)을 간행한 것을 위시하여 스스로 여러 편의 동화를 발표하였다. 이 동화집은 "1925년 4월에 6판 12,000부에 이어 7판 2,000부가 매진되어 간다는 광고와 1925년 8판 총16,000부 판매, 1926년 7월에 10판이 발행되었다는 광고가 나는 것으로 보아 1920년대 중반까지 2만부 가까이 팔린 듯"[69]하다. 직접 구매하지 않고 빌려 읽은 독자까지 합한다면, 그 숫자는 통계치를 훨씬 상회할 것이다. 이 동화집의 성공은 독자들에게 동화의 특질과 심미적 기준 등의 형식적 요소와 함께, 동화가 지닌 막강한 파급력과 필요성에 주목하는 계기가 되었다. 그 결과로 동화는 새로운 장르로 자리잡게 되었고, 무엇보다도 소년을 문학 향유층으로 포섭할 수 있었다. 이런 점에서 아동문학은 방정환에게 "소년운동을 활성화시키는 효율적인 방안이자, 그 자신이 문학과 매체에 대한 열망을 해결할 수 있는 존재"[70]였다. 그는 동화회 활동을 통해서 잡지 편집자이자 소년운동가로서의 책무를 다하고자 노력했을 뿐만 아니라, 동화가 한국문학의 새로운 장르로 인식되는 토대를 마련하였다. 그의 선구적인 활동으로 인해 소년용 출판 시장이 형성되었고, 출판사마다 소년용 독물을 다투어 발간하게 되었다. 곧, 방정환 덕분에 아동문학은 비로소 본격적인 생산―유통―소비 체제를 확보할 수 있었던 것이다.

전라북도의 경우에 동화회는 소년회와 청년회에서 주도하였다. 군산 신흥소년회는 1926년 12월 30일 신흥학원에서 전군산소년소녀현상동화대회를 개최하려다가 취소한 바 있다.[71] 정읍소년회에서는 1927년 7월 14일 동회회를 개최하였고,[72] 고창소년회에서는 7월 28일 소년회

---

69 천정환,『근대의 책읽기』, 푸른역사, 2003, 218쪽.
70 박헌호,「아동의 발견과 작가의 탄생―방정환의 초기 활동 연구」, 박헌호 외,『작가의 탄생과 근대문학의 재생산 제도』, 소명출판, 2008, 70쪽.
71《동아일보》, 1926. 12. 25.
72《동아일보》, 1927. 7. 26.

데이회동화회와토론회를 열었다.[73] 군산어린이회에서는 1927년 8월 6일 군산유치원에서 데일회동화대회를 개최하였다.[74] 1928년 2월 10일 군산소년회에서는 부내유아원에서 군산현상동화대회를 개최하였고,[75] 남원소년동맹에서는 1928년 6월 30일 남원예배당에서 일회소년소녀동화대회를 개최하였다.[76] 1932년 2월 27일 전주서문리 유년주일학교에서는 신춘현상동화대회를 개최하였다.[77] 이리기독교청년회에서는 1928년 3월 30일 경성의 김건후(金健厚)를 초청하여 동화대회를 개최하였는 바,[78] 동화회 운동이 경향간의 유기적인 연락망에 의하여 체계적으로 운영되었던 사실을 입증한다.

이 중에서 지역의 소년들이 참가한 현상동화대회는 주목을 요한다. 이 무렵에 각 신문과 잡지에서는 현상문예 제도를 실시하고 있었다. 이 제도는 초창기 한국 문학의 재생산 제도와 문단의 형성에 크게 기여하였다. 현상 문예는 문학을 공적 영역으로 끌어들여서 담론 차원으로 승격시켰고, 투고자들은 자신의 작품이 활자화되는 과정을 통해서 사상적 자유가 제한되던 식민지 사회로부터 일정한 사유 공간을 확보할 수 있었다. 또한 투고자들은 현상문예 제도를 통과하는 동시에 문단으로 편입되었고, 현상금이라는 물질적 부와 작가라는 소년 문사라는 명예를 일거에 거머쥘 수 있었다. 물론 그것이 단편 위주의 모집으로 일관하여 한국 소설의 형식적 특질을 주조한 것이나, 비문학적인 매체가 장르의 설정과 분화를 주도한 점 등은 결점으로 비판되어야 한다. 그렇지만 근대 문학의 초기라는 시대적 특수성을 고려하면, 현상

---

[73] 《동아일보》, 1927. 7. 31.
[74] 《동아일보》, 1927. 8. 10.
[75] 이 대회의 입상자는 1등 車永載(「멍텅구리」), 2등 李明洙(「말 잘 듣는 少年」), 3등 申一雄(「캄캄한 길을 거르려면 등불을 켜라」) 등이다.—《동아일보》, 1928. 2. 15.
[76] 《동아일보》, 1928. 7. 10.
[77] 이 대회의 입상자는 1등 李三俊(「아바지를 바림」), 2등 朴有順(「쇠 약은 막둥이」), 3등 沈相基(「거룩한 긔도」), 4등 李完全(「許風船」) 등이다.—《동아일보》, 1932. 3. 1.
[78] 《동아일보》, 1928. 4. 5.

문예가 지닌 여러 가지 긍정적 요인들은 정당하게 평가되어야 한다. 이런 점에 비추어 볼 때, 현상동화대회는 단일한 장르에 국한된 발표 기회였을지라도 충분히 유의미하다. 소년들은 기존 작품의 구언 과정에서 문학적 형식을 습득할 수 있었고, 새로운 작품을 창작하는 과정에서 소정의 글쓰기 훈련을 받을 수 있었다.

각 소년회에서는 동화회 외에도 각종 행사를 개최하여 소년들의 의식화 작업을 진행하였다. 정읍의 삼각소년회는 부안 원천리소작동우회와 합동으로 야학 운영 자금을 모금하기 위한 연극단을 조직하여 1926년 8월 13일부터 각지를 순회하며 공연하였다.[79] 정읍소년회에서는 1927년 7월 27일 창립 기념 음악대회를 열었다.[80] 이러한 사례는 장르의 다양화를 기할 수 있다는 점에서 의미를 띤다. 더욱이 연극 활동은 일정한 기간의 연습을 요구하므로, 참가하는 소년들은 극적 체험을 통해서 문학의 실체적 모습과 조우하게 된다. 그들은 연극의 공연을 위해서 각 지역을 순회하는 동안에, 소년운동의 전개 양상을 목격하여 운영 방식의 개선을 도모할 수 있었다. 이처럼 소년회는 동화회를 비롯한 여러 단체들과 밀접하게 관련되어 운동 역량을 제고할 수 있도록 도움을 주었다.

동화회는 유관단체와 긴밀한 협력관계를 구축하였다. 소년회는 장소 제공, 청중 동원, 강사 초빙 등, 여러 분야에서 지역 청년회의 협조를 받았다. 일례로 부안소년동맹은 부안청년회의 도움으로 1928년 8월 4일 부안청년동맹회관에서 동화회를 개최하였다.[81] 그러나 이러한 밀착 관계는 동화회에 대한 일경의 감시를 초래하는 빌미가 되었다. 더욱이 동화회가 도내의 각 지역마다 다수의 청중을 동원하며 밤늦게까지 열

79《동아일보》, 1926. 8. 17.
80《동아일보》, 1927. 7. 31.
81《중외일보》, 1928. 7. 29.

리자, 당국에 의해 동화회는 불온 단체로 낙인되었다. 동화회의 설립자들이 대개 지역의 사회운동자들이었기 때문에, 동화회가 열리기 전 소년 문제에 대한 강연을 비롯한 문제 제기와 시국 상황에 대한 비판이 이루어졌다. 한 예로 전주경찰서에서는 동화회용 원고를 사전에 검열하겠다고 나섰고, 원고 검토가 끝날 때까지 집회를 불허하기도 했다.[82] 군산어린이회(회장 박세혁)에서 1928년 8월 14일에 주최하기로 한 동화회는 경찰에 의해 당일 금지되기도 했다.[83] 그러나 동화회는 일제의 감시망 속에서도 각처에서 꾸준히 개최되었고, 지도부는 독서회 등과 연계하며 운동의 효과를 배가하고자 다각적으로 노력하였다.

3) 독서회의 활동 상황

독서는 근대의 주체가 '과거와 결별하고 미래를 선취'하기에 필요한 '보편적이고 평준화된 지식'을 습득하기에 알맞은 사회적 제도이다. 독서는 정보를 얻거나 지적 이해를 목적으로 실천하는 소통행위이다. 그 과정에서 독자는 저자는 물론이고, 사회의 다양한 문화적 배경들과 조우한다. 독서회가 시작된 1920년대의 여러 가지 요인들을 고려해 보면, 당시의 독서는 음독과 묵독이 병행되었을 것이다. 이 시기에 이르러 출판물이 유례없는 성황을 이루었다고 할지라도, 소년들의 처지에서는 마땅한 독물들을 접하기가 쉽지 않았다. 그런데 소년운동을 지도하던 청년들은 독서를 통해서 소년들에게 장차 식민지의 청년으로서 갖추어야 할 덕목을 보급하고자 시도했다. 이런 형편이었으니, 독서회의 독서는 윤독이나 낭독을 통한 방식이 주를 이룰 수밖에 없었을 것이다. 동시대에 유해하던 동화회처럼, 독서회도 본격적인 음독 단계로

---

82 《동아일보》, 1925. 10. 10.
83 《중외일보》, 1928. 8. 21.

접어들지 못한 과도기적 속성을 간직하고 있었다. 더군다나 "음독에 의한 향수 방식은 구승문예의 전통을 잇는 것"[84]이었기에, 기존의 학습 사례에 따라 청년들도 소년들에게 묵독보다는 음독을 권유했다. 그 방식은 독서회 운영에 소요되는 물량을 확보하기 어려운 형편을 극복할 수 있는 현실적 선택이었고, 특정한 주장을 공유하기에 적합한 방식이었다.

그러나 문제는 예기치 않은 곳에서 발생하였다. 청년들이 소년들에게 제공한 독물로서의 문학은 다른 것들과 달리 개인적 편차가 여간 심하지 않다. 그것은 "한 텍스트의 해석이 독자의 다양한 패러다임에 따라 가장 많이 좌우되고 다양할 수 있는 것은 모든 인문계 텍스트 가운데서도 문학 텍스트"[85]란 사실을 떠올릴 때 거듭 확인된다. 초기의 독서회 중에 "學科는 中學講義錄으로, 會員은 普通學校 卒業 程度 又는 同等 學力을 有한 者"[86]라고 한정한 사례에서 보듯이, 미진학 소년들을 위한 학습회를 표방한 경우도 있었다. 이런 독서회는 앞의 문제 사태를 효율적으로 돌파할 수 있는 반면에, 독서회를 진학 기관으로 전락시키는 오류에 봉착하게 된다. 이 문제를 슬기롭게 해결하는 방안은 상급단체와의 긴밀한 관계를 구축하는 일이었다. 그것은 또 사회주의 사상의 유입으로 가속화된 이념 국면에서 선편을 쥘 수 있는 근거가 되기도 했다. 그렇지만 이 방법은 독서회에게 조직의 종속과 독물 선택권의 차단, 외부 간섭의 허용, 당국의 감시 대상으로 부각되는 역효과를 가져왔다. 이 점은 독서회는 동화회처럼 다중적 집회가 아니라 소수의 허용된 회합을 지향하는 생리적 한계로부터 비롯된 것이다. 그래도 독서회가 문학작품의 유통에 기여한 사실은 변하지 않는다.

---

84 前田愛, 유은경·이원희 역, 『일본 근대 독자의 성립』, 이룸, 2003, 168쪽.
85 박이문, 「인문계 텍스트의 독서론」, 고은 외, 『책, 어떻게 읽을 것인가』, 민음사, 1994, 367쪽.
86 《동아일보》, 1922. 11. 7.

도내의 각 지역에 출범한 독서회는 소년회처럼 이중적으로 조직되었다. 하나는 사회운동가들에 의한 조직체이고, 다른 하나는 소년들이 주도한 조직체였다. 전자는 주로 청년회의 산하 조직으로 결성되었다. 또 독서회는 외견상 주민을 대상으로 한 조직과 소년을 대상으로 한 조직으로 이분되어 있었다. 하지만 전주의 삼일독서회 사례에서 알 수 있듯이, 독서회는 각급 사회단체와 유기적인 관계를 형성하고 있었다. 경찰에서 삼일독서회의 명칭을 시비할 당시에 "同部 李載賢 氏는 新幹會의 意見을 드러 말하겟다는 答辯이 잇섯다"[87]는 것으로 미루어 독서회와 사회단체의 관련상을 추측할 수 있다. 주민들을 대상으로 한 독서회는 마을과 시군 단위별로 다층적으로 조직되었다. 1926년 4월 전주 완산 인의단(仁義團)에서 조직한 독서회는 매주 일요일마다 강독회를 열었고,[88] 5월에는 전주군 화산면 화평리 유지들은 화평(花坪)독서회를 조직하였다.[89] 독서회는 대개 회원을 제한하지 않았기에, 소년과 주민들을 아우르는 편이 일반적이었다. 이러한 양상은 소년회를 청년들이 지도한 것과 흡사하다.

독서회는 언론 매체와 상호 협력관계를 유지하며 세력을 확장하기도 하였다. 한 예로 김제독서구락부는 1925년 6월 14일 김제신흥청년회관에서 창립총회를 개최하려다가 연기하였고,[90] 6월 21일 창립총회를 열어 의장 장준석(張準錫)과 서기 조판오(趙判五)[91]를 선출하였다.[92] 이 구락부에서는 7월 12일 조이철(趙履喆) 댁에서 열린 임시총회에서는 이태길(李泰吉)의 경과 보고에 이어 규약의 수정과 회원 모집, 도서 구

87 《동아일보》, 1925. 3. 24.
88 《동아일보》, 1926. 6. 10.
89 《동아일보》, 1926. 5. 7.
90 《동아일보》, 1925. 6. 11.
91 조판오는 《동아일보》 김제지국 기자이면서, 신간회 김제지회 간사이다. —이균영, 앞의 책, 618쪽.
92 《동아일보》, 1925. 6. 21.

입 문제 등을 토의하였으며, 주민들을 위한 강좌도 개설하였다.[93]《동아일보》와《조선일보》는 이 구락부에 자사 신문을 무료로 기증하기로 결정하였다.[94] 유수 신문사의 지원은 독서회 활동의 활성화를 최촉하였고, 회원들의 활동 의욕을 고취시키어 문단에 등장하도록 견인하였다. 실제로 군산의 사회운동가 김완동[95]과 김제의 소년운동가 곽복산[96] 등은 양 지에 아동문학 작품을 발표하면서 작가의 반열에 올랐다.

소년들에 의해 설립된 예는 1927년 10월 9일 김제형평청년회관에서 창립한 김제소년독서회를 들 수 있다.[97] 이 독서회는 11월 6일 김제천도교당에서 임시총회를 열어 회보 발행과 동화대회 개최 등을 토론하였다.[98] 그러나 11월 15일 개최 예정이던 제2회 임시총회는 경찰의 금지로 열리지 못했고,[99] 1927년 11월 19일 김제소년소녀동화대회를 개최하였다.[100] 김제소년독서회를 주도한 곽복산은 1927년 6월 11일 김제 천도교당에서 개최된 김제소년회 임시총회에서 집행위원으로 선출되었고,[101] 7월 18일 조선소년총동맹김제소년동맹 상무위원회를 주재하였다.[102] 이처럼 그는 16세의 나이로《동아일보》김제 기자로 활동하면서 김제소년회와 김제소년연맹, 김제소년동맹, 조선소년총연맹전북

93 김제독서구락부에서는 김제천도교당에서 1925년 7월 25일부터 3일간 '제1회 하기 학술강좌'를 개설하여 金炳一의 사회로 일본 주오대학에 재학 중이던 金光洙가 「사회학설의 변천」, 와세다대학에 재학 중이던 溫樂中이 「유물사관 해설」을 주제로 강의하였다.─《동아일보》, 1925. 7. 30.
94《동아일보》, 1925. 7. 15.
95 김완동은 1930년《동아일보》신춘문예에 동화 「구원의 나팔소리!」가 3등 당선되고, 같은 해《조선일보》의 '신년 현상 문예'에 동화 「弱者의 勝利」가 당선되었다.
96 곽복산은 「어린별들」(《조선일보》, 1928. 2. 29)을 비롯하여 10여 편의 동요·동시 작품과 「새파란 안경(1 3)」(《동아일보》, 1929. 11. 25~27) 등의 동화작품을 발표하였다.
97 이 날 선출된 임원은 회장 郭福山, 총무부 全永澤, 경리부 趙紀河, 도서부 趙澤鍾, 학술부 具奉煥·宋壽男 등이다.─《동아일보》, 1927. 10. 13.
98《동아일보》, 1927. 11. 10.
99《동아일보》, 1927. 12. 27.
100 당시 입상자는 1등 具樂煥, 2등 朴淳石, 3등 宋琦閏·朴斗彦 등이다.─《중외일보》, 1927. 11. 23.
101《중외일보》, 1927. 6. 13.
102《중외일보》, 1928. 7. 23.

연맹, 김제소년독서회 등, 각종 소년운동에 활발히 참여한 인물이다. 그는 경성의 조선소년총연맹에도 관여할 정도로 큰 활동폭을 보여주었다. 이처럼 탁월한 지도자에 의해 독서회는 각종 단체와 유기적인 연락망을 갖추고 행사를 원만히 추진할 수 있었다.

그에 비하여 소년 중심의 독서회는 운동상의 한계를 극복하기 위해 소년회나 마을 단위의 독서회 등과 상호 연계하여 각종 활동을 전개하기도 하였다. 이것은 소년운동을 청년들이 주도하기 때문에 가능한 것으로, 운동의 효과를 달성하기에 현실적인 방안이었다. 그 모범적 사례는 부안군 백산면 원천리의 삼각(三角)독서회에서 찾아볼 수 있다. 이 독서회는 '일반 민중에게 계급의식을 보급'시키고자 1926년 1월 18일 원천리소작동우회관에서 조직하고, 2월 2일 창립총회를 개최하기로 결정하였다.[103] 삼각독서회의 세포는 원천리소작동우회였으므로, 양자는 회원의 중복을 통해서 운동 역량을 최대화여 소년회 활동을 지원할 수 있었다. 당시 삼각독서회의 운동 상황과 성격은 아래에서 자세히 살펴볼 수 있다.

제1회 집행위원회(1. 20)[104]	월례회(1. 31)[105]
一. 會員 募集 方式에 關한 件	一. 義捐金 募集의 件
一. 新聞 及 書冊 購入에 關한 件	一. 書籍 注文의 件
一. 共同 購覽 新設置에 關한 件	一. 講座 設置의 件
一. 入會金 徵收에 關한 件	一. 討論會 開催의 件
一. 看板 會印 等 準備에 關한 件	一. 創立 紀念 講演會 開催의 件
一. 婦人 學院 創立 後援에 關한 件	一. 女子 講習院 修理의 件
一. 少年會 創立 後援에 關한 件	一. 井邑, 金堤, 扶安 巡廻 講演의 件
	一. 全鮮 各 讀書會에 視察員 派送의 件

원래 '일반 민중'을 대상으로 출범한 삼각독서회는 앞서 살펴본 정읍의 삼각소년회와 연대하여 각종 사업을 추진하였다. 두 모임의 집회 장소가 같고, 독서회의 집행위원회에서 '少年會 創立 後援에 關한 件'을 결의하고, 월례회에서 '井邑, 金堤, 扶安 巡廻 講演의 件'을 결의한 것을 보더라도, 양자는 3개 군의 접점이라는 지리적 특성을 이용하여 운동의 성과를 배가하고자 긴밀하게 협력했던 듯하다. 삼각독서회는 '서적 주문의 건'을 협의하여 소년들의 독서 능력을 신장시키기 위해 노력하였고, 각 지역의 독서회를 견학하여 상호 정보를 교류하는 사업도 추진하였다. 비록 무산계급 소년들의 지원에 국한되었을 지라도, 마을 단위에서 조직된 독서회가 활발히 활동하면서 상대적으로 문화적 향유 기회가 적은 농촌 소년들의 문학 체험 기회는 확대될 수 있었다.

그러나 각지에서 활동 중이던 독서회는 식민지 사회의 정치적 특성상 불온서적을 통한 이념 학습으로 나아갈 수밖에 없었다. 일제는 시군과 학교 단위까지 파급된 독서회를 우선 감시 대상으로 설정하였다. 일경은 1925년 3월 1일 전주 삼일독서회의 '삼일'이라는 명칭이 불온하다는 이유로 변경을 요구하였다.[106] 중등학교에 조직된 독서회 중에는 시일이 경과하면서 비밀결사체로 성격을 바꾸어 이념 서적을 학습하거나 사회단체와 연계하여 활동하다가 일경에 발각되기도 하였다.[107] 1935년 11월 김제독서회 사건으로 박심언(朴心彦), 서재순(徐在

---

103 이 날 구락부의 '宣言 綱領 及 規約 起草委員'으로 위촉된 사람은 趙任述·趙在勉·金鳳洙·徐岷哲·金福洙이고, 창립위원은 朱南植·徐岷哲·金永淑이다.─《동아일보》, 1926. 1. 23.
104 《동아일보》, 1926. 1. 26.
105 《동아일보》, 1926. 2. 5.
106 《동아일보》, 1925. 3. 16.
107 당시 일경에 발각된 전라북도의 대표적인 학생 독서회는 고창고보 독서회 S당 11명(1930. 2. 13), 사립 신흥학교 독서회 3명(1932. 2. 25), 사립 신흥학교 독서회 13명(1932. 4. 15), 전주중 독서회 73명(1932. 6. 10), 정읍농업학교 독서회 18명(1933. 9. 24) 등이다.─김호일, 「일제하 학생단체의 조직과 활동」, 조동걸 외, 『일제하 식민지시대 민족운동』, 풀빛, 1981, 217~218쪽에서 전라북도 관련 내용 발췌.

順), 이서수(李瑞秀) 등이 검거되어 재판에 회부되었다.[108] 1927년 11월 19일 개최된 김제소년독서회의 소년소녀동화대회에서 입선했던 박두언(朴斗彦)은 1935년 11월에 만경적색농민독서회 사건의 주동자로 검거되었다.[109] 그는 동화회에 참석한 '소년'이 독서회 활동에 앞장선 '청년'으로 식민지 변혁 운동가로 거듭난 경우이다. 이처럼 일제의 군국주의화가 가속화되면서 탄압 국면에 당도하면서 독서회 운동은 지하운동으로 변모하게 되었다. 일제가 지도부를 위시한 회원들의 도서를 시비삼아 독서회를 해체하기 위한 공작에 착수하자, 독서회 운동은 더 이상의 사업을 추진하지 못한 채 침묵하지 않으면 안 되었다.

3. 결론

위에서 살펴본 것과 같이, 소년운동은 기성세대의 무기력한 한숨을 되풀이하지 않으려는 신세대들의 반동적 움직임으로 시작되었다. 그들은 일정한 소정의 교육을 받은 세대답게 시대적 소임을 분명하게 인식하고, 장래의 '청년'들을 위하여 열성적으로 활동하였다. 그들의 헌신적인 노력 덕택에 소년운동은 소년회, 동화회, 독서회 등의 하위 운동 영역을 확장하며 전개되었다. 본래 지역에서 자발적으로 출발했던 소년회는 경성에 지도자 단체가 설립되면서 단기간에 걸쳐 전국적으로 신속히 설립되었다. 소년회는 각지에 조직되어 있던 청년단체들과 상호 긴밀히 협력하여 각종 사업을 추진하였다.

전라북도의 소년운동은 1922년부터 출범하기 시작하여 각 시군과 읍면 단위까지 결성되었다. 도내의 소년운동은 독립적 계열과 천도교

---

108 《조선중앙일보》, 1936. 4. 22.
109 《조선중앙일보》, 1936. 5. 3.

계열, 이후에 설립된 진보 계열 등이 각축하면서 활발하게 전개되었다. 독서회는 대부분 소년회의 지도자들이 관여하며 생겨나기 시작했는데, 소년회를 따라 지역별로 조직을 마쳤다. 마을 단위에서도 독서회는 조직되어 소년회나 청년회 등과 유기적으로 연대하며 활동하기도 했다. 동화회도 소년운동에 참가한 지도자들에 의해 곳곳에서 개최되었다. 동화회는 여느 소년운동 단체처럼 농촌의 계몽에도 힘을 기울였고, 아동문학물의 유통에도 기여한 바 크다. 이 무렵의 소년운동은 문단의 형성과 작가의 출현을 앞당기는 촉매 역할을 수행하였다.

한 민족주의자의 문학적 행정

—국권침탈기 김완동의 아동문학론

1. 서론

김완동(金完東, 1903~1963)은 전주에서 태어났고, 호는 포훈(苞薰)과
한별이다. 그는 1930년 《동아일보》 신춘문예에 동화 「구원의 나팔소
리!」[1]가 3등 당선되고, 같은 해 《조선일보》의 '신년 현상 문예'에 동화
「弱者의 勝利」[2]가 당선되어 문단에 나왔다. 그는 1930년대 한국 아동
문단은 물론, 전라북도 지역의 아동문학 발전을 위해 헌신적으로 노력
한 작가이다. 그러나 그의 아동문학 활동에 관해서는 지금까지 거의
다루어지지 않고 있는 실정이다. 그러다 보니 그는 한국아동문학사에
서 매몰된 작가에 속할 뿐더러, 전라북도 문학사에서도 잊혀진 작가에
속한다.[3] 이것은 한국문학 연구자들에게 팽배해 있는 명망가 중심의

---

1 김완동과 함께 당선된 작가와 작품은 1등에 경성 李德成(建德坊人)의 「귀여운 복수(復讐)」, 2등
에 경성 金哲洙의 「어머니를 위하야」, 선외가작에 영일 權翰述의 「미력이와 갓난이」, 안악 朴一
의 「동생을 차즈러」, 성진 邊甲孫의 「惡한 兄」, 개성 金載英의 「공것도 삶이로구나」, 광주 高永夏
의 「거만한 여호」, 청량리 尹元植의 「白虎잡은 가아지」 등이다.—《동아일보》, 1930. 1. 2.
2 김완동과 함께 당선된 작가와 작품은 경성 李德成의 「아버지 원수」, 경성 金在哲의 「까치의 씀」,
인천 金正漢의 「욕심쟁이」 등이다.—《조선일보》, 1930. 1. 6.
3 세계와 한국 아동문학가의 업적을 집성한 이재철의 『세계아동문학사전』(계몽사, 1989)에도 김
완동은 누락되어 있다.

연구 풍토가 낳은 예정된 폐해이다. 아직도 대부분의 연구는 유명 작가들 위주로 진행되고 있어서, 가까운 장래에 이런 태도가 지양되리라고 기대하기는 난망하다. 더욱이 아동문학은 연구자들에게 여전히 외면되고 있는 까닭에, 작품집조차 발간하지 못한 지역 출신 작가를 복원하려는 노력은 갖가지 난관에 봉착하기 십상이다.

김완동은 전주보통학교와 전주고등보통학교를 졸업하고, 대부분의 생을 교직에 종사하였다. 조선총독부에서 발행한『조선총독부 및 소속 관서 직원록』에 따르면, 김완동은 군산공립보통학교(1924~1927) 훈도, 서천보통학교(1934~1937) 촉탁 교원, 장항 성봉심상소학교(1938) 훈도 등으로 근무하였다. 그 뒤에는 경성과 북부 지방 등지의 학교에서 후세교육을 담당하였다. 그는 해방 후 전주에 정착하여 초등학교에서 퇴직한 뒤에는 아동문학 활동보다 전쟁 중의 일선 학교를 순회하며 강연하고 그 소회를「敎育時論」[4]으로 발표하거나, 전주공업기술학교의 존폐설에 관해「敎育時事論」[5]을 발표하는 등, 문학 외 활동에 주력한 것으로 보인다. 일찍이 그는 군산에서 재직하던 중, 모종의 사건에 연루되어 강제 사직되었는 바, 당시의 기사를 통해서 사건의 편린을 엿볼수 있다.

군산공립보통학교 학부형들은 도 당국이 수업료 납입 성적이 불량하다는 이유로 교사의 봉급을 지불안할 뿐만 아니라 체납 학생 300여 명을 정학 처분코자 한다 하여 대책을 강구키 위한 학부형회를 개최하고 다음과 같이 결의하다.
　1. 극빈자에게는 수업료를 면제케 할 事
　2. 일본인과 조선인 교원의 급료를 차별없이 하게 할 事

4《전북일보》, 1952. 6. 1.
5《전북일보》, 1952. 6. 13.

3. 학교비는 府民에게 누진율을 시행케 할 事

4. 수업료 체납 아동 3백여 명에게 정학처분을 하려는 것에 절대로 반대할 事

5. 사건을 실행키 위하여 위원을 선정하여 그 위원에게 일임함. 趙容寬, 金完東, 金容澤, 金瑞集, 車賢模(이상의 문제를 만일 府尹이 용인치 않는 시에는 도 당국 또는 총독부 당국에까지 진정할 事)[6]

사건 수습을 담당할 위원으로 김완동이 선출된 이 사건은 외형상으로 학비를 미납한 학생들을 전원 정학처분하려는 당국의 조치에 항의한 것이다. 그러나 속으로는 고호봉 일본인 교원의 임용을 둘러싸고 김완동을 비롯한 군산의 사회단체, 학부모 등이 민족적 성향의 교원들과 결탁하여 일으킨 사건이다. 그는 1927년 4월 27일 《동아일보》 군산지국 기자로 임용된 뒤에 군산 지역의 항일운동에 노골적으로 깊숙이 개입하였다. 김완동은 1927년 5월 28일 군산 개복동 예배당에서 열린 군산기독청년회 주최의 월례회에서 김영갑의 바이올린과 피아노 독주가 끝난 뒤에 등단하여 「丁抹國을 救한 社會敎育」이란 주제로 강연하였으며,[7] 1928년 8월 20일 군산 개복동 예배당에서 열린 군산기독청년회의 제10회 정기총회에서 회장으로 선출되었다.[8] 그 외에도 그는 군산청년동맹의 간부로서 1927년 6월 12일 설립된 신간회 군산지회의 준비위원으로 활동하였다.[9] 이처럼 군산 지역의 사회운동에 적극적으로 참가한 그의 경력은 일제에게 파면의 빌미로 인용되기에 충분했을 것이다.[10]

김완동이 관여했던 사회운동에 대해서는 객관적인 자료가 충분하지

---

6 《동아일보》, 1927. 9. 26.
7 《동아일보》, 1927. 6. 1.
8 《중외일보》, 1928. 8. 3.
9 이균영, 『신간회연구』, 역사비평사, 1996, 344쪽.

않다. 하지만 군산보통학교 사건에서 그와 함께 수습위원로 선정되었던 조용관의 행적을 통해서 충분히 유추 가능하다. 조용관은 1923년 1월 15일 동경에서 조직된 북성회에 가담한 동향의 장일환(張日煥)과 함께 사회운동에 투신한 인물이다. 그들은 같은 해 7월, 북성회에 대항하던 서울청년회의 주요인물로 떠오른다. 곧, 군산의 사회운동은 서울청년회계에 의해 주도되었으며,[11] 일제 경찰은 그들의 움직임을 "서울파의 거두 장일환의 수창(首唱)하에 동지이자 친구였던 조용관, 김영휘 등을 종용한 결과"[12]로 파악하고 있었다. 조용관은 1927년 3월 김완동과 함께 신간회 군산지회를 설립하기 위한 준비위원으로 위촉된 인물이다. 이로 미루건대, 김완동은 신간회, 군산청년동맹 등의 여러 사회단체의 수뇌부로 활동했던 것으로 보인다. 그 후에 김완동은 내부의 갈등으로 조직이 분열되자 상경한 듯하다. 그 사정은 "昨春(一九二九年) 四月에 幸인지 不幸인지 某氏의 勸誘로 사랑하는 M女學校를 辭職하고, 突然히 HS校로 轉勤케 되어서 서울 사람이 된 以後"[13]였다는 그의 고백과 1930년《조선일보》신춘문예에 응모할 당시의 주소가 '경성 내동 230'으로 표기된 것으로 추측컨대, 1929년 초에 군산을 떠난 것으로 보인다.

---

10 "김완동은 기독교를 믿으나 음흉한 수단에 불과하다. 그는 일찍이 신간회 및 조선청년동맹을 조직하고 그 장으로서 활약하였다. 배일사상이 농후한 그는 교원 자격에 부적당하여 파면한다."—양재홍, 「김완동, 독립운동과 애민문학」, 사계이재철교수정년기념논총간행위원회 편, 『한국현대아동문학작가작품론』, 집문당, 1997, 77쪽.

11 이 무렵에 서울청년회는 지방 세력의 확장에 노력하였는바, 군산 지역의 청년운동가들이 이에 가담한 것은 전주청년동맹 등을 위시한 전라북도 지역 운동단체들의 호응과 맥을 같이 한다. 서운에서는 부안 출신이 신일용이 정배, 기성대 등의 서울청년회원들과 함께 '파스큘타' 동인이었던 김복진, 김기진, 이익상, 박영희, 김형원, 안석영, 연학년, 김형원 등과 자주 어울리며 사회주의 학습을 실시하였다. 그 영향으로 파스큘라가 '인생을 위한 예술, 현실과 투쟁하는 예술'을 표방하게 된 것은 주지의 사실이다. 전라북도 문학사의 정확한 서술을 위해서는 서울청년회와 도내 사회주의 운동단체에 동시 관련된 신일용, 이익상, 김완동 등의 운동 경력과 영향 관계 등이 더 구체적으로 드러나야 할 것이다. 이에 대해서는 최명표, 「생활 중심 문학의 선구적 모습—이익상 단편소설론」, 최명표 편, 『이익상단편소설전집』, 현대문학, 2009, 453쪽 참조.

12 이균영, 앞의 책, 341쪽.

13 김완동, 「感想一束—朝鮮語 講習會를 마치고」(상), 《동아일보》, 1930. 1. 15.

상경한 김완동은 1930년 2월 26일 개정되는 조선어 철자법 연구를
목적으로 경성 시내 공사립 초등학교 교원들이 출범시킨 '초등학교 조
선어연구회'(경성 중앙고보)에서 6인의 임원으로 선출되었다.[14] 그는 경
성에서 교원 생활을 하면서 동화와 평론 등을 발표하기 시작하였다.
그의 작품 활동은 이 기간에 집중되어 있다. 그는 1940년 함경도 성진
의 메리볼틴여학교 교장으로 재직하는 등, 북녘에서 생활하다가 해방
후에 바로 귀향하지 않았던 듯하다. 1946년 전주에서 백양촌이 주도하
여 창립된 '파랑새' 동인이나, 1948년 역시 백양촌이 주동한 '봉선화동
요동인회'의 회원 명단에 그가 등재되지 않았다. 그는 나중에 전주 시
내의 초등학교 교장을 지내다가 정년퇴임한 뒤에,《전북일보》편집 고
문과《전북어린이신보》의 주간을 역임하였다. 그의 사후에 유고 선집
『반딧불』(보광출판사, 1965)이 출간되었으나, 이 책은 그의 사후에 간행
된 선집인 탓에 작품 발표연대와 서지가 틀리고, 편자가 작품명을 바
꾸는 등 여러 가지 오류를 갖고 있다.『반딧불』은 쟁쟁한 인사들의 성
명을 나열하기는 했으나, 정작 언급되었어야 할 출판 전후의 사정은
밝히지 않았다. 아래처럼『반딧불』은 '김완동 撰集'이라는 이름으로 불
분명한 간행사를 허두에 얹고 있다.

　　높으로 솟아나는 가슴을 하늘에 닿도록 흔들며 서 있는 아린 손목이 있었
다.
　　높으로 뻗칠 발디딤 길이 어느 地心을 뚫고 서 있는지 그 어린이의 눈방
울 속엔 파아란 音響이 맴돌고 있었다.
　　연보라의 그늘이 스처간 자리에서 무지개의 層階가 세워진다.
　　빛 맑은 생각들이 한 줄기 江물 되여 흘러가는 空間을 기대서서 어린 손

14《중외일보》, 1930. 2. 26.

목의 餘音을 듣고 있을 때, 나뭇가지로 뻗어가는 숨결이 와 닿는 가슴 한 언저리에 새싹이 돋아난다.

五月에 되찾은 綠色의 품속에서 무럭무럭 움터오는 것,

어린이 몸에서 하이얀 꽃송이의 香氣가 풍겨온다.

어린이 몸에서 빛무리의 旋律이 바다도곤 일렁인다.

茂盛한 言語들의 饗宴이 있는 숲속으로 내닫는 어린이들을 볼 때마다, 마음바탕을 더럽히지나 않을까 하는 걱정에 사로잡힌 일이 한두번이 아니었다.

거짓 없는 自然의 生成처럼 티끌 하나 없이 해맑은 人間의 목청을 뽑아올릴 빛의 階段이 아쉬웠다.

어린이들에게 아름다운 藝術의 씨앗을 뿌려 永遠한 現在에 이루는 果實을 거둬드리고 싶은 마음 간절했는데, 이번 새로 나온 〈반딧불〉을 대함에 마음 흐뭇하다.

여러 선생님 그리고 학부형들에게 이 작으마한 책자를 권하면서 펴내는 글로 삼는다.

서기 1965년 5월 5일

전라북도지사 李玘雨

전라북도교육위원회 교육감 金容煥[15]

위와 같이 '펴내는 글'이라는 간행사는 저간의 사정을 밝히지 않은 채, 뜻조차 파악하기 힘든 어사를 사용하고 있다. 내부분의 유작집이 고인에 대한 회고와 작품집을 펴내기까지의 과정을 자상하게 언급하는 것과 달리, 『반딧불』은 도지사와 교육감이라는 고위관료가 '어린이

---

15 「펴내는 글」, 한별 김완동 撰集 『반딧불』, 보광출판사, 1965.

들에게 아름다운 藝術의 씨앗을 뿌려 永遠한 現在에 이루는 果實을 거둬드리고 싶은 마음 간절했'다는 것처럼 오해의 소지가 다분한 문장으로 일관하였다. 그 본의는 삼가 유고집을 엮고 그 뜻을 고인에게 바친다는 것이겠으나, 전혀 소용없기는 마찬가지다. 문맥의 어디에도 시인의 성명이 나타나지 않았으며, 무슨 이유로 도백과 교육감이 참여하게 되었는지에 대한 설명이 누락되어 있다. 다만 두 사람의 이름이 등재된 것으로 미루어, 이 작품집이 관 주도로 발행되었다는 사실이 유추 가능해진다. 그러한 추측은 아래의 '엮은 뜻 바침'에 의해 거듭 확인된다.

뜻없는 글을 한 묶음하여 첫머리에 부칠가 하니 엮은 뜻이 도리혀 이 책을 쓴 이의 뜻에 어긋남이 없는가하여 조심스럽다.

무릇 글이란 한 사람의 품을 나타내며 쓴 이의 느낌을 나타낸 것이므로, 글을 읽을 때에는 먼저 글쓴 그 한 사람을 이해한다는 것이 된다.

作家의 눈에 다리(橋梁)같은 것을 놓고 읽을 사람들의 똑같은 생각을 바래는 것은 여럿이 셈을 쳐서 똑같은 分母를 바래는 것과 같다.

文學은 個性的이어야 하며 表現은 自由로워야 한다.

藝術은 모방이 아니라 創造에 있으며, 言語는 技巧 아닌 眞實에 있다.

여기 그 一生을 敎育에서 몸소 얻어진 느낌을 간추려 놓은 〈반딧불〉은 누구나 읽어봐도 글쓴이의 그 독특한 世界를 쉽사리 알 수 있다. 이제는 글 읽는 눈의 獨創性 같은 것이 必要하다.

아무튼 童謠의 世界에서 보여준 바와 같이 自然 그대로이다.

童心에서 그려 놓은 〈눈(雪)〉의 世界며, 한포기 風景畵인 수수밭에서 그리고 어린이의 生活 環境을 느낀 그대로의 童謠로 수놓았다.

童謠, 童話가 어린이 人格 形性에 至大한 影響을 미친다는 것은 다시 말할 나위 없거니와, 어린이들의 情緒 陶冶에 좋은 거름이 될만한 것을 여기

내놓게 된 것을 기쁘게 생각하면서 엮은 뜻을 여러분께 바친다.

서기 1965년 5월 5일

故 金完東 遺作品 出版會

出版 發起人

前 文敎部長官 高光萬

北中 同窓會長 金英培

同期同窓 代表 房騏準

前 全北大 法科大學長 全承範

國防分科委員長 金鍾甲

高麗製紙社長 金元全

(無順)[16]

　출판 발기인의 면면을 보면, 김완동이 차지하고 있는 세속적 명예는
상당했던 모양이다. 아마 그들은 그와 학연으로 연결된 것일텐데, 이
글조차 비문학적이고 무의미한 어사로 시종하였다. 한 시인의 유작들
을 모아서 출판하는 마당에 별무소용인 관직만 나열되었을 뿐이지, 그
들이 '출판 발기인'으로 참여하게 된 이유를 밝히지 않고 있다. 누구의
기획에 의한 것인지, 시일이 촉박하여 전후사정을 미처 기술하지 못한
것인지는 모르지만, 후대에 물려줄 양이었으면 좀더 세심하거나 상식
적인 수준에서 주의를 기울일 필요가 있었다. 다만 '북중 동창회장'이
참기인 깃으로 미루어 김완동이 선수묵승 줄신이라는 전기적 사실만
추가로 확인할 수 있을 뿐이다. 그 외 인사들은 김완동과 학연이나 지
연으로 등재되었으리라 짐작하나, 그조차 뚜렷이 언급되지 않아서 불

---

16 「엮은 뜻 바침」, 한별 김완동 撰集 『반딧불』, 보광출판사, 1965.

분명하다.

이와 같이 김완동은 생전에 작품집을 상재하지 못하였고, 사후에 친지들이 유고를 수습하여 유고집으로 선찬하였다. 그는 아동문학뿐만 아니라 다방면에서 민족적 성향을 선양하며 적극적으로 활동하였으나, 후학들에 의해 제대로 조명받지 못한 채 지금까지 역사의 이면에 방기되어 있었다. 또 그는 비교적 최근까지 생존한 인물인데도 불구하고, 전라북도 지역의 문학 관련 서술에서 흔적을 찾아볼 수 없다. 이 점은 그가 도내 문단 활동에 적극적으로 나서지 않았고, 해방 전의 운동 전력을 노출시키지 않으려는 조심성에서 기인한 것일 수 있다. 이에 본고는 제한된 자료를 바탕으로 우선 부분적으로나마 김완동의 아동문학을 거론하여 사계의 관심을 촉구하는 한편, 전북문학사의 올바른 서술과 한국아동문학사의 시정을 위할 목적으로 착수되었다. 본고에서 이용하고자 하는 자료는 주로 국권침탈기가 해당하며, 확인하지 못한 자료는 앞으로의 연구에서 보충하기로 약속한다. 본고는 그의 사후에 발행된 유고집의 편집 상태가 작가의 의도에 따른 것이라고 보지 않은 이유로, 발표 당시의 원문을 이용하면서 부분적으로 유고집도 참고하여 논의를 전개할 계획이다.

2. 희망의 문학과 현실지향적 문학관

1) 전통적 표지로서의 동요

김완동은 1930년부터 동요 발표에 나섰다. 그는 이 시기에 다량의 동요를 발표하고 나서 침묵하였다. 아마 그의 사회운동 이력이 문단 활동을 제어하였으리라. 그는 이때 말고 아동문단에 가담하지 않았으며, 이후에는 교육 부문에 종사하였다. 아마 경성에서 교사 생활을 하는 동안에 요시찰 인물로 주목받고 있었을 그의 입장과 이후에 함흥까지 가게 된 저간의 사정까지 감안하면, 외부 요인에 의해 문단 활동을 중지한 것으로 볼 수 있다. 그는 해방 후에도 문단에 나서지 않았는데, 이것은 이념차에 의한 대립이 일상화되었던 정치적 환경의 영향일 터이다. 논의의 범주를 확장하면, 그는 도내에서 교사로 재직하는 동안에 당할지도 모를 신분상의 불이익을 우려하여 과거 행적을 도포한 것일 수도 있다. 그가 교육 활동에 전력하게 된 것도 아동의 주위로부터 떠난 것이 아니다. 비록 그는 문단 활동을 그만두기는 하였지만 여전히 아이들을 위한 문학에 대해서는 주시하고 있었다.[17] 그런 자세가 노후에 아이들을 위한 신문의 편집에 관계하도록 추동하였을 것이다.

그의 동요는 크게 형태적 측면과 내용적 측면으로 나눌 수 있다. 전자는 그가 동요의 리듬에 상당한 관심을 표명했던 사실을 드러내준다. 예컨대, 그는 전통적인 4·4조와 7·5조를 번갈아 적용하였다. 알다시피, 7·5조는 최남선의 소위 '신체시'「해에게서 소년에게」에서 살필 수 있듯이 일본으로부터 이입된 형태이다. 이 리듬은 식민지에 들어오면서부터 전통적인 리듬을 일거에 구축해버리고 그 자리를 차지해버렸다. 이것은 무엇보다도 조선총독부에 의해 편찬되어 보급된 교과서 탓이 크다. 아이들이 학교에서 7·5조를 습득하게 되고, 작가들이 무비판적으로 신식 리듬인 양 수용하면서 왜색 리듬은 새로운 전통으로 행세하기 시작했다. 김완동이 동요 창작에 착수했던 시기에는 이 리듬이 전면적인 제도화 과정을 완료해 가던 시기였다. 그의 동요에서 이 형태를 찾아볼 수 있는 것은 이런 사연 때문인 것으로 보인다.

---

17 『반딧불』에 《전북어린이신보》 발표작과 '유고작' 등이 수록된 것으로 보건대, 김완동은 해방 후에도 작품 활동을 완전히 종료하지 않고, 미발표하거나 자신이 관여하던 신문에 한하여 게재한 듯하다.

세살먹은 내동생은
우리집에 장사래요
쌔때입고 꽃신신고
싸복싸복 거러가다
돌쌔리에 너머저도
울지안고 이러나서
두손털며 춤배앗고
한울한번 처다보면
다친곳도 당장나어
씩씩하게 거러가죠

―「내 동생」[18] 전문

엊그적게 업치든 어린내동생
벌서붙어 걸음마 공부합니다

한발떼고 장한듯이 웃는답니다
두발떼고 용한듯이 웃는답니다

어머니도 깃버서 일을멈추고
걸음마 걸음마를 불러줍니다

다시한발 떼려다가 힘이팡기면
비틀비틀 하다가는 주잢습니다

---

18 《동아일보》, 1930. 2. 25.

섬마섬마 걸음마 또불러주면
다시 서서 걸음마 공부합니다

장한듯이 용한듯이 소리를치며
따복따복 걸음마 공부합니다

－「걸음마 공부」[19] 전문

위 작품에서 확인할 수 있듯이, 김완동의 동요는 전형적인 7·5조 형태를 따르고 있다. 이러한 모습은 당시 유행하던 리듬을 추종한 것인바, 그가 아동문단의 움직임에 주의를 기울이고 있었던 결과이다. 그는 '따복따복', '섬마섬마' 등의 방언을 차용하여 글자수를 맞추면서, 걸어가는 모습을 절묘하게 묘파하고 있다. 그러나 김완동은 동일한 어휘를 두 작품에 연속적으로 출현시켜서 일천한 문단 경력을 절로 드러내고 말았다. 그가 자수에 지나칠 정도로 집착한 것도 그런 이유로 보아야 할 것이다. 그의 동요는 동시로 나아가기 이전의 잔영을 상당히 간직하고 있다. 이 점은 그의 동요를 동시와 중첩되도록 만든 요인이다. 한국의 아동문학사에서 동시는 동요로부터 발달해 온 것인데, 그것은 시가에서 노래의 성격이 삭제되어 시로 정착되는 과정과 맥을 같이 한다. 이러한 징후는 자수를 엄격히 준수하느라 글자수를 축약한 '주잤습니다'에서 구체적으로 살필 수 있다. 그러는 한편 '장한듯이 용한듯이 소리를치며'에서 보듯이, 그는 자수보다 한국어의 고유한 소리결에 착목하여 리듬을 싱승시기려는 의욕을 보여주기노 한나. 이렇듯 그의 동요가 지닌 결점은 전통적인 리듬을 추구하면서 상당 부분 상쇄되기에 이른다.

---

19 《동아일보》, 1930. 9. 16.

키다리 수수대
바람만 불면은
가을이 오라고
손질을 하드니

고요한 이밤에
수수대 밭에서
가을이 온다고
우수수 합니다

―「가을이 오네」[20] 전문

동무동무 새 동무
래일모레 낡은동무
강강수월래 강강수월래

멀리멀리 간 동무
언제언제 오는가
강강수월래 강강수월래

한가위에 새옷닙고
래일모레 온다네
강강수월래 강강수월래

―「동무」[21] 전문

---

20 《동아일보》, 1930. 10. 4.
21 《동아일보》, 1930. 11. 2.

김완동은 자신의 문제점을 극복하는 방안으로 철저하게 나이 어린 아이들의 생활에서 소재를 채택하였다. 그의 노력에 힘입어 동요들은 어린이들의 현실에 밀착될 수 있었다. 물론 이러한 동요관은 어린이들의 생활과 유리되지 않은 문학을 추구했던 그의 신념에서 비롯된 것이다. 그는 문학을 사회제도의 일종으로 인식하고 있었으므로, 공허한 관념을 배제하고 아이들의 생활 장면을 시화하고자 노력하였다. 이 시기에는 방정환을 중심으로 한 천교도의 문화운동이 쇠락해지고, 그 대신에 카프 측에서 주도한 어린이 문화운동이 대세를 장악하고 있었다. 그러나 김완동은 프롤레타리아문학을 추구하면서도 카프의 투쟁적이고 교조적인 동요가 아니라, 전통적인 문화와 어린이들의 순수한 성정을 노래로 담아내고 있어서 구별된다. 그는 '멀리멀리 간 동무'를 그리워하는 마음을 「강강수월래」라는 민요가 생성하는 원형으로 표현하여 그리움의 반복을 나타내는 한편, 친구가 '래일모레 온다'는 희망을 표출하였다. 이 희망은 그의 작품에서 자주 검출되는 덕목이다.

　　비록 카프측과 그의 정치적 이상이 이념상으로 중첩될지라도, 위의 작품에서 볼 수 있듯이 민족적 정서를 시화하는데 공을 기울였다는 점은 주의를 요한다. 그는 카프의 맹원이 아니었으므로 조직의 지침에 따른 작품을 제출할 의무가 없었을 뿐만 아니라, 자신의 독자적인 신념에 입각하여 바라는 바를 형상화할 수 있었던 것이다. 이렇듯이 신축적인 문학관을 지니고 있었던 그였기에, 위 작품들에서 전통적인 3·4조 또는 4·4조의 리듬을 선보이게 되었다. 아울러 이것은 김완동이 전래의 동요에 내재된 리듬에 상당한 주의를 기울이고 있었다는 움직일 수 없는 증거이다. 그는 반복되는 리듬을 구사하는 노래의 특성 때문에 아이들이 지루하지 않도록 여러 가지 변이형 리듬을 시도하기도 했다. 그의 시적 고뇌가 형태적 변화를 데불고 오고, 이 점은 그의 시쓰기가 상당기간의 습작기간을 거쳤다는 사실을 강조한다.

빤— 짝

빤— 짝

반듸불 아가씨들 어대갑니까

밤이면 불켜들고 어대갑니까

빤— 짝

빤— 짝

반듸불 아가씨들 마실갑니다

이밤에 동모집에 마실갑니다

—「반듸불」[22] 전문

　　김완동은 리듬의 단조로움을 극복할 양으로 '빤— 짝'이라는 시늉말
을 차용하고 있다. 그것은 그가 짧은 길이와 함께 내용의 댓구가 주는
한계를 의식하여 변화를 준 것이다. 그는 '빤— 짝빤— 짝'을 '빤— 짝/
빤— 짝'으로 처리하여 리듬의 손실을 야기하는 난관으로부터 벗어나
는 동시에, 기계적 리듬의 지루함을 예방하였다. 그의 의도된 행가름
은 넉 줄의 형태를 확보하면서 본연의 효과를 거두게 되었다. 이것은
김완동이 동요의 창작 과정에서 섬세한 관찰과 음감을 앞세웠을 뿐만
아니라, 모국어가 지닌 교착어로서의 곤란도를 효과적으로 우회한 사
례이다. 그는 1연과 2연을 문답식으로 배치하여 가창상의 주고받기가
가능하도록 배려하였다. 그가 태어난 곳이 판소리의 본고장이라는 사
실을 감안하면, 이것은 유년기부터 내면화된 소리에 대한 감각의 덕분
이다. 이런 예는 당시의 동요에서 산견되는 바, 그가 동요 제작에 앞서
시대적 흐름을 면밀하게 주시하고 있었다는 방증이다.

---

22 《동아일보》. 1930. 9. 28.

1

내동생 순희는 이름낫지요
저혼자 방에서 애잘보기로.

2

동리집 한머니 돌러만오면
순희를 차즈며 애좀보라죠.

3

순희는 깃버서 제베개업고
허리를 굽히고 애를본다오.

4

자장가 불러서 애재위노면
동리집 한머니 웃고자지오.

―「이름난 순희」[23] 전문

1

내동생이 울ㅅ때마다 울어머니는
애비온다 울지마라 말슴하지오.
2

울든동생 깜짝놀리 울음ㅅ근치고
애비어대 잇느냐고 무러본다오.

23 《동아일보》. 1930. 3. 9.

3
울어머니 그말대답 도모지안코
울긴울긴 웨우냐고 소리만치죠.

-「에비」24 전문

인용 작품에서 알 수 있듯이, 김완동의 동요에서 두드러지게 표출되는 것이 전통적인 문화적 내용이다. 그는 비록 외래 리듬을 취하면서도, 내용상으로는 전래의 문화적 유산들을 적극적으로 반영하려고 노력하였다. 그의 동요 「七夕노래」(《동아일보》. 1930. 8. 21)에서 확인 가능하듯이, 그는 구비문학 유산을 포함하여 문화적 전통들을 동요화함으로써, 학교에 다니지 못거나 문맹 상태의 아이들이 조상들로부터 물려받은 문화적 자양을 잇도록 배려하고 있다. 또 그는 다른 동요 「서울」(《동아일보》. 1930. 3. 19)에서 식민지의 수도 풍경을 상경한 아이의 시선으로 자세히 묘사하였다. 이것은 그가 지방 출신이라는 사실과 결부시켜 풀이되어야 하는데, 시골 아이들의 도회지에 대한 동경의식을 일정하게 무마시켜주는 한편, 도농간의 문화적 격차를 돋보이도록 서술하여 막연한 동경의 폐해를 인지하도록 장치하고 있다. 그가 계속하여 교육 현장에 재직했던 경험이 이러한 태도를 예정한 것이리라. 곧, 그는 자신의 경험에 토대하여 동요 작품을 생산한 작가이기에, 순희가 '제비개업고'애 보는 광경을 묘사할 수 있었고, 동생이 울 때마다 '에비온다'고 어르는 어머니의 모습을 적확히 포착할 수 있었다.

그의 노력이 중요한 이유인즉, 식민지 경제 체제로 강제 편입된 이후에 더욱 악화된 절대빈곤층의 궁핍한 생활상을 집중적으로 노래하고 있다는 사실이다. 김완동은 언니가 동생을 보거나 재웠던 보편적인 현

---

24 《동아일보》. 1930. 3. 14.

상과 아비가 가장으로서의 경제적 책임을 다하고자 집을 떠나는 일이 다반사였던 당대의 사회상을 주체적으로 형상화하고 있다. 이처럼 그는 단형의 동요 작품에 문화적 유습과 당시의 사회적 현실을 수용하느라 전력하였다. 그가 굳이 서사적 내용을 동요라는 형식에 의지한 까닭은, 동요가 지닌 가창 장르의 성격에 있을 터이다. 동요는 예로부터 「서동요」에서 보듯이, 고유한 흡인력에 의지하여 청중들의 호기심을 견인하는데 유용하다. 이러한 전통의 사례를 이용하여 그는 당대 아이들의 가난한 일상을 관찰하여 노래로 구현하였던 것이다. 그의 노력에 힘입어 1930년을 전후한 식민지 사회의 물질적 어려움이 왜곡된 경제 체제의 도입으로 인한 결과라는 사실을 유추할 수 있다. 일례로, 다음의 예시는 그에 대한 적절한 답을 제공한다.

우리집 앞뜰에 나팔분꽃은
밤마다 늦도록 누나하고서
무엇을 그리고 속삭이는지
낮에도 곤한잠 깰줄몰라요
그러나 저햇님 서산에지고
누나가 공장서 돌아오면은
저분꽃 부수수 잠을깨고서
나팔꽃 벌리고 웃어주지오

—「분꽃」[25] 전문

1930년대는 식민지의 원주민들이 일제의 식민경제에 포섭되어 도농 간의 소득 격차가 심각하게 벌어지고, 그로 인해 시골에서는 도회지로

---

25 《동아일보》, 1930. 11. 3.

나가려는 움직임이 도처에서 목격되고 있었다. 특히 이 시기의 여성들은 일제가 설립한 제사공장에 취직하여 비인간적인 처우 속에서 극심한 중노동에 시달리고 있었다. 그들은 규정에 어긋나면 체벌을 감수하는 등, 기숙사에서 감금되어 생활하면서 죽기도 하였다. 그녀들의 열악한 노동 환경을 모르는 16세 전후의 시골 처녀들은 모집원들의 감언이설에 호응하는 무분별한 충동에 휩싸여 공장 취직을 열망하면서 고향을 떠났다. 그녀들의 이농은 도시 인구의 밀집을 가져왔고, 여성들의 신분 질서에 커다란 충격을 야기했다. 그녀들의 이탈로 농촌의 노동력은 갈수록 저하되었고, 그와 반대로 도시에서는 여성들의 임금 경쟁력이 급격히 추락하였다. 그뿐만 아니라 그녀들의 도시 진출은 원주민들의 계급적 모순을 심화하는 동시에, 유휴 인력의 증가로 이어지면서 심각한 노동력 착취 상태를 불러들였다. 당시의 이농현상에 대해서는 그와 동향의 시인이 날카롭게 포착하여 시화한 바 있다.

『아이 조키도하여! 나는 都市ㅅ구경을 간다네
自働車타고 華麗한 都市로 돈 벌러 간다네』
이것은 C都市에 새로 設立된 製組工場으로
女職工에 뽑혀가는 마을 婦女들의 자랑하는 소리—

—김해강, 「農土로 돌아오라」[26] 부분

김완동의 동요는 위 시와 유사한 맥락에서 살펴야 한다. 당시 조선총독부의 통계에 의하면, 1929년 현재 농업 호구(戶口)는 2,815,277호, 인구는 15,210,204명이었다. 그 중에서 대지주는 21,326호, 중지주는 83,170호, 자작농은 507,384호, 자작 겸 소작농은 885,594호, 소작농

---

26 《조선일보》, 1928. 9. 21.

은 1,283,471호, 소작 겸 화전민은 92,710호, 순화전민은 34,337호로, 대지주와 소작농이 전년 대비 급증하였다.[27] 이러한 현상은 "1920년대 초로부터 공황을 겪은 직후인 1930년대 중반까지는 부농→중농→빈농에의 전층적 몰락이 급격히 진행되었음"[28]을 알려주는 지표이다. 그에 따라 이농현상은 가속화되었고, 농촌 여성들은 일제가 식민지의 노동력을 수탈하기 위해 설립한 제사공장, 고무공장 등에 취직하였다. 특히 제사공장은 식민지의 값싼 노동력을 착취하여 일제의 군수용 제품을 조달하고자 각지에 설립되었다. 그곳에 근무하던 노동자들 중에는 여성과 소년들이 상당하였다. 1935년 현재 평양의 7,153명의 노동자 중에서 여성 노동자는 2,696명이고, 소년노동자는 1,075명이었다.[29] 이처럼 일제가 여성과 소년노동자들을 선호했던 이유는 단순 노동이 필요한 노동집약적 산업의 특성과 순종적이고 저렴한 잉여인력이어서 임금의 착취가 가능했기 때문이었다. 식민지의 원주민들로서는 일제의 지속적인 와해 공작으로 누대의 공동체였던 농촌이 해체되고, 1929년에 일어난 전세계적인 경제대공황의 여파로 식민지 경제가 극심한 불황기에 진입하여 생계를 유지하기 위해서는 어쩔 수 없이 공장에 취직하지 않으면 안 되었다. 이런 형편은 일제가 전시체제를 조성하면서 남성들을 징용과 징병으로 강제 징집해 가면서 이후에 더욱 악화되었다.

위의 경제 상황을 염두에 두면서 인용 작품을 볼 양이면, 겉으로는 분꽃과 누나의 친밀한 관계를 다루고 있으나, 속으로는 일용직 노동자로 전락하여 고단한 공장살이에 지친 누나의 애환이 묻어 있다. 분꽃은 공장에 다니느라 피곤한 누나를 위로해 줄 수 있는 유일한 친구이

---

27 《동아일보》, 1930. 11. 1.
28 강태훈, 「일제하 조선의 농민층 분해에 관한 연구」, 장시원 외, 『한국 근대 농촌사회와 농민운동』, 열음사, 1988, 203쪽.
29 《조선중앙일보》, 1935. 2. 18.

며, 누나는 분꽃과 대화를 나누며 근근한 생활을 영위한다. 그녀의 곤궁한 삶은 분꽃 덕분에 하루하루 지탱되고 있을 뿐이다. 김완동은 한 편의 동요에 이러한 서사를 담고 있다. 그러한 사례는 "우리옵바 빗쟁이 거짓말쟁이/래일모레 준다는돈 주긴뭘줘요"(「우리 옵바」, 《동아일보》, 1930. 11. 3)라는 동요에서도 찾아볼 수 있다. 이웃으로부터 차용한 돈을 갚지 못해 '거짓말쟁이'로 전락한 오빠의 가련한 처지를 고발함으로써, 일제에 의해 강제로 이식되어 당대 민중들을 구속했던 식민경제 체제의 폐악을 고발한 작품이다. 이처럼 그는 동요라는 장르가 허용하는 범위 내에서 시대적 형편을 최대한 수용하려고 노력하였다. 그 와중에서도 그는 문학의 보편적 속성을 충분히 고려함으로써, 도식적이고 이념지향적인 취향을 삼가도록 세심하게 주의하였다. 이런 자세는 사후에 발간된 유고 선집 『반딧불』에 수록된 작품들을 통해서 김완동의 동요가 추구했던 궁극의 세계를 적확하게 제시할 수 있도록 견인하였다.

> 고사리 새움이 올라온다
> 만세! 만세! 높이 부른다
> 손, 손, 손.
> 온갖 재주 지녔구나
> 희망의 새 나라를 세워보자고
>
> ―「손, 손, 손」[30] 전문

소재상으로 '손'에 주목한 위 작품은 김완동의 아동문학에 대한 관심을 증거하기에 충분하다. 그는 동요를 통해서 '희망의 새 나라'를 세워

---

30 한별 김완동 撰集 『반딧불』, 보광출판사, 1965, 45쪽.

갈 동량들에게 희망을 심어주고자 시도했다. 그의 노력이 값진 이유인즉, 사위를 포박한 일제의 폭압정치 하에서 희망을 가질 수 없었던 원주민 어린이들에게 생존의 이유를 제시했다는 점이다. 물론 동요가 그처럼 막중한 임무를 수행하기에는 역부족이겠으나, 아이들은 동요를 부르는 동안에 미래에 대한 희망을 지닐 수 있었다. 이 점은 그가 프롤레타리아문학이 요구하는 아이들에게 어울리지 않는 투쟁성을 배제한 점으로 중요하다. 그는 아이들에게 투쟁성을 주입하거나 강조하는 태도는 어울리지 않다고 판단한 것이다. 강고한 식민체제와 투쟁하는 것은 현세대의 몫이지, 당대의 물질적 조건과 무관한 아이들이 감당할 바가 아니다. 그들은 기성세대의 미래이자 희망인 까닭에, '새나라'의 당도를 신뢰하면서 현실적 간난신고를 극복할 만한 역량을 비축하는 데 노력해야 한다. 그것은 바로 희망으로부터 비롯되는 것이고, 김완동은 동요를 통해 희망을 제시하여 시대적 요구에 부응하고 있다.

2) 현실혁파적 동화

김완동은 동요 외에 동화와 소년소설을 각각 1편씩 발표하였다. 그의 동화「구원의 나팔소리!」는 주목할 만한 작품이다. 이 작품은 비록 동화라고 할지라도, 당시 일제의 사상 통제를 감안하면 가히 혁명적 내용을 담고 있다. 옛날 어느 나라의 임금이 정사에는 무관심한 채, 자신의 이익을 악착같이 쫓다가 아들과 백성들에게 왕위를 찬탈당하는 내용이다. 그에 비해 왕사는 백성들의 어려운 사정을 헤아리고 동정하기를 마다하지 않아서 그들로부터 절대적인 신망을 얻고 있다. 백성들은 명분도 없는 과중한 세금 때문에 아사자와 병사자가 속출하고, 급기야 생존을 위해 살인을 서슴지 않는다. 백성들은 "필경에는 악착한 세상에서 괴롬을 바다 가면서 살랴다가 배곱하 죽고 병드러 죽는 것보다 차라리 올흔 일을 위하야 후생을 위하야 나아가 싸우다가 죽는 것이 얼마나 낫다는 것"[31]을 깨닫고, 임금의 불의에 공공연히 항의하였다. 이에 임금은 자신을 비판하는 백성들을 사형시키면서 철권통치를 계속하였다. 이렇게 참혹한 광경을 목격한 열다섯 살의 왕자는 부왕에게 정사를 중시할 것을 간언했다가 핀잔을 듣는다. 그는 임금의 마음을 돌이킬 수 없음을 알고 옥퉁소만 갖고 집을 나섰다. 그는 옥퉁소를 불며 시름을 달래다가 잠들었던 중, 하늘의 소리를 듣게 된다. 그가 꿈속에서 듣던 순간에, 모든 백성들도 그 소리를 같이 듣고 나라 안이 술렁거리기 시작하였다.

그째에 왕자는 서슴지 안코『째는 왓다.』하고 웨치고, 자긔 압흐로 쒸여오는 말을 날래 잡아타고 광채 찬란한 나팔을 힘잇게 불엇습니다. 그런데 이상한 일이올시다. 왕자의 나팔소리가 울릴 째마다 어대서인지 말 탄 병정이 수천 명씩 달려 모아 들엇습니다. 그리하야 잠간 동안에 널따란 들판에는 수만 명의 긔병이 긔세 조케 가득히 차 잇게 되엇습니다.

왕자는 의기 조케 벽력 가튼 호령을 하야 왕이 잇는 궁궐로 들어갓습니다. 그런데 왕은 이미 왕자의 나팔소리에 두려운 생각이 마음에 치미러서 어이 할 줄을 모르고 헤매이다가 그만 정신을 일코 필경에 입으로 검붉은 피를 토하고 죽어버렷습니다. 그리하야 왕자는 조금도 장애가 업시 악한 왕을 물리치고 산천이 진동하게 개선가를 불럿습니다.

모든 백성들은 새 나라를 차즌 듯이 쒸며 즐겨 하엿습니다. 왕자는 그 동안 부왕이 가난한 백성의 피를 쌀아 궁내에 싸아 두엇든 수만 석 곡식을 다 풀어 백성에게 난호아 주엇습니다. 그리하야 오래간만에 이 나라 백성의 입에서는 깃븐 우슴이 터저나왓습니다. 백성을 구원한 왕자는 만족한 빗을 얼

---

31 김완동, 「구원의 나팔소리!」(1),《동아일보》, 1930. 1. 9.

굴에 씌우고 깃버하는 백성들의 광경을 물그럼이 바라보앗습니다. 그러고
는 죽은 부왕의 시체를 차자 가드니 그만 끼어안고 늣겨 울엇습니다.

『오! 아버지! 웨 이러케도 악착하게 세상을 쩌나섯습니까? 지금 아버지의
마음은 돌이혀 편하실 것입니다. 오! 아버지! 소자는 결코 아버지가 안저 계
시든 옥좌에는 안저보지도 안켓습니다. 그러고 이 세상의 헛된 영화와 죄악
의 향락을 피하야 저 순량한 농민이 되어 한 세상을 보내겟사오니, 아버지!
용서하시기 바랍니다.』

이와 가티 왕자는 부왕의 악착한 죽엄을 원망하여 또한 애통하얏습니다.
이쌔에 온 백성들은 진정에서 흐르는 동정의 눈물을 금치 못하얏스며, 왕자
의 그 열렬한 충성에는 감복 아니 할 수가 업섯습니다.

그후 왕자는 농촌에 돌아가서 아츰 저녁으로는 그 구원의 나팔을 부러 그
나라 행복을 축복하얏스며, 나제는 쌍을 파고 밤에는 글을 읽엇습니다. 그
러고 온 백성들은 아츰 저녁으로 그 구원의 나팔소리를 들을 쌔마다 더러운
마음을 버리고 진정한 사랑으로 평화롭게 사라갓습니다.[32]

이 작품은 민의를 수용하지 않는 임금은 축출해도 무방하다는 맹자
의 혁명관을 잇고 있다. 만일 그가 거부한다면, 백성들은 그를 물리력
을 동원해서 강제로 권좌에서 추방할 수 있다는 작가의 신념이 주제의
식으로 구체화된 것이다. 이것은 일제에 의한 강압통치가 기승을 부리
던 시기에 발표된 사실과 결부시켜 볼 때 가히 놀랄 만하다. 차라리 당
국의 검열이 제대로 이루어지지 않았기에 발표가 가능했으리라는 추
정이 설득력이 있다. 더욱이 이 작품이 민족시의 현상 공모에 당선되
었던 점을 고려하면, 심사위원들의 용기가 가상하기도 하다. 그 즈음
에 일제는 군국주의화를 획책하면서 한반도를 자국 군대의 병참기지

---

32 김완동, 「구원의 나팔소리!」(3), 《동아일보》, 1930. 1. 12.

로 만들어 가려는 책동을 노골화하던 때였다. 김완동은 그들에 대항하다가 학교에서 파면되었고, 각종 사회운동에 활발히 참가하여 민족의 처지를 개선하려고 진력하였다. 따라서 작가가 굳이 '1930년을 마즈면서'라는 생산연도를 밝힌 것으로 미루어 볼 때, 이 작품은 당시 식민 상태의 민족에게 보낸 '구원의 나팔소리'로 볼 수 있다.

그와 같은 배경에는 문학을 사회적 반영물로 보고, 동화를 "作家 自身의 兒童期를 回想하면서 童心을 가지고 兒童이 追求하는 世上을 童話로써 그려내는 것"[33]으로 파악한 동화관이 자리하고 있다. 그는 동화가 아동들의 생활 장면을 반드시 반영하여야 한다고 주장하였으며, 그 내용이나 형식은 고정적인 것이 아니라 역사적 조건에 따라 변화한다고 보았다. 이런 작가적 신념에 토대하여 김완동은 이 작품을 쓰는 도중에 '작가 자신의 아동기를 회상'해 보고, 당대의 '아동이 추구하는 세상'을 동화로 제시한 것이다. 그의 노력은 당대의 평단으로부터 "표현방식과 사건 전개가 능란하다"[34]는 평가로 보상되었다. 그는 동요를 통해서 후세들에게 장래의 희망을 선사했듯이, 동화에서도 가상적으로나마 암울한 시대의 종말을 구현하여 당대의 억압 상태를 인내할 수 있는 심적 동력을 제공하였다. 이와 같은 그의 주제의식은 소년소설 「아버지를 딸하서」에서도 이어진다. 다만, 이 작품이 소년소설인 이유로 장르의 속성을 살려 식민지 현실을 사실적으로 묘사하고 있다. 말하자면, 김완동은 장르의 형식적 요소를 활용하여 서술의 방향을 결정하고 있는 셈이다.

아버지는 곳 이어서 대답을 못하고 머뭇거리다가 구든 결심이나 하신 듯

---

33 김완동, 「新童話運動을 爲한 童話의 敎育的 考察—作家와 評家 諸氏에게」(1), 《동아일보》, 1930. 2. 16.
34 장선명, 「신춘 동화 개평—3대 신문을 중심으로」, 《동아일보》, 1930. 2. 9.

이 무겁게 입을 열엇다.

『창룡아…… 나는 래일부터 인쇄소를 그만 두게 되엇다.』

창룡이는 영리(怜悧)한 소년이엇다. 이 말 한 마듸에 시골에 잇슬 째에 출가(出嫁)한 누나가 한 이야기를 긔억하게 되엇다.

그것은―

창룡이 아버지는 사년 전싸지는 시골 어느 보통학교 선생님이엇다.

어느 날 학교에서 불온한 서책을 읽으시다가 그 학교 교장과 시비가 되어서 여러 가지로 봉변을 당하시고, 나종에는 그 학교는 그만 두섯다는 것이다.

그리하야 삼년 동안을 직업이 업시 고생을 하든 가운데 창룡이를 가장 사랑하든 그 어머니싸지가 세상을 써나게 되자 그 아버지의 마음은 더욱 상하야서 한째에는 집에도 드러오시지 안코 ××회관에만 게시면서 무슨 회니 무슨 회니 하고 밤낫 돌아다니시면서 강연도 하시고 돌아다니섯다. 그째에 창룡이는 그 누나와 가티 얼마나 울엇는지 알 수가 업섯다.

그러다가 금년 정월에 오즉 하나인 그 누나마저 시집을 가 버리고 창룡이는 그 아버지를 쌀어서 서울에 올라 왓든 것이다. 그리하야 영일이 아버지의 소개로 ××인쇄소에 취직이 되어서 한 달에 몃 십원씩의 수입을 가지고 근근히 사라 가든 터인데, 그 인쇄소를 또 그만 두게 되엇다는 말에 창룡이는 아니 놀랄 수가 업섯다.[35]

김완동의 자전적 작품이다. 그는 "『프로』童話! 이것은 朝鮮 六百萬 兒童 中 絶對 多數가 要求하고 잇는 現實的 童話"[36]리고 인식힌 바탕 위에서 자신의 경험을 소설에 반영하여 식민지 원주민 아동의 비극적

---

35 김완동, 「아버지를 쌀어서」 (2), 《동아일보》, 1930. 1. 28.
36 김완동, 「新童話運動을 爲한 童話의 敎育的 考察―作家와 評家 諸氏에게」 (4), 《동아일보》, 1930. 2. 21.

삶을 형상화고자 애썼다. 그것은 신간회 운동을 비롯하여 여러 가지 사회운동에 참가했던 이력에서 우러나온 것이다. 그는 식민지의 아동을 에워싸고 있는 현실적 조건들을 반영하여 프롤레타리아의 계급적 모순을 작품에 수용하는 태도를 견지하였다. 그의 노력에 힘입어 교원에서 인쇄공으로 전락했다가 그마저 잃게 된 식민지 지식인의 형상이 전경화되었다. 그는 아버지를 앞세워서 당대의 엘리트들이 겪고 있었던 이상과 현실 사이의 갈등 양상을 포착하여 가감없이 보여준 것이다. 특히 김완동은 아버지와 단둘이 살아가는 창룡이에게 연속적으로 닥치는 비극적 사태들을 통하여 갖은 난관에서도 삶을 포기하지 않는 긍정적 자세와 미래의 삶에 대한 희망을 제시하였다. 이것은 그의 아동문학적 주제가 희망이었음을 단적으로 증명해준다.

상학 시간이 되어서 창룡이는 사랑하는 선생님에게 마즈막 이끌려 오학년 교실로 드러갓섯다. 여러 동모들은 까닭을 모르고 의심스런 눈초리로 드러오시는 선생님과 그뒤를 싸르는 창룡를 번거라 보앗다. 창룡이 마음은 이상히 손님과 가튼 생각이 나지 안햇다.

여러 동모들은 전과 가티 그립하야 가지고 단정히 선생님께 례를 하얏다. 그러고 선생님은 창룡이를 교단 우에 올려 세우시드니, 온유하신 목소리로 말슴하얏다.

『우리는 사랑하는 동모 하나를 보내게 되엇다. 창룡이는 이번에 이 학교를 그만두고 아버지를 짤해서 머나먼 바람찬 북간도란 곳으로 가게 되엇다. 착한 동모와 갈리게 된 것을 생각하면 참으로 섭섭한 정을 억제할 수가 업다마는, 하는 수 업는 사정이니 우리는 창룡이 압길을 위하야 정성껏 축복하야 주자! 이제 너의들에게 마즈막 인사나 하려고 너의들 압헤 나선 것이다.』

여러 동모들은 이가티 섭섭히 생각하시는 선생님의 말슴을 듯고는 마츰

내 눈물까지 흘리는 동모도 잇섯다. 교실 안에 섭섭한 긔운이 가득히 찻섯다. 그치하야 이가튼 광경을 바라보든 창룡이는 가슴 속에 넘치는 설음을 억제치 못하고 그만 소리처 울어버렷다. 여러 동모들도 모다 책상 우에 고개를 숙이고 늣겨 울엇다. 산생님은 학생들의 동모들을 사랑하는 마음이 얼마나 한 것을 아르시고 섭섭하신 중에도 깃븜을 늣기섯다. 그리하야 선생님은 소리를 놉혀 또 말슴하섯다.

『너의들이 이가티 흘리는 눈물은 참으로 귀한 눈물이다. 동모를 사랑하는 마음이 아름답게 빗나는 것이다. 이가튼 사랑이 기리기리 얼키어 잇기를 바란다.』[37]

담임교사의 훈시는 작가의 의중을 대신한 것이다. 작가는 농토나 직장을 잃고 간도로 떠나는 사람들이 붐비던 당대의 실상을 속수무책으로 관망할 수밖에 없는 교사의 시점을 채택하고 있다. 그의 개입에 의해 서술상의 초점화가 이루어졌는바, 그것은 자신의 교직 체험에서 절로 취택하게 된 것으로 보인다. 담임교사가 동무들의 눈물을 높이 평가하면서 '이가튼 사랑이 기리기리 얼키어 잇기를 바란다'고 말한 이유는 동일 민족간의 단결과 상호 위안을 염원한 것이다. 이것은 그가 운동전선에 복무하는 동안에 겪었던 불화의 악기능을 미연에 방지하려는 의도이고, 아이들의 세계에서는 반복과 질시가 없기를 바라는 기성세대의 간절한 바람을 표백한 것이다. 이 점에서 그의 동화와 소년소설은 민족해방운동의 연장선상에서 바라보아야 한다. 이러한 교사 의식은 화자이 우월적 지위를 강조하게 될 염려가 있으나, 그는 창룡이가 또래와 화해하는 장면을 삽입하여 기우로부터 벗어난다.

---

37 김완동, 「아버지를 딸하서」 (4), 《동아일보》, 1930. 1. 30.

3) 원칙에 충실한 비평

김완동은 1929년 말에 개최된 조선어강습회에 참석한 바 있다. 이 강습회는 동아일보사의 후원으로 6일 동안 18시간에 걸쳐 진행되었다. 당시 동아일보사는 한글맞춤법의 통일안을 강력히 지지하였고, 초안이 공표될 때까지 각종 강습회와 사설 등을 통해서 사전 정지작업을 전개하고 있었다. 맞춤법의 통일은 신문 활자와 교과서의 교체 등을 필수적으로 요구하므로, 교과서 발행기관인 조선총독부와 학계, 출판계, 언론계, 교육계 등의 각종 관련 단체와 기관이 얽혀 있는 복잡한 현안과제였다. 특히 영세한 잡지사와 출판계에서는 사안의 필요성을 인정하면서도, 현실적으로는 경제적 부담 때문에 곤혹스러운 입장이었다. 그러나 통일론자들은 맞춤법의 개정을 한글의 근대화를 촉진하기 위한 전단계로 인식하고 각종 사회단체와 연대하여 강력히 추진하였다. 그 중에서 동아일보사가 언론계를 대표하여 여론을 조성하고 있었다.

김완동은 1월 2일 강습회를 마치고 난 뒤에 발표한 소감에서 이 강습회를 '캄캄한 밤중에 方向도 모르는 길을 燈도 업시 차자가는 나그내와 가튼 우리에게 生命의 빗과 羅針盤까지를 주게 된 貴重한 機會'였다고 평가하였다. 이 강습회는 그에게 조선어에 대한 애정을 돈독하게 강화시켜주는 자리였고, 언어에 대한 관심을 민족운동의 범주에 포함시키는 계기였다. 다음에 인용하는 대목은 그가 강습회를 마치고 나서 참가자들을 대표하여 작성한 소감문이다. 그는 이 글에서 한글에 대한 애정을 노골적으로 표명하면서, 자신의 한글관을 솔직히 드러내었다. 그것이 주의를 끄는 이유인즉, 수강 과정에서 그가 한글이 지닌 운동적 차원의 가능성을 발견했다는 점에 있다. 왜냐하면 한글맞춤법의 통일은 "과거와는 다른 새로운 기준의 문자해득능력, 나아가 글쓰기 능력을 요구할 수밖에 없다"[38]는 점에서, 김완동처럼 변혁운동에 복무한 경력자에게는 국권침탈기의 한글에 함의된 의미가 남달랐을 터이다. 이런 측면에서 인용문은 그가 앞으로 나아갈 바를 시사한다.

朝鮮文의 綴字法의 不完成, 文法의 未及, 標準語의 不確定, 이것이 朝鮮文化 發展上 큰 障碍物이며 難關일 것이다. 우리의 큰 붓그러움이다. 어느 나라를 勿論하고 不足한 言語와 不合理한 文字를 가지고는 完全한 發展이 업슬 것이며, 아름다운 歷史를 가즐 수 업슬 것이다.

우리는 文化運動의 先行條件인 言語와 文字를 整齊치 안흐면 안 될 것이다. 斯界의 諸賢이여! 私見과 感情의 탈을 버서버리고 公明正大한 態度로 우리의 生命의 비치 감최여 잇는 우리 言語와 文字를 빗나게 하라! 그러나 우리의 것이라도 버릴 것은 버려야 한다는 遠大한 理想을 가지고—.[39]

조선어철자법의 개정을 앞두고 개최된 연수회였으므로, 그에 대한 소회를 서술하는 것은 예정된 것이다. 김완동은 사회운동에 참가했던 경력에 입각하여 '文化運動의 先行條件인 言語와 文字를 整齊치 안흐면 안 될 것'이라고 강조하고, 나아가 동료 교사들에게 '私見과 感情의 탈을 버서버리고 公明正大한 態度'를 갖추도록 요구하고 있다. 그의 발언은 조선어학회와 동아일보사가 주축이 되어 추진하던 한글맞춤법통일안에 반대하던 조선어학연구회의 움직임을 겨냥한 것이다. 또한 사소한 견해차가 조직의 갈등을 초래하고, 그로 인해 조직원 간의 분열로 이어졌던 왕년의 체험론의 소산이기도 하다. 그는 동료들에게 문화운동이 소기의 성과를 거두기 위해서는 단일한 대오를 형성하지 않으

---

38 이혜령, 「한글운동과 근대 미디어」, 민족문학사연구소 기초학문연구단, 『한국 근대문학의 형성과 문학장의 재발견』, 소명출판, 2004, 74쪽.
39 김완동, 「感想一束, 朝鮮語 講習會를 마치고」 (중), 《동아일보》, 1930. 1. 16.

면 안 된다는 사실을 거듭하여 강조하고 있는 것이다. 더욱이 국자로서의 자격을 박탈당하고 '한글'이라는 별칭으로 불리는 모국어의 비참한 운명은 김완동에게 새삼스러웠을 터이다.

그밖에도 '그러나 우리의 것이라도 버릴 것은 버려야 한다는 遠大한 理想을 가지고'라는 그의 발언은 간과할 바가 아니다. 이 점은 앞서 언급한 것과 같이, 김완동의 운동 전략이 타인들에 비해 상당히 유연하고 현실적이라는 사실을 증빙한다. 비록 민족의 고유한 문자라 할지라도 당대의 언중들에게 적합하지 않으면 과감히 폐기할 것을 허용하는 열린 시각은 탄탄한 이론적 뒷받침과 심리적 자신감이 없으면 갖기 힘들다. 그가 추구했던 프롤레타리아문학들이 여느 작가들처럼 경성화된 관념의 산물이 아니란 점도 이러한 태도에서 기원한 것이다. 이와 같이 그는 원칙을 준수하면서도 방법론상의 타협을 승인하는 원칙적 현실주의자였다. 그런 자세는 자신의 입론에 대한 논리적 대응책을 마련해두지 않으면 불가능한데, 그의 이론적 무장 현황은 아동문학 평단에 대한 비판에서 정연하게 드러났다.

김완동은 당시 아동문학 작가들의 문제점으로 아동에 대한 정확한 인식이 결여되어 있다는 점을 들었다. 그의 발언은 아동문학을 하기 위해서는 특정 이념을 학습하는 데 치중하기보다, 그 대상인 아동의 특성을 정확히 이해하는 것이 우선이라는 뜻이다. 그는 자신의 발언을 증명하듯이, 「新童話運動을 爲한 童話의 敎育的 考察─作家와 評家 諸氏에게(1-5)」(《동아일보》, 1930. 2. 16~22)에서 당시의 교육학자들이 아동기를 수태기부터 청년기까지 아우르는 것을 비판하고, 아동을 발달 단계에 따라 세 시기로 구분하였다. 그의 구분 방식에 따르면, 영아기는 출생시부터 3세까지, 유아기는 4세부터 10세까지, 소년기는 11세부터 18세까지로 삼분하였다. 물론 이러한 구분법은 현재적 구분과 상거를 띠고 있으나, 그가 나름대로 확고한 아동관을 소유하고 있었다는

반증이다. 그는 이 구분에 근거하여 시기별 특징을 고려한 동화의 요
건과 표준 그리고 교육방법론을 제시하고 있어서 동화관을 일별하기
에 알맞다.

童話의 要件

一. 童心, 童語가 充滿할 것

二. 現實을 굿게 把握할 것

三. 內容의 目的이 正確할 것

四. 內容은 豊富하고도 簡明할 것

五. 藝術의 階級性과 歷史性을 意識할 것

六. 階級意識을 徹底히 鼓吹시킬 것

七. 兒童의 動的 心理에 注意하야 表現할 것

童話의 標準

一. 「兒期 末期(三歲時)

1. 가장 平易하고 極히 短片的인 口傳童話

二. 幼兒期(四歲~十歲)

1. 人情味를 씌고 韻律을 가진 簡明한 童話

2. 喜悅과 興味를 줄 遊戲的 童話

3. 正義感을 助長할 善惡에 對한 童話

4. 歷史的 傳說 童話

5. 其他

三. 少年期(十一 歲~十八歲)

1. 現實 生活 情景에 關한 童話

2. 歷史 童話

3. 冒險的, 探偵的 童話

4. 自然界譚

5. 現實의 譬喻 童話

6. 科學에 關한 童話

7. 其他[40]

　이상에서 확인 가능하듯, 김완동은 아동 발달 이론에 상당한 조예를 지녔던 것으로 보인다. 그는 타당한 심리학적 지반 위에서 그에 적합한 독물을 선택적으로 제시하고 있다. 그의 논리는 일제하 프롤레타리아 아동문학의 논의를 풍부하게 진척시킬 수 있는 체계를 갖추고 있었으나, 후속 논의가 불발하여 작금처럼 기계적이고 경직화된 논의에 정체되고 말았다. 그의 합리적이고 보편타당한 이론은 투쟁적이고 기계적인 프롤레타리아문학의 추종자들에게 흡인되기에 힘들었을 터이다. 더욱이 김완동은 그들과 문학적 회합을 갖지 않았으므로, 문학적 도반을 구하기도 어려웠을 것이다. 하지만 "童話로 하야금 社會 階級性에 對한 正確한 知識을 줄만한 것이 아니면 안 될 것"[41]이라고 주장하면서 '現實的 目的意識에 符合되도록 함이 조흘 것'이라고 언급했다손 치더라도, 그의 동화론이 상당히 유연하고 객관적인 논리를 앞세우고 있다는 점은 고평되어야 할 것이다.

---

40 김완동, 「新童話運動을 爲한 童話의 敎育的 考察―作家와 評家 諸氏에게」 (5), 《동아일보》, 1930. 2. 22.

41 김완동, 「新童話運動을 爲한 童話의 敎育的 考察―作家와 評家 諸氏에게」 (4), 《동아일보》, 1930. 2. 21.

3. 결론

위에서 살펴본 것과 같이, 김완동은 전주에서 태어난 작가요 사회운동가이며 언론인이자 교육자였다. 그는 일제시대에 군산에서 교편을 잡기 시작한 이후, 전주에서 정년퇴직할 때까지 줄곧 교육계에 종사하였다. 그는 학교에 재직하는 중에 신간회를 위시한 사회운동에 적극 참여하였고, 그런 자세는 해방 후에도 계속되어 언론계에 종사하도록 견인하였다. 그의 활발한 활동에 힘입어 전라북도의 아동문단은 기초를 다질 수 있었다. 그러나 변변한 작품집 한 권 남기지 않은 사실 때문에, 그는 지역 문학사와 한국아동문학사에 매몰된 채 복권을 기다려왔다. 그의 사후에 유시집이 발간되었으나, 널리 유포되지 못하여 연구자들의 관심을 끌어내지 못한 게 큰 원인이었다. 본고는 김완동의 문학적 생애를 복원하기 위해 착수되었다. 그러나 그의 생애조차 완전하게 복원할 수 없었다. 그 가장 큰 이유는 관련 자료의 부실과 지역 문단의 무관심이었다.

김완동은 1930년에 양대 민족지를 통해 문단에 등장하였다. 그는 짧은 기간에 적은 작품의 동요, 동화, 소년소설, 평론을 남기었다. 그의 동요는 전통 문화에서 소재를 발굴하여 다양한 리듬으로 나타났다. 그의 동화는 프롤레타리아문학을 추구하던 작가적 신념에 바탕하여 아이들의 구체적 생활 장면을 형상화한 것이다. 소년소설 역시 식민지의 궁핍상을 온몸으로 감당하는 아이들의 생존 조건을 다룬 것이다. 이 작품에서 그는 시민 상태의 종료를 열망하면서 아이들로 하여금 현실적 고난을 극복할 있도록 희망을 제시하는데 초점을 맞추었다. 특히 그의 동화론은 아이들의 발달 특성에 고려하여 그에 합당한 작품들을 읽히거나 창작하도록 요구했다는 점에서 비평적 효용 가치를 인정받아야 할 것이다. 아울러 그의 문학관은 프롤레타리아의 계급적 모순에 대한 객관적 인식을 전제하면서 선명한 목적의식을 지향하였으나, 상당히 유연하고 현실적인 태도를 유지하고 있어서 여느 작가들의 경직된 문학관과 비교된다. 이런 측면에서 그의 비평적 관점은 현재적 시점에서 충분히 논의될 만하다. 이상의 논의를 종합하건대, 김완동의 아동문학은 민족주의자의 순정한 삶을 충실히 반영하고 있다고 할 수 있다.

소년운동가의 문학적 균형감각

―곽복산의 아동문학론

1. 서론

한국문학사는 과도할 정도로 명망가 중심으로 서술되어 있다. 그들이 문학사에 남긴 성과를 부인하거나 폄하하는 것은 아니나, 문학사가 개인의 역량에 초점을 맞추어 서술되는 일은 객관적이지 못하다. 모름지기 모든 역사는 집단의 기억이다. 작가가 남긴 작품들은 그의 성취물이라기보다는, 당대 구성원들의 집단기억으로 보아야 한다는 점에서 종래 문학사가들의 태도는 광정되어야 한다. 더군다나 한국은 이민족에 의한 식민 지배라는 치욕의 역사를 기억하고 있기 때문에, 그 시대의 문학사를 기술하면서 특정 작가에게 기대는 태도는 지양되어야 한다. 그런 태도들이 만연하다 보니, 지금도 각 지역의 문학사는 기술되지 못하고 있다. 지역의 문학이 존재하지 않는다면 모르거니와, 엄연히 각 지역에는 저마다 특색을 지닌 문학이 현상으로 존재한다. 기존의 문학사가들은 지역문학의 풍부한 자료들을 묵과하기를 마다하지 않았다. 전적으로 본인의 무능과 태만에 기인한 과오지만, 그들은 소수 유명작가에 치중한 서술을 합리화하느라 분주하였다. 따라서 종전의 문학사가 안고 있는 근본적인 한계, 즉 유명 작가 위주의 기술 방식은 서둘러 폐기되어야 한다. 그런 태도는 아동문학사의 경우에 훨씬 심각하다. 한국의 아동문학사는 소수의 작가들이 과점적 지위를 차지해버리고, 그 외의 작가들은 소외되어 있다.

그러나 생각해 보면, 지금 아동문학사의 한 자리를 차지하고 있는 작가들보다 훨씬 치열하고 진지하게 문학 활동을 전개한 작가들이 많다. 소위 전문 아동문학가들이 출현하기 이전에 문단의 기반을 닦고, 아동문학의 형성을 위해 선구적으로 노력한 이들의 공적은 분명히 기억되어야 한다. 아직도 식민지시대의 자료 중에는 인용되지 못한 문헌이 수북하고, 후행 연구자들이 선행 연구자들의 업적을 뛰어넘을 정도의 학문적 접근을 시도하지 않았을 뿐이다. 곧, 연구자들의 편협한 관점과 불성실한 연구 자세에 의해 무수한 작가들이 문학사의 이면에 매몰된 채 발견되기를 기다리고 있을 뿐이다. 전라북도의 경우에 곽복산이 대표적이다. 그는 1920년대에 김제에서 소년운동가로 출발하였다. 당시 소년운동은 비단 문화운동만이 아니라, 문학운동의 차원에서 접근하지 않으면 안 될 정도로 한국아동문학사에 끼친 영향이 절대적이다. 소년운동가들은 자신들이 지도하고 있던 소년회, 동화회, 독서회, 야학 등에서 아동들에게 필요한 독물이 부족하자 직접 작품의 생산 대열에 합류하였다. 그들의 헌신적인 노력에 힘입어 이 시기의 아동문학은 활성화된 것이다. 현재까지 아동문학의 아버지로 추앙받는 방정환의 경우에도 소년운동을 통해서 아동문학의 정착과 확산에 기여하였다. 그와 동시대에 곽복산은 지역에 근간하여 아동문학 작품을 부지런히 발표하면서 소년운동을 병행한 인물이다.

우당 곽복산(牛堂 郭福山, 1911~1971)은 1927년 6월 《동아일보》 김제 지국 총무로 재직하였다.[1] 아직 기자 제도가 활성화되지 못하여 총무나 지국장이 주재 기자 역할을 겸하던 시절이었다고 할지라도, 16세의 어린 나이에 비추어 그의 직위는 놀라우리만큼 파격적이다. 그는 뛰어난 언론 감각을 바탕으로 1927년 6월 11일 김제천도교당에서 개최된 임시총회에서 집행위원으로 선출될 만큼 조숙한 소년운동가였다.[2] 그해 10월 9일 김제형평청년회관에서 열린 김제소년독서회 창립총회에서 곽복산은 회장으로 선출되었고,[3] 1928년 7월 18일 조선소년총동맹 김제소년동맹 상무위원회를 주재하였다.[4] 관내의 여러 운동단체에 관여하던 그는 같은 해 7월 26일 이리 익산소년동맹회관에서 열린 조선소년총연맹전북연맹창립준비위원회에서 준비위원으로 위촉되고, 같은 해 경성의 시천교당에서 열린 조선소년총연맹 제2회 정기대회에서도 임원으로 선출될 정도였다.[5] 그는 어린 나이에 김제와 전라북도 그리고 전국적인 소년운동의 수뇌부로 활동할 만큼 역량을 인정받고 있던 1929년 3월, 《동아일보》 총무직을 사임하였다.[6] 그것은 그가 일본 조치(上智)대학에 유학하기 위한 준비 때문이었던 것으로 보인다. 그는 체일 기간 중에도 전공을 살려서 언론과 관련된 글을 발표하였다.[7] 그는 1935년 4월 《동아일보》 평양특파원으로 부임한[8] 뒤에 평양, 신의주, 만주 등지를 돌아다니면서 두루 취재하다가 해방을 맞았다.

1945년 9월 7일 열린 임시정부 지지를 표명하기 위한 국민대회준비회에서 곽복산은 상임위원으로 선출되었고,[9] 1945년 9월 8일에는 전주 출신 유엽과 함께 한국민주당 발기인 자격으로 「임정 외에 정권 참

1 《동아일보》, 1927. 6. 15.
2 당시 선출된 임원은 집행위원장 趙履喆, 집행위원 安賢默 · 金錫琫 · 徐奉煥 · 趙署鍾 · 金丙煥 · 郭福山 등이다 一《중외일보》, 1027. 6. 13.
3 《동아일보》, 1927. 10. 13.
4 《중외일보》, 1928. 7. 23.
5 《중외일보》, 1928. 7. 29.
6 《동아일보》, 1929. 3. 10.
7 곽복산의 글은 「일본 잡지계 전망(1-4)」(《동아일보》, 1934. 2. 6~9)과 「신문의 과학적 연구에 대하야(1-3)」(《동아일보》, 1934. 10. 6~16) 등이다.
8 《조선중앙일보》, 1935. 5. 1.
9 《매일신보》, 1945. 9. 8.

칭하는 단체 및 행동 배격 결의 성명서」에 동참하였다. 또 그는 『조선독립운동사』(가칭)를 편찬하고자 1945년 10월 18일 출범한 조선독립운동사편찬발기인회에 참가하여 조선충의사(朝鮮忠義社) 설치, 순국열사 위령제, 해방기념탑 건설 등을 추진하였다.[10] 곽복산은 정인보, 안호상 등이 발기하여 1946년 3월 결성된 전조선문필가협회의 추천 회원으로 등재되었다.[11] 그는 해방 후 동아일보사에 근무하다가 직장을 옮긴 듯하다. 1946년 8월 그는 《동아일보》 사회부장 자격으로 오대산 학술탐사에 나섰으나,[12] 11월 26일 언론인과 조선문필가협회, 조선미술가협회, 중앙문화협회 등 각 문화단체 대표 20여명과 함께 결성한 민족대표외교사절후원회의 발기인 명단에는 소속이 《한성일보》로 바뀌었다.[13] 그는 1947년 2월 9일 오후 1시부터 국립도서관 강당에서 개최된 소년운동자 제2차 간담회에서 어린이날 행사를 준비하기 위한 조선어린이날 전국준비위원회의 준비위원으로 위촉되었다.[14] 이처럼 그는 해방 후에도 소년운동의 확산에 기여하였다.

그 밖에 곽복산은 기자 출신 경력과 전공을 활용하여 신문의 학문적 발전을 위해 헌신하였다. 그는 1946년 12월 신문과학연구소를 창립하

---

10 《매일신보》, 1945. 10. 19.
11 이 모임에 곽복산이 참가했는지는 분명하지 않다. 당시에는 좌우측에서 문단을 선점하기 위해 본인의 동의 절차를 생략한 채 이름을 등재하기도 했으며, 작가 외의 인사들도 자파 회원으로 등록시켰기 때문이다. 참고로 이 모임에 등재된 전북 작가로는 그를 비롯하여 이병기(익산), 유춘섭(전주), 김해강(전주), 신석정(부안), 채만식(군산), 이근영(옥구), 윤규섭(남원), 이대용(김제), 김상기(김제) 등이다. ─《동아일보》, 1946. 3. 11.
12 「五臺山 上峯에서」, 《동아일보》, 1946. 8. 6.
13 민족대표외교사절후원회는 총무부에 박종화, 이헌구, 양주동, 이하윤, 안석주, 박태준, 김동리 등, 선전부에 이정형(《자유신문》), 이창수(《동아일보》), 임병철·곽복산(《한성일보》), 함대훈(《민주일보》), 김광섭·오종식(《대동신문》), 황석우·장기봉(《대한독립신문》), 성준덕(《제삼특보》), 이윤종(《경향신문》), 염상섭(《조선통신》) 등으로 조직되었다. ─《동아일보》, 1946. 11. 28.
14 이 모임의 준비위원은 양재응, 남기훈, 양미림, 윤소성, 안준식, 박홍민, 정홍교, 윤세구, 손홍명, 김병의, 곽복산, 최청곡, 윤석중, 금철, 김영수, 안영호, 방수원, 현덕, 정태병, 박인범, 진공섭, 김태철, 정성호, 김원룡, 최병화 등이고, 상임위원은 양재응, 정홍교, 양미림, 남기훈, 박홍민, 김원룡, 윤소성 등이다. ─《동아일보》, 1947. 2. 14.

였고,[15] 1947년에는 조선신문학원을 창설하여 대표로 취임하였다.[16] 해방 후의 혼란기에 언론인을 양성하느라 공을 쏟은 그는 1959년 6월 한국신문학회를 창설하여 회장에 취임하여[17] 한국 신문학의 연구 토대를 구축하는 데 솔선하였다. 이러한 공로로 그는 1962년 서울시문화장 언론 부문을 수상하였고,[18] 학계로부터 신문학 연구의 선구자[19]로 인정받고 있다. 비록 1930년대 이후부터 아동문학 작품의 발표를 중단하고 언론인으로 활동하였으나, 그의 업적은 전북 지역의 아동문학과 한국아동문학사에 당당히 등재될 만큼 충분하다. 이에 본고에서는 곽복산의 아동문학 작품을 발굴하여 그 성과를 학계에 보고하고자 한다.

2. 아동문학의 운동성 삭제와 문학성의 확보

1) 동요와 동시의 발표

곽복산이 활동하던 1920년대는 그야말로 소년운동기였다. 광주 등지에서 시작된 소년운동은 천도교소년부의 발족을 계기로 전국적인 운동으로 확산되었다. 당시에는 좌우 가릴 것 없이 일제로부터 해방되기 위한 각종 사회운동이 활발하게 일어나고 있었다. 이러한 사회 분

---

15 《동아일보》, 1946. 12. 23.
16 《동아일보》, 1947. 4. 5.
17 《동아일보》, 1959. 6. 30.
18 1962년 '서울시 문화상' 언론 부문 수상자의 약력 소개란에는 "51세. 중앙대학 신문학과 주임 교수, 《한국일보》 논설위원. 신문인 육성에 끼친 현저한 공로. 일본 상지대학 신문과 졸. 국내 각 신문사에서 기자 생활. 《동아일보》 편집국장. 《중앙일보》 취재역 겸 주간 등을 역임. 현재 중앙대학 신문과 교수로 활약하고 있다. 해방 직후 「신문학원」을 설치하였고, 꾸준한 노력으로 신문인 양성에 끼친 공로가 크다. 저서에 『新聞學槪論』이 있다."로 곽복산을 소개하고 있다.—《동아일보》, 1962. 11. 28.
19 노정팔, 「한국 신문학 교육의 개척자 牛堂 郭福山」, 차배근 외, 『한국신문학사』, 정음사, 1977.

위기는 기성세대의 과오를 참회하면서 미래의 운동 역량을 비축하기 위한 소년운동에 전력하도록 운동가들을 결속시켰다. 소년은 조선 후기의 실학자들에 의해 중요성이 강조되었고, 민족종교 동학의 지도자들에 의해 크게 선양되었다. 천도교에서 소년운동에 주력하게 된 것도 교주의 가르침을 구체화하기 위한 실천운동이었을 뿐이다. 그런 분위기가 독립협회 운동을 거쳐 1906년 11월 1일 창간된 『소년한반도』에서 자극되었고, 1908년 11월에 최남선이 창간한 『소년』의 계몽담론에 의해 발화된 것이다. 소년운동을 살펴볼 때 전제해야 할 점은 "『소년한반도』지 제호에서 처음으로 사용되기 시작한 '소년'이란 호칭을 익히며 『소년』과 더불어 '소년의 시대'에서 자라난 소년들이 3·1운동 때는 이미 청년으로 성장하여 있었고, 소년운동의 발생시에는 그들이 바로 지도층의 연령에 있었다"[20]는 사실이다. 하나의 운동이 활성화되기 위해서는 사전에 그것을 견인할만한 물적 토대가 구축되어야 하는 것은 자명한 일이다. 환언하면, 한국의 아동문학이 발생할 수 있었던 배경에는 전대부터 계몽담론의 세례를 받으며 성장한 소년운동가들이 자리하고 있으며, 그들이 아동문학의 제도화 과정에서 상당한 역할을 수행한 것이다.

소년운동은 이와 같은 터전 위에서 출발하여 식민지의 전 지역을 네트워크화하였다. 지역과 지역, 서울과 지역이 서로 긴밀히 연락하고 공조하면서 소년운동은 유관 단체와 협력관계를 구축하였다. 그런 까닭에 당시의 소년운동가들은 청년운동단체나 노동운동단체에 중복하여 가입하기를 서슴지 않았다. 소년운동을 연구할 양이면, 그들의 성명이 상호 중첩되는 운동단체들을 연계하여 파악할 이유이다. 전라북도에서 그런 사례는 곽복산에게서 찾아볼 수 있다. 그는 앞서 살펴 바

---

20 김정의, 『한국소년운동사』, 민족운동사, 1993, 37쪽.

와 같이, 김제의 소년운동에 깊이 연루된 인물이다. 그는 운동에 종사하는 동안에 상당한 분량의 아동문학 작품을 남겼다. 이 사실은 한국 아동문단의 형성 과정을 바로 살필 수 있는 단서이다. 대부분의 운동가들과 달리, 그는 소년운동가이면서도 문학의 본질적 국면을 우선시하였다. 그의 작품들은 교훈적 내용보다 형식적 요소에 중점을 두고 있어서, 문단의 초창기를 지배하던 경향과 궤를 달리 한다. 그는 시 「꿈에라도」(《조선일보》, 1928. 1. 17)를 발표하면서 '김제소년독서회 郭福山'이라고 소속과 성명을 병기하였다. 이 점은 그가 독서회 운동 중에 소용되는 문학작품을 필요로 한 계기였다. 신문지상에 발표된 작품은 독서회원들이 윤독하기에도 편리할뿐더러, 그들에게 '문학'의 실체적 모습을 확인시키어 작품 생산 의욕을 자극할 수 있는 촉매이다. 곽복산은 일찍부터 언론계에 종사한 덕분에 언론의 유용성을 숙지하고 있었고, 그것을 독서회 운동에 적절히 활용한 것이다. 그는 이 작품을 시작으로 식민지 시간 동안에 약 15편의 동요와 동시를 발표하였다.[21]

　　학교가는 아가씨 쌈안우산에

　　보슬보슬 나리는 보스락비는

　　아가씨의 깨끗한 하얀보선에

　　알롱달롱 수놋는 알롱비라오

　　공장가는 아가씨 쌈안머리에

---

21 곽복산의 동요·동시 작품은 「어린별들」(《조선일보》, 1928. 2. 29), 「누나야」(《조선일보》, 1928. 3. 14), 「봄이 오면」(《중외일보》, 1928. 4. 2), 「슬픈 밤」(《조선일보》, 1928. 4. 21), 「나의 노래」(《조선일보》, 1928. 4. 24 ; 《중외일보》, 1928. 4. 25), 「아버님 생각」(《중외일보》, 1928. 4. 23 ; 《조선일보》, 1928. 4. 25), 「보스락비」(《중외일보》, 1928. 5. 5), 「깃븐 밤 슯흔밤」(《중외일보》, 1928. 5. 7), 「이것 보아요」(《중외일보》, 1928. 5. 15), 「가엽슨 꼿」(《중외일보》, 1928. 5. 16), 「빨간 조희」(《중외일보》, 1928. 7. 8), 「아버님 무덤」(《중외일보》, 1928. 8. 27), 「배곱하 우는 밤」(《중외일보》, 1928. 10. 27), 「해ㅅ빗」(《중외일보》, 1928. 10. 31) 등이다.

보슬보슬 나리는 보스락비는
아가씨의 해쓱한 하얀얼굴에
눈물매처 흘리는 눈물비라오

—「보스락비」[22] 전문

1920년대에 아동은 식민지의 현실을 초월할 수 있는 유일한 표상이었다. 이 무렵의 논자들은 아동을 가리켜 "아무 죄없이 깨끗하며 무한 평화롭고 자유로운 하늘나라의 즐거움만 가진 천사"[23]라고 추앙하기를 그치지 않았다. 이런 바람은 소년운동이 추구하던 목표의 이면에 후세대에 대한 기성세대의 단일한 욕망이 개입되어 있던 사실과 동열에 놓인다. 그들은 당대의 곤핍한 현실을 초래한 자신들의 과오를 후회하는 한편으로 후세들의 미래가 밝기를 바라는 심정으로 소년운동을 전개한 것이다. 그들이 소년운동에 무조건적으로 전력한 까닭이다. 그들의 소망은 식민지 사회의 고단한 현실을 고스란히 반영하고 있다. 이것을 이념의 차이에 따른 관점의 상이라고 도식화할 필요는 없다. 분명한 것은 방정환을 중심으로 한 민족주의 계열의 소년운동이 "아동만의 고유한 문화적 세계를 인정하고 확산시키는 매체의 생산 및 아동상품의 생산 등, 아동 문화 영역의 발전을 동반했다"[24]는 사실이다. 이 점을 훼폄하거나 부인해서는 안 된다. 문제는 누가 순수한 의지로 아동을 우선시하며 아동문단의 기반을 닦고, 그것의 물질적 토대를 구축할 수 있도록 문학적 환경을 조성하고 주도했느냐에 있다. 모름지기 아동문학 연구자는 그러한 인식론적 지평에서 당시의 문학현상을 포용하고, 문학 주변의 사회문화 현상을 조망하여 동시에 아우를 수 있

---

22 《중외일보》, 1928. 5. 5.
23 이용순, 「그리고 특별히 소년회 없는 곳 여러분께 드리는 말씀」, 『어린이』, 1923. 9.
24 김혜경, 『식민지하 근대 가족의 형성과 젠더』, 창비, 2006, 206쪽.

는 혜안과 관점을 지녀야 하는 것이다.

　곽복산의 문학 활동에 주목할 이유도 그 점이다. 그는 "옷업고 집업는 불상한동무들"(「해ㅅ빗」,《중외일보》. 1928. 10. 31)의 일상적 모습을 시화하느라 공을 들였다. 그 대표적인 작품으로 "벌레우는 가을밤 쓸쓸한 방"에서 일하러 간 어머니를 기다리며 배고파 우는 동생의 모습을 시화한 「배곱하 우는 밤」(《중외일보》. 1928. 10. 27) 등이 있다. 그에게는 당대의 현실적 고통 국면을 타개하지 못한 채 제압당한 아동들이 우선시되었던 것이다. 위에서 인용안 작품은 동요에서 동시의 창작으로 전환하는 곽복산의 심경을 증거해준다. 그가 동요에서 동시로 장르상의 변환을 도모한 이유인즉, 노래가 안고 있는 근본적인 한계에 있다. 말하자면, 그는 강고한 식민지 현실을 수용하기에는 동요가 지닌 형태상의 제약 조건들이 부적합하다고 판단한 것이다. 위의 작품에 나타난 바처럼, 그는 현실적 모순을 놓치지 않고 포착한다. 같은 '보스락비'라도 학생에게는 '알롱달롱 수놋는 알롱비'이고, 공장가는 아가씨에게는 '눈물매처 흘리는 눈물비'가 된다. 관점에 따라서 동일한 자연현상을 받아들이는 태도가 결정된다는 평범한 사실을 곽복산은 사회현상을 관찰하면서 터득한 인식론에 입각해 서술한다. 그는 이것을 전경화하기 위해 '쌈안우산/하얀보선', '쌈안머리/하얀얼굴'을 대조시킨다. 그의 의도적인 장치 속에서 취학 아동과 미취학 노동 아동의 차이점이 절로 두드러지고, 식민지적 현실의 판이한 단면이 우러났다.

　당시 공장의 여성노동자 중에는 소녀들이 상당수를 차지하고 있었다. 그녀들은 공장주의 악착같은 감시를 받으며 일일 12시간 이상의 노동에 시달린 채 기숙사에서 감금생활을 하였다. 차라리 그녀들은 노동자가 아니라 노동하는 기계였다. 이런 노동 조건을 견디다 못한 여성노동자들은 전국 각지에서 탈출하거나 파업으로 대항했으나, 당국은 공장주의 편에서 탄압하기를 그치지 않았다. 전주에서는 여성 노동자들이 인간 이하의 처우와 임금 차별에 항의하기 위한 대책을 협의하던 중 경찰에 의해 강제 해산되었다.[25] 대구에서는 15세 전후의 소녀들이 가혹한 노동을 이기지 못하고 공장을 탈출했다가 잡혀갔으며,[26] 광주의 제사공장에서는 여성노동자들에게 9종의 벌금제를 실시하며 통제하였다.[27] 이처럼 심각한 사태는 운동가 곽복산에게 문학작품으로 수용하기를 유혹하고도 남는다. 하지만 그는 동요의 대상성이 지닌 특수한 조건을 숙지하고 있었고, 그것을 문학 외적 요소로 인식하고 있었다. 곽복산은 주변 환경의 압력으로 인해 발생할지도 모를 자의식의 과잉현상을 방지하기 위해 자신의 메시지를 절약한 것이다. 즉, 그는 문학의 본질적 요소를 저해하지 않는 범위에서 현실적 상황을 수용할 따름이다. 그의 노력이 중요한 까닭은 막 모습을 갖추어 가기 시작한 아동문학, 특히 동요의 형식적 측면들이 외부적 요인에 억압되는 것을 예방할 수 있었기 때문이다. 그의 절제의식은 작품의 심미적 차원을 저하시키지 않으면서, 이후에 시적 실험을 단행하는 원동력이 되었다. 아래에 인용하는 작품은 형식적 요소에 기울인 그의 노력을 살펴볼 수 있는 단서를 제공해준다.

(씨쌕릴째)
하얀씨를 쌱렷네
봄동산에 쌱렷네
아름다운 움트라
삿붓삿붓 쌱렷네

---

25 《조선일보》, 1930. 7. 4.
26 《동아일보》, 1931. 3. 25.
27 《중외일보》, 1929. 6. 24.

『그러나 쌈안새가 주어먹을가
누나는 넘려되어 애를탄나네』

(싹틀째)
파란싹이 나왓네
비온뒤에 나왓네
종달놀애 들으러
샢족샢족 나왓네
『그러나 쌈안암소 밟어버릴가
누나는 두려워서 애를탄다네』

(솟필째)
하얀솟이 피엇네
바람결에 피엇네
나븨들과 놀려고
벙글벙글 피엇네
『그러나 쌈안낫이 헤어버릴가
누나는 겁이나서 애를탄다네』

　　　　　　　　　　　　　　　　　　　　　　　　　－「가엽슨 솟」[28] 전문

　　그는 본 내용과 후렴구의 구조를 세 번 되풀이하여 누나의 애타는 모습을 전면에 제시한다. 각 연이나 행에서는 종결어미가 반복되나, 어휘의 변화를 통해서 단조로움을 예방하고 있다. 그것은 후렴구에서도 마찬가지다. 곽복산의 세심한 배려가 돋보이는 부분이다. 그는 '하얀

28 《중외일보》, 1928. 5. 16.

쌈안'의 색채 대비를 통해서 생명에 대한 경외감을 나타내었다. 전체적으로 이 작품은 반복되는 어구를 통해서 안정감을 획득하고 있으며, 누나의 섬세한 마음을 선조적 시간에 따라 묘사하고 있다. 그뿐이다. 사회운동에 종사하는 이의 작품이라고 보기 힘들 정도로, 곽복산은 '누나'의 초조하고 여린 마음을 섬세하게 포착하여 보고할 뿐이다. 그는 이 형태를 다시 시도했는데, 위의 작품과 달리 자신의 의식 변화를 관찰하였다. 예컨대, 그는 「깃븐 밤 슯흔밤」(《중외일보》, 1928. 5. 7)에서 '밤이 엿흘째―밤이 깁흘째―밤이 새일째'의 시간 변화와 「이것 보아요」(《중외일보》, 1928. 5. 15)에서는 '놀애터―춤터―웃음터' 등의 시간과 공간이 변화하는 양상에 따른 자의식의 변화를 세밀하게 묘사하였다.

곽복산이 수행한 또 하나의 실험시는 '동화시'이다.[29] 그의 시 「쌜간 조회」는 단단한 서사적 골격과 시의 형식이 혼화된 작품으로 과도기적인 잡종성 장르에 속한다. 동화시는 이 무렵의 시단에 등장한 단편서사시와 동일한 맥락에서 살펴보아야 한다. 단편서사시는 "1920년대부터 나타나기 시작한 장시화 경향이 하나의 양식적 정착 과정에 진입한 것으로, 1930년대 전후의 악화되는 식민지적 상황을 시화하려는 현실적 대안으로 출현한 것"[30]이다. 당시 카프 진영에서는 프롤레타리아문학운동의 정체 국면을 타개할 목적으로 문학대중화론을 전개하고 있었다. 그들의 논의는 도하 각 신문 잡지에 빈번히 게재되고 있었다. 마침 임화가 「우리 옵바와 화로」(『조선지광』, 1929. 2)를 발표하자, 김기진이 「단편서사시의 길로」(『조선문예』, 1929. 5)에서 이 작품을 옹호하면서 이른바 '단편서사시론'을 제출하였다.[31] 이 논의는 김기진이 자신의 논

---

29 이 무렵에 신문지상에 발표된 '동화시'는 다음과 같다. 김영희, 「이상한 구슬」, 《중외일보》, 1927. 5. 22 ; 김영희, 「사냥군」 (1-5), 《중외일보》, 1927. 8. 21~28 ; 이동찬, 「세 개의 상자」 (1-3), 《중외일보》, 1927. 12. 11~14 ; 이동찬, 「맘씨 좋은 信幅」 (1-3), 《중외일보》, 1928. 3. 17~20; 김계담, 「뻑국새 울거든」, 《중외일보》, 1928. 3. 30 ; 박두언, 「동모를 짜려」 (1-5), 《중외일보》, 1928. 4. 28~5. 1 ; 이구월, 「즉대와 어린 양」 (1-2), 《중외일보》, 1928. 7. 15~18

30 최명표, 「일제하 서한체시 연구」, 『국어문학』 제42집, 국어문학회, 2007. 2. 69쪽.

리를 철회하면서 싱겁게 결판났으나, 근대시론의 형식적 논의를 풍부하게 진행할 수 있는 절호의 기회였다.

이러한 문단의 움직임을 동시단에서 수용하여 출현한 것이 동화시이다.[32] 그것은 이 양식이 단편서사시처럼 1920년대 후반에 유행하다가 소멸된 사실에서도 확인할 수 있다. 당시 문단은 전문 아동문학가가 출현하기 이전이었다는 점과 그들이 구독하는 신문과 잡지 매체들이 상호 중복되었던 점을 감안하면 충분히 추측 가능한 일이다. 아동문학사에서 동화시의 출현은 당대 아동들의 현실적 상황이 녹록치 않다는 사정을 반영하고 있다. 또한 그것은 곧 아동문단의 권력이 최남선으로부터 방정환으로 이어지던 민족주의 계열에서 계급주의 문학을 신봉하는 작가들에게 이양되어 갈 징후를 예시하고 있다. 아울러 소년운동의 주도권 싸움이 한층 치열하게 전개되면서, 마침내 현실우선론자들에 의해 접수될 형국을 시사한다. 문단의 움직임과 별개로 동화시는 한국동시사의 측면에서 볼 때, 유의미하고 논쟁적인 실험이었다. 다만 동화시가 지속으로 발표되지 못한 채 단기간에 종료되고, 논자들의 비평적 논의가 수반되지 않은 것은 유감이었다.

아가씨는 얼마후에 정신차리여

『엄마엄마아번님이오시던이만

넘우슯흐니울지말고어서커나서

---

31 사실 단편서사시의 난초글 세공한 것은 「우리 옵바와 火爐」가 아니라, 임화가 앞서 발표한 시 「젊은 巡邏의 편지」(『조선지광』, 1928. 4)였다. 단편서사시론의 전개 양상과 비판에 대해서는 최명표, 「단편서사시론」, 『한국문학논총』 제24집, 한국문학회, 1999. 6. 117~137쪽 참조.

32 신현득은 이른바 '동화시'를 "1930년 『어린이』 5월호에 이경노(李璟魯)라는 투고자의 「혹쌕리 이야기」를 게재하면서 붙인 장르 이름이었다"(「한국동시사연구」, 단국대대학원 박사논문, 2001, 121쪽)고 설명했으나, 이는 사실과 다르다. 이미 신고송은 「옵바를 차저서」(《동아일보》, 1926. 11. 3)를 발표하면서 '동화시'라고 이름붙였다. 그는 이 작품의 말미에 '舊作 未贊 童劇集에서'라고 부연하였다. 말찬은 그의 본명이고, 그는 동극 발표를 병행하였다. 그는 이 작품을 미발간된 동극집에서 발췌하여 발표했을 터이다.

내가하든일을맛허해라합듸다
어려서부터너는올은일을
위해서싸워라
그러면내가깃버한다』
이와가티 글이쓰인 쌝안조희를
어대슨지 ᄭ내여서 나를줍듸다』
힘이업시 어머님께 말햇습니다
『그래그래 너도알지 아번님께서
낫븐것과 싸우시다 도라가신뒤
숨에바든 쌝안조희 쓰힌글귀는
언제든지 잇지말고 긔억해두라
아번님이 엇지하여 도라가신지
각금각금 자세한말 이약이하마』
일간엄마 쑥쑥쑥쑥 눈물흘리며
이와가티 아가씨에 이약이하고
어둠침침 산길헤서 집에도라와
한숨으로 그날밤을 새웟습니다

아가씨는 쌝안조희 쓰엿든글귀
언제던지 닛지안코 더생각하여
그의나희 열두살된 아가씨지만
올흔 것을 위해서는 더용긔내여
남이치면 맛드래도 싸웟습니다

―「쌝간 조희」[33] 부분

33 《중외일보》, 1928. 7. 8.

인용 부분은 작품의 말미에 해당한다. 동화시「쌀간 조희」는 총 10연 93행에 이르는 장시다. 물론 이것은 당시의 인쇄 사정을 고려하면 원본을 확정하기 위한 절차를 따라야 하므로 별 뜻은 갖지 못하나, 긴 분량을 차지한 것만은 분명하다. 작품의 내용은 '기와집뒤 쓰러지는 오막사리'에 모녀가 살았는데, 어머니는 늙었고 딸은 12살이다. 딸이 집에 돌아올 어머니를 위해 땔감을 하러 산에 오르면서 '동화'는 시작된다. 딸은 갈퀴나무를 하는 동안에 노래를 부르고, 죽은 아버지가 보고 싶어서 다른 노래를 부른다. 그 노래가 하늘의 장난꾸러기 '도련님들' 귀에 들어가고, 그들은 하산하여 딸에게 노래를 부르라고 조르다가 땔나무를 뺏어 달아난다. 그녀가 추격을 포기하고 나무하던 중에, 산주로부터 '뉘쌀년이 나무하냐'고 꾸중을 듣고 체벌을 당하여 집에 돌아온다. 그녀는 장독으로 인한 병석에서 꿈을 꾸고 아버지로부터 '쌀간 조희'를 찾아 '올은일을/위해서싸워라'는 유언을 전해 듣고, 그 당부를 실천하기 위해 딸은 애썼다는 내용이다. 이것은 시인이 시와 동화의 경계에서 동화의 요소를 선택한 방증이다.

꿈 모티프는 예로부터 문학작품에서 계시를 받을 때 자주 사용되었다. 꿈은 환상계와 실재계를 이어주는 연결고리이며, 저승과 이승으로 이별한 가족들의 재회를 주선한다. 꿈은 "통과제의에 따라 나타나는 인격의 변화와 재생이라는 의미"[34]를 수반한다. 따라서 이 작품에서 딸이 꿈에서 아버지를 만나고, 그로부터 '쌀간 조희'를 받게 되는 것은 일종의 통과의례에 해당한다. 그녀는 비록 12살에 불과한 소녀지만, 비야흐로 '올흔 것을 위해서는 너용긔내여' 나아가는 투사로 거듭나게 된다. 이러한 양상은 곽복산의 작품에서 흔치 않다. 그는 동화와 시의 형식적 요소 중에서 동화의 결말을 의식하고 말았다. 그러다 보니 지

---

34 이승훈, 『문학상징사전』, 고려원, 1996, 82쪽.

주계급의 횡포를 문제시하지 않으면서도, 서정적 화자가 아닌 서사적 인물로 성격화하게 되었다. 이런 점들을 고려해 보면, 곽복산이 동화를 쓰기 위한 전단계로 단행한 실험에 해당한다. 그는 동요에서 동시로, 동화로 부단히 장르를 바꾸었다. 그만치 당대의 식민지 상황은 서정적 태도를 지양하도록 요구하고 있었다. 그는 엄정한 현실 인식을 바탕으로 자신의 문학적 실험을 감행하는 방편으로 동화시를 발표하게 된 것이다. 그가 전문작가가 아니었다는 사실을 고려해 보면, 이런 움직임은 그의 진지한 문학관을 유추할 수 있는 단서가 된다. 곽복산의 동화시에는 만만치 않은 의미가 함의되어 있는 것이다.

2) 다 같이 잘 사는 동화

1920년대 말에 접어들면서 식민지의 경제 상황은 악화일로였다. 일제의 기만적인 식민경제체제가 공고하게 제도화되면서, 한반도의 경제 기반은 속살을 드러냈다. 서울에는 노숙자가 늘어나고, 토막이나 움에서 생활하는 사람들의 숫자가 급증하였다. 일제는 1910년부터 소위 '토지조사사업'을 실시하여 총독부의 소유지를 확보하려고 기도했는바, 이 사업을 계기로 자작농들은 대부분 몰락하였다. 식민지의 토지에 대한 조사사업이 완료되자, 그들은 1920년에 들어서 이른바 '산미증식계획'을 실시하였다. 이 사업은 제1차 세계대전 덕분에 독점자본이 성장하는 동안, 상대적으로 농업생산력이 약화되어 농민들이 궁핍한 생활을 강요받고 있었던 일본 내의 식량 사정을 외부에서 해결하기 위한 정책이었다. 그로 인해 수천년간 대표적인 농도였던 전라북도의 경우에 "일본인 지주의 수는 2배로, 그 면적은 약 2.5배로 증가한 데 반해, 자작농을 포함한 조선인 지주는 5.8퍼센트, 조선인 소유자는 15.2퍼센트"[35]가 급감하였다. 즉, 일본 국내의 식량 문제를 해결하는

데 식민지의 농토와 농민들이 동원된 것이다. 그 결과로 농촌공동체는 와해되었고, 삶터를 잃은 농민들은 도회지를 배회하거나 간도로 떠나가게 되었다.

이와 같이 경제적으로 궁핍한 시대일수록 어른보다는 아동들이 손해보기 마련이다. 시인 김해강은 "오! 오날의 新作路우에서/나는 젊은이를 보지 못하엿네/거지-/늙은이-/어린이-/오! 省墓길 新作路우에서/哀乞하는사람-/嘆息하는사람-"(「省墓우길에서」,《조선일보》, 1928. 4. 13)이라[36]고 성묘하러 가는 길에 보았던 전주 용머리고개의 참상을 시화했거니와, 전라북도는 농도라고 부르기 민망할 만큼 경제 사정이 극빈하였다. 더욱이 1924년 수해로 인해 전라북도 지역은 농도의 특성상 극심한 기근 사태에 당면하였다. 당시 태인에서는 태인노농회, 태인청년회, 태인칠월(七月)회원들이 조선기근구제회의 서정희(徐廷喜)와 함께 각지에서 답지한 물품을 배분하였고, 시군 단위로 기근구제모임(救餓會)을 조직하여 수재민들을 위한 구기 활동을 펼쳤다. 그 즈음에 남원청년회에서 주최한 강연회에서는 김약춘(金藥春)이 '기아의 구제'라는 제하로 강연할 정도로, 도내의 식량 사정은 열악하였다.[37] 이런 판국이었으니, 어린 아이들은 도농을 구별하지 않고 먹고 살기 위해 구걸하거나 물건을 훔칠 수밖에 없었다. 그들의 생존경쟁은 온전히 식민경제의 왜곡상을 반영하고 있다. 곽복산은 산문 「피리부는 不具少年」에서 '나희 열너덧살 쯤 먹어 보이고 왼팔이 업는 소년'을 대하는 세태를 고발하였으나, 그답게 상황의 객관적 묘사에 그치고 있을 뿐이다. 어른들의 일그러신 자화상이야말로 당대의 인심이고, 먹고살 궁리를 찾아 거리로 나온 아이들을 외면하는 기성세대의 왜곡된 가치관이다.

35 강만길, 『한국현대사』, 창작과비평사, 1985, 96~97쪽.
36 《동아일보》, 1925. 2. 22.
37 《동아일보》, 1925. 1. 4.

쌩 쌩—쌩 쌩—

급작히 자동차 소리가 요란하다. ××町 골목에 모엿든 사람들은 이리저리 빗기노라고 한참 야단이다. 꽂놀이하는 사람들의 자랑인지? 술주정인지 손에는『사구라』꽂을 모다 들고 자동차 안에서도『곤드래— 만드래—』고개를 주체 못하며 안 나오는 소리를 힘드려 게걸— 게걸—게걸— 지른다. 그들의 번개 가튼 희극 한 막이 사라지자 빗겻든 사람들은 쏘다시 모여든다. 돈버리 업는 지게꾼들도 빈 지게를 질머지고 어슬렁어슬렁 모여든다.

『썩— 잘 부는데』……

『팔은 업서도 얼굴은 잘 생겻서.』

『글세…….』

『퍽 불상한 소년이야.』

『여보게 돈 한 푼 주게.』

『……』

이즈음 구경하든 사람들은 돈 한 푼도 안 주며 쓸데업는 말만 한다. 그들 가운데는 나희 열너덧살 쯤 먹어 보이고 왼팔이 업는 소년이 홍잇게 피리를 불고 안젓다.

저녁 햇빗은 소년의 얼굴을 물드럿다. 불상한 소년의 부는 피리에는 애처로운 봄놀애가 흘러 나와 사람의 마음을 마듸마듸 흔든다. 그리고 그 애닯은 곡조는 길 가는 사람의 발을 스스로 멈추게 한다.

어썬 양복 닙은 신사 한 분이 썩 드려다보더니,

『오! 불상한 아이로군.』

하며『포케트』에서 오 전짜리 두 푼을 내던저주며 내가 돈을 주엇스니 내가 누군가 보아 달라?는 듯이 여러 사람의 얼굴을 휘휘 도라보고 슬금슬금 물러선다.

홍잇게 불든 소년은 돈을 못 벌어서 그러는지? 여러 사람의 얼굴을 물끗— 물끗— 바라다보며 ××골목으로 향하야 간다. 가면서도 피리는 계속하야 분다. 구경하던 사람들은 소년의 뒤를 바라보며 혀를 씰씰 찬다. 어린 아이들은 소년의 뒤를 졸졸— 쌀하 간다. 발길을 차차 먼대로 옴기는 소년의 피리 소리는 기우러지는 햇빗과 가티 점점 사라진다.[38]

곽복산은 1928년 《동아일보》에서 모집한 '스케취文'에 '金堤 郭福山'이라고 거주지와 성명을 표기하여 인용문을 응모하였다. 신문사 학예부에서는 봄날의 거리 풍경을 자유롭게 쓰되, 1행을 40자로 하여 50행 이내로 써야 하는 제한 규정을 두었다. 말하자면 일정한 형식을 요구한 셈이다. 비록 선외작으로 분류되었으나, 그의 작품은 심사위원이 보기에 아까웠는지 활자화되었다. 그의 글이 지닌 강점은 객관적 묘사에 치중하여 자신의 주장을 절제하고 있다는 점이다. 그는 '꽃놀이하는 사람들, 술주정하는 사람들, 지게꾼, 양복 입은 신사'가 불구소년을 대하는 행태를 차분히 보여줄 뿐이다. 그리고 끝에서 '발길을 차차 먼대로 옴기는 소년의 피리 소리는 기우러지는 햇빗과 가티 점점 사라진다'고 서술하여 그 아이의 장래 모습을 암시하였다. 그 아이는 '기우러지는 햇빗'처럼 더욱 암담한 구걸 환경에 내몰리고, 그의 가난을 해결해 줄 대안은 존재하지 않는 것이다. 이러한 기교는 고도로 훈련된 글쓰기라고 할 수 있다. 자신의 감정을 표백하고, 사실의 묘사에만 매달리는 그의 글쓰기 태도는 유일한 동화 「새파란 안경(1-3)」(《동아일보》, 1929. 11. 25~27)에서 빛을 발한다.

이 작품은 '피리 부는 不具少年'의 문학적 외연이다. 모든 사람들이 열심히 일하는 평등한 세상을 꿈꾸는 그의 염원이 작품의 도처에 자리하고 있다. 옛날 어떤 욕심 많은 부자가 안방의 철궤에 주체하기 힘들 정도로 많은 돈을 갖고 있으면서도 "이 세상이 자긔 한 사람만 남기고

---

38 곽복산, 「피리부는 不具少年」, 《동아일보》, 1928. 4. 21.

모다 돈으로 변하게 하야 달라"[39]고 하늘에 기도한다. 마치 옥구 출신 소설가 채만식의『태평천하』에서 윤직원 영감의 소망을 봄직한 부자의 소원은 한 노인이 주고 간 '새파란 안경'으로 성취된다. 그 안경은 더러운 마음을 깨끗하게 정화시켜주는 안경이었다. 그 안경을 쓰자마자 부자 앞에는 지화, 금전, 은전이 마구 쏟아지고, 부자는 마침내 꿈에 그리던 돈나라에 진입하게 된다. 그러나 그 나라는 돈밖에 없었으므로, 그는 기본적인 식생활조차 해결할 수 없다. 부자는 다시 한번 하늘에 기도하여 돈나라로부터 탈출에 성공한다. 곽복산은 이처럼 마술적 상상력에 의탁하여 동화적 사태를 타개할 줄 알고 있었다. 그것은 앞의 작품과 이 작품의 발표 간격이 1년 이상인 것을 고려할 때, 그가 상당 기간의 습작기를 거쳤기에 가능한 것으로 보인다.

사람 사는 나라는 일하는 나라이엇습니다. 어린 사람과 로인은 일을 아니 합니다. 그 외에는 모다 일을 합니다. 그러함으로 부자도 업고 가난한 사람도 업섯습니다. 들에는 나락을 비는 사람, 쌍을 파는 사람, 돌을 깨는 사람, 집을 짓는 사람, 다각기 일을 하고 잇섯습니다.

부자는 일하는 사람을 차저갓습니다.

『배가 곱하 죽을 지경이오. 밥 한 술만 먹여 주십시오.』

이러케 부자는 애원하얏습니다.

『밥이라니! 무슨 밥이오? 멀정한 사람이―.』

일하는 사람들은 돌아보지도 안코 비웃는 듯이 대답을 하얏습니다.

부자는 할말이 업섯습니다. 염치를 무릅쓰고 밥만 먹여달라고 말할 샌이엇습니다.

『그러면 당신도 일을 하십시오. 이 나라는 일 안코 밥을 먹을 수가 업습니

---

39 곽복산,「새파란 안경」(1),《동아일보》, 1929. 11. 25.

다. 우리는 노는 법이 업습니다. 놀 째는 놀고, 일할 째는 일합니다. 저 마을을 보십시오. 다가티 일을 하니까 아무 불평업시 다가티 잘 사는 것을―.』**40**

곽복산은 '사람 사는 나라는 일하는 나라'라는 소박한 전언을 말하고자 이 작품을 발표하였다. 구각으로부터 벗어나기가 얼마나 힘든지, 곽복산은 한 부자의 고생담을 통해서 증언하고 있다. 부자는 일나라에서 '다가티 일을 하니까 아무 불평업시 다가티 잘 사는 것'을 보고, 자신의 잘못된 생각을 깨닫게 된다. 그는 지극히 단순한 진리를 동화라는 당의정에 담았다. 이것을 일러 지주계급의 무도한 포악성을 고발했다거나, 민중들의 궁핍한 실상을 폭로했노라고 분노할 필요는 없다. 이 무렵 전라북도의 생활 형편은 말할 수 없이 열악한 것이 사실이었다. 일제의 계속되는 수탈로 인해 먹고살기가 힘들어지자 도처에서 소작쟁의가 일어났다. 1929년 한 해에 전국적으로 발생한 389건의 소작쟁의 중에서 314건이 전북에서 일어날 정도였다.**41** 그렇다고 해서 사회적 상황을 직접적으로 서술하게 되면, 동화는 문학적 요건을 위협받게 된다. 그와 같이 한 편의 동화를 두고 투쟁적 잣대로 파악하게 되면 문학을 사회의 종속물로 비하해버리는 위험한 사태에 직면할 수 있다.

더욱이 전북은 일제에 의한 토지조사사업 이후 대지주제도가 발달하여 "30정보 이상 대지주의 밀도, 총경지의 소유 면적, 총지주에서 차지하는 비율 모두가 전국 평균보다 2.5배가 높은 것으로 나타나서 지주제의 심화도가 다른 어느 지역보다도 두드러졌다"**42**는 점에서, 지주의 폐해를 극심하게 겪은 곳이다. 그로 인해 1930년 현재 전북의 농가 중에서 62.6%가 춘궁을 겪게 되었다. 이런 현실적 상황을 감안하면, 곽

---

40 곽복산, 「새파란 안경」(3), 《동아일보》, 1929. 11. 27.
41 《동아일보》, 1929. 5. 7.
42 원용찬, 『일제 치하 전북의 농업수탈사』, 신아출판사, 2004. 48쪽.

복산처럼 운동가의 작품에서는 지주에 대한 분노와 투쟁 등이 형상화되기 십상이다. 그러나 그는 각종 사회운동에 가담했으면서도 그러한 시각을 배제하느라 집요하게 노력하였다. 그는 한번도 문학을 운동의 예속물로 생각하지 않았고, 문학의 본질을 훼손하지 않았다. 단지 그는 식민지의 원주민 아동들이 처한 물질적 조건과 문학적 형식의 조화를 추구했을 뿐이다. 곽복산은 토지를 볼모로 소작농의 노동력을 착취하며 무위도식하는 지주계급을 축출하기보다는, 그들에게 '사람 사는 나라는 일하는 나라'라는 평범한 삶의 현장을 확인시키어 의식의 전환을 이루도록 이끈다. 이와 같이 일종의 '보여주기'를 통해서 할말을 다하는 그의 수완은 전문작가보다도 훨씬 우수하다. 이것이 그의 동화가 지닌 특장이다.

부자는 배가 곱핫습니다. 돈에 팔여서 밥 먹기를 니젓든 것입니다. 얼마 동안은 참어 보앗스나, 배가 차차 줄이기 시작하얏습니다. 온 자미를 돈에 두엇든 부자는 하는 수 업시 먹을 것을 차저 나갓습니다. 그러나 아무리 단여도 먹을 것은 업섯습니다. 세상의 모든 물건이 돈으로 변하얏슴으로, 먹을 것이 잇슬 리 업습니다. 일상 흘르든 강물조차 돈으로 변하야 물 한 목음 먹을 수 업섯습니다. 좀 쌜리 단여 보랴고 애를 써도 발이 돈에 파뭇처서 더욱 곤난하얏습니다. 부자는 몃츨이 지내도록 물 한 목음 먹지 못하얏습니다. 그러나 먹을 것이 잇다면 돈쑨이엇습니다. 돈은 먹을 수 업섯습니다. 줄리고 줄리어 창자는 압핫습니다. 이제는 거닐 수도 업섯습니다. 일어서면 기운이 업서저 쩌구러젓습니다.

이러케 되어 잇는 돈나라는 쓸쓸한 곳이엇습니다. 밤이 되면 별조차 업섯습니다. 다만 잇다금 쌀쌀한 바람이 살을 베일 듯이 불어올 짜름이엇습니다. 그리고 돈 우에는 눈이 나리엇습니다. 부자가 가장 귀엽게 녁이는 돈은 모다 들어 붓기 시작햇습니다. 지화, 금전, 은전은 모다 얼어부텃습니다.[43]

인용문에서 보는 바와 같이, 곽복산의 문장은 단문으로 이루어져 있다. 이것은 그가 소년운동에 복무하는 중에 치열한 글쓰기를 통해서 문장을 단련한 증거이다. 그는 부자가 모든 것이 돈으로 변해버린 돈나라에서 싫증을 내기까지를 묘사하는 과정을 간단한 문장으로 마무리하고 있다. 글을 쓰기 위해 아이들의 언어생활을 꾸준하고도 찬찬히 관찰했던 그의 노력이 예정한 결과이다. 문장과 문장이 미끄러지듯이 매끄럽게 연결되어 있고, 그 와중에서 인과관계가 절로 드러나도록 문장이 구성되어 있다. 곽복산의 탄탄한 문장력은 이 작품의 장르적 성격에 부합되고 있는 것이다. 또한 그는 자연의 특징적 변화를 이용하여 부자의 불안하고 배고픈 심리를 적절히 묘사하고 있다. 구체적으로 그는 부자의 배고픔을 묘사하기 위해 '부자는 배가 곱핫습니다'로 그치는 것이 아니라, 부자의 행동을 '돈에 팔어서 밥 먹기를 니젓든 것', '얼마 동안은 참어 보기', '하는 수 업시 먹을 것을 차저 나가기'로 확장하고 있는데, 이것은 부자가 개방공간으로 나아갈수록 배고픔을 심화하도록 조장한다. 곽복산은 거기서 그치는 게 아니라, 먹을 것이 없는 사실을 강조하기 위해 '세상의 모든 물건이 돈으로 변하얏슴', '흘르든 강물조차 돈으로 변함', '쌜리 단여 보랴고 애를 써도 발이 돈에 파뭇침' 등, 불모의 환경을 제시한다. 그리고 마침내 계절의 변환을 통해서 부자가 처한 조건과 그가 소망했던 조건이 동일하다는 것을 보여준다. 즉, 작가는 부자가 원했던 돈나라가 '쓸쓸한 곳', 모름지기 사람은 사람끼리 도우며 어울려 살아야 한다는 지극히 당연한 진리를 전언을 묘사로써 말한 것이다. 이처럼 세련된 문장과 주제의식의 구현 빙식은 당대의 동화 작품에 견주어 보아도 탁월한 편에 속한다.

---

43 곽복산, 「새파란 안경」 (2), 《동아일보》, 1929. 11. 26.

3) 아동 인권의 신장

1920~30년대 식민지 사회의 현안과제 중의 하나가 아동 학대 문제였다. 한반도가 일제의 식량기지로 전락하게 되면서 아동들은 각종 위험에 노출되었다. 한편에는 소년운동가나 아동문학가들처럼 아동이 "훼손되기 전 상태, 다시 갈 수 없는 생명의 원상으로서의 세계"[44]를 표상하기를 갈망하는 축이 있었는가 하면, 실제 삶의 현장에서는 아동들이 숱한 학대 사태에 직면해 있었다. 1921년 당국의 조사에 의하면 소년 해원(海員) 30여 명[45]이 어선에서 노동력을 착취당하고 있었다. 1933년 말 경성부 내의 고아는 164명, 기아는 117명, 미아는 147명으로 집계되었는데,[46] 그들 중에서 고아와 기아는 경성고아원과 겸창고아원으로 보내졌다. 1936년 1월 전주에서는 소년 50여명이 갈 곳 없어 거리를 배회하였는 바,[47] 먹을 것을 찾아 거리를 떠도는 아동들의 실태는 곤궁한 식민지 사회의 현실을 온몸으로 증언한다. 사태가 이렇게 심각한데도, 아동들을 구제하기 위한 제도적 뒷받침이나 구호 행위는 턱없이 부족하였다. 따라서 각종 사회운동은 아동의 복지 문제에 관심을 기울이거나, 소년운동의 방향을 실제적 문제의 해결로 전환할 필요가 있었다.

이런 현실을 목도하고 관심을 기울이던 곽복산은 일본에 유학하는 중에 어린이들의 인권 문제를 천착하기 시작했다. 그의 글 「어린이를 학대 말고 보호합시다(1-6)」(《동아일보》, 1935. 2. 9~21)는 소년운동의 연장선상에서 이후의 운동 과제로 제안한 것이다. 그의 글은 아동 학대 문제를 논리적으로 주장하고 있다. 먼저 그는 아동 학대 문제가 필요

---

[44] 박숙자, 『한국문학과 개인성』, 소명출판, 2008, 256쪽.
[45] 《동아일보》, 1921. 5. 29.
[46] 《동아일보》, 1934. 4. 6.
[47] 《동아일보》, 1936. 1. 10.

한 이유를 설명하고, 고대의 문헌을 통해서 이집트와 유럽처럼 어느 나라를 막론하고 아동 학대는 고래로 자행되어 왔음을 강조하여 문제의 심각성을 초점화한다. 특히 그는 "산업혁명의 과도적 시기에 잇서서는 각국이 모다 아동을 혹사하엿다"[48]고 주장하여 아동들의 노동력을 착취했던 과거적 사실을 지적하고 문제에 대한 관심을 촉구하였다. 그는 자신의 논리를 뒷받침하기 위해 미국, 영국, 프랑스, 일본의 아동 학대 방지 운동이 일어나게 된 배경과 현황 등을 객관적 자료로 제시한다.

그는 아동 학대를 감별하는 표준은 그 나라의 문화 정도와 경제적 조건에 따라서 다르다는 점을 인정하고, 아동 학대의 개념을 "유소년자를 감시, 감독 혹은 보호할 16세 이상 되는 자가 일부러 유소년을 능욕 학대하고 혹은 방임 유기하야 유소년자를 과도의 고통 혹은 건강 상해―(눈, 귀, 기타 사지 또는 다른 기관의 상해, 상실, 정신착란을 포함)―의 위험성 잇는 상태에 버려둘 때에는 아동 학대로 간주한다"[49]는 영국의 법률을 예로 들어 설명한다. 그리고 그 외에도 미취학 아동이나 결식 아동을 방기하는 것과 유년 노동자를 사용하는 것도 넓은 의미의 아동 학대라고 포함시킨다. 그는 이동 학대의 범주를 법률적 한도 외에 광의로 확장시키는 것이다. 이러한 적극적 개념 설정은 곽복산의 아동에 대한 애정의 발로이고, 소년운동에서 우러나온 체험의 소산이다.

특히 그는 여아들의 학대 문제에 관심을 기울일 것을 강조하였다. 그는 1929~30년 일본 사회국에서 발표한 통계 자료를 인용하여 아동들이 당하고 있는 학대 실태를 고발한다. 당시 일본에서 '예기(藝妓), 무기(舞妓), 작부, 여급, 배우, 유예(遊藝), 노상 상업' 등에 종사하는 14세

---

48 곽복산, 「어린이를 학대 말고 보호합시다」 (1), 《동아일보》, 1935. 2. 9.
49 곽복산, 「어린이를 학대 말고 보호합시다」 (2), 《동아일보》, 1935. 2. 10.

미만의 여아들은 같은 또래의 남아들에 비해 월등히 높았다. 구체적으로 예기 1,231명, 무기 1,058명, 작부 85명, 여급 360명, 유예 106명 등을 포함하여 3,000여명의 여아들이 특수 직종에 종사하면서 성과 노동력을 착취당하고 있었다. 식민지 종주국의 사례가 이럴진대, 식민지의 여아들의 실태는 당연히 심각하였다. 한 예로 1918년에 발행된 『조선미인도감』에 수록된 605명의 기생들을 연령별로 구분하면 "9세부터 15세가 113명, 16세부터 20세가 346명"[50]을 차지하고 있다. 1927년 일경의 통계에 의하면, 경성에는 조선인 예기 128명, 창기(娼妓) 222명이 있었고, 연령은 14세부터 30세까지 구성되어 있었다.[51] 또 1937년 조사된 원산의 기생 103명 중에서 동기가 60명으로 파악되었다.[52] 이 조사 자료들은 공식적이고 입체적인 통계 수치가 아니지만, 당시 여아들이 처한 비인간적 실태를 짐작하기에 충분하다.

(一) 첫째는 아동의 의, 식, 주, 교육 등을 빠짐없이 돌보아 줌이요. (二) 둘째는 법률로서 아동 학대를 금하고 『로동 아동』을 보호하는 것이며 (三) 셋째는 대개 사회사업 기관의 손으로 보호되는 것을 말합니다.[53]

곽복산은 일본의 사례처럼 "부모의 보호를 받아야 할 아동들이 일단 그 가정에서 쪼기고 버림이 되어 남의 손에서 학대를 받고 혹사됨"[54]과 남존여비 풍토가 전세계적으로 횡행하고 있는 현실을 개탄하고, 아동의 권리를 신장하고 보호할 세 가지 부면을 열거하였다. 그는 "굶머 죽은 어린이 버레가되여"(「벌레의 눈물」) 가는 당대의 현실을 반영하여

---

50 橋谷弘, 김제정 역, 『일본제국주의, 식민지 도시를 건설하다』, 모티브북, 2005, 106쪽.
51 《동아일보》, 1927. 2. 11.
52 《동아일보》, 1937. 6. 16.
53 곽복산, 「어린이를 학대 말고 보호합시다」 (4), 《동아일보》, 1935. 2. 15.
54 곽복산, 「어린이를 학대 말고 보호합시다」 (3), 《동아일보》, 1935. 2. 14.

의식주의 해결을 첫째로 꼽고, 학대를 금지하는 제도와 안전장치의 정비를 제안하고 있다. 그는 구체적으로 아동 학대 방지 법률의 제정, 아동옹호회나 아동학대방지회 등을 설립하여 아동애호사상을 홍보할 것을 권고한다. 그는 가정 내에서 아동이 학대받는 원인을 아버지, 어머니, 가정생활에서 찾았다. 가령 부모의 음주, 종교, 교양, 직업, 오락 등이 자녀의 학대를 불러일으키는 주요 원인이라는 것이다. 그는 다음에 학대의 형식으로 "제일 아동의 생활, 제이 병약아의 경우, 제삼 혹사, 제사 육체적 학대"[55]로 나누었다. 그는 이처럼 아동 학대의 사례를 수집하고 연구하는 것과 함께, 가정과 사회가 협력하여 아동의 권리를 보호하고 신장하려고 합심하여 노력하는 것이 중요하다고 역설한다.

그러나 부모는 가정이 빈곤함으로써 마음에 없는 학대를 하는 경우가 또한 잇지 안습니까? 어머니나 아버지가 날품을 팔러 외출을 하면 아이 혼자 집에서 무슨 일을 당할지 누가 알겟습니까? 이러한 아동을 보호하기 위하야 선진 각국에서는 탁아소(託兒所) 사업이 발달되어 잇습니다. 최근 조선에서도 농번기(農繁期)에는 약간의 탁아소를 개설하야 만흔 효과를 내이는 듯하나, 도시에도 개설하고 그것을 상설기관으로 할 것입니다. 그뿐 아니라 끼니를 이으지 못하는 아동들을 위하야 급식제도(給食制度)를 세우며, 아동무료치료소(兒童無料治療所)로 하여금 빈곤한 아동의 질병을 치료케 하고, 또한 미취학(未就學) 아동에게 공부할 기회를 주는 것이나, 『아동 노동』을 금지 혹은 보호함으로써 아동 학대가 되지 안토록 그를 미연에 막을 것입니다. 가정에서는 아동을 애호하며, 사회에서는 아동을 위하야 충분한 시설을 한다면 어찌 아동 학대가 되겟습니까?[56]

---

55 곽복산, 「어린이를 학대 말고 보호합시다」 (5) 《동아일보》, 1935. 2. 16.
56 곽복산, 「어린이를 학대 말고 보호합시다」 (6), 《동아일보》, 1935. 2. 21.

곽복산은 '부모는 가정이 빈곤함으로써 마음에 없는 학대를 하는 경우'와 같이, 식민지의 여건상 일어날 개연성이 있는 경우를 상정하며 논의를 계속한다. 그는 '탁아소 사업', '급식제도', '아동무료치료소', '미취학 아동에게 공부할 기회를 주는 것', '아동 노동 금지' 등, 아동을 보호할 수 있는 구체적 사업을 예시하면서 어떤 경우에도 아동의 인권이 침해되지 않기를 바란다. 이 중에서 아동의 취학률은 사회적 요인 때문에 감소되기도 하여, 서둘러 해결하지 않으면 안 될 급선무였다. 예컨대, 1931년 전주시내 각 보통학교의 취학 상황은 한해와 곡가 폭락으로 전년 대비 5%가 감소하였다.[57] 이처럼 사회적 안전망이 전혀 구축되지 않은 상황에서 아동의 인권이 보장받기 위해서는 가정과 사회의 협력이 필수적이라고 말한 곽복산의 주장은 식민지 아동들의 복지 문제를 공론화했다는 점에서 의의가 크다. 그러나 그의 제안은 일제의 군국주의화가 진행되면서 수면 아래로 묻혀버리고, 원주민들의 생활 형편이 더욱 악화되면서 논의를 진행할만한 환경을 조성하지 못하고 말았다. 그가 선구적인 안목으로 제출한 의제는 당대의 아동들에게 최우선적으로 필요한 것이었다. 이와 같이 곽복산은 학업에 진력하는 중에도 아동 문제에 지속적인 관심을 기울였다. 비록 그가 유학하고 귀국한 후에 언론계로 소속을 변경하였을지라도, 전라북도 아동문학 평단의 질적 수준을 일층 심화시킨 공적은 객관적으로 평가되어야할 터이다.

---

57 《동아일보》, 1931. 2. 15.

3. 결론

　이상에서 알아본 것과 같이, 곽복산은 1920년대 말에 활발히 활동한 아동문학가이다. 그는 원래 소년운동을 지도하여 독서회와 소년회, 동화회 운동에 전력하고 있었다. 그러던 차에 아동들에게 소용되는 마땅한 독물이 없는 사정을 감안하고, 운동상의 필요와 자발적 의지로 작품을 발표하게 되었다. 그는 동요·동시·동화·평론 등, 다양한 장르를 넘나들면서 영성한 초창기 전라북도 아동문학의 초석을 닦았다. 그의 문학 활동은 여느 작가들에 비해 눈부신 바 있으며, 그러한 노력들이 초창기 아동문단의 물적 토대를 윤택하게 하는 데 공헌한 것은 물론이다. 그는 변혁운동에 복무하던 시절에 익힌 치열하고 엄숙한 태도로 문학 활동을 전개함으로써, 소년운동과 아동문학의 긴밀한 상관관계를 여실히 증명하였다.

　곽복산은 소년운동을 비롯하여 사회의 각종 변혁운동에 복무한 고위 인사이면서도 문학적 본질에 충실한 모습을 견지하였다. 특히 약관에도 못 미치는 물리적 나이에 어울리지 않은 절제의식을 발휘하여 사회 현상을 균형적으로 응시한 그의 태도는 경이적이다. 이런 영향으로 그의 작품에서 성글고 투박한 편내용적 경향이 검출되지 않았고, 그 점이야말로 그의 작품세계를 타인의 것과 변별하는 규준이다. 그는 문학 작품에서 운동 과정 중에 내면화된 자의식이 과잉되지 않도록 적절하게 절제하였다. 그는 1930년대 이후에 작품을 발표하지 않고 타 부문에 종사하였으나, 그것이 문학사에서 배제될 만한 결격사유는 아니다. 그러므로 전라북도의 아동문학사를 온전히 서술하기 위해서는 그의 작품들을 적극적으로 수용하려는 자세가 필요하다.

비평적 관점에서 바라본 현단계 전북 아동문학

1. 꺼내는 말

현단계 전북 아동문학을 거론하는 자리인지라, 저는 매우 거북한 입장에 처해 있습니다. 이 고백은 제가 갖고 있는 문학적 인식안을 드러내는 것이기도 하고, 아울러 한 자연인이 인연의 끈으로부터 전혀 자유로울 수 없는 현실적 위상 때문이기도 합니다. 이런 너절한 허사를 핑계 대고, 저만치서 실루엣이나 바라보기에는 현단계 전북의 아동문학이 그리 만족스럽지는 않습니다. 특히 다른 고장보다도 더 우리 고장은 보수적이거나 전통적인 분위기가 지역을 지배하고 있어서, 그것에 대한 평가를 단행하기에도 상당히 난감합니다. 왜냐하면, 무릇 하나의 문학현상을 제대로 파악하기 위해서는 당해 지역의 지배적 정서를 저변에 장치하는 것이 하나의 방법일진대, 이 지역에 살면서 그것에 대한 부정적인 평가를 내리기도 힘들기 때문입니다. 그래서 선학들이 심리적 거리니 정서적 거리라는 틀거리를 상정하라고 강권했는지도 모르겠습니다.

제가 그 동안 읽어 온 이 나라의 아동문학 작품들을 일별하면, 불만족스러운 구석이 너무 많습니다. 군이 문학사적 사실들을 들추지 않더라도, 이 땅에서 이루어진 아동문학은 문학이라기보다는 하나의 민족운동사적 측면에서 바라보아야 합니다. 강고한 식민지 시대를 형극으로 거쳐 오면서 굳어진 한국의 현대 아동문학은 언제나 고급한 성인문학에 앞자리를 내준 채, 말석을 차지하는 데 만족했습니다. 사실 풍운아 정지용이나 그를 사숙한 윤동주, 박목월 등이 쓴 동시류조차 제값을 받아내기에는 역부족인 것이 엄연한 실상입니다. 이들의 동시류는 시인의 참된 자아에 이르는 하나의 도정으로만 언급될 뿐입니다. 이들의 시대가 가면서, 이 나라의 문학계에는 문학과 '아동'문학이라는 이분법이 공고해졌습니다. 급기야 이제는 일반문학과 아동문학의 상호침투조차 허용될 수 없을 만치 확고하게 굳어져 버리고 말았습니다. 지금 제가 발제하는 모습을 눈여겨 살피시면, 주최측의 분류의식을 쉬 어림하실 수 있으리라 생각됩니다. 아마 지구상에 우리나라를 제외하고, 어느 나라가 이렇게 경직된 나눔 의식을 갖고 있는지 궁금합니다. 요사이 들어서 그런 분류 태도가 다소 해체되는 조짐이 일고 있음은 고무적인 사실입니다. 이 나라에서 내노라하는 시인이나 소설가들이 동시나 동화에 손을 대고 있는 것이 바람직한 그 실례입니다.

현단계 전북의 아동문학 담당층은 대부분 교직에 종사하고 있습니다. 이 사실은 전국적인 통계와 공통되는 것으로, 양면성을 띱니다. 하나는 긍정적인 측면인 바, 교사들의 문학 참여가 아동문학의 대상성을 현실적 측면에서 접근하기 용이하리라는 희망입니다. 다른 하나는 부정적인 측면으로, 교사들의 직업 속성상 이들이 쓰는 아동문학 작품은 불가피하게 그 주제가 문학성보다는 교육성으로 치우칠 우려가 있으며, 또한 직업상의 보수적 기질로 인한 실험의식의 결여가 문제될 소지가 있습니다. 우선 말하면 후자의 역기능이 상당하다고 판단합니다. 이러니 전라북도의 아동문단이 식민지시대의 김완동이나 곽복산으로부터 해방 후의 백양촌을 위시하여 1960년대의 최승렬과 김용택 등의 선배들이 쌓아 놓은 혁혁한 공훈과 그들의 치열한 문학정신을 올바르게 계승하여 오늘날에 되살리지 못하고 있을 것입니다. 물론 직업적 한계보다는 당자의 문학적 신념의 결과이기도 할 것이고, 그 역시 본고에서 강조하고자 하는 바입니다.

그 동안 전북의 아동문학이 걸어온 발자취는 큰 것입니다. 식민지시대에 도내 각 처에서 활발히 조직되어 운영되었던 소년회 활동, 해방 후 도내의 아이들을 위해 출범했던 '봉선화동요회', 그 뒤를 이어서 1970년대에 발족하여 30년이 넘는 세월을 버텨준 '전북아동문학회'라는 전문 단체의 공적은 누구나 부인하기 힘들지요. 특히 동인지『전북아동문학』은 지금까지 호를 중단하지 않고 지속적으로 발간되어 나오고 있는 것만 보더라도, 이 고장에서 아동문학의 발전에 공을 들이고 있는 여러분들의 노고는 매우 큽니다. 하지만 이런 사실들이 현단계의 전북 아동문학을 점검하는 마당을 가로막기에 필요 충분한 조건만은 아닐 터입니다.

2. 전북의 동시문학

현단계 전북의 아동문학은 상당히 정체되어 있는 느낌입니다. 새로운 세대의 등장도 더딜 뿐만 아니라, 과감한 실험의식도 찾을 수 없는 실정입니다. 작금의 동시단을 보노라면, 새로운 갈래에 대한 천착이 활발하게 진행되고 있습니다. 예컨대 유아시나 동화, 동시조 등에 대한 집요한 파고들기가 그 보기라 할 것입니다. 특히 동시조 같은 분야에서는 어린이를 위한 사설시조까지 시도되는 실정입니다. 중앙 문단의 이런 추세에는 아랑곳없이 전통적인 서정적 동시형에 집착을 보이는 전북 동시단의 현상을 어떻게 파악하여야 할까요? 그 이유를 이 지역만이 갖는 체질적 보수성이나 문학 제도에 대한 소박한 보전의식의 발로라고 간단하게 얼버무리는 데 그쳐야 할까요? 본래 시라는 갈래는 그 세대교체의 사이클이 빠릅니다. 그 주요 원인 중의 하나가 교체 속도만큼이나 실험도가 잦은 까닭이기도 하지요.

요사이 전북 지역에서 생산되고 있는 동시문학에서 가장 미흡한 부분이 있다면, 동시의 시스러움과 대상에 대한 외면이라 할 것입니다. 전자는 동시를 아무나 쓸 수 없다는 인식을 결과하는 것이고, 후자는 전자와 함께 동시의 본질적 특성에 다름 아닙니다. 전자에서 생각할 만한 문제로는 시의 쓸거리에서부터 표현상의 미숙 및 미학적 수준차 등에서 산견되는 것입니다. 동시의 대상에 대한 외면이라 함은, 우선 아이들이 사용하는 언어를 시어로 차입하여야 할진대, 그렇지 못한 실정입니다. 이것은 비단 언어 사용만이 아니라, 진술상에 나타나는 문법적 어긋남을 이르는 것이기도 합니다. 동시는 아이들을 우선적인 독자로 상정하여 생산되는 까닭에 자칫하면 극심한 상투어 남용과 쇄말주의에 함락됩니다. 그렇다고 친근한 구어의 구사조차 나무라는 일은 아닙니다. 그런 움직임은 동시에서는 오히려 권장하여야 할 것이로되, 동시의 리얼리티를 확보하는 하나의 방편이기도 할 것입니다.

또 한 가지 불만인 점은, 우리 겨레의 찬란한 문화적 유산인 구비문학에 대한 등 돌리기입니다. 이 분야는 비단 서사물에만 한정되는 소재가 아니라, 동시에도 과감하게 인용되는 노력이 뒤따라야 하겠습니다. 특히 동시 문학 중 빈곤한 서사 동시의 개적에 상낭한 도움을 줄 수 있으리라 기대합니다. 따라서 전북의 동시인들은 이 지역에 만연되어 있는 구비문학물을 찾아내어 그것의 시적 형상화에 진력하여야 할 것입니다. 이것은 기성세대인 동시인들이 독자인 자라나는 어린이들에게 남겨줄 수 있는 가장 값진 문학 유산이 될 것이라고 확신하기 때문입니다.

한편 우리는 침체된 전북 동시문학의 한 희망을 정읍 출신 이준관에게서 발견할 수 있습니다. 그는 가히 대한민국에서 최고가는 동시인입니다. 두루 알다시피, 그는 시와 동시를 겸행합니다. 이런 경험은 그의 시에 동시적 세계를 구축하여 따뜻한 '저녁의 불빛'을 마련해주는 정서적 토대이고, 동시에 선명한 시적 이미지를 선보이도록 복합적으로 작용하는 원동력입니다. 그에 이르러 이 나라의 동시는 비로소 궁핍한 가난과 전쟁의 공포로부터 벗어날 수 있었습니다. 특히 그는 동시집을 발간할 적마다 전혀 상이한 세계를 구성하여 문단에 제출합니다. 이 점이야말로 그를 현재 동시단의 고수 반열에 오를 수 있도록 지탱해주는 힘입니다. 첫 동시집 『크레파스화』(을지출판사, 1978)와 『씀바귀꽃』(아동문예사, 1987)에서 보이던 초기의 비극적 이미지는 어느덧 사라지고, 동시집 『우리나라 아이들이 좋아서』(대교출판, 1994)와 『내가 채송화꽃처럼 조그마했을 때』(푸른책들, 2006)에서는 아이들의 생생한 생활 장면을 관찰하여 얻어낸 역동적인 이미지들이 대세를 이루고 있습니다. 그의 부단한 변신은 철저한 자기성찰로부터 기원하는바, 앞으로도 계속하여 변모할 것으로 기대합니다.

윤이현은 연치가 더할수록 초기시에서 볼 수 있었던 호흡의 지루함을 떨쳐버리고, 특유의 숨고르기를 통하여 깊은 경지로 접어들고 있습니다. 이것은 끊임없이 노력하는 그의 성실한 시작 태도를 추측할 근거를 제공합니다. 우리는 그 보기를, 그의 대표작이 된 「가을 하늘」(『가을, 가을하늘』, 아동문예사, 1987) 연작들을 우러르면서 구경할 수 있습니다. 이 시리즈는 『내 마음 속의 가을 하늘』(아동문예사, 2003)에서 보듯이 윤이현의 실존적 연결성의 기저를 보여주면서, 나아가 시어의 절제와 이미지의 명징성으로 인한 균제미가 현저하여, 이 나라 동시문학의 수준을 한 단계 상승시키는 데 이바지할 것이라 기대합니다. 그는 또

「강물에 떨어진 민들레 꽃씨 이야기」에서 볼 수 있는 것처럼, 극적 상황을 설정하는 시작 태도를 시도하기도 합니다. 이러한 시도가 동시의 서사적 사실성을 획득하는 방향으로 진전되게 될 지는 두고 볼 일입니다.

이준섭은 동시와 시조의 창작을 겸행하고 있습니다. 그는 최근에 우리나라의 유일한 스포츠 동시집 『운동장 들어올리는 공』(정인출판사, 2009)을 출간했습니다. 초기에 그의 동시는 구수하다고 표현해야 어울릴 정도로 공동체적 세계의 추억을 되살리느라 공을 쏟았습니다. 독자들은 그의 동시를 읽으면서 흐뭇한 미소를 지을 수 있었고, 후세들에게 과거적 경험의 정수를 들려줄 수 있었습니다. 더욱이 그는 시조 부문에서도 등단 절차를 마친 경륜을 살려 작품에 고유한 리듬을 장치하는 일에도 관심을 기울였습니다. 그런 노력이 빛을 보더니, 선수단의 활약상에 고무되어 스포츠 동시집까지 펴내게 되었습니다. 그의 부지런한 시작 활동의 근저에는 부안의 바닷가에서 키웠던 상상력이 작동하고 있어서, 고향의 정취를 기억하여 시화하는 노력으로 결실을 맺게 된 것이라 할 수 있습니다.

또 한 사람을 들 수 있다면, 우리는 나름대로 시적 상상력의 다른 경지를 구축해가고 있는 허호석을 꼽을 수 있을 것입니다. 그는 그야말로 '시는 상상력의 산물'이라는 시작 태도를 여실히 보여주는 시인입니다. 그가 상재한 동시집의 제목이 『바람의 발자국』(아동문예사, 1990)이라는 것만 보아도 우리는 그의 시적 근원이 어디에 있는지를 짐작할 수 있습니다. 그렇지만 이 점이 한편으로는 강점이기도 하지만, 반드시 혹은 언제나 그럴 것이라 믿는 일은 삼가야 할 것입니다.

최근에 등단한 정성수는 동시집 『할아버지의 발톱』(2008, 청개구리)에서 아이들의 생활 장면에 철저히 초점을 맞추어서, 그들의 배설 활동을 용감하게 시화하고 있어서 주목을 끕니다. 그간 인간의 생존에 필요한 배설은 인류학이나 정신분석학의 간헐적인 관심을 받아왔으나, 시작품에서는 소수자들에 의해서만 수용되었던 소재입니다. 하지만 정성수는 이런 풍토에 과감하게 도전하여 아이들의 방분, 방뇨, 방귀, 재채기 등에 집중하는 호모 엑스크레멘테의 동시적 상상력을 보여주고 있어서 무제한적인 상상력의 발현이 기대됩니다.

그 외에 이미 시에서 일가를 이룬 김용택(『콩, 너는 죽었다』, 실천문학사, 2003)과 안도현(『나무 잎사귀 뒤쪽 마을』, 실천문학사, 2007) 등이 주목할 만한 동시집을 제출하였습니다. 그들의 가담에 힘입어 지역의 동시문학이 활성화되고, 동시에 대한 근거없는 편견이 깨지기를 바라마지 않습니다. 그들의 동시 발표가 앞으로도 꾸준히 지속되기를 바라는 마음입니다. 또 한상순의 동시가 아이들의 세세한 표정을 놓치지 않고 있다는 점은 눈여겨볼 만합니다.

3. 전북의 동화, 소년소설, 동극

이 나라의 아동문학 중 가장 빛을 보고 있는 분야가 동화문학입니다. 우리들은 어린이들에게 책을 읽히거나 사준다고 할 적에도 동화책이라는 말을 즐겨 사용합니다. 그런 독서 수준을 감안할 제, 동화가 차지하는 무게는 아주 무겁다고 할 것입니다. 그러나 문제는 거기에 있습니다. 동화는 거부할 수 없이, 저급한 정서적 발달단계에 적합한 읽을거리입니다. 우리는 곧잘 요새 아이들은 너무 조숙하다고 나무라면서도, 정작 읽을거리는 눈높이를 같게 해주지 않는 것은 아닐까요? 말하자면, 현대가 시대적 특성상 어쩔 수 없이 '소설의 시대'이듯이, 아이들에게도 그에 맞는 읽을거리를 마련해 주는 것이 우리 성인의 도리가 아닐까요? 그런 점에서 이 나라의 아동문학은, 소년 소설 따위의 서사

문학의 발전에 더욱 노력하여야 할 명제를 갖게 되는 셈입니다.

그렇다면 그것의 발전은 어디에 기대는 편이 나을까요? 말할 나위 없이 글의 특성상 아이들의 삶에 대한 소설적 접근이 주종을 이루어야 하겠지요. 전북이라는 지역적 특성이 지역주의의 이름으로 작품의 도처에 삼투되어야 할 것입니다. 게다가 이처럼 시급한 것이 있다면, 그것은 말할 것도 없이, 이 나라의 구석구석에 지천으로 널려 있는 민담의 세계가 아닐까요? 더 이상 시간이 흐르면 망실될 위험에 처해 있는 민담에 세계가 아닐까요? 더 이상 시간이 흐르면 망실될 위험에 처해 있는 민담에 주의 깊이 한 눈을 파는 일이야말로, 현단계 동화작가들의 숙제가 아닐 수 없습니다. 동화가 소설에게 한 수 가르치고자 한다면, 그것은 철저한 우의성일 것입니다. 이 점이야말로 동화의 특질을 가장 도드라지게 하는 중요한 요인일진대, 소설가로 하여금 도리어 동화를 읽게 할 유혹의 계기가 될 것입니다.

이 지역의 서사물 쪽에서는 박상재의 활동이 눈부십니다. 그는 장수 출신으로,『원숭이 마카카』의 성공적 진출에 힘입어서 여러 문학상을 받으며 고향의 명예를 현양하였습니다. 그의 동화에는 향리의 유년 시절에 체험했던 다양한 글감들이 고루 혼화되어 있습니다. 근래에는 『술 끊은 까마귀』에서 보듯이, 생태동화까지 영역을 확대하여 쉼없이 노력하는 자세를 보여주고 있습니다. 그의 동화는 생활동화에서부터 환상동화까지 전영역을 망라하고 있어서, 후배 작가들로부터 귀감이 될뿐더러 동화의 본질에 충실한 작가로 칭송되고 있습니다. 그는 문단의 앞길을 개척하는 일에노 솔선하여 농화의 경지를 새롭게 개척하는 바, 동화의 형식적 요소들을 능숙하게 구사하여 한국 동화의 질적 발전을 주도하고 있는 작가입니다.

김용재와 김여울이 매우 활발하게 작품 생산에 임하고 있습니다. 김용재는 근래에 들어서 작품집을 연달아 펴낼 만큼 왕성한 필력을 자랑하고 있습니다. 또 김여울은 다양한 소재를 동원하여 전북의 아동문학을 한 단계 높이는 데 공헌하고 있습니다. 그의 이러한 부지런떨기는 이 시점에서 아주 중요한 일일 터입니다. 이 두 사람의 글쓰기가 현단계 전북의 아동문학을 지탱해 가는 줄기라 하여도 결코 과언이 아닙니다. 김용재의 주제의식은 잃어버린 과거적 질서를 회복하려는 데 주안점을 두고 있습니다. 이에 비하여 김여울은 어린이의 어린이다움에 글의 초점을 맞춰가느라, 아이들의 다양한 삶을 서사화하는 데 주력하는 양상입니다. 이런 현상을 두고, 전북의 아동문학계에서 볼 수 있는 세대차라 하여도 되겠지요.

김향이는 전래하는 민족 정서를 거부감 없이 수용하여 동화의 자질과 품격을 높인 작가입니다. 비록 그녀는 일찍 임실을 떠나 살고 있으나, 작품에 반영된 정서들은 지역에 거주하는 작가들보다 훨씬 찰지고 구성집니다. 그녀는 『달님은 알지요』의 성공에 힘입어 한국을 대표하는 동화작가로 인정받고 있습니다. 그녀의 작품들은 한결같이 치밀한 구성과 세밀한 묘사를 바탕으로 이루어진 가작이어서 평단의 주목을 받고 있습니다.

소년소설 분야에서는 동화작가보다 소설작가들이 우위에 있습니다. 하근찬은 문제작 「수난이대」를 위시하여 「흰 종이수염」, 「붉은 언덕」, 「조랑말」 등 수 편에서 전쟁의 비극성을 고발하였습니다. 그의 전쟁에 관한 서사는 평단에 너무나 유명하여 재언할 필요조차 없을 지경입니다. 전주 출신의 최일남은 「진달래」와 「노새 두 마리」처럼 초기에 소년소설을 발표했습니다. 그의 작품들은 소설의 범주에서 제출된 것이나, 그것들을 소년소설에 포괄해도 무방합니다. 정읍 태생의 윤흥길은 그동안 발표했던 소년소설을 모아서 아예 작품집 『기억 속의 들꽃』(다림, 2005)을 출간했습니다. 이 작품집에는 「쥐바라숭꽃」, 「땔감」, 「집」 등이 수록되었습니다. 이처럼 한국의 현대소설사를 장식하는 작가들의 작품은 아동문학의 외연을 확장시키도록 도와줍니다. 그들의 노작 외에 젊은 작가들의 작품은 쉬 발견하기 힘듭니다.

다음으로 짚고 넘어가야 할 부문은 동극의 부재입니다. 연극 공연 분야에서는 큼직한 수상작을 내기도 하는데 반하여, 그 잠재적 관객인 동극물이나 공연은 희소한 실정입니다. 이런 반동적인 상황을 어떻게 해석하여야 할지는 여러분의 몫이거니와, 예전과 달라진 공연 풍토가 근본적인 원인일 터입니다. 종전에는 교사들의 순수한 연극적 열정에 의해 학예회에서 동극 상연이 관례화되다시피 했으나, 이즈음에는 그처럼 힘든 동극 지도에 품을 들이는 어리석은 교사들이 없습니다. 그 이면에는 이 고장의 연극인들이 지닌 동극에 대한 홀대의식이 존재할 터이고, 그 다음에 편리를 추구하는 사회적 풍조를 따라가는 교사들의 패기 부족일 것입니다. 이것은 아동문학을 서자 취급하는 문단의 고약한 태도가 연극가들에게도 전염된 것이라 판단합니다. 그들의 의식에서 구각을 깨는 혼란스러운 깨달음이 이루어지기 전에는 난망할 것입니다.

4. 전북의 아동문학 평론과 연구

이 무렵에 전라북도의 아동문학 연구는 다른 고장에 비해서 더 일천합니다. 이것은 문학 연구자들에게 팽배해 있는 그릇된 문학관이 원인입니다. 그들은 아직도 근본도 없는 왜곡된 의식에 사로잡혀서 아동문학을 서얼시합니다. 요새 들어 서울의 대학에서는 아동문학을 연구하여 학위를 받는 이들이 늘어가는 추세이지만, 그들도 순수한 학문적 열정에 터한 것이 아니라 아동문학의 상권이 확대되자 달려드는 경박성의 발현 또는 연구자가 금기시해야 할 경향 추수적 행태 외에 아무

것도 아닙니다. 그들의 논문을 읽어보면, 아동문학의 고유한 '문학적' 국면을 외면하기는 마찬가지이기 때문입니다. 그래도 도내에서는 여전히 묵묵부답인 채 유명 작가 위주의 연구 풍토를 견지하고 있습니다. 그들이 추앙해 마지않는 영문학이나 독문학, 불문학에서 아동문학을 따로 구분하여 다루지 않고 있음에도 불구하고, 연구자들은 아동문학에 등재되기를 거부한 채 고고한 연구 자세를 고수하고 있습니다.

우리 고장의 연구자들이 기간한 저서를 중심으로 아동문학 연구 현황을 살펴보면, 먼저 시인이자 동시인인 이준관은 『동시 쓰기』(랜덤하우스. 2007)에서 '동시에서 건져 올린 동시 쓰기'의 정수를 보여주었습니다. 그의 저서는 자신의 절절한 체험에서 우러난 시론집이자 창작이론서이기에 더욱 값집니다. 동화작가 박상재는 이론의 개척에도 힘을 쏟아서 『한국 창작동화의 환상성 연구』(집문당. 1998), 『한국 동화문학의 탐색과 조명』(집문당. 2002), 『동화창작의 이론과 실제』(집문당. 2002) 등의 전공서를 출간하기도 했습니다. 동화작가 김자연은 『한국동화문학 연구』(서문당. 2000), 『아동문학 이해와 창작의 실제』(청동거울. 2003), 『유혹하는 동화 쓰기』(청동거울. 2004) 등을 상재하였습니다.

현재 전라북도에서 아동문학 평론에 종사하는 자는 필자 외에 없습니다. 평론 분야는 필자의 첫 평론집 『균형감각의 비평』(신아출판사. 1996)과 최근에 낸 『아동문학의 옛길과 새길 사이에서』(청동거울. 2007)이 있습니다. 그리고 필자는 아동문학의 연구서 『한국근대소년소설작가론』(한국학술정보. 2009)을 출간했습니다. 이러한 결과에는 문학의 범주에서 아동문학 현상을 바라보는 필자의 관점이 작용하고 있습니다.

5. 마감하는 말

이상에서 언급하였듯이, 현단계에 이루어지는 전북 아동문학의 작품은 매우 어정쩡한 위치에 처해 있습니다. 일찍 상경한 아동문학가들은 나름대로 소기의 성과를 거두면서 한국의 아동문단을 선도하고 있으나, 고향을 지키는 작가들의 작품은 듬성듬성할뿐더러 치열한 문학정신을 찾아내기 힘든 게 사실입니다. 무론 그들이 나름대로는 열심히 활동하는 듯하지만, 참신한 구성이나 읽을거리를 제공하지는 못합니다. 작품집은 쉬지 않고 나오기는 하지만, 그에 비해 그것들이 문학적 가치를 담보할 수 있는가에 대해서는 상당히 회의적입니다. 문학이 고독의 산물이라면, 전북의 아동문단을 구성하는 여러분들이 좀더 '외롭고 높고 쓸쓸한' 처지를 즐기기를 바랍니다. 아동문학을 자신의 운명처럼 사랑하는 일부터 시작해야만, 작금의 정체기를 슬기롭게 극복할 수 있을 터입니다.

그 다음에 지적하여야 할 것으로는 지역적 특성을 살리는 전북의 아동문학이 되어야 한다는 것입니다. 한국의 특성상 문학행위는 중앙을 중심으로 행해지게 됩니다. 이것은 정치적·경제적·사회적·문화적 요인들이 복합적으로 맞물려 야기되는 현상인 바, 지역적 특성을 돋보이게 하지 않는다면, 우리 전북의 아동문학은 일반 문학처럼, 항상 중앙문단에 예속되기를 마다하지 않을 것입니다. 그럴 제, 전북의 아동문학은 제 좌표를 잃고 국가 단위의 아동문학권 속으로 동화되고 말 것입니다. 서둘러 전북의 아동문단을 호령하기보다는, 타 지역을 능가할 수 있는 거시적 안목과 숙련된 기법을 체득하여 내면화하기를 앙망합니다.

위에서 평론의 부재 속에서도 서둘러 움직여야 할 점을 언급하였는바, 아울러 문학적 갈래의 틀 부수기나 넘나들기에도 용기 있는 시도가 뒤따르기를 기대합니다. 또 인간이 하릴없이 갖는 세대차와 문학적 터울이 경계없이 무료하게 반복 재생산되는 일보다는, 생산적인 측면에서 순기능으로 작용하게 되기를 바랍니다. 이 점은 전북의 아동문단뿐만 아니라 일반 문단에서도 공통적으로 지적되는 사항입니다. 예로부터 물산이 풍부하여 남에게 손 벌릴 일이 없었던 탓인지, 전북인들의 성향은 매우 보수적입니다. 문학처럼 사회의 전위를 자처하는 제도에 복무하는 작가들이라면, 좀더 과감하게 현상황을 돌파하고자 시도해야 할 터입니다. 그런 진취적인 자세가 전북 문단의 자양을 살찌우고, 한국 아동문단으로부터 주목받는 계기를 마련하는 데 기여할 것입니다.

특히 전북 문단의 기반을 이룩한 이익상이나 채만식 등을 보더라도, 현단계의 문단에서 아동문단을 바라보는 태도는 잘못된 것입니다. 이익상은 『어린이』지에 글을 발표하거나, 천도교에서 주최하는 어린이 관련 행사에 적극 참여하였습니다. 채만식은 『어린이』지에 글을 발표한 외에, 소년소설의 창작에도 열심이었습니다. 이들의 활동이 방정환과의 개인적인 인연으로 치부되거나, 일제시대라는 특수한 조건에 포괄하는 편이 옳을까요? 그들에게 아동문학은 개인적 차원의 신세 갚기 외에 별다른 의미가 없었을까요? 세인들이 즐겨 말하는 비유에 '큰나무는 사람을 차별하지 않는다'고 합니다. 아동문학이 융성해야 성인문학이 발전합니다. 아동문학의 존립없이 성인문학은 한시도 지탱하지 못합니다. 전라북도의 아동문학이 질량면에서나, 창작면에서나, 연구면에서나 타 지역보다 월등한 위치를 점유하려는 욕심 말고, 현실적으로 성인문학의 기반을 이루는 아동문학의 흥성을 위해서는 모든 이들의 관심과 열정이 필요합니다.

제2부
동시인론

5월의 시인과 시인의 5월

—백양촌의 동시론

1. 서론

　백양촌(白楊村)의 본명은 신근(辛槿, 1916~2003)이다. 그는 전라북도 부안에서 태어나 일본에 유학한 뒤에 귀국하여 전북 지역의 교육계, 언론계, 문학계에 종사한 시인이다. 그는 해방되던 해 12월 김해강의 추천에 의해 전주사범학교 교사로 부임한 것[1]을 시작으로 삼례중학교와 전주고등학교를 거쳐 전주 성심여자고등학교에서 퇴임하였다. 학교 외에는 해방 후에 창간된 《전라신보》 편집국 부국장과 《전북일보》 편집고문 겸 논설위원 등을 역임하면서, 재직하던 신문의 문예면이 활성화되도록 힘썼다. 그는 1945년 8월 27일 시인 김해강, 연극인 김구진 등과 함께 '문화동우회'를 발기하여 결성하였다. 이 모임에는 당시 전북 지방의 문화예술계를 대표하던 쟁쟁한 인사들이 대거 참여하여 해방으로 혼란한 상황 속에서 문화계의 정지작업을 신속히 수행하고자 노력하였다. 이듬해 2월에는 이병기, 김해강, 김창술, 정우상, 신석

---

1 김해강, 「나의 문학 60년」, 최명표 편, 『김해강시전집』, 국학자료원, 2006, 788쪽.

정 등과 함께 전북문화인연맹(대표 채만식)을 조직하여 문화인들의 통합과 친목 도모에 진력하였다. 그는 1965년 1월 창간된 전북예총의 기관지 『전북예총』에 「전북문단의 개관」²을 기술하고, 같은 해 8월 15일에는 「전북 문단 스무살」(《삼남일보》)에서 지역 문단의 조성 현황을 개괄한 바 있다.

위의 경력으로 알 수 있듯이, 백양촌은 해방 후 전라북도 지방의 교육계와 언론계를 섭렵하면서 활발하게 활동하였다. 그의 헌신적이고 선구적인 노력에 힘입어 전북 지역에 문단이 형성될 수 있었다. 이러한 공적보다도 그가 자랑스럽게 생각한 것은 아동문학의 중흥에 헌신한 일이었다. 백양촌은 1946년 '전라북도아동교육연구회'를 주도적으로 결성하고, 기관지 『파랑새』³를 발행하였다. 이 잡지는 재정적 사정으로 폐호되었으나, 도내 초중학교에 배포하여 학생들의 정서 함양에 크게 이바지하였다. 또 백양촌은 1948년 어린이들의 예술 발전을 위해 '봉선화동요회'를 조직하고, 동요와 동극 운동을 전개하였다. 이러한 혁혁한 공에도 불구하고, 지금껏 그의 아동문학 활동에 대해서는 연구가 이루어지지 않았다. 물론 이것은 그에게 국한된 것이 아니지만, 아동문학적 성과를 하대시하는 연구자들의 오도된 자세가 불미스러운 결과를 초래한 것이다.

이에 본고는 백양촌의 동시 세계를 살피고자 한다. 그가 와병하자, 1989년 후손과 후학들이 힘을 합하여 『백양촌시전집』과 『백양촌수필전집』을 발행하였다. 본고에서 인용하는 작품들은 이 전집에 의하고,

---

2 이 글은 백양촌수필전집간행위원회 편, 『백양촌수필전집』(대광출판사, 1989, 282~191쪽)에 수록되어 있다.

3 『파랑새』는 전라북도아동교육연구회의 기관지로, 1946년 2월 창간하여 제4호(1946. 5)까지 발행되었다. 발행인은 김수사, 인쇄인은 오영문이었다. 주요 필자는 김해강, 백양촌, 김목랑, 김표 등이었고, 신석정이 "먼 앞날을 이어줄 어린 동무들의 가슴깊이 파들어 갔든 가장 무섭고 가장 더러운 티끌을 우리는 하루바삐 추방하는 것으로써 그들의 가슴 한 구석에 달달 떨고 쭈그리고 앉았던 여윈 파랑새를 저 푸른 하늘을 향하고 자유롭게 나려주는 것으로써 위치와 생명을 삼는 것이 이 『파랑새』지의 설계도"라는 창간사를 썼다.

그 외에 필요하다고 인정될 시에는 일차자료를 제시하게 될 것이다. 왜냐하면, 전집은 편집위원회를 결성하여 그의 작품들을 수습하려고 노력하기는 했지만, 체계적이라고 하기에는 미흡한 구석이 많기 때문이다. 이를테면 기초적인 서지사항조차 정리하지 않아 연구자들이 텍스트로 삼기에는 부족한 점이 있어서 원문을 대조하고 발표일자를 확인하는 작업이 새로 이루어지지 않으면 안 된다. 그가 작품을 발표했던 각종 지지들이 대부분 전북 지역의 신문 매체인 바, 그것들은 아직 전산화도 시도되지 않고 부실하게 전해져 연구자들을 힘겹게 만든다. 그런 어려움을 감안하면서도 가능한 범위 내에서 원문 자료를 입수하여 인용할 것이다.

2. 순수와 동심의 예찬

알다시피, 백양촌은 전문적으로 동시를 발표하지 않았다. 그는 시인으로서 동시를 바라보고 써야 할 때를 가려 작품을 발표했다. 그의 『시전집』에서도 이런 취지를 헤아려서 동시를 따로 나누어 수록하지 않았다. 혹은 편집위원들이 그를 동시인의 반열에서 평가될 기회를 미리 차단한 것인지도 모른다. 그것이 진실일지라도, 백양촌은 충분히 동시인이다. 그의 행적을 기억하는 이들의 회고를 종합하거나, 그가 발표했던 작품들을 일별해 보면 영락없이 동시인이다. 차라리 동시인보다도 더 동시인이라고 불러야 맞을 정도로 아이들을 사랑했다. 그것을 알아보기 위해 먼저 선배시인의 회고담을 경청해 보기로 한다.

내가 그 백양촌을 바로 내 눈 앞에 마주 대할 수 있는 팔자를 누리게 된 것은 다른 때가 아니라, 우리 동족이 남북전쟁을 일으켜 동족상잔을 일삼고 지내던 세칭 6·25동란 중의 1951년 쯤, 내가 고향 가까운 전주로 피난하여 그곳 전주고등학교의 일개 국어교사로 밥을 먹고 지내게 된 때의 일이었다. 누구의 소개로 우리가 인사를 나누게 되었던가는 잊었지만, 그때 그는 깜정빛의 두루마기를 받혀 입은 수수한 선비의 한복차림의 매우 겸허한 호남자였는데, 좋은 미목(眉目) 아래 불그스레 고은 그의 두 뺨이 소년적인 순결을 그대로 보이고 있는 듯하였기에, 그 나이보다 훨씬 더 젊어보이던 그때 그 인상이 지금도 눈에 완연하다.[4]

서정주는 『백양촌시전집』이 간행된다는 소식을 듣고 기꺼이 「서」를 써줄 정도로 그를 아꼈다. 위의 진술을 되읽어 보면, 서정주는 '깜정빛의 두루마기를 받혀 입은 수수한 선비'이고 '겸허한 호남자'이며 '좋은 미목(眉目) 아래 불그스레 고은 그의 두 뺨이 소년적인 순결을 그대로 보이고 있는 듯'하여 '나이보다 훨씬 더 젊어보이던' 젊은 시절의 백양촌의 모습을 고스란히 기억하고 있다. 이 말 중에서 '소년적 순결'에 주목하면, 그의 용모가 젊게 보인 사정을 짐작할 수 있다. 한 사람의 얼굴 표정이란 그의 내면이 절로 드러난 것이므로, 서정주의 기억에 의하면 백양촌은 태생적으로 '순결'한 영혼을 소유한 동시인이었던 셈이다. 이러한 그의 심적 바탕은 일제에 강제 점령되어 나라를 잃은 아이들이 '조선의 참될 일꾼'으로 자라기를 바라는 마음을 숙성시켜 동시를 창작하도록 견인하였다.

　　붉게 타는 태양을 가슴에 안고
　　맑게 개인 하늘을 우러러보며
　　나아가자 희망의 거리 위에로
　　아름다운 오월은 우리의 시절

---

4 서정주, 「서」, 백양촌시전집간행위원회 편, 『백양촌시전집』, 대광출판사, 1989, 9쪽.

파랑기폭 바람에 나부끼면서
가지런히 발맞춰 노래부르며
씩씩하게 모이자 푸른 들판에
향기로운 오월은 우리의 시절

왼세상에 기쁨이 넘쳐흐르고
산과 들에 신록이 싱싱하도다
우리들의 가슴엔 희망의 꽃이
새날을 약속하며 즐겨웃는다

태양같이 마음을 크게 키우자
나무같이 정정히 뻗어나가자
우리들은 조선의 참된 일꾼들
새 세상의 주인될 어린이 만세

―「오월의 노래」⁵ 전문

　백양촌이 '1945. 5. 5'이라고 표기한 것으로 보아 이 작품은 해방되
던 해 어린이날을 맞으며 쓴 것이다. 이민족의 강점 상태에서 신음하
던 어린이들의 밝은 미래를 염원하며 쓴 것으로, 그는 어린이들에 관
해 각별히 관심을 기울이고 있었던 것이 판명된다. 이런 마음 자세가
그로 하여금 전라북도에 동요동인회를 결성하도록 부추겼을 터이다.
또 제목이 '오월의 노래'인 점과 작품의 주된 리듬 7·5조를 결부시켜
보면, 백양촌은 어린이들에게 동요가 지닌 영향력을 염두에 두고 있었
다는 사실이 드러난다. 말하자면, 그는 동요의 중요성을 남들보다 앞

5 위의 책, 342~343쪽.

서 알아차리고 해방 전부터 어린이들의 비극적 표정을 개선해줄 수 있는 방편으로 이 작품을 생산한 것이다. 그에게 동요는 당대의 정치적 환경으로부터 어린이들을 보호해줄 수 있는 책임감의 발로였던 것이다. 그는 더욱이 교사 신분으로 대부분의 생애 경력을 충당한 이였기에, 아이들에 대한 관심을 방기할 수 없었으리라. 그가 해방 후에 교사를 양성하는 사범학교에 재직한 전기적 사실을 고려해 보면, 그에게 동요는 천성을 발휘하기에 적합한 장르였을 터이다.

누나야 언니랑 달마중가자
달도달도 보름달 고운 달님이
별나라 푸른나라 행차하려고
동산 위 하늘이 훤히 터졌다.

누나야 동무랑 달마중가자
둥글둥글 보름달 예쁜 달님이
새 세상 어린이들 만나보려고
새 단장 곱게하고 떠오르신다.

누나야 노두들 달마중가자
잔디잔디 금잔디에 모두 모여서
달맞이 노래를 합쳐부르면
달님이 봄꿈을 신풀우리라.
(1946. 2. 10)

―「달마중」[6] 전문

---

6 위의 책, 332쪽.

포플러 나무가지 물이 오르면
니-나 피리내여 불어보지요
흰나비 노랑나비 춤을 추면은
오얏꽃 복사꽃이 방긋웃어요
바람이 하늘하늘 꽃잎을 안고
시냇물 남실남실 흘러내리면
누나와 푸른잔디 기슭에 앉아
파-란 하늘아래 봄꿈맺지요

(1946. 3. 1)

―「봄인사」[7] 전문

　백양촌이 해방 이듬해에 쓴 작품들이다. 그는 형태상으로 변화를 기하지 않았으나, 작품의 분위기는 훨씬 밝아졌다. 이것은 말할 것도 없이 정세의 변화에 기인한 것이겠으나, 이전의 작품에서 간절한 염원의 어사에 충실한 것과 비교된다. 그는 해방을 맞은 아이들이 좀더 활기차기를 바라는 마음에서 달마저 '새 세상 어린이들 만나보려고' 비친다고 표현하였다. 그는 "푸른 하늘에 한없이 나르는 새와도 같이 푸른 벌판을 줄기차게 흐르는 맑은 냇물과 같이 자유롭게, 힘차게 자라나는 슬기로운 이 땅의 어린이들"[8]에게 자신의 유년기를 드리웠던 암울한 분위기가 삭제되기를 갈망하였다. 그에게 동요는 선세대가 후세대에게 줄 수 있는 문학적 배려 방식이었던 셈이다. 그는 동요를 통해서 자신은 물론, 동세대가 겪었던 형극의 주름이 거세도기를 희원하였다. 그의 아픔은 그 시절을 살았던 어른이라면 누구나 가질 수 있는 보편적인 희망이었다.

---

7 위의 책, 335쪽.
8 백양촌, 「어린이는 나라의 보배」, 『백양촌수필전집』, 28쪽.

그의 바람은 개인사적 비극과 관련되어 절실한 울림으로 다가선다. 위에서 볼 수 있듯, 그의 작품에는 '누나'가 자주 등장한다. 이것은 그의 아련한 슬픔에서 비롯된 것이다. 그는 하나밖에 없는 두 살 아래의 누이동생을 해방 전에 잃었거니와, 그로 인한 슬픔은 자별하였다. 그는 장편수필에서 "늘 입을 다물고 있어 필요 이상의 말이 적었고, 누구를 대하든지 나긋나긋한 웃음을 살풋이 띄우고 항상 겸손하고 상냥한 태도"[9]를 잃지 않았던 경희를 회고했거니와, 여동생과의 유년기 추억을 회상하며 '누나와 푸른잔디 기슭에 앉아'로 표현하였다. 이처럼 백양촌에게 여동생은 각별한 추모의 대상이었다. 그녀가 성장 과정에서 조사한 사실은 그의 창작욕을 자극하여 아이들의 노래에 관심을 기울이도록 작용하였다.

동무야 손을 잡고 들로 나가자
빛나는 파란 정기 훈풍을 타고
무궁화 송이송이 가슴에 피는
우리의 오월명절 돌아왔도다.

동무야 푸른하늘 우러러보자
눈부신 오월햇님 가슴에 안고
꽃구름 밀고오는 초록바다에
씩씩한 기상으로 발맞춰가자.

동무야 신록처럼 힘을 기르자
삼천리 방방곡곡 흩어진 우리
너와 나 별과 같은 수많은 동무

---

9 백양촌, 「경희와 애국심」, 위의 책, 331쪽.

마음을 한결같이 뭉쳐나가자.

동무야 소리높여 만세부르며
우리들 오월명절 길이 지키자
다음날 새세상의 주인이 되면
승리의 파랑기폭 높이 날리자.

－「어린이의 부르는 노래」[10] 전문

푸르른 5월의 향취는
눈감고도 느끼는
어린이의 고운 입김

다사로운 햇볕 담뿍 깃들인
어린이의 미소는
천국이 보내주는 지중한 보물

맑디맑아라
어린이의 마음 흐르는 하늘

곱디 고와라
어린이의 숨 퍼지는 루리

꿈인듯 무지갠듯 아련히 떠오름은
아름다운 꽃바다……
(아 내사 괴론날의 슬픔도 찬란해져 기쁜 눈물로서 네게 입맞추노라)

－「헌사」[11] 전문

---

10 『백양촌시전집』, 338～339쪽.

누나의 손길처럼 언제나 부드럽고 반가운 오월
새파란 잎잎이 무성한 들과 산을
힘차고 빠른 물제비나래에 실려
너희들의 명절 어린이날이 돌아왔구나

불운의 세월 아래 받은 상처 가시지 않아
폐허의 그늘속에 어둠을 안고 누은 어버이 마음
항시 슬프고 답답할지라도
어느 값진 보석보다도
더 귀엽고 자랑스런
너희들의 명절이기에
티없이 맑고 고운 얼굴
무딘 마음에 꼭 껴안고
뜨거운 눈물로 볼부비며 입맞추며
나도 따라 만세 부르노니

자랑스런 무궁화 동산의 새싹들이여!
가없는 푸른 하늘 아래
웃음 짓고 활짝 피어나거라
꽃밭에 잉잉거리는 벌나비처럼 자유롭게 날개펴라
밤하늘 별처럼 지혜로워라
무성한 초목처럼 싱싱하여라
마음껏 마음껏 줄달음치며 노래불러라

온 누리를 뒤덮을 꽃행렬 서고
어느 명절보다도

---

11 위의 책, 128~129쪽.

더 눈부시게 황홀하여야 할 이날
어딘지 검은 그늘 깃들어 쓸쓸함은
어버이 근심이 물들었음이냐
어직도 너희 마음 북돋워줄
웃음의 꽃동산 없기 때문이냐

아기야!
군이 오늘만은 모든 시름잊고
너희들과 더불어
어린 마음 지니려 하노니
손을 다오 어서 나아가자!
새날을 약속하는 오월 태양이
줄줄 쏟아지는 거리 위에로
희망과 미소가 어울려 흐르는
들과 산으로!

(아아, 내사 너희들의 진실이 꽃피어오르는 날 진흙에 묻혀 벼랑에 떨어
져도 설워 울지 않으리……)

—「헌사—어린이날에 보내는 노래—」[12] 전문

위에 인용한 세 편의 시는 지역에서 간행되었던 신문의 어린이날 특
집판에 수록되었다. 이 사실은 그를 동시인의 범주에 포함할 것을 요구
한다. 그의 의지와 상관없이 지역에서는 백양촌을 시와 동시를 겸행하
는 시인으로 인식하고 있었다는 증거이다. 그것은 평생 동안 아이들에
게 사랑을 베풀었던 그의 이력에 흠이 나지도 않을뿐더러, 그의 시세계

---

12 위의 책, 59~61쪽.

를 협소화하지도 않는다. 이렇게 단언해도 무방한즉 그가 '아아, 내사 너희들의 진실이 꽃피어오르는 날 진흙에 묻혀 벼랑에 떨어져도 설워 울지 않으리'라고 표현한 점에서 힘을 얻을 수 있다. 위의 글은 그가 "어린이의 명절"[13] 어린이날을 맞아 평소의 소회를 솔직하게 피력한 것이다. 이러한 모습은 기회있을 적마다 표출되었는 바, 그것은 백양촌이 어린이들에게 깊은 관심과 애정을 가졌다는 확실한 증좌이다. 그는 동심을 최고선으로 파악하고, 그것의 보호에 갖은 노력을 기울였다.

세상 어른들은 여러분들을 가르켜 '나라의 보배', '새 나라의 일꾼', '앞날의 주인공'이라고 부르며 여간 소중하게, 여간 귀엽게 여기지 않으며, 여러해 동안 온갖 불운과 고생을 겪어왔을지라도 그대들 어린이들의 자라나는 모습을 바라보고 다시금 희망과 용기를 얻어 오는 달마다를 이렇게 근실하게 살아가는 것입니다.[14]

백양촌은 전주중앙초등학교 어린이들의 미술전을 관람하고 난 뒤에 "어린이들이 지닌 새롭고 깨끗한 심정이 이슬 흐르듯 차분차분 넘칠 때 저렇듯 어른들의 굳어진 마음벽을 뒤흔드는 뛰어난 재분과 고운 정서가 황홀히 피어나는 것"[15]이라고 술회한 바 있다. 그러한 바람이 드러난 인용문을 보노라면, 그는 '세상 어른들'의 소원을 구체화하기 위해 동요를 창작한 것이다. 그런 사정 때문에 백양촌의 동요나 동시에는 아이들의 목소리보다, 시인의 음성이 우위에 서 있다. 그가 이런 사실을 알면서도 군이 화자의 서술상 위치를 높이 설정히게 된 것은, 그만큼 시대적 억압으로부터 아이들이 벗어나기를 바라는 소망이 깊고

---

13 백양촌, 「오늘은 어린이날」, 『백양촌수필전집』, 40쪽.
14 백양촌, 『동심 노심』, 위의 책, 158쪽.
15 백양촌, 「순백한 동심의 표상」, 위의 책, 238쪽.

넓었다는 뜻이다. 그의 노력이 웅변조로 일관하지 않고 나름대로 의미망을 구성할 수 있는 이유도 거기에서 찾아볼 수 있다. 또 이러한 경향은 백양촌의 작품세계가 처음부터 끝까지 아이들의 동심을 옹호하고, 그들의 순수한 성정을 보위하기에 온갖 힘을 기울였다는 배척하기 힘든 증거이다.

3. 결론

이상에서 살펴본 바와 같이, 백양촌은 아이들을 위해 평생 동안 진력하였다. 그는 해방 전부터 아이들을 위해 동요를 창작하고 있었을 뿐만 아니라, 해방 후에는 동요단체를 결성하여 문화적 혜택을 받지 못하는 아이들을 위해서 여러 가지 다양한 문학적 서비스를 제공하였다. 그의 선편에 힘입어 전라북도에는 아이들을 위한 문학이 소생할 수 있었다. 그는 이런 문단 활동 외에도 동요와 동시를 발표하여 아이들의 순수한 세계를 보호해주기를 서슴지 않았다. 그의 작품들은 5월이라는 계절적 속성에 의탁하여 아이들의 꿈이 건강하게 자라나기를 기대하는 기성세대의 책임감으로 충일하였다. 이것만 보더라도, 백양촌의 아동문학 활동은 충분히 의미롭고, 단지 그가 시 창작도 병행하여 좀더 많은 동시요 작품들을 남기지 못한 점이 아쉽다. 그처럼 선구적인 안목과 헌신적인 자세를 소지한 사람이 드물었기에, 이 점은 여전히 안타깝다.

자연과 어머니의 동일화

—최승렬론

1. 서론

한국현대시사에서 1950년대는 복잡한 시대였다. 그것은 해방의 감격이 채 가시기도 전에 발발한 한국전쟁으로 인해 발생한 것이었다. 시인들은 관념에 불과한 것인 줄 알았던 이념에 의해 무수한 인명이 사상될 수 있다는 엄연한 사실을 받아들여야 했고, 문학이 할 수 있는 일이란 거의 전무한 현실에 절망하지 않으면 안 되었다. 유사 이래 가장 비극적인 사태를 겪으면서, 시인들은전쟁의 비극성을 정확히 인식하게 되었다. 이것이 이 시기에 얻을 수 있었던 유일한 성과였다. 이민족의 강압으로부터 해방되어 모국어를 되찾았다는 가슴 벅찬 기쁨은 모국어로 비극을 증언해야 하는 가슴 저미는 슬픔으로 변모하였다. 그들은 ㄱ와 같은 비극이 셜코 되풀이 되어서는 안 된다는 강박적 신경증에 시달리게 되었고, 사람 외에는 지고한 가치가 없다는 소박한 명제를 발견하게 되었다. 이 무렵의 시가 휴머니즘을 노래하고, 반전의식을 앙양하게 된 이면에는 그러한 반성적 사유가 작동하고 있다.

한국시사는 대략 "1955년을 전후하여 시단은 새로운 변화와 질서를 모색하는 활발한 기운을 맞이"[1]하게 되었다고 기술한다. 이 해 1월에 『현대문학』이 창간되고 나서 『문학예술』, 『자유문학』 등이 잇따라 발행되면서 시단은 재편성되기 시작했다. 이와 같이 시단이 활성화되자, 그 여파는 아동문단을 충격하여 이른바 '풍선효과'가 일어났다. 이미 "40년대에 나타나기 시작한 율문문학의 양적 위축현상은 1950년대를 넘어오면서 더욱 더 두드러졌고, 설상가상격으로 지금까지 우수한 동시를 적지않이 발표하던 몇몇 동시인들마저 차라리 동시보다는 성인시나 동화, 소년소설 쪽에 주력함으로써 동시단은 해방 전의 동요황금시대와는 달리 오히려 침체 상태를 보이기까지 한 것"[2]이다. 이처럼 동시단은 해방 이후 계속되어 왔던 이념의 대결 국면을 청산하고 문학의 본질적 국면에 진입하려던 찰나에 인적 자원을 앗기고 만 것이다.

원정 최승렬(園丁 崔承烈, 1921~2003)은 전주 출신의 동시인이다. 그는 1957년 초 인천으로 주거지를 옮긴 후에 제물포고등학교와 대건고등학교를 거쳐 신명여자고등학교 교장을 끝으로 교육 일선에서 물러났다. 이런 연유로 그는 고향의 문학사에서 출향 인사로 분류되어 논의선 밖에 있다. 그러다 보니 그의 동시들이 사장된 채, 지금껏 변변히 거론되지 않고 있는 실정이다. 겨우 이재철이 "아름다운 것과 동경어린 대상들을 시화하여 다소 회화적이고 환상적인 작품을 즐겨 쓰려고 했다"[3]라고 언급했을 뿐이다. 그 원인이야 여러 가지이겠으나, 무엇보다도 먼저 그의 성품 탓이 클 것이다. 스스로를 가리켜 "내 원래 사람들 틈에 끼어 법석대기를 꺼리는 성미라 홀로 초야에 묻혔더니"[4]라고 고백했듯이, 그는 문단 활동을 삼갔다. 그는 묵묵히 동시의 창작에만

---

1 김재홍, 『한국 현대시의 사적 탐구』, 일지사, 1998, 250쪽.
2 이재철, 『한국현대아동문학사』, 일지사, 1978, 507쪽.
3 이재철, 『세계아동문학사전』, 계몽사, 1989, 349쪽.
4 최승렬, 「머리말」, 『푸른 눈동자에 그린 그림』, 익문사, 1975.

힘썼을 뿐, 문우들과 교유하는 것조차 서툴렀다.

　　서른다섯 살 난 소년 승렬의 가슴에는 칠색 무지개가 지금도 깃들어 있는
지, 그것을 나는 모릅니다.
　　까마득한 옛날 서울 어느 여관 부엌에 장작을 지피우던 이 소년은 그 뒤
수원(水原) 부국원(富國圓)이라는 종묘장(種苗場)에서 씨앗을 골라내는 심
부름꾼이 되어야 했고, 그때 받은 첫 월급으로 사다드린 어머니의 흰 고무
신은 신지도 않고 애끼고 애끼다가 끝내는 어머니의 영위 앞에 이 소년처럼
고독하게 놓이게 되었으니 승렬의 가슴에 깃들었던 무지개도 그때부터 퇴
색하지 않았을까 생각됩니다.
　　그 뒤 이 소년은 흥안령(興安嶺) 계곡에서 숱하게 핀 산작약 꽃 타는 속에
무지개 같은 꿈을 묻어보는가 하면, 삭막한 몽고(蒙古)의 사막(砂漠)에 지
울 수 없는 꿈을 달려보기도 했드랍니다.[5]

　　이러한 환경은 그와 타인의 접촉 기회를 차단했을 터이다. 그는 해방
후에 국학대학을 졸업하고 첫 교편을 잡았던 목포, 서산 등지를 전전
하다가 전주로 귀향하였고, 다시 인천으로 출향한 이력은 작가들 외의
타인과 충분히 교류할만한 여유를 주지 못했을 것이다. 그 덕분에 그
는 생전에 동시집 『무지개』(항도출판사, 1955 ; 재미마주, 2008), 『푸른 눈
동자에 그린 그림』(익문사, 1975)과 시집, 연구서 등을 출간할 수 있었을
지도 모른다. 본고는 전라북도 아동문학에 남다른 업적을 남긴 채 출
향작가라는 이유로 논외에서 배제된 최승렬의 동시 세계를 살펴보고
자 기획되었다.

---

5 신석정, 「무지개 앞에」, 『무지개』, 항도출판사, 1955.

2. 어머니, 조촐한 서정의 궁극

1) 자연, 어머니의 발견

최승렬의 동시는 사모곡이다. 그가 두 권의 시집을 상재했다고 하더라도, 시집마다 각기 상이한 세계를 추구했다고 하더라도 주제는 항상 하나이다. 그는 오로지 어머니를 그리워하기 위한 수단으로 시를 썼다. 그의 첫 동시집 『무지개』는 자연을 예찬하는 작품이 주종을 이룬다. 두번째 낸 시집에 전쟁과 관련된 작품들이 수록된 사실로 미루어보면, 적어도 출판연도인 1955년 이전, 그보다 앞선 시기에 썼던 작품들이 첫 시집을 채우고 있다고 봐야 맞다. 이 시집에는 그의 자연 취향이 남다르게 표출되어 있다. 아마 고향에 돌아와 생활하는 도중에 갖게 된 정신적 아늑함이 평화한 성정을 돋보이도록 도와주었을 터이다. 아울러 이 시기에 전라북도의 시단을 지배하던 서정적 경향은 그의 시적 어조를 단정하게 가다듬어주었을 것이다. 그가 남긴 작품에서 그의 고유한 서정성이 "어렴풋한 그 얼굴"(「동무 얼굴」)과 어머니와 만나는 광경을 살펴보자.

잠자면
샘 소리
꽃 피는 소리

언덕
봄 언덕

잠자면

샘 소리

꽃 지는 소리

―「봄 언덕」 전문

시인의 자연을 대하는 태도를 살피기에 알맞은 작품이다. 그는 봄기운의 미세한 움직임을 놓치지 않는다. 그의 섬세한 촉수에 포착된 춘신은 '샘소리'로 다가오고, 그 소리는 만상이 잠자는 정밀한 시간에 편승하여 사방에 확산된다. 시인은 봄이 오고 가는 징후를 소리로 알아본다. 그의 예민한 청각은 언덕이 '봄 언덕'으로 변한 줄 알아차리고, 다시 봄 언덕에서 봄이 가고 난 '언덕'으로 변모하는 과정을 죄다 듣는다. 그 언덕에는 "동무 소리"(「메아리」)가 있기에, 그는 소리 외의 움직임은 고의로 소거해버린다. 봄의 오감을 평이한 시어로 단형에 담아냈으나, 그것이 담고 있는 바가 여의치 않다. 차라리 동시가 아닌 시라고 분류해야 옳을 정도로 만만치 않은 이미지로 채워진 작품이다. 그만치 최승렬의 시적 화자들은 촐싹거리지 않고 차분한 성격이다. 이것은 전적으로 시인의 영향일 터이다. 그는 감각적 이미지로 봄의 오고 가는 자연현상을 보여줄 뿐, 나머지 군더더기는 불필요하다고 생각하여 남김없이 삭제해버린다.

앞의 작품에서 시인은 극도의 절제를 보여준다. 시 한 편에서 어휘가 달라지는 부분이라고는 '꽃 피는/지는'과 '언덕/봄 언덕'뿐이다. 이처럼 조심성스러운 자세는 여백의 효과를 최대한 살리는 동양화의 화법을 보는 듯하다. 차라리 언어기 장식품에 불과할 정도로 최승렬은 극성스럽게 시어의 배열에 신경을 곤두세운다. 최승렬의 시는 "반복을 통한 감정의 절제"[6]를 보여준다는 점에서 특이하다. 앞의 작품에서 보

6 김병곤, 『감각적 서정성과 구체적 현실성』, 사계이재철교수정년기념논총간행위원회 편, 『한국현대아동문학작가작품론』, 집문당, 1997, 215쪽.

듯이, 그는 반복적인 시형이나 어사를 활용하기를 즐긴다. 하지만 그 용례가 여느 시인들처럼 리듬의 확보를 겨냥하는 것이 아니라, 특이하게도 반복 과정에서 자신의 감정이 누출되지 않도록 제어하는 기능을 담당한다. 그것은 자의식의 과잉과도 다르다. 그의 작품에서는 그런 사례를 검출하기 힘들거니와, 그는 한 편의 시작품에 내면의 내밀한 욕망의 기미조차 우러나지 않도록 주의를 기울인다.

　　애기 신나무
　　그늘이 살풋 어려

　　금붕어 날개
　　파르르 고웁다.

　　옛이야기같이
　　푸른 못 속에

　　꽃잎이 동웅동
　　헤엄친다.

　　　　　　　　　　　　　　　　　　－「금붕어」 전문

　시어에 대한 집착은 최승렬의 완벽을 추구하는 결벽증에서 온다. 그는 집요할 정도로 시어의 조탁에 민감하다. 그는 연못 속의 금붕어가 헤엄치느라 날개를 흔드는 장면을 장시간 관찰한 뒤에 '파르르'를 선택한다. 이 단어 하나에 의해 금붕어의 유영은 '고웁다'의 경지로 나아갈 수 있었다. 다들 알다시피, 이 말은 액체의 끓는 현상이나 신체의 떨림 현상을 표현하기에 적합하다. 그는 '바르르'보다 센 느낌의 이 말을 골라서 '금붕어 날개'에 날개를 달아주었다. 금붕어의 날개가 움직이면 연못에 파문이 일어나는 것은 당연하다. 그 물결은 바라보는 이의 의식을 가격하여 '옛이야기같이' 아늑한 분위기를 자아내는데, 그것은 신나무 그늘이 '살풋' 어린 곳으로 공간을 한정한다. 그 너비는 금붕어가 일으키는 파문이 감당할 수 있을 만큼이다. 그 물결은 금붕어를 '꽃잎'으로 만들어버릴 정도로 '고웁다'. 마침내 못 속에 떨어진 신나무잎이 금붕어가 되고, 금붕어가 꽃잎이 되어 '동웅동' 떠다니게 된다. 마치 못 속이 '옛이야기같이' 선속을 분간할 수 없게 되는 것이다. 이러한 효과는 시인의 언어에 대한 천착이 예정한 결과이다.

"후두둘" ─「작약」
"호로록" ─「저녁때」
"콩콩 딱따구리" ─「국화 삼형제」
"호롱 비이 배쫑" ─「숲」
"흐으응" ─「어리광」
"떨 똘 똘 똘" ─「귀뚜라미」
"랄리랄리라" ─「나비」
"생그르" ─「양귀비」
"오두마니, 살그마니" ─「연」
"리리리" ─「보리피리」
"회오리바람 도르르 몰아" ─「이른 봄」

이처럼 최승렬은 작품에서 새로운 표현 방법을 찾아내느라 고심하였다. 의성어와 의태어는 동시의 생존조건일 정도로 중요하다. 그것들은 시에 사실성을 부여해주며, 일정한 리듬이 유지되도록 돕는다. 그것들의 작용 양상에 의해 작품의 움직임이나 감동의 진폭이 달라질 정도로, 그것들은 동시를 동시답게 만들어주는 분위기 조성자이다. 최승렬은 앞에 인용한 바와 같이, 자연현상을 소리로 포착하여 들려주고자 노력한다. 이러한 그의 자세는 독자들의 대상성에 착목한 결과라고 치부할 수 있겠으나, 아이가 어리광을 부리는 장면을 '흐으응'이라고 표현한 것에서 보는 것처럼, 그 어휘 하나하나가 몸짓을 그대로 담아내고 있다. 또 최승렬은 양귀비가 꽃피는 모습을 '생그르'로 표현했는바, 이 말은 본래 눈과 입을 살며시 움직이면서 소리를 내지 않으나 정겹게 웃는 모양을 가리키는 '생글'의 변용이다. 이 본디말을 연상하면 양귀비의 개화 장면과 꽃모양이 절로 떠오른다. 이것은 온전히 시인의 탁월한 언어감각이 결과한 것이다. 그리고 나비의 밝게 나는 장면을 '랄리랄리라'로 적어서 'ㄹ'음이 주는 효과에 이탁하고 있다.

함박꽃
탐스런 꽃 언덕

노루 등이
보일락
남실거리고

보드란
향기 바람
이슬에 피어

자작나무 새순에
해가 고웁다.

―「노루」 전문

이처럼 최승렬의 시는 정밀하다. 그는 현상의 보여줌에만 관심을 갖고, 함박꽃 핀 날의 풍경을 조밀하게 포착하여 수채화로 보여주기만 한다. 함박꽃은 이 작품의 정조를 주재하고 있다. 그 꽃 때문에 겁 많은 노루의 등이 '보일락' 보이고, 그 향기 덕분에 '자작나무 새순'이 돋아난다. 시제는 노루이지만, 꽃향기로 인해 만물이 피고 움직인다는 사실을 그는 무언으로 말한다. 시인은 서술의 초점을 함박꽃에서 노루에게로 옮겨간다. 그 시선의 이동은 노루의 등이 보이는 것으로 미루건대, 노루는 먼 곳을 바라보고 있다. 사위가 꽃향기로 가득한 열린 공간에서 시인은 노루처럼 무엇인가를 바라본다. 그는 노루와 시선이 마주치는 곳에서 "어머니의 봄 냄새"(「흙」)를 맡는다. 이것이 그로 하여금 함박꽃으로 작품을 조성한 이유이다. 그에게 그리움은 실존의 이유였다. 이 동시집에는 아래에 보는 것과 같이, 그리움이 즐비하게 마련되어 있다.

  "어머니 얼굴" —「종소리」
  "어머니 고무신" —「눈길」
  "엄마가 수놓으신 꽃바구니" —「등」
  "어머니 서러운 옛이야길" —「부엉이」
  "어머니 손결에 포근히 잠겨" —「자장가」

최승렬이 그리워하는 사람은 어머니 외에도 "머리 거친 순이"(「무지개」)와 누나 등의 여성이나. 그녀들은 어머니를 대체하거나 유년기의 추억을 재생시켜주는 '중요한 타자들'이다. 그는 시절이 수상할수록 구원의 여성들을 찾는다. 그에게는 여성과의 추억만 소중할 뿐이다. 왜냐하면 그녀들이야말로 그에게 "길고 긴 겨울밤 이야기"(「양지」)를 해볼 수 있는 유일한 존재들이고, 그의 과거를 구성해주는 무이한 존재이며, 현재를 의미화할 수 있도록 추동하는 원동력이기 때문이다. 그의 시에서 자연현상에 대한 예찬이나 식물적 이미저리를 다량으로 검출할 수 있는 사정도 거기에 있다. 그는 "그리운 얼굴"(「그리웁다」)을 가상으로나마 만나기 위해 시를 썼다. 스스로 남들과 어울리지 않는 성격을 표백하였듯이, 그는 어머니를 위시한 여성인물들과 해후하기 위해 자연을 찾아갔던 것이다.

2) 전쟁, 어머니의 재발견

전쟁은 사람을 미치게 만든다. 멀쩡한 사람도 난폭해지고, 난폭한 사람도 온순해진다. 마치 모든 것을 뒤죽박죽으로 만들어야 직성이 풀린다는 듯이, 전쟁은 사람에게 광기를 선사하고 물러난다. 전쟁은 절대 끝나는 법이 없다. 이름과 장소만 바꿀 뿐, 그 모습은 괴물 같아서 지구상 어디에서도 살아남는다. 스스로 힘이 달리면 쉴 뿐, 전쟁은 사람을 숙주로 삼아서 자꾸만 생명을 연장해 간다. 1950년에 일어난 전쟁은 단군이 하늘을 연 이래 단일민족이라고 자랑하던 한민족에게 유사 이래 가장 큰 피해를 남기고 사람들에게서 말을 앗아갔다. 전란의 처참한 광경은 사람들로 하여금 입을 다물게 했고, 서로가 서로를 불신하며 서로가 서로를 이용하여 홀로 살아남으려는 고약한 버릇을 남겼다. 그것도 모자랐던지 한국전쟁은 천만 명에 가까운 이산가족을 만든 채 '휴전 중'이다.

그러므로 전쟁을 목격한 최승렬의 시가 달라진 것은 당연하다. 그는 종전에 고수하던 단형을 거부하고, 할말이 많은 사람처럼 산문형과 장시를 선택하였다. 특히 그는 노골적으로 "엄마 아빠 엄마 아빠 엄마 아빠 엄마 아빠"(「선인장」)를 부르면서, 자신의 실존적 조건에 회의감을 드러내었다. 그 결과 작품에서 그는 부모 없음의 부재 상황을 노래하기를 서슴지 않는다. 그 이면에는 전쟁이라는 미증유의 민족사적 사건이 개입되어 있음은 물론이다. 출발선상부터 자연에 대한 일방적인 찬미를 애써 표하던 그가 기꺼이 전후시의 거대 주제를 취급하기로 결정한 것은 대단한 결단이다. 그는 이 주제를 동시라는 형식으로 다루기에 힘들다는 사실을 깨닫고, 시집에 붙인 바처럼 '소년시'의 범주에서 시화하였다. 그가 동시인이라는 한계를 자인하고, 생소한 '소년시인'으로 나아가게 된 숨은 사연이다. 하지만 소년시라고 해도 전쟁이라는 거대 담론을 거론하기에는 용량이 충분치 않기는 마찬가지였다. 그래도 굳이 그것을 시도하려고 한다면, 주제상으로 소년들이 처한 상황을 포용해주는 수밖에 다른 방안을 마련할 수 없었다. 이 무렵 최승렬의 시에서 소년들에게 절대적 존재인 '엄마'가 빈출하게 된 사정이다.

포탄에 끊어진 나무 허리에
가슴을 쥐고 쓰러진 적병의 얼굴도 사람이던 게
그게 왜 그리 신기한 일이던지 모른다던 어떤 엄마는
그에게도 엄마가 있지 않을 거냐고 한숨을 쉬더라니,

마을이 불타는 연기 속에서
외마디 아기 소리가 들려도 아무도
그런 걸 거들떠 볼 사람도 없는 속에선,

사람은 그저 외로운 새새끼
총 끝에 쫓겨 가는 외로운 새새끼드라.

—「전쟁」 전문

보다시피, 이 작품을 비롯하여 최승렬의 두번째 시집에 수록된 작품들은 동시의 범주에서 확실히 벗어나 있다. 시인도 이것을 알고 '소년 시집'이라고 이름을 붙여서 논란을 피하였다. 마치 전후 최대의 문제작이라고 칭할 수 있는 민재식의 「속죄양」 연작을 보는 듯한 이 작품은 전쟁이 남기고 간 허탈감을 '사람은 그저 외로운 새새끼'라는 단 한 줄에 담고 있다. 그가 '총 끝에 쫓겨 가는 외로운 새새끼'에 불과할 만큼 약한 존재라면, 당연히 그의 상처를 포용해줄 위안처가 필요하다. 시인에게는 '엄마'이다. 이전의 '어머니'가 '엄마'로 자리를 바꾸게 된 것은 순전히 '새새끼'로 전락한 '사람' 때문이다. 전쟁은 그에게 유년기의 식겁한 표정을 사주하였고, 그는 '외마디 아기소리'를 부르짖는 '새끼'에 지나지 않으므로 '엄마'라야 제격이다. 그 '새끼'는 "악아 눈 감고어서 잠이나 자거라"(「고향 없는 별」)는 '엄마'의 자장가 소리를 듣고 싶은 것이다. 이처럼 최승렬은 두번째 시집에서 드러내 놓고 '엄마'를 부른다. 이 시집이 휴전 후 20여년이 경과한 시기에 출판되었음에도 불구하고, 그는 작품을 수정하거나 철회하지 않았다. 그만치 전쟁이 그의 내면에 자심한 상처를 낙인해준 것이리라.

최승렬의 두번째 시집에서 현저하게 발견되는 것은 동향의 선배시인 신석정의 영향이다. 그것은 그가 첫 시집의 서사를 그로부터 받아 붙였던 사실로부터 흠모의 정을 알아차릴 수 있다. 두 시인이 공히 자연을 찬미하는 성향의 작품 세계를 보인 탓도 둘 사이를 가깝게 이어주었을 터이다. 그 흔적이 두드러지게 나타난 작품들이 이 시집에는 아예 'Ⅲ 꿈 꿀 무렵'에 묶여 있다. 이것은 그가 시작 과정에서 신석정의 목가시편들을 사사로이 사숙한 게 아니라, 동시에서 새로운 국면으로 전환하고자 시도한 공식적 시도이다. 그의 노력에 의해 한국동시사에서 시락해 가던 전원시가 소생할 수 있었다.

　　나의 과수원에는 일찍이

한 마리 나비가 살고 있었습니다.

—「나비」

—어머니—
눈을 감고 가만이 마음에 불러보면
나는 봄시내 잔잔한
푸른 풀밭에 꿇어 앉은 한 마리 어린 양

—「어머니」

누구라도 타는 듯한 저 뜨거운 장미빛 꽃 잔에 내리는 아침을
손 모아 우러러보고 싶은 게 아니겠어요?

—「꽃」

그때 나는 바닷가에 내려 앉은
갈매기 보다 작은 새로
소리 삼켜가는 어둠 속
바다의 얼굴을 떠가는 나뭇잎이었습니다.

—「땅과 하늘과 별들」

위에 나열한 작품에서 보듯이, 최승렬과 신석정의 시적 친밀성은 남
다르다. 먼저 「나비」는 식민지시대에 독자적인 성채를 마련하고 그 안
에서 지족하던 신석정의 사세와 대응된다. 그것이 최승렬에게 '과수
원'으로 바뀌었다고 할지라도, 개인적 상징물을 바탕으로 유한한 삶을
애호하는 그의 자세는 방불하다. 「어머니」에서는 신석정이 팍팍할 적
마다 부르는 숭앙의 대상에게 시인이 자신을 '어린 양'으로 낮추어 자
리매김하고 있다. 이런 자세는 필연적으로 '어머니'라는 돈호법을 수

반하게 되고, 시의 어조를 기도문으로 전환한다. 그러다 보니 「꽃」에서 보는 경어체가 자연스럽게 등장하기 마련이다. 끝으로 「땅과 하늘과 별들」은 삼라만상을 아우르는 최승렬의 자연 취향이 돋아보이는 시제이면서, 신석정이 간고한 시절에 란이와 함께 바다를 응시하며 '작은 짐승'이 되었던 바와 흡사하다. 설렁설렁 살펴본 바에서도 확인 가능하듯이, 최승렬이 고향을 떠나 인천에서 생활하는 동안에 발행한 시집에 나타나는 이미지나 시적 수법 등은 초기에 경앙하던 동향의 선배시인 신석정의 목가적 세계에 연결되어, 그를 전북문학사에 포함시켜야 할 시적 근거를 제공해준다.

봄 언덕에 하아얀
염소 애기의 마음 속엔요.
산 마루에 막 피어난 솜구름이 한 송이
조용히 흐르고 있을 거여요.

사르르 내리감은
그 노오란 눈망울 속엔요,
자운영 빠알간 방석위 불어가는
보드란 꽃 바람이 일고 있을 거여요.

엄마곁에 사글사글 잠 조으는
그 파아란 꿈속엔요,
비단 아지랑이 피는 수풀 속
맑은 호수에 물새 두어 마리도 날고 있을 거여요.

−「하아얀 봄」 전문

위 작품은 최승렬의 시적 구경을 짐작케 한다. 그는 전후의 시에서 "얼굴 그으른 아이"(「부두」)와 "신문 사라는 아이"(「역전 광장」)에게 관심을 표하게 되는데, 그러한 행동은 그 아이들이 집없고 엄마 없는 아이들이란 현실적 이유에서 남상한 것이다. 그 아이들이 전후의 삭막한 거리에서 구걸하거나 생활 전선에 뛰어들었다고 하더라도, 그는 애틋한 사랑으로 그들을 시화한 것이 아니라, 그들이 처한 물질적 환경을 묘사하기에 충실했다는 사실이 고려되어야 한다. 즉, 최승렬에게는 부두와 역전 광장의 아이들에게 부재한 엄마의 존재를 문제삼는 것이다. 그런 연장선상에서 두번째 시집을 살펴야 한다. 이 작품에 이르러 최승렬은 초기의 시에서 추구하던 공간, 유년기의 추억이 재생되는 낯익은 공간을 다시 찾게 된다. 그것은 '봄 언덕'이다. 그곳에는 '자운영 빨간 방석'과 '아지랑이 피는 수풀'과 '맑은 호수'가 있다. 그는 이 곳에서만 '엄마곁에 사글사글 잠 조으는' 아이가 될 수 있다. 최승렬의 시적 여정은 그 순간을 찾으면서 안식하게 된다. 그의 여행은 평생을 우회하여 '꽃피는 소리'를 들려주는 '하아얀 봄'에 '엄마'의 품에 안기며 끝났다.

3. 결론

이상에서 살핀 바와 같이, 최승렬은 자연을 예찬하는 작품으로 일관한 동시인이다. 그는 1950년대 전북의 아동문단을 형성하는데 공을 남겼다. 그에 이르러 전북 시의 전통이었던 전원시가 다시 꽃피게 되었고, 엄격한 자기 수양으로부터 비롯된 정갈한 시형이 다시 살아났다. 그가 전후에 발간한 시집에서 전쟁이라는 거대 서사를 다루었을지라도, 그것은 결국 초기의 시편에서 잦게 출현하던 '어머니'를 찾아가기 위한 우회로에 마련된 전략적 대상물이었을 뿐이다. 그에게는 전란이라는 비극상조차 궁극의 여성적 이미지를 구현하기 위해 필요한 소도구에 지나지 않았던 것이다. 그것을 일러서 전후시의 비인간적 경향을 수용했거나, 실존적 존재의 의미를 탐색했다고 별명할지라도, 그것은 종국에 '어머니'를 찾으며 종료하게 된다는 점에서 특별한 차이가 없다. 최승렬에게 자연은 어머니요, 어머니는 곧 자연이었던 셈이다.

시간의식과 시조 형식의 육화

—진복희론

1. 서론

인간은 시간적 존재이다. 시간은 공간과 함께 인간의 삶을 구성하는
주요 인자이다. 시간은 인간의 일상을 주관하면서, 인간에게 자연의
운행체계에 순응하기를 권한다. 시간은 지속적인 속성을 지니고 있어
서 인간을 구성적 삶으로 견인한다. 인간은 의지와 상관없이 시간이
주최하는 삶의 장으로 불려나가는 존재인 것이다. 인간은 시간으로부
터의 일탈을 꿈꾸기도 하지만, 효용적 차원에서 인식하기를 마다하지
않는다. 시간의 유용성에 착목하는 것은 비본질적이다. 시간은 인간의
필요에 맞도록 신축적이지도 않을뿐더러, 국면을 수시로 바꾸며 나아
간다. 인간은 경험적 시간과 물리적 시간으로 구분하는 등, 인간과 시
간의 관련성을 탐구하느라 공을 들인다. 시간을 경험의 측면에서 살펴
보면, 경험은 기억과 기대라는 심리적 요인으로 범주화할 수 있다. 과
거는 이전의 기억경험이고, 미래는 현재의 기대경험이다. 미래는 현재
의 관념형에 불과한 것이다.

시간을 미래지향적이라고 파악하는 선조적 시간관은 인간에게 불안

을 야기한다. 미래는 확인 불가능하기에 시간은 현재적인 경우에만 유의미한 것처럼 보인다. 그러나 현재는 포착하는 순간에 과거로 소속을 변경하기 때문에, 문제시되는 것은 항상 과거이다. 과거는 현재를 구성한다는 점에서 논의의 대상으로 포섭되고, 문학작품은 현재의 본질적 국면을 탐색하기 위한 수단으로 과거적 경험을 호출한다. 문학작품은 인간의 경험인 것이다. 따라서 문학작품은 경험적 시간에 근거하여 서술될 수밖에 없다. 시인들이 제출한 공개하지 않은 경험과 가치 있는 경험이란, 결국 경험에 수반된 시간의 흔적에 지나지 않는다. 설령 문학작품이 상상적 구조물이라고 할지라도, 그것을 관류하는 시간의 경과에 유의할 이유이다.

시인들은 시간에 꾸준히 관심을 표명해 왔다. 본고에서 대상으로 삼은 진복희의 시조들을 일별하노라면, 집요할 정도로 시간에 관심을 기울인 사실을 알게 된다. 그녀는 유별난 시간의식에 기초하여 동시조에 대한 애정을 지속적으로 표출해 왔다. 진복희는 1947년 전북 남원에서 태어나 1968년 『시조문학』으로 등단하였으며, 시조집 『불빛』(1996) 등을 상재하여 〈가람시조문학상〉(1996) 등을 수상한 중견시인이다. 이러한 시적 성과에도 불구하고, 그에 상응하는 비평적 점검은 이루어지지 않았다. 이에 본고에서는 시조의 장르적 속성에 유의하면서, 그녀의 동시조에 나타난 시간의식을 점검하고자 한다. 그 대상으로는 진복희의 동시집 『햇살잔치』(책만드는집, 2001)를 선택하였다. 그녀의 동시조집을 검토하는 과정에서 동시조의 중요성과 나아갈 방향이 연역되기 바란다.

2. 기억의 형식미학과 시간의 질서화

1) 과거, 시조의 물질적 토대

진복희의 시의식은 전적으로 시간에 의지하고 있다. 그녀는 시간을 의식하며, 시간을 이용하여 작품을 창작한다. 시간은 그녀의 동시조에서 다양한 양상으로 변주될 수 있도록 곳곳에 장치되어 있다. 그녀의 『햇살잔치』는 표제처럼 명랑한 이미지를 구축하고 있는 듯 보이지만, 속내는 온통 시간적 표지로 충만하다. 시간은 그녀의 의식을 장악하여 작품의 형식을 결정하고, 미적 준거를 확보하도록 추동하는 힘의 원천이다. 그녀가 편편마다 장치한 시간들은 당해작의 시형을 결정한다고 해도 과언이 아니다. 시인의 노력은 인간의 인식작용을 충격하여 경험의 영역을 확대하고, 자아를 재구성하도록 재촉한다. 그녀의 기억은 시간과 불가분의 관계를 맺고 있어서, 시간관을 눈여겨보도록 강권한다. 이런 점에서 진복희가 작품집의 첫 작품을 「달력」으로 설정하고, 끝 작품을 「새천년」으로 배치한 것은 시사적이다.

풀 먹인
옷깃처럼
정갈한 새 달력엔

이슬 치고
오르는
새의 깃이 파닥인다

칸마다

빛무늬가 다른
새 하루가 걸려 있다.

─「달력」 전문

　과거는 모성적 시간에 속한다. 사람들은 과거를 회상하며 남모를 평화를 느낀다. 그 회상 속에는 어머니가 자리하고 있어서 사람들을 안식할 수 있게 포옹해준다. 시인은 벽에 풍경화처럼 걸린 달력을 보면서 '풀 먹인 옷깃'을 떠올린다. 그녀는 예전에 옷을 간수하던 버릇을 상기하며 어머니의 시간과 조우한다. 어머니는 옷에 풀을 먹이며 식구들의 하루를 계획하는 인물이다. 그녀의 품이 들어 있는 옷깃은 식구들의 품행을 간간하게 재단한다. 어머니의 정성으로 온 식구의 일상생활은 정상 궤도로부터 일탈하지 않는다. 시인은 어머니의 세세한 사랑을 기리면서, 옷깃에 풀을 먹이지 않는 자신의 생활을 반추한다. 그녀의 추억 속에서 모녀는 상봉하고, 어머니는 딸에게 사랑법을 전해준다. 딸은 어머니의 가르침을 시적으로 변용하여 조촐한 시형의 이면에서 '칸마다/빛무늬가 다른/새 하루'를 준비하며 가족의 '풀 먹인/옷깃처럼/정갈한' 신년을 설계한다. 새해를 맞아들이는 사람의 심정이 고스란히 배어 있는 까닭에, 작품을 벽면에 걸려 있는 달력인 양 착각해도 무방하다. 달력을 구경하는 이의 품새는 경건하다. 새로 시작되는 해를 맞을 태도를 생각하고, 앞으로의 할일을 도모하느라 그녀는 부산하다.

　현재는 부성적 시간이다. 사람들은 현재의 시간 속에서 경쟁하거나, 내일을 설계하느라 분주하다. 내일이 어제와 다르지 않을 것인 줄 번연히 알면서도, 사람들은 현재의 시간에서는 내일을 준비하는 것이 당연한 일인 양 받아들인다. 희망이나 추억이 없는 현재가 아빠의 시간에 속하는 진짜 이유이다. 그런 까닭에 "묵은 달력을 떼어내며/말끝을 흐리는 아빠"(「섣달 그믐날」)의 시간은 우중충하다. 그에게는 사랑법을 알려줄 어머니가 없고, 달력에는 '새 하루'가 없다. 매일 무료하게 반복되는 일상은 항상 '헌' 하루에 지나지 않는다. 어제와 진배없는 오늘이기에, 내일도 오늘과 다를 바 없다. 아빠는 "그물에 걸린 물고기마냥"(「시간표」) 더 나은 내일을 마련하려고 안간힘을 쓰지만, 현실의 장벽 앞에서 그의 범박한 바람은 좌절되기 십상이다. 그의 달력은 나누어진 칸마다 '빛무늬가 같은' 것이다. 아빠에게 과거는 패배주의자의 시간이고, 미래는 진취적인 생활인의 시간이다. 하지만 그는 자신이 현재의 시간에서 나아가지 못하는 줄 모른다. 이것이 아빠의 비극이고, 진복희의 작품에서 무의미하다고 추방된 속사정이다.

금이 간
항아리며
반만 남은 기왓장

구리거울 속으로
길어나는 나의 귀

아득한
세월의 주름살을
다 셀 수가 없습니다.

―「박물관에서」 전문

박물관은 시간을 진열하는 공간이다. 시인은 박물관에서 '항아리, 기왓장, 구리거울'에서 '세월의 주름살'을 발견한다. 세 가지는 박물관의 시간을 더욱 소급시키고, 시인의 현재적 시간을 무화시킨다. 그녀가 구리거울에 귀를 기울이고 있다는 사실에 주목하면, 과거적 시간에 관심을 갖는 버릇을 알 수 있다. 그녀가 '아득한/세월의 주름살'을 다 셀 수 없어서 셈을 중지했다고 해도, 시간은 과거시제를 벗어나지 않는다. 그녀 스스로 과거의 시간만 존재하는 박물관으로 들어갔기에, 시제로부터 일탈할 욕망도 없다. 그녀가 과거의 시간 속에서 만끽하는 황홀은 시조의 제약이 예정한 것이다. 시인은 시조라는 제한된 용기에 두 가지의 소재를 취택하고, 다른 물품에는 관심도 보이지 않는다. 그녀가 관심 품목을 줄이자, 호기심의 질량은 늘어났다. 발길은 구리거울 앞에서 '길어나는 나의 귀'의 변화를 느끼도록 그녀를 자극한다. 그녀는 과감히 사상해버린 관람 종목으로부터 해방되어 구리거울의 역사를 회상한다.

회상은 시간적 지표를 지니지 않는다는 점에서 무시간적이다. 그런 까닭에 회상은 대개 시공을 초월하여 발생한다. 회상은 인간의 경험적 시간과 물리적 시간 사이에서 필연적으로 발생하는 불화를 해결하기 위해 설정된 무시간성의 개념인 것이다. 인간에게 기억이 지속되는 것은 회상을 전제로 한다. 회상은 기억에 토대하고, 기억은 자아를 재구성한다. 문학작품이 회상기억에 의해 자아를 드러내는 한, 그것은 무시간적인 성질을 띠고 지속된다. 진복희는 과거시제를 선택하여 회상하는데 능란하다. 그녀의 회상은 박물관이라는 기억의 장소를 만나 무시간성을 회득하였다. 그녀의 회상에 의해 과거의 기억들은 문화재로 재림한다. 이런 점을 보면, 그녀의 회상기억은 시조작품의 미적 형식을 구성하는 시간적 자질이다. 진복희는 고집스러울 정도로 과거적 시간에 집착하여 심미적 거리를 확보하고 있다.

2) 시행, 운율적 공간

인간은 원시적부터 중요한 자산을 후대에 전수할 목적으로 운율을 중시하였다. 문자문화로 기록되지 못하던 시절, 운율은 민중들의 구전을 통해서 문화를 재생산하는 유효한 수단이었다. 인간은 운율을 통해서 과거적 기억을 재구성한다. 운율은 물질적, 정서적 차원에서 살필수 있다. 운율의 물질적 기초는 음성적 요소의 주기적 반복에 의한 음악적 현상이다. 운율의 정서적 기초는 인간의 내면에 존재하는 정서의 음악적 현상으로, 생활의 체험을 반영한다. 지금이야 시조가 노래로서의 자격을 상실한지 오래라서, 운율의 필요성과 중요성을 대단찮게 여긴다. 더욱이 교착어에 속하는 한국어는 생리상으로 시적 언어에 적합하지 않다. 혹자는 부사나 첩어 등을 내세워 반박하려고 할지 모르겠으나, 그것은 어디까지든지 언어유희에 유효할 뿐이다. 이런 문제점을 자각한 시조시인들은 '정형'시라는 이름이 무색할 정도로 자수를 무시하며 언어의 한계에 도전하였다. 그들의 노력으로 이루어진 문학사적 전통은 근대시가 정착되는 과정에서 새로운 운율체계를 모색하는 물적 토대로 전환될 수 있었으나, 외국의 문학제도가 급속히 이식되는 중에 기회를 놓쳐버리고 말았다.

생선 아줌마가 날마다

이고 오는 아침마다

'오징어, 갈치, 고등어
가자미도 왔습니다'

찌들은 골목길을 말끔히

씻어주는 파도소리.

―「아침」 전문

　진복희는 3연을 2행으로 처리하여 리듬의 파괴와 형태상의 파격을
도모하고 있다. 행은 어휘들의 연결을 통해 시어의 음성상이 구체적으
로 드러나는 공간이다. 행에서 시어는 음운론적 차원에서 알력하고 협
조하며 특유의 반향을 빚는다. 시어의 중요성은 행에서 확인되는 것이
다. 동시조에서는 시조보다 더 단순하고 박자감 있는 시어를 통해서
소리의 반복적 패턴을 장치해야 한다. 행과 행 사이에 공간을 마련하
는 진복희의 습관은 「외등·1」처럼 '길'을 소재화한 작품에서 산견된
다. 그녀는 의도적으로 '길'의 공간표지를 행갈이로 제시한다. 그것은
비교적 단형에 속하는 시조의 한계를 극복하면서, 읽는 시간을 지연시
킨다. 작품의 해석에 소요되는 시간을 연장하여 노리는 효과는 여러
가지다. 일단 행과 행 사이를 시각화한다. 이미 노래로서의 자질을 잃
어버린 현대시조로서는 읽기의 다른 수단인 눈이 머무는 시간을 지속
시키기 위한 책략을 모색해야 한다. 그 목적을 이루기 위해 시인은 작
품 구조에 폭력을 행사하여 3연을 파격적으로 구성한 다음에, 시조의
특성에 맞는 리듬을 골랐다. 3연을 중심으로 1연과 2연은 '~ㅏ'로, 4연
과 5연은 '~ㅣ'로 마무리한 것이 그 증거이다. 그것이 위치의 반복이
아니라 시간적 거리를 반복하고 있기 때문에 운은 아니지만, 운율에
대한 시인의 섬세한 고뇌를 살피기에는 충분하다.
　작품 속의 삽입구도 주목할 만하다. 근래의 시작품에서는 사실적 표
현이라는 미명하에 불필요한 독백이나 대화문을 삽입하여 독해상의
리듬감을 단절시키고, 작품의 분위기를 소란스럽게 조성하는 풍조가

유행하고 있다. 그에 비해 진복희가 장만한 아줌마의 목소리는 표정을 동반하여 읽는 이를 공감의 대열에 합류시킨다. 시인은 3연에 생선 아줌마의 목소리를 장치하여 골목길을 가득 채우는 음성을 활성화시킨다. 생선 아줌마의 음성에는 '아침바다'가 들어 있다. 그녀의 목소리는 '아침'이라는 시간 표지에 의해 명랑해지고, '바다'라는 공간 표지에 따라 파란빛으로 채색된다. 아줌마의 소리가 '파도소리'로 변성되자, 골목길은 '오징어, 갈치, 고등어, 가자미'가 뛰어노는 '바다'로 변모한다. 공간의 의미가 바뀌면서 골목길을 차지하고 있던 '찌들은' 것들은 한 꺼번에 '말끔히' 사라진다. 생선 아줌마가 외치는 소리가 '파도소리'와 결합되어 연 사이의 공간을 장악한 것이다. 그녀의 외침에 의해 소란하던 골목길은 그녀가 떠나가자 다시 예전의 모습 그대로 돌아간다. 그것은 끝 부분의 행과 행 사이가 빈 상태와 초두의 두 행 사이의 공간을 확인하면 이해 가능하다. 말하자면, 시인은 골목길의 일상적 풍경을 소리의 확산과 소거 작용으로 제시하고 있는 셈이다.

어둠을 밝혀 앉은

어머니 하얀 이마

종종걸음치는 나를

맨 먼저 알아채고

서둘러

담장 밖으로

긴 목을 빼고 섰다.

―「외등·1」 전문

　행과 행 사이의 간격은 기다림의 시간이다. 시간과 공간의 간격이 이 작품을 구성하는 주요 자질이다. 시인은 간격에 기다림이라는 정서를 장치하고 있다. 시인의 배려에 의해 외등은 어머니의 마음을 소지한 생물체로 변성한다. 그것은 더 이상 단단한 무생물이 아니라, 자식의 밤길을 걱정하는 자상한 마음을 지닌 어머니가 된다. 어머니의 불안한 마음은 '가로등'이 아니라 '외'등이라는 어휘에 함축되어 있다. 그 등불은 가로를 밝혀주는 빛이지만, 홀로 서 있어서 외로운 등불이다. 행인들의 왕래가 잦은 가로보다는 주택가의 이면도로를 비추는 등불처럼, 어머니의 사랑은 보이지 않는 곳에서 빛을 발한다. 어머니는 가사를 주재하면서도 앞으로 나서는 일이 없다. 그것은 지아비의 몫이다. 자신의 자리를 언제나 말석에 고정시켜 두고, 어머니는 지아비와 자식들을 위해 뒷전으로 물러나기를 당연시한다. 어머니는 당신의 외로움을 비추어줄 등이 필요하지만, 그조차 다른 식구들의 외로움을 밝히는데 돌린다. 그녀의 시간은 가족들이 외로움의 공포로부터 해방될 때까지 기다림으로 구체화된다. 어머니는 숙명적으로 전근대적인 가치관을 체현하는 사람인 것이다. 그 기다림의 시간이 행간에 조성되어 있다.

　행과 행 사이는 골목길이다. 곳곳에 마련된 빈 공간은 골목길을 오가는 행인들의 없음과 시간의 진행 상황을 나타낸다. 빈 행에서는 소리가 들리지 않는다. 발자국조차 들리지 않는 빈 공간이야말로 애타는 어머니의 마음과 조급한 딸의 마음이 만나는 지점이다. 어머니는 딸의 귀갓길을 밝혀주고자 '담장 밖으로/긴 목을 빼고' 서 있다. 딸은 '외등'을 "해님 같은 엄마 얼굴"(「빨래·1」)로 생각하며 '종종걸음' 친다.

행과 행 사이는 어머니의 사랑이 드러나는 곳이면서, 딸이 어머니의 사랑을 확인하는 공간이다. 행을 만남의 공간으로 처리한 시인의 재치가 돋보이는 대목이다. 진복희는 위와 같이 행과 행 사이를 비워둠으로써, 말하고자 하는 바를 말하지 않고 보여준다. 한 예로, 그녀는 가을비가 내리는 광경을 "나처럼 목이 길다"(「가을비」)라고 시각화하였다. '가을비'는 '외등'과 함께 사물에 불과하지만, 행간을 공백으로 처리한 시인의 배려에 힘입어 외로운 '가을비'가 쏟아지는 골목길의 적요를 시각적으로 보여주는데 기여한다.

> 콩. 콩. 콩.
> 준이 곁에
> 사뿐사뿐
> 엄마 발소리
>
> 숨이 찬 소리는
> 3층 지팡이 할머니
>
> 가끔은
> 수상쩍은 발소리에
> 가슴이 다 철렁하고……
>
> 몰래
> 숨죽여 듣는
> 이웃들의 발소리
>
> 철이 아빠 발길이

오늘따라 무겁다

쩌렁한
그 목소리를
어디에 빠뜨렸을까.

―「계단」 전문

　시인은 아파트의 계단을 오르내리는 발소리를 듣고, 그들의 정체를
파악한다. 그녀는 아이를 데리고 올라가는 천천히 계단을 오르는 엄마
의 발소리를 '콩. 콩. 콩.'으로 표기하여 걷기와 정지 상태의 반복을 보
여준다. 할머니의 '숨이 찬 소리'는 2행으로 처리하여 1연의 모자간의
걸음속도보다 느린 상태를 나타낸다. 모자가 네 층계를 오를 때, 할머
니는 두 층계 밖에 오르지 못한다. 진복희는 시행의 길이를 이용하여
사람들의 보폭과 보속을 보여주고 있다. 그와 같은 방식은 '철이 아빠
의 발길'에서도 반복된다. 평소에는 '쩌랑한' 그였지만, 오늘따라 무거
운 발길로 계단을 오르고 있어서 듣는 이를 안타깝게 만든다. 시인은
철이 아빠의 더딘 발길을 2행으로 처리하여 시의 리듬과 삶의 리듬이
다르지 않다는 사실을 강조한다. 그 증거는 평소에 '가끔' 혹은 '몰래'
듣는 계단 오르내리는 소리가 3행으로 처리된 것에 비해, 다른 시행이
두 행이거나 네 행으로 배열된 것에서 찾아볼 수 있다.
　시형은 리듬을 내재화하고, 리듬은 작품의 분위기를 좌우한다. 리듬
의 변모 양상에 따라 시형이 변화하기도 하고, 시형에 의해 리듬의 길
이가 달라지기도 한다. 그것은 리듬이 본래 시간 표지라는 사실에서
기인한다. 리듬은 박자의 규칙적인 운동으로 파생되기 때문에, 주관자
의 리듬의식에 전적으로 의존하는 속성을 타고났다. 이 작품의 시작은
경쾌한 네 박자의 리듬이지만, 할머니와 철이 아빠에서는 두 박자로

처리되어 있다. 동일한 공간을 이동하는 빠르기의 차이가 걷는 이의 상황을 증명한 것이다. 또 그것은 읽는 이로 하여금 감상하는 속도를 절로 변화시킨다. 그 조절작용 속에서 시의 경쾌한 분위기는 우울한 모드로 바뀐다. 계단이라는 일상적 소재를 자재로 다루어서 리듬에 따른 시형의 길이를 가감한 시인의 공력이 예사롭지 않다. 그녀는 사소한 일상의 세목에 내포된 의미를 포착하기에 알맞은 조촐한 시형을 골랐다. 그녀의 돋보이는 안식안이 시형과 리듬의 상관성을 드러내는데 기여한 것이다. 이런 점들을 종합해 보면, 진복희는 철저히 시간의식에 토대하여 리듬감을 확보하면서 자재한 시형을 구사하고 있다.

3) 구술문화, 경험기억의 세계

시조와 구술문화의 친연성은 시조가 전래 장르라는 사실을 담보해준다. 그 문화는 구술성에 의지하여 집단적 정서를 표현한다. 구술문화권에서는 구성원들이 서로의 생활하는 모습을 속속들이 파악하고 있어서 문자문화의 경직성이나 위선이 개입할 틈을 봉쇄한다. 시조의 발생 초기를 주도한 사람들은 분명히 사대부들이었으나, 봉건적 질서가 붕괴되는 틈을 타 자본의 축적이 이루어지자 그 밖의 사람들이 작단에 참가하기 시작했다. 그들이 익명성과 집단성을 전제하며 동참하자, 시조는 형식적 모색기를 거치게 되었다. 그 시기는 시조가 그들의 정서를 수용할 수 있도록 형식적 융통성을 발휘하는 순간이었다. 그로부터 시조의 형식은 다양해졌고, 정서의 송류도 여러 가지의 편차를 드러낼 수 있었다. 특히 평민들의 시조 참여가 증가하면서 한글의 보급은 가속화되었다. 한글이 평민들의 표기수단으로 활성화되면서 민중들의 정서가 시조라는 용기를 흥건하게 채우기 시작했다. 시조의 정서는 이 시기부터 관념적 성격을 탈피하여 민중들의 기층문화를 따라 구술문화적 요소들을 본격적으로 수용하게 되었다.

두 눈에 불을 켜고
쏘다니는 고양이들
오밤중
보일러실을
제 집 드나들 듯 한다
알고도
짐짓 모르는 체
할머니가 외면한 뒤.

앓는 시늉까지 하는
염치없는 고양이들
'집도 절도 없는 놈들
오죽이나 추울라'
잠귀가
밝은 할머니는
밤이 더 길어졌다.

　　　　　　　　　　　　　　　ー「할머니·1ー도둑고양이」 전문

　시인은 어느 집에서나 벌어질 법한 도둑고양이를 둘러싼 해프닝을
소재로 끌어들였다. 옛날부터 고양이는 사람들과 친밀한 동물 중의 하
나이다. 지금도 애완용으로 사랑받고 있는 고양이를 두고 사람들은 양
반된 평가를 내린다. 고양이는 집안의 쥐를 잡아주는 효용성의 측면에
서 이로운 동물로 평가된다. 그러나 고양이 특유의 앙칼진 목소리와
형형한 눈은 사람들을 멀리하는 빌미로 작용하기도 한다. 지금도 고양

이의 이중적 이미지에 대한 세인들의 평가는 달라지지 않고 있다. 고양이 중에서 도둑고양이는 예나 지금이나 집안의 흉물이기에, 누구나 할 것 없이 내쫓는 동물이다. 하지만 고양이와 도둑고양이의 차이는 집안의 먹잇감을 '도둑'질하는 행위에 따라 판가름 난다. 고양이에게 일용할 양식을 제공하면, 그 고양이는 집안 식구들이 애호하는 고양이가 된다. 그 반대라면, 고양이는 생명을 연장하기 위해 음식물을 '도둑'질하는 절도범으로 전락한다. 이것은 양자의 구별이 전적으로 사람의 취향에 의존하고 있다는 사실을 노정한다. 도둑고양이도 먹을 것만 있으면 집 고양이가 되는 것이다. 사람들은 대상의 본질을 파악하려고 노력하기보다는, 기존의 습관을 되풀이하려는 경향이 강하다.

그러나 이처럼 견고한 사고방식도 할머니의 사랑 앞에서는 힘없이 무너진다. 할머니는 대상의 호오를 상관하지 않는 관대한 배려가 몸에 익숙한 세대이다. 할머니는 '집도 절도 없는 놈들/오죽이나 추울라'고 걱정하며 고양이를 걱정한다. 할머니는 도둑고양이를 쫓아내지 않는다. 할머니는 고양이가 한기를 녹일 수 있도록 보일러실의 침범조차 용인한다. 늙어서 밤잠이 짧은 할머니는 고양이 걱정에 잠을 이루지 못한다. 시인은 그 광경을 할머니의 '밤이 더 길어졌다'고 표현함으로써, 할머니와 고양이가 공유하는 시간표지로 전환한다. 할머니는 고양이를 집밖으로 내몰지 않은 채 공간과 시간을 함께 쓰는 지점에서 할머니와 고양이는 한 집안 식구가 되는 것이다. 이처럼 시인은 사람과 동물이 공존하는 원시적 세계를 시화하고 있다. 그녀의 노력은 할머니의 어법을 차용하며 구체화된다. 할머니는 구세대를 대표하며, 구술문화의 최후 보루이다. 할머니의 어법은 예스런 추억을 되살려주어 당대적 문화의 비인간성을 폭로시킨다. 시인은 그것을 도둑고양이라는 하찮은 존재를 통해서 잠잠하게 보여주고 있다. 이것이야말로 그녀의 작품에 육화된 표현방식이다. 진복희가 옛 풍습을 되살리며 시간을 거슬러 올라가는 작품은 「추석 무렵」 등에서도 산견된다.

　　봉숭아물 들인 밤엔
　　올빼미잠을 잤다
　　꽃물이 새어날까
　　부챗살처럼 펴든 손
　　골무 낀 열 손가락이
　　밤새도록 아렸다.

　　땡볕에 여문 불송이
　　손톱에 옮겨진 뒤
　　반달이 기울어
　　그믐달 될 때까지
　　그 달이
　　차마 아까워
　　손톱 깎기도 삼갔다.

　　　　　　　　　　　　　　　　　　－「봉숭아」 전문

　진복희의 시간의식은 집요하다. 이 시조집에 수록된 작품의 태반은
시간적 배경으로 이루어져 있다. 위의 작품도 예외가 아니다. 그녀의
시간의식은 과거와의 만남을 주선한다. 예컨대 '밤새도록'과 '반달이
기울어/그믐달 될 때까지' 같은 어구가 각 연에서 시간의 흐름을 증빙
한다. 1연의 '봉숭아물 들인 밤'은 '올빼미잠'을 자는 시간, '꽃물이 새
어날까' 걱정하는 시간, '부챗살처럼 펴든 손'에 물들이는 시간, '골무
낀 열 손가락'이 아린 시간 등으로 구성되었다. 2연도 봉숭아꽃이 '땡
볕에 여문 불송이'가 되기까지 소요되는 시간, 그것이 '손톱에 옮겨진

뒤'까지의 시간, '차마 아까워/손톱 깎기도 삼갔다'는 시간이 '반달이 기울어/그믐달 될 때까지'라는 봉숭아물이 빠지기까지의 시간을 이룬다. 그 다종다양한 시간들은 전적으로 '봉숭아'가 선사한 시간이다. 과학적으로야 손톱이 자라나서 깎아버리면 단박에 소멸되는 시간이다. 하지만 정서의 시간은 물리적 시간을 초월하기에, 시인의 감정선을 자극하여 행간을 장악하고 정서의 확장을 도모한다.

봉숭아물을 들이는 풍습은 선대와 후대가 치장의 문화를 주고받는 행위다. 진복희는 봉숭아물을 들이던 밤의 기억에 의지하여 집단의 구성원으로서의 정체성을 확인하고 보존한다. 시인에 의해 기억은 회상되는 시점의 개인적 필요성에 의해 새롭게 재구성된다. 그녀에게 밤은 유년기의 추억을 회상시켜주는 "가슴 촉촉이 젖는 밤"(「봄비」)이다. 시간을 소급하는 그녀의 의식은 밤이라는 정밀한 시간대에서 과거적 기억을 호출하여 동일 집단과 상봉한다. 예전에 두루 시행되던 봉숭아물 들이기는 공동체의 구성원들이 여름을 나면서 공동으로 행하던 계절의 풍습이다. 그들은 봉숭아잎을 따서 찧는 순간부터 설레는 기분을 공유한다. 더욱이 물들이기에 알맞은 시간이 밤이라는 점은 참가자들의 자격 요건을 확인하기에 안성맞춤이다. 그들은 물을 들이면서 수다를 주고받는다. 그들의 풍성한 말잔치는 '골무 낀 열 손가락'에 고루 박힌다. 그래서 봉숭아물 속에는 꽃잎의 색소가 아니라 말이 배어 있다. 시인의 회상 작용에는 물들인 추억이 아니라, 물을 들이는 동안에 나누었던 일가친구들의 말이 돋아난다. 진복희는 '부챗살처럼 펴든 손'에서 과거의 시간을 발견하고, 그 시절의 경험기억을 몽상하는 것이다.

헐렁한 옷 입히고선
둘러보고 다시 보고

'넉넉해서 좋구나'
눈썹으로도 재보고

엄마는
늠름한 내 모습을
어서 보고 싶은 게다.

ㅡ「새 옷」 전문

진복희는 종장을 삼행으로 처리하여 초장과 중장에서 지속되던 시간적 질서를 파괴한다. 시인의 가격에 힘입어 단조로운 시간은 굴곡을 이루고, 엄마의 희망은 돋아 보인다. 나아가 시인은 초장과 중장의 행과 다른 배열 방식을 취하여 모자간의 정조 공유를 강조한다. 그것은 아이를 작품의 전면에 노출시키지 않고, 배면에 감추어 둔 시인의 예지 덕분이다. 만약 아이가 전면에 등장했다면, 엄마의 행동을 쉽사리 납득하는 장면을 재생하기 힘들다. 아이가 엄마의 의중을 알아차리기 위해서는 일정한 거리를 확보하지 않으면 안 된다. 아이는 뒤로 물러나서 엄마의 행동을 바라본다. 엄마의 속뜻은 삼세판에 걸쳐 '둘러보고, 다시 보고, 재보고' 품이 맞는지 거듭 확인하면서 아이에게 눈빛으로 전달된다. 엄마의 소박한 바람은 중장의 '넉넉해서 좋구나'라는 발언에 의해 재확인된다. 엄마는 전통적인 모성을 체현하는 인물로, 시조의 전통성을 고양하기에 적합하다.

눈은 이 작품에서 중요한 역할을 담당한다. 종장에서 아이의 이해가 후행될 수 있었던 배경에는 모자간의 눈빛 교환이 자리하고 있다. 눈으로 본 엄마는 흡족한 표정을 감추지 못한다. 눈은 현상을 직접적으로 파악하는 척도인 셈이다. 엄마가 재현하고 있는 눈썹은 손뼘보다도 원시적인 척도법이다. 손을 사용하는 방식이 '도구적 인간'의 등장으로 비롯되었다면, 눈을 사용하는 방식은 태초부터 시행되었다. 눈은 시선을 수반하기 때문에 상대에게 들키기 십상이다. 이 사실이야말로 눈뼘의 정직한 속성을 담지하고 있다. 손뼘은 눈뼘보다 정확한 측량을 앞세워서 너와 나를 구분한다. 눈뼘은 손뼘보다 부정확한 어림값으로 셈법의 어리숙함을 인정한다. 엄마의 눈뼘은 옷이 넉넉하지 못해도 괘 넘치 않는다. 그녀의 계산방식은 이미 넉넉한 값으로 정해져 있기 때문이다. 가장 객관적인 자를 이용하여 품을 재어도, 엄마의 눈뼘은 넉 넉한 상태를 수정하지 않는다. 그처럼 눈뼘은 언제나 상대를 포용하는 부드러운 척도법이다. 눈뼘으로 길이를 짐작하는 엄마의 습관은 "할머니의 눈저울"(「눈저울」)로 되살아난다. 눈대중으로 길이와 무게를 재는 모녀간의 측정 태도는 조상으로부터 물려받은 것이다.

이와 같이 진복희의 시조에는 구술문화의 사유방식이 도처에 배어 있다. 그것은 시조 장르의 출발점을 헤아려 볼 때 지극히 자연스럽다. 시조는 전근대적 장르이기 때문에, 현단계의 과학적 측정법이 어울리 지 않는다. 수량화는 근대의 산물이다. 근대를 선도한 유럽의 제국주 의자들은 세상의 모든 길이와 무게와 들이를 수치상으로 처리함으로 써, 어림하는 사람들을 미개화한 부류로 범주화하였다. 시인은 척관법 보다도 원시적인 눈어림을 통해서 문화의 전승 현장을 증빙하고 있다. 그녀의 노력 속에서 미터법이 만든 현실의 조급증은 사라지고, 눈뼘으로 조성된 정서의 이완이 진행된다. 하나의 작품을 통해서 진복희는 시조의 형식적 특성을 다 증명하고 있다. 그녀는 시조기 진근내석 장르라는 문학사적 사실, 형태의 파괴가 형식미학을 담보한다는 예 등을 보란 듯이 형상화하였다. 특히 그녀는 그간 소홀히 취급했던 민족 정서의 원형을 양식화한 시조의 특질을 구체적으로 입증하고 있다. 이런 점들을 종합하면, 그녀의 시조는 고수의 반열에 올라도 무방하다.

3. 결론

한 편의 시조작품을 이해하는 행위는 과거의 경험된 시간을 살피는 것과 같다. 행마다 은닉된 채 해독을 기다리는 작품의 시간은 과거의 경험을 현재적 상황에 끊임없이 결합하는 과정을 전제한다. 작품은 독자에 의해 현재의 시간으로 이동하는 것이다. 그러므로 작품의 해석은 과거의 시간과 그것에 함의된 진실을 해독하여 자아의 변화를 재촉하는 과정이다. 독자는 시인의 경험기억을 간접체험함으로써, 지속으로서의 기억작용이 질적으로 변화한 양상을 파악하게 된다. 그 찰나에 시간의 공간적 속성이 실체를 드러낸다. 작품 안의 공간이란 시인이 체험한 시간 속의 공간 기억이고, 그것은 보존기간을 확보하기 위해 시간과 결합한 채 저장되어 있다. 이런 측면에서 시간에 주목한 시인의 작품에서 공간의 의미는 시간의식을 추적하면 절로 드러난다.

진복희는 과거의 시간을 탐색하는 몽상가이다. 그녀의 작품은 태반이 과거적 시간에 매어 있다. 그녀는 회상을 통해 사라진 질서를 재생하는데 능숙하다. 그녀는 이전의 질서를 회복하여 현재의 불만족한 상태를 치유하려고 시도한다. 그녀의 동시조에서 요란한 소리와 발랄한 모습을 찾아보기 힘든 사정이다. 과거의 시간을 불러내어 정연하게 위치시키는 그녀의 작품들은 긴박한 리듬조차 다소곳하다. 그것이 시조의 단정한 품격과 어울리면서 시인과 시조를 분간할 수 없는 동일체로 만들고, 동시조의 고유한 형식미학에 이르고 있다. 그녀는 시조의 속성과 자신의 시간의식을 적절히 조화시킬 줄 아는 시인이다. 그녀의 노력 덕분에 시간이 질적 변화를 담보하여 지속된다는 사실이 판명된다. 시간 표지를 집중적으로 천착하여 과거적 경험공간의 의미를 섬세하게 드러내는 그녀의 노력이 '어머니 하얀 이마'처럼 홀로 값지다.

언제나 아이들의 친구

—이준관론

1. 서론

근래에 들어와서 한국의 동시는 놀라울 정도로 발전하고 있다. 우선 동시인들의 숫자도 크게 늘어났고, 무엇보다도 다양한 세계를 보여주고 있다는 점에서 바람직스럽다. 그렇지만 여전히 불만족한 것은 작품 속의 거리 설정 문제이다. 아이들을 위한 동시일텐데, 시인을 위한 자기위안의 시로 변하고 만다. 겉으로는 아이들의 생활 모습을 포착한 것처럼 발표되지만, 자세히 살펴보면 어른의 목소리로 가득차 있는 것이다. 이것은 동시에 대한 인식의 문제이다. 구습을 비판적으로 극복하지 못하고 무료히 반복하는 작품들이 여전하다는 점은 시급히 청산되어야 할 터이다.

이준관은 현단계 한국 동시의 수준을 보여주는 시인이나. 1978년 《서울신문》 신춘문예에 동시가 낭선되어 등단한 이래, 그는 열심히 그리고 성실히 고유한 시세계를 개척하고 있다. 그의 초기시에서는 자연 친화적인 이미지가 대부분을 차지하였으며, 이러한 현상은 여느 동시인들과 크게 다를 바 없다. 그렇지만 그의 시에서는 다른 이들과 달리,

종전에 볼 수 없었던 참신한 표현 기법이 두드러지게 나타났다. 근래에 이르러 그는 아이들의 세계를 구체적으로 묘사하는 데 노력하고 있다. 대략 두 세계로 나눌 수 있는 그의 시적 변모 과정은 많은 동시인들에게 주목의 대상이다.

이 글은 이준관의 시에 나타난 화자의 변모 양상을 집중적으로 살피는데 목적을 둔다. 그의 시는 요즘 들어 초기에 빈번히 출현하던 외로운 화자는 사라지고, 널리 존재하는 아이들의 생생한 목소리로 충만하다. 특히 그 모습이 아이들의 보편적 정서를 고스란히 담보하고 있다는 점이야말로, 동시단에서 그의 시를 예의주시하는 이유이다. 그것은 시인과 화자, 독자의 거리를 소거해버린 그의 진지한 노력의 소산이다.

2. '혼자 쓸쓸한 아이'에서 '수다쟁이'로

1) 도토리나무숲의 노래

이준관은 첫 시집 『크레파스화』(을지출판사, 1978)를 발간하면서 단번에 주목할만한 시인으로 떠올랐다. 그는 이 시집의 출판으로 〈한국아동문학작가상〉과 〈대한민국 문학상 우수상〉 등을 받았다. 그의 시에서는 전대의 유물이었던 어른 화자의 잔소리가 들리지 않는다. 동시에서 어른의 과거를 기억하도록 강요하는 억지와 가난한 날들의 회상이 사라진 것만으로도 그의 등장은 사건이었다. 그 역시 유년기에 한국전쟁을 체험한 세대였지만, 사회의 궁핍과 판에 박힌 사모곡 등, 윤리적 덕목을 멀리하여 동시의 세대차를 보여주고 있다.

초기의 이준관은 홀로 있어 평화한 세계를 꿈꾸었다. 그는 "깊은 밤/

혼자/바라보는 별 하나"(「별 하나」)처럼, 고독한 화자를 앞세워서 자신의 시적 정조를 드러내는 데 주저하지 않았다. 이 시기의 작품에서는 아이들이 등장한다기보다는, 시인을 대신하는 화자가 상황을 이끌어간다. 그는 덜 어른스럽고 덜 아이스러운 표정으로 작품을 지배한다. 이러한 성격의 화자에 의해 동시는 한층 격이 높아진 듯하지만, 어른티를 미처 떨어내지 못한 어중간한 모습에 지나지 않는다. 하지만 이준관의 시도는 이전에 발표되었던 선배시인들의 동시에서 나타나는 어른다운 화자, 곧 아이인 양하지만 어른 행세로 일관하는 화자와는 분명히 달랐다.

> 길을 가다 문득
> 혼자 놀고 있는 아기새를 만나면
> 다가가 그 곁에 가만히 서 보고 싶다.
> 잎들이 다 지고 하늘이 하나
> 빈 가지 끝에 걸려 떨고 있는
> 그런 가을날.
> 혼자 놀고 있는 아기새를 만나면
> 내 어깨와
> 아기새의 그 작은 어깨를 나란히 하고
> 어디든 걸어 보고 싶다.
> 걸어 보고 싶다.
>
> —「길을 가다」 전문

그의 초기시의 특징을 보여주는 작품이다. 그는 작품 속에 하나의 상황을 설정한다. 빈 가지로 미루어 볼 때, 시의 배경은 늦가을로 추정된다. 아울러 하늘이 떨고 있어서 독자는 잔뜩 움츠리며 시를 읽는다. 스산한 일기 속에서 부모새와 떨어진 아기새의 처지는 길을 걷는 화자의 동정을 유발하기에 충분하다. 시인은 이와 같이 설정한 상황에 알맞은 화자를 등장시킨다. 화자는 시인의 치밀한 의도에 따라 부여된 역할을 수행하면서 시의 주제의식을 고양한다. 그것은 개인적 정서의 표현이다. 앞선 시인들의 작품에서 문제점으로 지적되었던 집단적 기억을 배제하고, 그는 철저하게 '혼자' 느낀 바를 시형식에 담아내었다. 이것이 그의 시대와 앞 시대를 구분하는 척도이다.

비록 화자가 '아기새의 그 작은 어깨를 나란히 하고' 걷기 위해 쪼그려 앉더라도, 그와 새의 심정적 거리는 좁혀지지 않는다. 그것은 "나는 길가에/아무렇게나 버려져 피지요"(「씀바귀꽃」)라는 화자의 자학적 자기인식이 가로막기 때문이다. 곧 '걸어보고 싶다'는 욕망을 반복하여 진술한 시인의 기대에 나타난 바와 같이, 이루어질 수 없는 희망의 표시에 지나지 않는다. 화자와 대상이 밀착되지 못하는 근본적인 이유는 화자의 성격이 애매하다는 점에서 찾아볼 수 있다. 그리하여 그의 초기시에서는 "야아!/친구들아 모여라/아침이 힘껏 팔을 벌렸다"(「아침의 친구들」)처럼 무뚝뚝한 어조가 자주 눈에 띈다.

> 도토리나무숲에는 도토리나무처럼
> 외로운 메아리가 살지.
> 그래, 그래.
> 저 혼자 쓸쓸한 아이가 있으면
> 한 번쯤 찾아가 보렴.
>
> ─「도토리나무숲에는」 부분

공간은 인간의 원초적 욕망을 지시하는 표지이다. 길을 걷다가 친구였던 새가 떠나버리면, 어른과 놀 수 없고 아이들과 어울릴 수 없는 화자는 자기의 비밀 공간을 찾아가게 된다. 하지만 그는 여전히 '혼자'이다. 화자는 불분명한 대상에게 도토리나무숲으로 갈 것을 권한다. 그곳에는 '외로운 메아리'가 살고 있다. 그러나 단속적으로 이루어지는 메아리의 반향에서 짐작하듯이, 아이와 메아리의 관계는 비연속적일 수밖에 없다.

이준관은 시집 『씀바귀꽃』(아동문예사, 1987)에서 자연친화적 성향을 심화하여 보여주었다. 그는 이 시집에서 다량의 식물성 이미지를 비축하여 자신의 시가 자연과의 교감에서 얻어진 것이라는 사실을 증명하고 있다. 특히 그는 순수나 이성보다 유추에 의한 이미지를 제시하여 경험을 중요시하는 태도를 드러내었다(졸고, 「비극적 세계관의 시적 표정」, 『아동문예』, 1991. 10 참조). 그러나 그가 시집 『크레파스화』와 『씀바귀꽃』에서 천착했던 자연의 세계는 더 이상 시의 세상이 아니었다. 자연은 이미 구체적 현실로 변모하여 아이들의 놀이터와 상상의 공간이 될 수 없었다. 이러한 자연의 변화 시점에 맞추어 이루어진 그의 상경은 새로운 상상력을 요구하였다. 특히 현실적 공간을 자연으로 받아들일 수밖에 없는 도시 아이들에게 겨르로운 자연 풍경은 존재하지 않았다.

2) 노래하는 골목

농촌과 도시 아이들의 피할 수 없는 경험의 차이는 시인에게 새로운 사유방식을 강요한다. 특히 사회 구성원들의 동의 과정을 생략한 채 이루어진 한국의 근대화는 숱한 문제점들을 노출시켰다. 사회 구성원들은 갑작스러운 환경 변화로 인한 심리적 충격을 제대로 소화할 수 없었고, 그 여파는 고스란히 후대에게 대물림되어 나타났다. 아이들은 중심부로 신속하게 편입하기를 바라는 부모의 성화에 떠밀려서 단계적인 수용 과정없이 도회지의 일상에 적응하도록 훈련되었다. 아이들의 공간 적응은 어른에 비해 훨씬 빠르게 진행되었다.

또한 시인에게도 현실적 공간의 바뀜은 상상력의 변화를 수반한다. 이준관의 시세계가 변화하기 시작한 것은 시집 『우리나라 아이들이 좋아서』(대교출판, 1993)부터이다. 그는 이 시집에 이르러 좀더 아이들 곁으로 다가갔다. 시골에서 살던 그는 자연이 친구였으므로, 아기새와 걷거나 도토리나무숲에서 놀 수 있었다. 그러나 자연을 상실한 도시에서는 물리적 환경이 자연을 대신하였으므로, 그에 상당한 사유의 전환이 필요했다. 그가 "예전과 많이 달라진 어린이들의 생각과 느낌을 새롭게 담아 보려고 노력"(「신바람나는 동시를 쓸 수는 없을까」)했다는 머리말의 진술은 그의 동시가 나아갈 방향을 가리킨 것이다. 이러한 자세는 그의 시에 아이들의 생활 모습을 형상화하는데 기여하였다. 구체적으로 그는 이전과 달리 구어의 세계로 진입하였다. 이로써 그의 시에서는 더욱 사실적 묘사가 두드러지게 나타나는데, 그것은 직유의 수사를 적극적으로 구사하여 가능해졌다.

해는
물이 부글부글 끓는 주전자처럼
우리는
그 주전자 뚜껑처럼
덜쿵덜쿵
가만히 있지 못한다.
새싹이 솟는 땅도
덜쿵덜쿵
가만히 있지 못한다.

—「봄이면」 전문

봄맞이하는 세계의 표정을 직유에 의해 보여준다. 특히 '그 주전자 뚜껑처럼'에 의해 봄을 기다리는 아이들의 표정은 사실성을 획득한다. 이와 같이 직유는 단순히 대상이나 개념을 서로 비교하는 구실을 담당한다. 직유는 세계의 특징을 단순화하여 시인의 주목에 값한다. 직유는 사물이나 현상의 특성을 묘사하는데 효과적인 비유언어이므로, 아이들의 세계를 표현하기에 적합하다. 직유는 구어에 기초하여 동일한 문화적 경험을 공유하는 아이들에게 일체감을 확인시켜준다. 그들은 직유에 의해 공동 체험을 되살림으로써, 정서적 공유에 기초한 공동체 의식을 공고화한다. 직유는 이와 같이 시인과 독자를 정서적으로 결집시키는데 위력적이다.

이준관은 시집『내가 채송화꽃처럼 조그마했을 때』(푸른책들, 2003)에 이르러 아예 아이들의 생활 속으로 들어간다. 이전의 시집에 담으려고 힘썼던 '어린이들의 생각과 느낌'이 덜 아이다운 어른의 시선에 그쳤다는 엄격한 자기검열의 결과이다. 그는 이 시집에서 완숙한 경지의 시적 성취를 보여주고 있다. 그러기 위해 아이들 속으로 들어간 그의 의지는 엄숙한 시쓰기의 전범을 보여주고도 남는다.

> 오랫동안 동시를 써 오면서 내 동시가 어린이들의 생활과 너무 떨어져 있다는 생각이 들었어요. 그래서 이번에는 어린이들의 생활 속의 이야기를 쉽게 시로 써 보고 싶었어요.
> 그러기 위해서 내가 사는 골목의 아이들과 몇 년 동안 친구로 사귀었답니다. 놀이터에서 그네도 함께 타고, '무궁화꽃이 피었습니다' 놀이도 함께 하면서 아이들과 많은 이야기를 나누었지요.
> ─「따스한 골목의 불빛 같은 아이들 이야기」 부분

그의 시에서 아이들의 떠드는 소리와 갖가지 모습이 나타나게 된 배경을 알려주는 글이다. 스스로 시적 성취에 대한 비판을 감행하면서 그는 아이들의 생활 '속의' 이야기를 '쉽게' 쓰기로 결심한다. 시를 쉽게 쓰겠다는 발언은 필연적으로 화자의 생각과 행동의 범주를 아이들에게 한정시킨다. 아이들의 생활 모습을 형상화하기 위해 아이들과 놀이터에서 같이 뛰어 노는 자세에서 그의 시는 '쉽게' 쓰인다. 하지만 그가 아이들에게 '쉽게' 이해될 수 있는 작품을 쓰기 위해서는 이전의 시보다 더 혹독한 검열 과정을 거쳐야 한다. 그것은 편리한 어른의 시선을 포기해야 비로소 달성할 수 있는 단순성의 미학적 심급이며, 그는 아이들의 모습을 역동적으로 묘사하기 위해 어른으로서의 기득권을 기꺼이 포기해야 한다.

친구와 같이 집에 갈 때는
할 이야기가 참 많다.

꼬불꼬불 길처럼
꼬불꼬불 참 많다.

친구의 깜박거리는 눈만 봐도
할 이야기가
깜박깜박 생각난다.

―「꼬불꼬불 길처럼」 부분

아이들의 생활을 현미경처럼 들여다보고 쓴 시이다. 아이들은 수다쟁이이다. 집에서나 밖에서나 아이들은 무슨 할말이 그렇게 많은지 모른다. 어른들에게 날마다 꾸중을 들으면서도 고시랑거리기를 그치지 않는다. 친구와 '할 이야기가 참 많다'는 아이의 말은 어른을 안심시킨다. 그는 또래집단과 원만하게 어울리지 못한 채 "내 말 좀 들어줘요"(「내 말 좀 들어줘요」)라고 외치던 이전의 아이 모습과는 다르다. 초기의 이준관은 혼자 "아이를 두드려 주고 싶어서"(「늦가을비」) 대상에게 다가갔다. 그러므로 아기새와 어깨를 '나란히' 하고 걷거나, 도토리나무숲 속의 '외로운 메아리'를 찾아나설 수밖에 없었다. 그러나 지금의 그는 "처음 보는 꽃에게 수다를 떨"(「수다쟁이」) 정도로 아이답다.

그것은 전적으로 아이들의 구어체 화법을 시 속에 도입한 그의 노력에 힘입은 바 크다. 그의 시에서 발견되는 보편적 정서는 이러한 구어의 세계가 데불고 온 사실성에 토대하고 있다. 초기시의 참신한 비유가 건조한 문어체 화법에 가려서 독자와 정서적 공감대를 형성하는데 난항을 겪은데 비해, 근자의 시에 후한 평점을 내리게 된 배경이다. 그가 놀이터에서 아이들과 숨바꼭질하며 얻은 귀중한 체험의 결과물이다.

3. 결론

이준관은 등단 초기에 인간보다는 자연을 앞세우는 시인이었다. 그는 신화의 복구를 위해 애쓴다기보다는 자신의 체험에 기초한 시쓰기를 보여주었다. 그러나 거주지를 변경한 뒤에는 변화하는 아이들의 사고방식을 작품 속에 받아들이고자 아이들의 구어체 화법을 과감하게 수용하였다. 이와 같이 무지런히 노력하는 그의 자세는 "우리나라 동시의 수준을 높게 끌어올린 시인"(김학선, 「무슨 동시가 이렇게 재미있을까」)이라는 평가를 받게 해주는 토대이다. 그의 시작품을 일컬어 '말하기'보다 '보여주기'에 충실하다고 평가하는 것은 바로 직유를 적절하게 활용한 결과를 지칭하는 것이다. 그는 언제나 아이들의 친구가 되기 위해 시를 쓰고 있다.

　요즘 들어 그의 시는 동시의 진경을 보여주고 있다. 화자와 대상 그리고 시인의 거리가 사라진 그의 작품은 한국 동시의 나아갈 길을 예시해주고 있다. 이것은 단순성을 최고의 자질로 추앙하는 동시의 성격에 주목한 결과이다. 특히 그의 시가 아이들의 표피적 관찰에 머문 언어유희에 빠지지 않고 있다는 사실은, 동시대에 유행하는 가벼운 시쓰기에 충격하는 바가 적지 않을 것이다.

호모 엑스크레멘테의 동시적 상상력

—정성수론

1. 서론

예로부터 배설은 인간의 참을 수 없는 생리작용이다. 과장하여 말하면, 인간의 역사는 배설의 효과적인 처리를 위해 갖은 노력을 기울인 흔적이다. 인간은 생존에 반드시 필요한 배설이기에 무작정 외면할 수도 없고, 그렇다고 하여 냄새나는 것을 방치할 수도 없어서 곤혹스러웠다. 인간은 배설이 지닌 딜레마를 극복하기 위해 여러 가지 시도를 마다하지 않았다. 그 중요한 사례가 2004년 전라북도 익산의 왕궁리에서 발견되었다. 이 유적은 국내 유일의 뒷간터로, 유적이 위치한 왕궁리는 지금까지 백제의 도읍지였다는 주장이 끊이지 않는 곳이다. 그곳의 구덩이에서는 밑닦이용 나무 막대와 기생충알 등이 다량으로 검출되어 백제인들의 배설사를 살펴볼 수 있는 귀중한 자료들이 남아 있었다. 더욱 놀라운 점은 백제인들이 수세식 변소를 이용했다는 것이었다. 일본의 경우에는 분뇨의 악취로 인해 수도를 옮기기까지 했다는 역사적 사실과 결부시켜 볼 때, 백제인들의 위생 관념이 상당한 수준에 달했었다는 점을 짐작할 수 있다.

현대 사회는 인간의 가장 본질적인 배설작용을 조절하도록 훈육한다. 그것은 가정으로부터 학교를 거치며 한 인간에게 내면화된다. 그로 인한 부작용은 전적으로 당자의 책임으로 귀속되고, 정작 그에게 배설을 억제시킨 사회의 책임은 면책된다. 인간의 천부적인 기본권조차 억압하는 이처럼 기막힌 현실의 배후에는 신체를 제어하려는 권력의 의도가 은폐되어 있는 것이다. 그 대표적인 소설적 사례는 하근찬의 작품에서 찾아볼 수 있다. 그의 소설에서 배설은 아주 중요한 모티프이다. 예컨대 방뇨만 하더라도 등단작 「수난이대」의 박만도를 비롯하여 「나룻배 이야기」의 삼바우, 「홍소」의 판수, 『야호』의 갑례 등의 행동에서 산견되고, 방분은 아예 「분」이라는 소설의 제목으로 설정되어 덕이네의 행동으로 구체화되었다. 이러한 사례를 통해 작가는 주체의 의지에 반하여 신체를 영토화하려는 국가 권력의 비인간성을 폭로하며, 거기에 대항하는 인간의 탈영토화 의지를 선명하게 표백하였다. 근래의 시작품에서는 최승호가 변기를 집중적으로 천착하고, 권혁진이 "눈앞에는 황금의 노다지"(「측간」)를 다루어 절망의 생리학을 보여주었다. 그들은 왜소한 개인이 감당하게 되는 억압기제로서의 배설을 통해 현대 사회의 질병을 공론화하려고 시도하였다.

그에 비해 동시단에서는 별다른 이유 없이 배설에 관한 시적 수용을 소홀시하였다. 생각컨대, 아어로서의 시어관이 낳은 결과가 아닌가 추측한다. 그렇지만 동시의 대상성을 고려하면, 굳이 아어를 중시할 필요가 있는지 의문스럽다. 아이들의 언어일수록 구어가 대종을 이루고 있는데, 아어를 고집하다 보면 그들의 언어생활과 유리되기 쉬운 것은 자명하다. 이 즈음에 신인 정성수가 동시에서 본격적으로 배설을 다룬 점은 충격적이다. 그는 최근 펴낸 동시집 『할아버지의 발톱』(청개구리, 2008)에서 인간의 기본적인 배설에 해당하는 방분, 방뇨, 방귀, 재채기 등을 적극적으로 수용하고 있다. 그의 동시집에 수록된 각종 시편들은 일정한 수준에 도달하고 있지만, 본고는 그 중에서도 배설과 관련된 작품들에 초점을 맞추어 살펴보고자 한다.

2. 참을 수 없는 배설의 시학적 변주

인간은 '호모 엑스크레멘테(배설하는 인간)'이다. 배설은 인간이라면 누구나 피할 수 없는 생리작용이다. 오래 전의 호모 에렉투스(직립인)에게도 배설은 거역할 수 없는 자연의 명령이었다. 그로부터 인간을 규정하는 어떤 용어도 이로부터 벗어나지 못한다. 인간은 배설 후에야 '호모 루덴스(유희인)', '호모 사피엔스(이성인)', '호모 파베르(공작인)', '호모 이코노미쿠스(경제인)', '호모 폴리티쿠스(정치인)', '호모 로퀜스(언어인)', '호모 아르텍스(예술인)' 등으로 나아간다. 인간은 기본적으로 먹는 동물이기 때문에, 필연적으로 상응한 배설작용을 필요로 하는 것이다. 원시시대에 배설은 특정한 시간과 특별한 공간을 가리지 않았다. 인간은 무시로 사방에 배설하였고, 군대 등의 특정 집단에서는 심지어 집단 배설까지 권장되었다. 그만치 배설은 부끄러움의 대상이 아니었고, 도리어 인간의 천부적인 권리로 승인되었다.

그러나 이성의 세기인 근대에 접어들면서 인간의 배설작용은 금기의 대상으로 포함되고 말았다. 인간은 배설과 관련된 담화를 공식석상은 물론, 개인간의 사적인 대화에서도 열외시키기를 마다하지 않는다. 그들의 외도적인 배제 속에서 배실과 관련된 언사는 인격을 드러내는 척도로 기능한다. 원시시대부터 공공연하게 화젯거리였던 배설행위가 계몽의 이름으로 뒷방 신세를 면치 못하고 있는 게 사실이다. 계몽이야말로 인간의 본능을 전방위적으로 억압하는 담론인 것이다. 그것의 역사적 과정은 프랑스의 마르탱 모네스티에가 집필한 역저 『똥오줌의 역사』에서 살펴볼 수 있다. 그는 각종 수치와 자료를 동원하여 인간의 배설이 지닌 중요성을 강조하였다. 그는 현대인들이 수치스럽게 생각하여 담론에서 의도적으로 배제하는 '똥오줌'의 역사를 거론하여 현대인들의 위선적인 태도를 힐난하는 동시에, 그것들에 함의되어 있는 의미들을 제시하고 있다. 그의 헌신적인 노력에 힘입어 더럽기만 한 똥오줌이 독물의 대상으로 부각되었으나, 여전히 그것들은 공식적인 담론에서는 홀대되는 처지다.

그렇지만 똥오줌은 인간이라면 누구나 배출하는 결과물이고, 당자의 일상적 삶을 정직하게 보여주는 신체적 징후이다. 인간은 충분히 확보하지 못한 배설 기회로 인해 각종 질병에 노출된다. 프로이트식으로 말하면, 인간은 유아기의 배변 훈련 방식에 따라 신경증으로 진입하는 등, 배변과 질병은 긴밀한 역학관계를 형성한다. 신체상으로 변비와 설사 등, 각종 병리현상을 수반하는 배설은 개인의 성장 과정에서 정신적·신체적 정상성을 담보해주는 가장 확실한 증후이다. 이런 사실을 고려하면, 똥오줌을 정면에서 취급한 정성수가 추구하는 배설의 상상력은 주의를 요한다. 이 점에서 그의 시작품들은 내면에 억압되어 있던 정서의 배출작용이다. 그의 동시에서 배설은 화자의 정서를 대변한 듯하지만, 속으로는 시인의 감정 상태를 표상한다. 그는 의도적으로 배설작용을 표나게 드러낸다. 그것이 동시라는 형식으로 드러났다고 할지라도, 배설은 아이들의 몫이 아니다. 그의 무의식층에 자리하고 있는 정서적 표현 충동이 나이 어린 화자의 행동을 빌려 나타났을 뿐이다. 그것을 나무랄 일은 아니다. 논의의 초점은 그것들이 동시에서 형상화되었을 경우이다. 결론부터 말한다면, 그의 노력은 우선 성공적이다.

병아리 형제들

엄마 따라

삥 삥 삥

봄소풍 가는데

똥이 마려운 막내가

참지 못하고 그만

길가에 똥 눴다.

애기똥풀 노랑 꽃 활짝 핀다.

—「애기똥풀 노랑 꽃」 전문

그리스 신화에 전하기를, 어미제비가 눈을 뜨지 못하고 태어난 새끼
의 눈을 이 꽃의 액으로 씻었더니 눈을 떴다고 한다. 그로부터 이 꽃의
꽃말은 '엄마의 정성'이 되었다. 그와 달리 한국에서 애기똥풀은 줄기
를 잘랐을 때 나오는 노란 즙이 아기의 똥과 같다고 해서 붙여진 이름
이다. 예로부터 민간에서는 위궤양에 효과가 있다고 알려진 야생화이
다. 동일한 사물을 두고 각기 다른 상상력을 발휘한 조상들의 사유방
식을 구경하는 것도 재미있다. 시인은 당연히 후자의 입장을 수용하여
두 가지 장면을 하나로 겹쳐서 똥의 고약한 냄새를 노란 향기로 피워
냈다. 사실 병아리의 소풍 도중 일어나 해프닝과 길섶에 핀 애기똥풀
은 전혀 어울리지 않는다. 시골길에서 흔히 볼 수 있는 장면이다. 그런
광경을 놓치지 않고 포착한 것보다 마지막 연의 '애기똥풀 노랑 꽃 활
짝 핀다'는 표현이 더 소중하다.

정성수의 작품에서 방분은 노골적으로 행해지는 자연스러운 현상이
다. 그는 아어로서의 시어를 거부하고, 스스럼없이 '똥'이라는 어휘를
작품에 수용하고 있다. 이런 노력은 값지다. 동시는 무릇 아이들의 정

서를 생생하게 반영하여야 한다. 그럼에도 불구하고 종래의 시편들에서는 아이들의 구어에 주목하면서도 '똥'처럼 살아있는 어휘는 경계해왔다. 아마 동시인들은 시에 동원되는 어휘들에게 일정한 자격 요건을 요구했던 예전의 시각을 지금도 지닌 것으로 보인다. 하지만 그들이 아이들의 생활 장면에 주목한 작품들을 살펴보면, 시시한 일상어들이 시어로 활용된 사실을 확인할 수 있다. 말하자면 그들은 시어의 품격을 고려하지 않으면서도, 아이들의 생활에서 중요한 부분을 차지하는 '똥'은 간과하고 있는 셈이다. 이와 같은 이중적 태도는 동시인들의 관찰이 아이들의 언어생활을 도외시한 채 외양에 치중하고 있다는 사실을 반증한다.

여름방학이 되어 시골 할머니네 집으로
피서를 갔다.
저녁을 먹고 냇가로 바람을 쐬러 나갔다.
아랫배가 살살 아파 와
똥을 싸려고 풀밭에 쪼그리고 앉았다.
밤하늘에 별들이 총총하다.
갑자기 별 하나가
서쪽 하늘에 대고 똥을 찍― 싼다.
별똥이다.

별아, 넌 좋겠다.
아무 때나 똥을 쌀 수 있으니
나는 벌써 며칠째
변비로 고생하고 있는데

―「별아, 너는 좋겠다」 전문

똥은 프로이트에 의하면, 리비도의 발달 단계에서 항문기의 아이들이 필연적으로 만나는 대상이다. 또한 그처럼 똥을 음경의 대체물로 파악하거나, 성교의 대가로 지불되는 선물이라고 확대하지 않더라도, 똥은 아이들의 생활을 관찰하는 이들에게 피할 수 없는 대상이다. 아이는 배설을 위해 괄약근을 통제하는 과정에서 자아를 발달시키게 된다. 이처럼 중요한 배변이지만, 동시인들은 인간의 체외 현상, 즉 인간의 행동이나 발화된 언어에 주목하느라 배설에 무관심하다. 그들의 외면 속에서 화자는 변비로 고생하고 있다. 마침 하늘에서는 그에게 보란 듯이 '별똥'이 떨어지고, 그는 과학적 사실을 목도하면서도 부러움을 표시하여 감각적 사실로 환치시킨다. 전혀 이질적인 두 사건이 '똥'이라는 어휘의 쓰임에 따라 한데 통합되고 있다. 이러한 사례는 앞의 시 「애기똥풀 노랑꽃」과 같은 시인의 관습적 상상력을 살필 수 있는 근거이다. 시인은 별의 방분과 화자의 변비를 대비시키는 한편, 하늘의 자연스러운 '찍—'에 비해 억압된 배분으로 고생하는 인간의 모습을 대조시키고 있다. 그로서 시인은 배설이 자연의 섭리이자 인간의 원초적 욕망이라는 사실을 은근히 선명하게 드러낸다.

똥에는 사람이나 동물의 것만 있는 게 아니다. 화자처럼 나이어린 입장에서는 하늘의 별도 똥을 누어야 한다. 그렇지 않으면 살아 있는 존재가 아니다. 그가 지각할 수 있는 세상의 만물은 똥을 누어 자신의 존재를 증명해야 한다. 이처럼 아이들의 사고방식에 근접한 정성수의 상상력은 "땅에는 온통 별똥 냄새가 코를 찌른다"(「별똥」)는 탁월한 표현을 얻게 된다. 그의 눈부신 감수성에 힘입어 놓이라는 금칙어조차 당당히 시어의 반열에 등재될 수 있는 거점을 확보하였다. 그의 시집에 수록된 작품들이 균일하다는 점을 감안하면, 배설이라는 희귀한 소재를 정면에서 취급한 그의 용기는 소중하다. 그는 동시인들이 접근하기를 꺼리는 배설에 착목하면서도, 어린 화자의 수준에 알맞은 어휘를 구사하여 일정한 성취를 기하고 있다. 이것은 정성수의 시적 상상력과 동시의 요소들이 적절하게 혼화된 것이다.

상추도 아닌 것이 김도 아닌 것이
너무 맛있다.

—엄마, 이게 뭐야?
—봄똥!
—봄도 똥 싸?
—그럼!
들척지근하고 고소한
그 똥으로
밥 한 그릇을 뚝딱 해치우고
그래도 서운해서
엄마 밥그릇에 손이 간다.

겨우내 추위에 똥을 못 싸다가
작년 그 배추밭에
아무도 모르게 봄이 싼 똥.
봄똥.

—「봄똥」 전문

인류의 역사에서 분뇨는 기본적인 비료였다. 예로부터 인분은 농경 민족에게 아주 쓸모 있는 비료였다. 미처 과학이 발달하지 못하여 달리 화학비료를 구할 수 없었던 시절이었으므로, 인류는 찾기 쉬운 똥을 시비하여 처분하는 효과까지 동시에 거둘 수 있었다. 아울러 그것은 유목민족에게는 유용한 연료였다. 날마다 이동하지 않으면 안 되는 처지에서 미개발된 화석연료를 사용할 수 없었으므로, 인류는 방목하는 가축의 배설물을 연료로 활용하여 생활에 필요한 불을 얻을 수 있었다. 그 흔적은 지금도 세계의 도처에 남아 있거니와, 신체의 소비적 산물에 지나지 않는 똥이 생산적 경제활동에 기여하는 사례이다. 한국에서는 정착생활이 주를 이루었으므로, 물을 것도 없이 농업에 활용되었다. 그 시절의 방분은 누가 되지 않았고, 어른들은 아이들에게 권장하기를 서슴지 않았다. 이러한 생활 습관을 되살려서 정성수는 봄동을 '아무도 모르게 봄이 싼 똥'이라는 표현을 획득하고 있다. 하나의 상상력에 깃들어 있는 세대간의 문화전승 방식을 확인할 수 있는 용례이다.

본래 봄동은 봄철의 입맛을 돋우는 겉절이나 쌈으로 널리 쓰이는 채소이다. 봄동은 따로 품종이 있는 게 아니라, 노지에서 겨울을 나며 자라는 동안에 속이 덜 찬 배추를 아우르며 가리킨다. 봄동은 겨울바람에 맞서 살아남기 위해 속을 비우는 지혜를 지니고 있다. 그것을 시인은 '겨우내 추위에 똥을 못 싸다가'로 봄으로써, 순식간에 '봄이 싼 똥'으로 어의 변성을 시도한다. 그의 난만한 장난기에 힘입어 인간이 식용하는 식물은 냄새나는 '똥'으로 둔갑한다. 그는 작품의 서두에 모자간의 능청스러운 대화를 장만하고서는, 후미에서는 봄조차 방분이 억압되어 있다고 진술하였다. 이것은 화자 또래의 어린이들에게 내면화된 배설 담론의 위력을 여실히 증명한다. 시인은 똥과 관련된 작품에서 일관되게 이러한 시각을 견지하고 있다.

골목길에서 두리번거리며
오줌을 쌌습니다.
급한 김에

오줌을 싸면서

몸을 한 번

부르르

떨었습니다.

급한 김에

골목길에서 급하게 싸는 오줌은

찔끔찔끔

싸고 나도 기분이 개운치 않습니다.

─「급한 김에」 전문

방뇨는 방분과 함께 배설의 주요 작용이다. 방뇨도 방분처럼 지극히 천연스러운 생리작용이다. 하지만 현대인들은 타인의 시선을 의식하기에 방뇨행위를 부끄럽게 여긴다. 그것은 인간이 체외로 배출하는 내용물에 함의된 사회적 지위 때문이다. 인간은 자신의 배출행위를 타인에게 노출시키지 않으려고 신체를 통제하고, 그것이 발각되지 않도록 극도로 주의한다. 그의 조심성은 전적으로 배출되는 결과물에서 비롯된 것이다. 그것은 평소의 섭생이 반영되어 있어서 당자의 사회적 신분을 고스란히 증빙한다. 그러므로 인간들은 자신의 배설물을 타인에게 들키지 않도록 조속히 은폐하거나 공간이동으로 그것의 속지를 옮겨버린다. 이것은 지금도 방뇨 후에 흔적을 덮은 동물들의 행동으로 남아 있다.

이 작품의 화자라고 해서 예외가 아니다. 그도 학교와 어른들에 의해 절제할 것을 강요받으며 성장했기에, 골목길에서 행인의 인기척에 촉각을 곤두세우며 용변을 본다. 길처럼 개방공간은 사회적으로 배설이 금지된 공간이다. 그곳에서의 배설은 법률상으로 규정되어 있을 뿐만 아니라, 사회의 구성원들에 의해 합의된 곳이다. 따라서 화자의 방뇨는 신속히 종료되어야 하고, 그 흔적은 완벽하게 은폐되어야 한다. 이처럼 심정적으로 위축된 상태에서 행해지는 그의 방뇨는 필연적으로 긴장감을 수반할 수밖에 없다. 그것은 2연의 몸떨림에 의해 절정에 달한다. 그것은 남의 눈치를 보느라 '두리번거리며' 쌌기 때문에 더 절실한 모습을 띤다. 그 근거는 3연에서 '찔끔찔끔'이라는 시늉말에 의해 적절하게 묘파되어 있다. 시인의 진지한 관찰에 힘입어 골목길에서 자행된 누구나 한번쯤은 겪어봤음직한 당혹스러운 도둑방뇨의 긴박감과 함께 익살스러운 장면이 실감나게 드러날 수 있었다.

쉬는 시간이 되어
여자 아이들이
우르르 화장실에 간다.

희한하다.
둘이서 손을 잡고 가거나
떼를 지어 가는 것을 보면

화장실에서는
한 놈은 안에서 볼일을 보고
한 놈은 몸을 꼬며 보초를 시고
몇 놈은 입구에 줄을 서서 시시덕거린다.
쉬는 시간이 되면
여자 아이들이

—「여자 화장실 앞 풍경」 전문

화장실은 지극한 사적 공간이다. 그곳은 외부와 타자로부터 철저히 차단된 채 존재한다. 물론 화장실이 공동 배변의 장소로 활용되던 옛날에는 담화의 공간이었다. 그렇지만 근대에 접어들면서 화장실의 문화적 성격이 개인의 비밀을 은폐해주는 효과적인 공간으로 달라졌다. 이 작품은 아이들의 수다에 힘입어 화장실이 종래의 기능을 회복하고 있는 실증적 사례이다. 정성수는 초등학교 교사답게 '한 놈은 안에서 볼일을 보고/한 놈은 몸을 꼬며 보초를 서고/몇 놈은 입구에 줄을 서서 시시덕거'리는 광경을 사실적으로 묘사하고 있다. 그에 의해 '여자 화장실 앞 풍경'은 용변의 풍속화로 생생하게 되살아났다. 그것은 순전히 아이들의 움직임을 객관적 시선으로 포착하되, 일체의 설명을 삭제해버린 시인의 공력 덕분이다.

방분이나 방뇨에 비견될 수 있는 배설행위로 방귀를 들 수 있다. 방귀는 분명히 그것들과 성격이 다르지만, 체내에 축적된 물질을 체외에 방출한다는 점에서 일종의 배설행위에 속한다. 로마의 방귀신 크레피투스는 이집트로부터 수입된 신이다. 고대 이집트에서는 방귀 중에서 소리없이 뀌는 도둑방귀를 '베세스'라고 부르며 신성시했다. 나일강 하구의 펠루즈에서는 방귀를 열광적으로 숭배했다고 한다. 그들의 풍습은 그리스에도 전래되어 그리스의 철학자 플라톤은 "엉덩이가 말을 하면, 옆 사람이 기세등등해진다."는 명언을 남겼다. 방귀는 어른의 것보다 아이의 것이 훨씬 매력적이다. 서양의 그림에는 아이들이 쪼그린 채 옆구리를 조이는 모습이 남아 있거니와, 아이들의 방귀는 천진성을 담보하는 자연의 소리라고 불러도 아깝지 않다. 그처럼 귀한 소리지만, 아이들은 때와 장소를 가리도록 교육받으며 자신의 고유한 소리를 소거한다.

쉬는 시간이 되어

친구들과 떠들며 장난을 치고 있는데

피익~

바람 빠지는 소리가 났다.

냄새가 지독하다.

코를 잡고 서로 얼굴을 바라보며

너지?

너지?

손가락질을 하며 큰 소리로 말했다.

나는 알고 있다.

방귀를 뀐 진짜 범인을

―「방귀 범인」 전문

　방귀는 본래 '방기(放氣)'라는 한자어에서 비롯되었다. 아마 옛날 중
국 사람들은 몸 안의 기를 공중에 풀어 놓는 것으로 생각했던 모양이
다. 그 말이 한국에 전래되어 '방긔'를 거쳐 지금의 방귀가 되었으니,
본디 모습이 사라져버려 어원을 찾지 않으면 순우리말인 듯 오해하기
십상이다. 이 작품은 '피익~'이라는 '바람 빠지는 소리'에 그대어 방기
의 어원을 웃으며 추측케 해준다. 호메로스에 의하면, 최초의 방귀는
헤르메스가 형 아폴론의 팔에서 떨어지면서 뀌었다고 한다. 제우스가
그 소리를 듣고 파안대소한 이래, 방기는 좌중의 분위기를 파격하여
웃음을 선사하는 불시의 효과 빠른 묘약이 되었다. 고결한 철학자 임
마뉴엘 칸트는 "아래로 향하면 방귀가 되고, 위로 향하면 성스러운 영
감이나 계시가 된다."고 갈파했다고 하니, 방귀는 직업의 귀천이나 학
식의 유무를 막론하며 관심의 대상이었던 듯하다. 방귀의 희극성은 지

금도 각종 문학작품에서 종종 삽입되어 서사적 전략을 보호한다. 또 방귀는 문학적으로 다양한 의미망을 형성하는 은유로 기능해 왔다. 문학작품에서 방귀는 긴장된 국면을 이완시키거나 해학적 장치로 자주 구사되었다.

방귀는 아이들의 문화에 생동감을 부여한다. 방귀는 아이들로 하여금 놀이를 만들어내도록 견인하며, 상호간의 활발한 의사소통을 촉진시켜 또래집단의 고유한 행동체계를 공유시킨다. 그 과정을 통해서 아이들은 방귀가 사회의 문화 규약으로 작용하는 현장을 목도하게 된다. 말하자면 방귀를 억압하도록 강요하는 학교 교육보다도 훨씬 체험적인 학습 효과를 달성하는 것이다. 아이들은 자신이 뀌고서 시치미를 떼는 화자 앞에서 즐겁게 '방귀를 뀐 진짜 범인'을 찾는 놀이를 한다. 그들은 '코를 잡고 서로 얼굴을 바라보며' 또는 '손가락질을 하며' 큰 소리로 동료를 추궁한다. 그 놀이에는 악의가 개입될 틈이 전혀 없다. 이처럼 아이들은 신체의 생리현상조차 놀이로 승화시킨다. 그들의 문화가 대를 이어가면서 반복되고 살아 있는 이유이다.

붕~
방귀를 뀌었다.

왜
내 방귀는
냄새가 안 나지?

생각하고 있는
순간!

똥

지렸다.

−「냄새 안 나는 방귀」 전문

앞의 작품이 소리 안 나는 방귀를 소재화했다면, 이 작품은 냄새 안 나는 방귀를 소재로 다루어 쌍을 이룬다. 다른 점이 있다면, 앞의 작품이 방귀놀이에 초점을 맞춘 것과 달리 이 작품은 방분을 수반한다는 점이다. 방귀는 간혹 방분과 동시에 발산되기도 한다. 이런 경우에 당사자는 곤혹스러운 입장에 처하는 것이 분명하지만, 정성수는 후술을 중단하여 호흡을 중지시키고 있다. 그것은 '냄새 안 나는 방귀'가 도달한 극적 순간을 연장시키는 데 기여한다. 시인은 불유쾌한 경험을 상기하는 동안에 겪게 되는 감정적 거부감을 도리어 자극하고 있는 것이다. 그로서 독자는 '붕~'과 '똥'의 사이에 서술된 감정상의 미묘한 긴장감을 체험하게 된다. 나아가 '~'의 유무에 의해 시간의 지속과 종료를 지각하면서 화자의 일그러진 표정을 상상하게 된다. 이와 같이 일회성 기체 배출작용에 불과한 방귀가 어린이의 천부적인 욕망을 구속하는 억압기제로 기능하는 것이다.

방귀는 과학적으로 질소, 산소, 이산화탄소, 수소 등으로 구성된 기체에 불과하다. 방귀는 특별한 경우에 병리적 증후를 판단하는 근거로 활용되기도 하지만, 대부분의 경우에는 신진대사의 정상성을 담보하는 징후로 파악된다. 일상에서도 방귀는 특별히 문제시되지 않는다. 그렇지만 사람들은 방귀에 대한 선행학습을 이수한 까닭에, 신체의 생리현상을 억제하느라 부산하다. 방귀를 억압하게 된 것은 근세에 이르러 시행된 것이나, 현대인들은 유사 이래 계속된 것인 양 상시 긴장된 자세로 인내하느라 공을 쏟는다. 부득이 한 경우에도 소음을 제거하기 위해 갖은 몸놀림을 보여준다. 그것은 방귀와 인격을 동일시하는 지배

계급의 행동 규범이 일반화되었기 때문이고, 그것을 확산시킨 주범은 학교교육이다. 아이들은 학년이 올라갈수록 방귀를 포함하여 억압되어야 할 것들을 학습하여 내면화하게 된다. 신체상으로 괄약근의 수축과 이완현상에 지나지 않는 방귀가 과학적 진리를 가르치는 교육기관에서 억압될 항목으로 범주화되는 것이다.

그와 유사한 행위에 재채기를 포함시킬 수 있다. 재채기는 사람을 당황하게 만든다. 재채기는 방귀처럼 배설 행위에 속한다. 다르다면 배설작용이 이루어지는 부위가 다르다는 것이고, 본질상으로는 체내의 불순요소들을 공기 중으로 배출한다는 점에서 동일하다. 그런 까닭에 재채기도 방귀처럼 공식석상에서 통제되어야 할 현대인의 덕목이다. 더욱이 감기의 부수 증상으로 인한 것이 아니라면, 재채기는 사회적 관계의 형성을 훼방한다. 재채기는 화제의 중단을 야기하고, 상대를 존중하지 않는 경망한 행동으로 분류되므로, 모름지기 현대인이라면 필히 재채기를 참을 수 있는 역량을 구비하지 않으면 안 되는 것이다. 말하자면 재채기는 바람직한 민주시민의 자질을 의심케 하는 무례한 행동표지인 셈이다.

봄바람이 젊은 산의 콧구멍을
간질
간질거린다.
참다, 참다.
에이취~ 재채기 한 번에
겨울이 멀리 도망간다.
그 자리에 홍매화, 진달래 왕창 폈다.

봄 햇살이 늙은 산의 겨드랑이를

간질
간질거린다.
참다, 참다.
<u>으흐흐</u>~ 너털웃음에
골짜기마다 얼었던 겨울이 녹아
졸졸졸
시냇물 잘도 흐른다.

―「산에는 봄봄」 전문

　위 작품의 배면에는 아이다운 천진한 상상력이 작동하고 있다. 시인이 동시의 속성을 제대로 파악하고 있다는 확실한 증거이다. 그것은 정성수의 시가 지닌 강점이다. 그는 긴장된 배설 행위를 수행하는 화자가 어린이다운 성격을 잃지 않도록 해학적 요소를 삽입하고 있다. 그 결과, 그의 배설 관련 작품들은 명랑한 분위기를 유지할 수 있게 되고, 아이들의 표정은 사실적으로 형상화될 수 있었다. 이 작품의 숨은 화자도 아이다운 기발한 상상력을 발휘하면서 상큼한 웃음을 선사해 준다. 이처럼 재채기는 작품의 동시스러움을 배가시키는 역할을 충분히 수행하고 있다. 더 이상 재채기는 아이들에게 억제되어서는 안 될 이유이다. 재채기로 봄이 시작되고, 꽃이 피며, 언 물이 녹아 흐른다. 시인은 재채기를 통해서 인간의 욕망이 억압되어서는 안 될 자명한 이유를 발언하고 있는 셈이다.

　한 가지 아쉬움이 있다면, 각 연의 이미지에 차별화를 도모하지 않은 점이다. 1연이 소리에 의해 봄꽃이 피어났다면, 2연에서는 시늉에 의해 물이 녹아 흐르는 모습으로 표현되었더라면 훨씬 감각적인 효과를 거양할 수 있었을 것이라 기대한다. 예를 들어 '으흐흐~ 너털웃음에/ 골짜기마다 얼었던 겨울이 녹아'는 '소리'에 의한 이미지의 확산으로 변주되고, 급기야 '시냇물 잘도 흐른다'는 결행으로 나아가고 있다. 그러나 봄 햇살이 늙은 산을 간질였으므로, 산이 간지러움을 타는 모습으로 표현했더라면 겨울 산이 녹아 흐르는 '졸졸졸'이라는 시늉말이 노릴 수 있는 부수적 효과를 확장시켰을 것이다. 왜냐하면 '졸졸졸'은 소리시늉말이기도 하지만, 본래 모양시늉말의 의미역이 더 넓은 단어이기 때문이다.

3. 결론

위에서 살펴본 바와 같이, 정성수의 동시집 『할아버지 발톱』에는 배설 관련 작품들이 현저하다. 그것이 당대의 시점에서 중요한 이유인즉, 동시단의 침체를 타개할 수 있는 하나의 유력한 방안을 시사하고 있다는 점이다. 작금의 동시단은 장황한 사설을 사실적 묘사인 양 곡해한 부류와 유치한 말장난을 마치 근사한 기법으로 호도하는 일파 그리고 생활 장면을 수용한답시고 무분별하게 대화구를 삽입하여 시의 길이를 억지로 늘이는 무리들이 판치고 있다. 이들의 공통적 문제점은 습작의 수련 과정을 소홀히 거쳤다는 사실이다. 그들이 아무리 변명한들, 시는 시 외에 아무 것도 아니다. 무릇 시란 무엇인가. 그것은 독자의 기대를 거부하고, 오히려 그의 인식체계를 전복하는 일이 아니겠는가.

섬세함과 부끄러움

—유은경과 이옥근의 동시

1. 서론

본고는 유은경과 이옥근의 근작시편을 통해서 요새 신인들이 관심을 기울이고 있는 바를 살펴보고자 한다. 두 시인의 공통점은 등단 절차를 반복해서 밟았다는 점이다. 먼저 유은경은 2002년 어린이문화진흥회의 〈신인문학상〉을 받으며 등단하고 난 뒤에, 2004년 〈황금펜문학상〉과 2006년 〈제4회 푸른문학상〉을 수상하였다. 이옥근은 2004년《한국일보》의 신춘문예에 당선된 뒤에, 2006년 유은경과 동일한 상을 수상하며 한 번 더 등단하였다. 이처럼 거푸 등단할 이유가 있는지 모를 일이다. 주지하다시피, 작가에게 등단은 요식행위에 불과할 뿐이다. 한국의 왜곡된 등단 제도는 여느 나라와 달리 신문과 잡지의 권력을 반증해준다. 문제는 지금까지 그런 방식으로 등단한 작가들이 모두 작품 활동을 하는 것은 아니라는 점이다. 더욱이 화려한 등용문을 통과했다고 해서 작품의 질을 담보해주는 것이 아니다. 도리어 대다수의 등단자들은 문학판과 거리를 두고 살아가며, 소수만 남아서 문학동네를 이루어 살아가고 있다. 이 사실이 무엇을 의미하는지 곰곰 생각해

볼 일이다.

두 시인은 신인이다. 그들은 등단 경력에 비해 작품 활동이 활발하지 않다. 그러므로 두 시인에 대한 평가를 단행하기에는 너무 이르다. 비록 물리적 연치가 많다고 할지라도, 문단의 이력은 짧기만 하다. 문학은 나이테를 앞세우는 것이 아니다. 작품은 나이를 불문하여 당해 시인의 위상을 제고하는 데 유일한 수단이다. 작품의 질적 성취도는 물리적 연치를 가리지 않는다. 그들은 낯가림이 많은지 특정 지면에 치우친 채 활동하고 있어서 평단의 관심을 끌기 힘들다. 평소 문학적 신념에 의한 유파의 회합은 적극 찬성하는 편이지만, 아동문단의 일각에서 자행되고 있는 붕우관계를 연상시키는 동맹의 결성에는 한사코 반대한다. 두 시인이 이전보다 좀더 능동적으로 발표지면 확보에 나서기를 바란다. 이런 점은 앞으로의 작품 활동을 위해서도 재고할 만하다. 본고에서는 위에서 지적한 사항들을 뒤로 물리고, 두 시인의 시작품을 검토하기로 한다.

2. 비슷하고 다른 두 시인

1) 유은경의 시

근자에 들어 동시단에서는 작품 속에 대화를 삽입하는 것이 유행이다. 대화는 작품의 리얼리티를 확보하기 위한 수단으로 도입된 것일 터이다. 대화는 반드시 화자와 청자를 전제하여 성립하는 소통수단이다. 대화는 양자가 개입되어 있기에, 언제나 산만하다. 그에 비해 시는 시인의 내적 독백이다. 그 전통은 예나 지금이나 변함없이 지켜져야 할 벼리이다. 시가 장르적 속성을 포기하지 않는 한, 시는 시인의 주관성에 전적으로 의지한다. 동시에서 대화가 삽입될 때, 그것이 초래할 소통상의 혼선은 생각보다 크다. 동시가 아동문학에 속하는 이상, 교훈성을 함의할 수밖에 없다. 동시에서 교훈성이란 내용의 차원이 아니라 형식적 차원에서 논의되어야 할 터이다. 대화가 동시의 형식적 차원을 훼손하는 경우에, 동시인들은 이에 대한 답을 어떻게 작성하여 제출할 것인가.

　유은경이라고 해서 예외가 아니다. 그녀는 본고에서 텍스트로 삼은 『방귀 한 방』에 수록된 13편의 작품 중에서 「기영이」, 「엄마와 딸」, 「생각」 등에 대화를 도입하고 있다. 적지 않은 비중이다. 이 시집은 같은 상을 받은 네 명의 수상자들의 작품을 한데 모은 것이다. 다른 동시인의 작품에서도 대화를 삽입하는 경향은 두루 발견된다. 이것으로 미루건대, 신인들은 기성 문단의 폐해를 반복하여 재생산하고 있는 듯하다. 이것을 시대적 현상이라고 치부할 수 없다. 또 여류시인들의 대거 등장으로 인한 시대적 유행이라고 용인할 수도 없다. 신인일수록 구각을 깨려는 분기가 탱천하여야 하며, 선배시인들의 축축한 흔적을 무비판적으로 따라가서는 안 된다. 그들에게 바라는 것은 예나 지금이나 전율이 수반되는 실험의식이나, 기존의 문법을 단숨에 파괴하는 대담한 시도이다. 신인일수록 전면적으로 새로워야 하는 것이다.

"사발시계를 켜 두면
일어날랑가……."

상추 싹 나오길
애타게 기다리는 할아버지.

밤사이 씨앗들 깨어났는지

이른 아침이면
비닐하우스를 둘러보더니

오늘 아침엔
파릇파릇한 웃음지으며

"이제야 꼬물꼬물 올라오네.
고것들 참⋯⋯."

―「상추 키우는 할아버지」 전문

　시인은 시골 할아버지의 일상을 순간적으로 섬세하게 포착하여 선명한 이미지로 표현하였다. 그것이 성공하게 된 이유는, 할아버지의 간절한 바람을 독백으로 처리한 점에 있다. 유은경은 방언을 사용하여 사실성을 확보하면서도, 여느 시편에서 보이는 대화를 지양하였다. 만일 그녀가 대화체를 삽입하는 방식으로 할아버지의 기다림과 만족감을 다루었다면, 이 작품의 성공 여부는 담보할 수 없었을 것이다. 왜 그러느냐 하면, 대화체는 둘 이상의 인물을 짧은 시 안에 수용해야 하기 때문에, 필연적으로 주제의 분산이 수반된다. 아울러 본래 시장르가 시인의 내면의 독백이라는 사실도 대화체의 역기능을 적절하게 지적해준다.

2) 이옥근의 시

　이옥근의 관심은 사회현상에 모아지는 양상이다. 아마 직업적 속성과 결부된 것일 터이지만, 그는 "선생님 말씀을 열심히 듣는 아이들"(「공부 시간」)이나 "텅 빈 교실"(「에헴, 오늘은 내가 선생님이다」)의 풍경을 다루기도 한다. 이런 류의 시편들은 시인의 직접적 체험에서 우러나온 것이 분명하다. 그렇지만 아이들의 학교생활을 다룬 작품들에 내포된 상투성은 자칫 잘못하면 진부해질 수 있다. 말하자면, 이러한 소재는 작품의 질적 수준을 확보하기에 적합하지 않다. 물론 아이들의 생활에서 학교는 중요한 경험공간이다. 동시에 그 점은 대상이나 소재를 제한시키는 문제를 지니고 있다. 그런 작품보다 아래 시가 윗길에 속하는 이유인즉, 시인의 자의식이 드러나면서 아이들의 여린 감수성을 예리하게 포착했기 때문이다.

무얼 그리 잘못 했는지
무슨 큰 죄를 지었는지

북어가 매를 맞는다.

"두들겨 맞아야 보드랍고 제 맛도 나는 겨."

엄마가
마른 북어를 두드릴 때마다

종아리가 움찔움찔
뒤통수는 근질근질

내 잘못도
북어처럼 매를 맞는다.

ㅡ「북어」 전문

화자는 북어와 자신을 동일시한다. 엄마는 '두들겨 맞아야 보드랍고 제 맛도 나는 겨'라고 화자에게 매를 때리를 친절하게 이유를 설명한다. 화자는 엄마에게 미처 고백하지 못한 자신의 잘못을 의식하고 있다. 그는 북어와 같이 매를 맞으며 '종아리가 움찔움찔'하며 후회한다. 엄마의 행동은 북어에게 향하고 있으나, 화자는 엄마가 자신에게 들으라고 하는 것인 줄 착각한다. 그것이 현실적으로 사실일지라도, 화자는 자신의 행동을 반성하기에 충분한 시간을 엄마와 공유하고 있다. 이옥근의 시 중에서 이 작품이 손꼽히는 이유는, 발화상황을 억제하고 의식현상을 정확하게 묘사하고 있기 때문이다.

3) 시적 상상력의 차이

아래의 예시 작품은 동일한 소재를 갖고 유은경과 이옥근이 쓴 것이다. 두 사람이 지니고 있는 시적 상상력의 차이를 비교하기에 안성맞춤이다. 두 시인은 방귀라는 재미난 소재를 취급하고 있는데, 이전의 시인들에게서 발견할 수 있었던 명랑한 기색이 없다. 방귀도 진화하는 것인지 모르지만, 이 점은 신인의 나아갈 바를 시사하고 있다. 그들은 각자 지닌 시적 개성을 두 작품에서 여지없이 선보이고 있어서, 소재의 형상화 방식과 정서상의 편차 등을 헤아리기 용이하다.

캄캄해졌어요.
얼른 가요. 엄마.
아무도 없어요.

호미질하던 엄마
내 말 끝나기 무섭게

뿌~앙!
방귀 한 방
힘차게 날리신다.

화들짝 몸 뒤집는
상추잎, 들깻잎아
방금 그 엄청난 소리

지렁이무당벌레호랑거미……
다 들었을 텐데
어쩌지, 어쩌지?

—유은경, 「방귀 한 방」 전문

자꾸만
방귀가 나오려고 해
들킬까 봐
얼른 일어나 베란다로 나왔지.
앞산 바라보며 시원하게 뀌고
엉덩이를 툭툭 털었어.
냄새가 따라올까 봐
들어서며 얼른 방문부터 닫았지.
시시미 떼고 앉았는네
언제 내 뒤꽁무니를 붙잡고
따라왔는지
고약한 방귀 냄새.
식구들이 눈치 챌까 봐

내 얼굴이 빨개졌어.

—이옥근, 「도둑 방귀」 전문

　　두 작품에서 방귀는 실내외라는 공간의 이질성을 포함하여 방귀의 주체가 상이하다. 전자는 엄마의 것이고, 후자는 나의 것이다. 전자의 분위기는 힘차게 '뿌~앙!' 소리로 확산되며 지배되고, 후자의 분위기는 부끄러움으로 충만하다. 유은경의 걱정은 식구 아닌 미물들이 알아차렸는지에 집중되고, 이옥근의 걱정은 식구들이 눈치 챘는지에 모아졌다. 전자에서는 나, 엄마, 상춧잎과 들깻잎, 지렁이무당벌레호랑거미 등이 각 연에 등장하느라, 각 연으로 구분되어 있다. 그에 비해 후자는 화자의 행동이 연속적으로 전개되느라 단 연으로 처리되었다. 전자에서는 엄마의 체통이 우선이고, 후자에서는 화자의 부끄러움이 앞선다.

　　유은경은 밭에서 일하다가 말고 뀌는 엄마의 방귀 소리를 '지렁이무당벌레호랑거미……'들이 들을까 봐 걱정한다. 그녀의 과장된 걱정도 웃을 일이지만, 방귀 소리에 놀라 '화들짝 몸 뒤집는' 상춧잎을 열거한 것은 대단한 해학이다. 마치 판소리의 한 장면을 듣는 듯한 이 표현이 유은경의 시적 가능성을 시사하고 있다. 시인의 예민한 촉수가 발견한 놀라운 순간이다. 그녀의 섬세한 인식안이 세상의 사물들이 내재하고 있는 본질적 국면을 포착하도록 발동한 것이다.

　　이옥근의 시에서 화자는 방귀 뀌는 모습을 '식구들이 눈치 챌까 봐' 베란다로 나갈 정도로 부끄러움을 많이 탄다. 그것은 매 맞는 북어를 보고 '뒤통수는 근질근질하다'는 앞의 「북어」에서도 살필 수 있다. 그의 시에 장치되어 있는 부끄러움은 '들킬까 봐', '따라올까 봐', '눈치 챌까 봐' 염려하는 화자의 표정에서 되풀이 노출된다. 그의 조마조마한 표정은 시인의 여린 감수성과 부끄러운 성정에서 기인한 것이다. 그의 낯가림 많은 부끄러움이 아이의 부끄러움으로 전이되어 생생한 장면으로 거듭날 수 있었다.

3. 결론

본고는 〈제4회 푸른문학상〉 수상 작품집 『방귀 한 방』(푸른책들, 2006)
과 〈제6회 푸른문학상〉 수상 작품집 『도둑고양이와 문제아』(푸른책들,
2008)에 수록된 유은경과 이옥근의 동시를 살펴보았다. 그들은 아직
신인이다. 두 사람의 성취를 거론하기에는 너무 이르다. 유은경은 임
실에서 태어났고, 김옥근은 순창에서 태어났다. 두 시인의 출생지는
이웃하고 있어서, 산중의 체험을 수용하기에 알맞은 환경을 제공해준
다. 그런 탓인지 두 시인의 작품에는 시골의 순박한 정경이 절로 드러
나 있다.

두 시인은 남들보다 화려한 등용문을 거쳤다. 그런 경험이 성공적으
로 전환되기 위해서는, 작품의 생산에 진력해야 할 것이다. 등단은 형
식적 절차에 따른 추억이지만, 작품은 엄정하고 냉혹한 현실에서 생존
할 수 있는 유일한 삶이다. 유은경의 시는 섬세한 떨림이 있다. 그녀가
대화체 방식을 삼가고 대상에게 좀더 집중할수록 떨림의 강도는 강해
지리라 확신한다. 이옥근의 시에서는 부끄러움의 정서가 표나게 드러
난다. 그것이 작품의 행간에 은닉되어 있을수록 성취도는 향상되었다.
따라서 그는 앞으로 발화를 자제하고, 부끄러운 표정을 심화하기를 바
라마지 않는다.

출랑거리지 않는 아이들의 표정
─유영애 동시조론

1. 서론

동시조는 동시에 속한다. 동시라는 장르가 태생부터 그렇듯이, 동시조도 덜렁거려야 맞다. 아이들의 활발한 몸놀림과 역동적인 움직임, 발랄한 상상력을 따라가기 위해서는 여간 부산하지 않으면 안 된다. 이 점은 동시조를 쓰는 이들이 명심해야 할 덕목이다. 더욱이 독자와의 연령상 차이가 크기 때문에, 시인들은 한없이 낮은 데로 임하는 기분으로 아이들의 뒤를 따라다녀야 한다. 그들은 나이를 소급하여 아이처럼 유치해야 하고, 저급한 사고도 마다하지 않아야 한다. 더군다나 시형의 융통성이 적은 시조에 아이들의 모든 것을 담아내기 위해서는 조심스러워야 한다. 자칫 시조라는 용기 속에서 아이들의 모습이 구부러지거나 억압될 수도 있기 때문이다. 동시조를 읽을 적마다 이런 점을 유의할 필요가 있다.

본고는 근작 동시조집 『망보다가 졸다가』(아동문예사, 2007)를 통해서 유영애의 작품 세계를 구경하고자 한다. 전라북도 완주에서 태어났다는 그녀의 프로필을 일별하면, 글쓰기가 수필로부터 시작하여 시조와 동시조로 영역을 확대되는 것을 알 수 있다. 이 동시조집은 그녀가 2007년 등단하자마자 펴낸 것이다. 신인으로서는 파격적인 행보다. 이로 미루건대, 그녀는 시조를 쓰는 동안에도 동시조를 겸행하고 있었던 듯하다. 그렇잖아도 수적 빈곤으로 아동문단에서 열세를 면치 못하고 있는 동시조단으로서는 원군을 얻은 셈이다. 이에 간략하나마 비평적 검증 과정을 통해서 그녀의 작업을 중간 점검하고, 앞으로의 나아갈 바를 찾아보고자 한다. 그 안에는 그녀의 시적 집념에 대한 경의를 표하는 동시에, 동시조단의 외연을 확장하기를 염원하는 바람이 반영되어 있다.

2. 긴장과 억압의 시

파블로 피카소가 늘그막에 말했듯이, 아이들이야말로 모든 예술의 원천이고 궁극이다. 미당이 늙어서 '질마재 신화'를 읊은 사연도 유사한 차원에서 납득할 수 있다. 무릇 인간이 '자연에서 태어나서 자연으로 돌아간다'고 말할 때, 그것은 예술의 행로를 동시에 웅변하는 것이다. 예술 작품에서 속된 말로 속없는 짓을 보는 일은 즐겁다. 작가가 아이들처럼 이러쿵저러쿵 떠들거나 혼잣말을 하고, 친구를 불러 수다를 떠는 모습은 시인의 아이 사랑을 증표한다. 이것은 유영애가 아이들의 생활 장면을 유심히 관찰하고, 그것의 본질적 국면을 날렵하게 포착한데 따른 것이다. 적어도 아이들을 위한 작품에서는 아이들의 소리가 들리고, 어디로 튈지 모를 아이들의 특성이 우러나와야 한다. 그런 점이야말로 동시의 생명력을 보장해주는 충분조건이다.

유영애의 동시조는 다양한 표정을 담고 있다. 그녀는 아이들의 조심스럽고 부끄러운 얼굴부터 당당하게 까부는 것까지 여러 가지 모습을

작품 속에 살렸다. 그것은 아이들의 생활을 면밀하게 관찰한 결과이
다. 그녀의 노력에 힘입어 아이들은 표정을 바꾸어 가면서 여기저기서
등장한다. 시인의 따뜻한 감수성에 포착된 아이들은 낯을 가리지 않는
다. 그들은 눈치 보지 않고 자신의 일상을 보여준다. 그들의 정직한 표
정은 작품의 다양성을 담보한다.

> 물 오른 목련가지
> 도톰한 꽃망울이
>
> 봄햇살 부끄러워
> 어쩔 줄 모르는데
>
> 눈결에
> 슬쩍 훔쳐 본
> 우리 누나 뽀얀 가슴
>
> —「백목련 필 무렵」 전문

　유영애는 '백목련'과 '우리 누나 뽀얀 가슴'을 등치시켜서 소기의 목
적을 달성하고 있다. 양자는 전적으로 이미지의 유사성에 의해 선택되
었다. 백목련 꽃봉오리의 덜 벌어진 모양과 덜 성숙한 누나의 가슴 모
양은 하얀 빛깔과 완벽하게 조화를 이루었다. 목련이 누나의 가슴과
동일시되면서 아이의 부끄러움은 증가한다. 더욱이 목련의 부끄러움
과 동생의 부끄러움이 이중으로 교차되면서 양자의 미성숙한 아름다
움이 눈에 선하다. 이러한 미의식은 전통적인 것이다. 고래로 한국인
들은 꽉 찬 상태를 칭송한 것이 아니라, 완전한 상태를 향해 나아가는
과정에 중점을 두었다. 그것은 올된 것의 성취를 찬미하기보다는, 덜

된 것의 성취가능성을 중시했기 때문이다. 아이는 목련에게 누나의 육체성을 전이하였다. 이처럼 유영애는 시선의 전이를 통해 대상의 본질적 국면을 돌발적으로 포착한다.

엄마 아빠
언니 둘
그리고 나, 다섯 식구

어라! 오롱조롱
감자는 형제가 많네

엄마도
내 동생들을
더 낳았으면 좋겠다.

−「감자 캐는 날」 전문

예로부터 어른들은 아이들의 호기심을 혼내지 말라고 일렀다. 아이는 다섯 식구나 되는 감자네 가족이 부럽다. 작품 속의 아이는 감자를 캐다가 말고 동생을 낳아주었으면 좋겠다는 투정을 부린다. 그 아이의 표정이 자세하게 나타나지 않았으나, 중장의 '어라! 오롱조롱'이라는 놀라는 말투를 보면 앙증맞다. 아이들은 하나의 사물에서 다른 사물로 생각을 옮겨 다니기를 좋아한다. 그들의 사유는 확산을 통해 견고한 성채로 구축된다. 애초에는 감자를 캐는 일에 관심을 가졌지만, 아이는 감자의 소출을 보면서 가족제도를 떠올린다. 가족이 사회적 제도의 일종인 이상, 어른들의 힘으로 이루어지는 것인 줄 모르는 아이는 자신의 희망을 감자에게 투사한다. 그 아이에게는 현실적 가족의 구성이 불만족스러운 것이다. 이전부터 내면에 켜켜이 축적되었던 불만사항이 감자를 계기로 공공연하게 표출되었다. 하지만 그의 바람은 자신의 의사와는 상관없기에, 불만족은 무의식으로 저장된다.

아이들은 실외에서 노는 대신에, 집안에서는 공부에 매달려야 한다. 아이들의 입장에서는 안팎의 삶이 전혀 다르다는 사실이 당혹스럽다. 바깥에서의 삶은 양적으로도 아이들의 활동량에 비례하지만, 안에서의 생활은 비활동적이고 아이의 활동량의 축소를 강제한다. 아이의 활동 공간이 좁아지거나 늘어나는 것에 따라 시적 내용이 가감되어야 하는 이유이다. 유영애는 시조라는 단출한 형식에 알맞도록 '감자 캐는 날'의 풍경을 아이의 바람에 국한하고 있다. 그에 비해 다음 작품은 아이들의 집안 모습을 취급한 것이다. 야외에서 맘껏 뛰어놀지 못하는 아이의 활동성은 집안에 갇혀서 움직임이 사라졌다.

TV를 보다가
나도 모르게 새우잠 들다

못다 한
숙제는
깡그리 잊어버리고……

꿈속에
얼얼한 손바닥
화들짝 놀라 잠을 깨다

ㅡ「손바닥 맞을까 봐」 전문

유영애는 각 장의 행길이를 달리하여 형태상의 안정감을 버리는 대신에, 내적 균제미를 획득하는 데 성공하였다. 각 장은 시적 상황과 긴밀하게 조응하면서 작품의 주제의식을 고양하는 데 기여하고 있다. 두 행으로 처리된 초장은 피곤하여 잠이 드는 아이의 모습을 사실적으로 묘사하였다. 텔레비전을 보기 전에 아이는 놀이를 통해서 육체적 피로를 축적했을 터이므로, 숙제를 잊어버리고 금세 잠 속으로 빠져들었다. 그 사이의 시간을 신속히 정리하기 위서 시인에게는 두 행이 필요했다. 중장에서는 숙제할 것을 잊어버리고 잠이 든 모습을 '……'로 나타내어 잠의 길이를 시각화하고 있다. 종장은 꿈을 깨고 일어나며 비몽사몽간을 헤매는 아이의 모습이 행갈이를 달리하며 묘사되었다.

　이처럼 작품 속의 시간은 아이의 현실적 시간과 밀접하게 관련되어 흐른다. 시인은 초장과 종장의 말미를 '~다'로 종결처리하여 작품 속의 시간을 고정시켰다. 아이는 잠자는 시간에도 숙제의 압박감으로부터 헤어나지 못한다. 지그문트 프로이트식으로 말하자면, 억압된 것은 모양을 바꾸어서라도 반드시 귀환한다. 유영애는 아이의 잠재의식 속에서 튼튼하게 똬리를 튼 숙제라는 강박관념의 무게를 묘사하면서도, 하고 싶은 말을 다 했다. 이러한 자세는 신인으로서 대단히 바람직하다. 요즈음의 동시단에는 아동문학의 교훈성에 대한 몰이해가 흥건하다. 아이들을 질리게 만드는 어른들의 잔소리는 동시의 본질을 제대로 이해하지 못해서 생겨난 오류이다. 동시는 근본적으로 화자의 이중적 거리를 고려하지 않으면 안 된다. 어른이 아이를 대상으로 시를 쓴다는 것은, 시적 거리 안에 심리적 거리와 정서적 거리까지 감안해야 한다는 말이다. 유영애는 이런 문제를 친연스럽게 극복하고 있어서 든든하다.

3. 결론

위에서 살펴본 바와 같이, 유영애의 시조는 덜렁댄다. 작품의 공백마다 아이들이 얼굴을 내밀고 이리저리 뛰어다니기도 하고, 친구랑 신나게 떠는 수다소리가 다 들린다. 이것은 그녀의 동시조가 지닌 강점이다. 그와 동시에 아이들의 표정에는 어딘지 모르게 주저하는 기미가 보인다. 그것은 그녀가 취한 동시조의 단형성에서 기인한다. 이런 사실을 고려하면, 그녀는 좀더 시형의 파괴에 수고를 더해도 된다. 그녀는 시조 장르의 하향적 적용일 동시조의 속성을 골고루 파악하고 있으므로, 형식을 파손한다고 해서 그리 걱정할 일이 아니다. 도리어 그녀의 노력 속에서 동시조의 새로운 시형이 모색될 가능성이 농후하다. 그것은 아이들의 촐싹거리는 모습부터 외로운 모습까지 여러 부면을 관찰하며 배태될 수 있을 것이다. 그녀의 반동적 실천을 기대한다.

제3부
동화작가론

허무주의자의 비극적 서정

　—박정만론

1. 접신의 경지에서 시로써 춤추기

　우리는 주위의 아픔에 더러는 관심을 보이기도 하지만, 항상 그렇게 넉넉한 마음 씀씀이를 보여주며 살지 않는다. 죄다 제 꿈의 일상적 구체화인 삶을 경영하느라 그러리라고 암묵적으로 수긍하기에 앞을 다툰다. 그러나 아픈 사람은 항시 진지하다. 우리는 개구리를 장난으로 죽이지만, 개구리는 진실로 죽어가는 것이라던 서양의 예스러운 경구를 끄집어내지 않더라도, 우리가 범하는 허물은 낱낱이 열거할 수 없을만치 허다하다. 박정만은 시대적 어둠이 칙칙하였던 질곡의 시대에 자의와는 전혀 무관하게 정신과 육체가 분열되어 간 시인이다. 그는 시대적 질곡과 주위의 외면 속에 고통받으면서도 "갑니다, 이 세상 사는 일 너무 아름다워서"(「돌아온 추억」)라는 이별사를 남긴 채, 세상이 온통 서울 올림픽의 은성한 분위기에 젖었던 무렵에 홀연히 한 많은 이승을 떠나버린 시인이다.

　박정만은 일찍이 전주고가 낳은 '우리 시대의 탁월한 서정시인'이다. 또 백제 시대 행상인의 아내에서 불우헌 정극인을 거쳐 '장순하—강인한—이가림—이준관—하재봉—박성우' 등으로 이어지는 '정읍 시파' 중 출중한 시재로 그 이름값을 드높인 시인이다. 그의 가장 강력한 무기는 그와 연줄로 얽혀 있는 여느 시인들의 시보다 강렬한 서정성이다. 그는 1965년에 경희대학교에서 주최한 전국 고교생 백일장에 시 「돌」로 장원 급제하였고, 이태 뒤에는 《서울신문》 신춘문예에 시 「겨울 속의 봄 이야기」가 당선되었다. 또 1972년 문공부 문예 작품 공모에 시 「등불설화」와 동화 「봄을 심는 아이들」이 당선되어 일찍부터 문명을 날린 천부적인 시인이다. 그는 1946년생에 불과한 젊은 시인이었으나, 우리는 1988년 "부질없이 만났던 내 이름 불러주시라"(「마지막 투혼」)는 그를 저 세상으로 추방해버렸다. 만주군 출신 선배 군인의 전철을 권력 찬탈의 반복행위로 실천한 제5공화국의 군사독재정권은 국민들에게 올림픽이라는 스포츠 상품을 판매하는 대신에, 자신들의 비도덕적 정통성을 공인받으려고 하였다. 만인이 권력자의 당근에 길들여져 가는 순간에, 박정만은 "1981년 5월, 국풍이 여의도에서 흐느끼던 날"(「수상한 세월·1」)에 서빙고에서 자행된 "3일간의 추억"(「먹빛으로 물들어」) 때문에 생긴 고문 후유증으로 영육을 해체시켜 가고 있었다. 이른바 '한수산 필화 사건'에 연루된 그는 영문도 모른 채 온갖 고초를 겪다가 변기 위에서 죽어갔다.

그가 살아 생전 평가에 인색했던 평단에서는 사후에야 비로소 시업을 기리며, 〈현대문학상〉(1989)과 〈지용문학상〉(1991)을 바쳐서 그의 죽음을 아쉬워했을 뿐이다. 그는 생전에 시집 『잠자는 돌』(고려원, 1979), 『맹꽁이는 언제 우는가』(오상사, 1986), 『무지개가 되기까지는』(문학사상사, 1987), 『서러운 땅』(문학사상사, 1987), 『저 쓰라린 세월』(청하, 1987), 『혼자 있는 봄날』(나남, 1988), 『어느덧 서쪽』(문학세계사, 1988), 『슬픈 일만 나에게』(평민사, 1988), 『박정만시화집』(청맥, 1988) 그리고 유고시집 『그대에게 가는 길』(실천문학사, 1988), 시선집 『해지는 쪽으로 가고 싶다』(나남. 1989)를 발간하였다. 그는 또 수필집『너는 바람으로 나는 갈잎으로』(고려원. 1987)와 동화집『크고도 작은 새』(서문당. 1984),『별에 오른 애리』(샘터사. 1986)를 상재하였다.

그의 시집을 읽는 것은 '살아남은 자의 슬픔'이다. 그가 겪었던 차마 못 당할 일을 안타까워하는 사람들이 뜻을 모아『박정만시전집』(외길사. 1990)과 산문집『나는 사라진다 저 광활한 우주 속으로』(외길사. 1991), 그리고『나는 해지는 쪽으로 가고 싶다』(외길사. 1991)를 묶어서 그의 영혼을 위로했지만, 그것은 실체의 소멸을 확인하는 부질없는 몸짓일 뿐이다. 이 중에서 박정만의 동화 작품은『나는……』에 수록되어 있다. 그렇지 않아도 그의 시를 읽노라면 절로 느껴지는 서정의 미감이 동화 작품 속에는 더욱 진하게 묻어 있다. 이 동화 작품들은 그가 서정성에 터한 시쓰기를 몸으로 보여준 시인이란 사실을 거듭 확인해주는 문건이다. 이에 본고에서는 그의 동화적 성취 수준을 점검함으로써, 생전에 그의 시재를 알아보지 못한 허물을 탕감받고자 한다.

2. 초극적 허무주의가 끝간데

시신 뮤즈는 맑은 영혼의 시인에게만 찾아간다. 그러므로 시인의 입에서는 늘 신선하고도 깜짝 놀랄만한 어휘가 번쩍인다. 거꾸로 우리가 뮤즈라는 시의 여신에게 다가가기 위해서는 좀 더 깨끗하고 진정한 영혼의 순결성을 가져야 한다. 그런 경지에 다다라야만, 그녀와 지극한 사랑놀음에 빠질 수 있으리라. 그런데 역설적이게도 이런 말간 영혼 상태는 낮처럼 수선스럽고 밝은 세계에는 유지될 수 없다. 칠흑 같은 어둠이 사위를 감싸고, 영혼이 긴장된 발톱을 팔방으로 내밀어야만 뮤즈는 강림한다. 그녀는 밝음보다는 어둠을 좋아한다. 인류사에 점멸해

간 수다한 시인들의 작품 가운데서, 태평천하와 대명천지에 쓰여진 작품치고 명작이라곤 없다. 모두가 시대적으로나, 개인적으로나 궁핍하고 형극의 시절을 보냈을 적에, 지금까지 인구에 회자되는 명품이 생산되었던 것이다. 그렇다고 하여 이 나라의 시인들이 그런 어둠을 고의로 빚어낼 이유는 없다. 시는 그런 작위성을 근본적으로 혐오하는 까닭이다.

현대는 서정시가 팔리지 않는 세상이다. 흔히들 소설의 시대라고 부르는 이 시대에 시쓰기는 지난한 노동이다. 소설의 비극성이 환대받는 시대에 자신의 불우한 운명을 선선히 받아들이면서 박정만은 시를 쓰는 틈틈이 동화라는 새로운 장르에 손을 대었다. 가산에 보탬이 될만한 일도 아닐 터인데, 그는 "몇 개의 후회와 지병을 거느리고 돌아온 뜰"(「타향의 잠」)에서 시대의 어둠을 견디며 시적 감수성을 유지하는 수단으로 동화에 관심을 나타냈다. 물론 그는 전문적인 동화작가가 아니었으므로, 남긴 작품수는 많지 않다. 하지만 그는 시와 동화뿐만 아니라, 경희대학교 재학 시절 『대학주보』에 소설 「낙화유수」를 발표하는 등 4편의 중단편소설을 남기기도 하였다. 또한 그는 문예지에 시평을 쓰기도 했으며, 수필 속에 자신의 문학관과 일상의 사연을 담아내기도 하였다. 그는 다양한 장르를 넘나들면서 문학적 재능을 표현했지만, 언제나 시인으로서의 몸가짐을 잃지 않았다. 그가 남긴 각종 글을 살펴보면, 어느 것 하나 서정적 미감을 바탕으로 하지 않은 작품이 없다. 그는 시인이었던 것이다.

박정만의 동화 「날아간 파랑새」는 황순원의 명작 「소나기」를 연상케 하는 작품이다. 소년은 이름도 모르는 새끼새를 잡아서 들판의 벌레를 잡아 먹이며 뛰어논다. 그러던 어느 날 서울에서 내려온 청기와집 손녀를 만나게 된다. 둘은 어울려 다니며 새끼새의 먹이를 주기도 하고, 소년은 새를 놓아주라는 소녀와 가벼운 말다툼을 벌이기도 한다. 그러

다가 소녀가 죽게 되자, 소년은 슬픔 속에서 소녀의 말대로 새끼새를
풀어주기로 결심한다.

　　소년은 투명한 유리 그릇을 다룰 때와 마찬가지로, 떨리는 손으로 조심스
럽게 새장문을 열었다. 소년의 눈은 새를 바라보고 있었지만, 그 눈은 이 세
상에서 한 번도 들켜본 적이 없는 눈물이 함초롬히 고여 있었다. 그러나 새
는 밖으로 나오려고 하지 않았다. 울음 섞인 목소리로 소년이 외쳤다.
　　"가라! 너의 하늘로!"
　　새는 몇 번인가 날개를 푸드덕거리더니 밖으로 빠져나와 소년의 머리 위
를 한바퀴 맴돌았다. 그러더니 빨갛게 물든 볏과 아름다운 금빛 날개를 옆
으로 비끼며 하늘로 날아올랐다. 이윽고 그 새는 아주 먼 하늘 끝으로 사라
져 버려서 아주 영 보이지 않게 되고 말았다.
　　하늘에는 깨끗 같은 어둠이 피고, 촘촘한 별들이 돋아날 때였지만, 소년
은 그 이름도 모르는 한 마리의 작은 새가 날아간 하늘을 바라보며 언제까
지고 언제까지고 움직일 줄을 몰랐다.
　　어둠이 빠르게 산과 들을 적셨다.

　　그의 동화에는 거의 승천하는 이미지가 출현한다. 아마 그는 자신의
돌연사를 작품으로 예고했는지도 모른다. 그가 새의 자유로운 비상을
애써 도입한 것은 영혼의 자유스러움을 구가했던 시적 성향에 기인한
것이기도 하다. 실제로 그의 시는 사라짐의 미학이라고 해도 무방할
정도로, 이승과의 결별을 노래한 작품들이 수다하다. 생애 동안 "죽음
은 삶 속에 있는 것"(「시시한 주사」)이라던 그에게 시쓰기는 "소리없이
말로 말하는 괴로움"(「벙어리의 말·Ⅱ」)이었다. 시조차 고행으로 받아들
였던 그는 한평생 죽음을 달고 다닌 셈이다. 이러한 비극적 문학관은
동화 속에도 그대로 투영되어 나타났다.

이 작품은 그의 비극적 사랑을 담보한다. 그러므로 작품을 온전하게 이해하기 위해서는 그의 비극적 사랑을 살펴보아야 한다. 그의 사랑 이야기는 산문「장미꽃 향기는 어디서 오는가」, 「무지개는 태양의 반대쪽에 솟는다」그리고 시「저 쓰라린 세월」, 「너의 옷고름」등에 잘 나타나 있다. 그가 '팬지'라고 부르는 상대자는 군부 집권 당시 세도가의 영애였다. 그는 이혼과 고문 후유증으로 몹시 곤란한 처지에서 '팬지'를 만나서 사랑하고 동거하게 되었다. 그러나 '가난뱅이 삼류시인'과의 애정행각을 용납할 수 없었던 권문세가는 폭력적 수단을 동원하여 둘 사이를 갈라놓아 결국 '팬지'는 산사로 들어갔다. 박정만은 "철없는 미혜"(「나의 복음」)를 마음대로 사랑할 수조차 없는 자신의 처지에 분노하며 '두 달 사이에 500병의 술을 쳐죽'이며 질긴 목숨을 이어갔다. 속터지는 이 시기에 그는 "사월 벚꽃 쏟아지듯 쏟아지듯 시를 받아서"(「최후로」) 전작품의 67%에 해당하는 386편을 썼다. 그러나 현실적 삶의 무게를 예술적으로 승화시키며 살아가기에는 그의 신체적 조건이 너무나 악화되고 있었다.

그는 권력의 횡포와 곤핍한 현실적 조건 아래서도 순결한 시심을 잃지 않으며 동화를 통해 자신의 은밀한 욕망을 드러내었다. 그는 파랑새의 자유한 비상을 동경하면서, 자신을 둘러싸고 있는 가난과 시대고로부터 자유스럽고 싶었다. 그는 현실적 삶과 문학적 생애를 구별하지 못할 정도로 어수룩한 시인이 아니었다. 또한 시와 동화의 대상성을 혼돈할 만큼 배타적이지도 않았다. 그는 "오, 나는 파랑새가 아니었다"(「오늘이 빵」)고 고백히면시도, 동화를 쓰는 동안에는 "가다가다 돌아보는 만리 길의 회한"(「고행」)을 잊으려고 노력하였다. 그는 장르의 특성을 존중하면서 자신의 상처받은 욕망을 표현한 것이다.

동화「별에 오른 애리」는 할머니와 살아가는 고아소녀를 추억하는 작품이다. 애리는 곧 죽게 될 자신을 '뿌리없는 나무'라고 규정한다.

박정만은 곧잘 동화 속에 비극적 상황을 설정하였다. 이것은 그가 독자에 대한 배려보다는, 현실적 욕망의 투사물로 동화 장르를 인식하고 있었다는 반증이 된다. 다소 평면적이라고 할만치 그의 동화에는 비극적 상황이 흔하게 설정되어 있다. 화해를 통한 긍정적 세계관을 보여주기를 충동하는 동화의 본질적 속성은 그에 이르러 여지없이 훼손되었다. 그에게는 현실의 파고가 그만치 높았다는 증표이다.

어느 새 먼 수평선 너머로 노을이 하늘을 먹어 오고 있었습니다. 노을은 처음엔 연한 분홍빛이더니 차츰 봉숭아 꽃빛으로 물들어 갔습니다.
애리와 나는 말없이 앉아서 그 봉숭아 꽃빛을 바라보고 있었습니다. 그것이 바다의 손톱에도 물이 들어갈 무렵, 빨갛게 익은 저녁 바람이 바다로부터 불어 왔습니다.

시인다운 서경적 표현이 돋보이는 부분이다. 박정만은 빛의 확산을 통해 서사의 진행 정도를 알려주고 있다. 일찍이 색깔 이미지의 확산은 윤동주의 절창 「소년」에서 찬란한 증거를 찾아볼 수 있거니와, 이 장면의 제시를 통해 박정만은 영락없이 시인이라는 사실을 드러내었다. 그는 이미지의 번짐을 통해 애리와 나의 관계가 더욱 친밀해지고, 동시에 '빨갛게 익은 저녁 바람'처럼 헤어지는 순간이 다가오고 있음을 암시하고 있다. 그에게 빨간색은 "빨간 슬픔들이 주렁주렁 매달려 있는 것"(「어떤 비가·Ⅱ」)으로, 슬픈 현실의 주름살을 회상시켜주는 빛깔이다. 자신을 사위에서 억압하는 현실의 무능에 버거워하던 그는 '별에 오른 애리'의 뒤를 이을 자신의 운명을 빨간빛으로 보여준 것이다. 그렇기 때문에 그는 애리와 마지막 인사말을 하면서도 "이 세상에서 가장 낮은 현악기의 목소리로 중얼"거린다.
동화 「우리들의 저 남쪽 나라」는 주인공의 순수한 꿈이 이루어지는 과정을 작품화한 단편이다. 송이는 시인의 장녀이다. 아마 시인은 자녀에게 들려주기 위해 이 작품을 썼는지도 모른다. 박정만은 이 작품에서 익숙한 소재와 낯선 소재를 교묘히 직조하고 있다. 전자는 어머니의 무릎학교에서 들었던 전래의 소재로 구체화되었고, 후자는 알라딘과 마술램프라는 이국적 소재의 중층 도입으로 나타났다. 양자는 이질적 어울림이지만, 아이들의 원시적 상상력을 자극한다는 점에서 유사하다.

새벽 네 시. 성당의 종소리가 일제히 하늘을 향하여 울려 퍼졌습니다. 그리고 참으로 잠깐 동안 우리들이 꿈꾸는 머나먼 저 남쪽나라에서는 구슬띠를 두른 오리온 성좌와 이 세상의 가장 아름다운 꽃과 송이가 하나의 불꽃이 되어 새의 정령으로 하느님 우편을 향하여 날아가는 것이 보였습니다. 이 세상에서 가장 착한 사람의 눈에만.

꽃은 그의 시작품에서 무리지어 출현하는 이미지이다. 그의 시에서 꽃은 "패랭이꽃 두서너 포기"(「우후풍경초」), "하염없이 주저앉아 우는 앉은뱅이꽃"(「마음에 산을 품고」), "산수국 한 가지"(「아담한 고독」) 등과 같이 대부분 "하나의 들꽃"(「정읍후사」)으로 피어난다. 불꽃은 지상의 등불 이미지가 공간적 확장을 꾀한 것이다. 그의 시에서 등불은 "아무도 보는 이 없는 세상"(「등」)을 밝혀주기 위해 "장명등에 떼밀리는 어둠"(「철없는 봄」)을 몰아낸다. 그는 불빛의 밝은 이미지를 도입하여 "구슬띠를 두른 오리온 싱좌와 이 세상의 가상 아름다운 꽃과 송이가 하나의 불꽃"으로 합일되도록 의도하였다.

동화 「우리들의 헬렌」은 헤어져 살던 혈육의 안타까움과 재회를 다룬 작품이다. 이 작품에서는 그의 동화에서 산견되는 소멸의 미학이 검출되지 않는다. 도리어 혈육의 만남을 다루고 있어서 낯설기조차 하다. 그에게 혈육의 소중함은 "미혜의 몸 속에서 하늘 끝으로 사라져간 나의 아기"(「단지 일행으로」)를 부를 적에 구체적인 몸짓으로 체현된다.

"그렇소. 헬렌은 내 딸이었소. 그런데 어젯밤 열 두 시가 조금 넘어서 죽었소. 그 애는 어머니도 없이 자란 불쌍한 아이였소. 나는 그 애 어머니를 찾아 십년 전부터 이 항구를 떠돌았소. 그러나 끝내 찾지 못했다오."

사내는 극도의 허탈감에 빠진 목소리로 그렇게 말하더니, 갑자기 빈 자루처럼 베란다에 몸뚱이를 걸쳤다. 나는 사내에게로 다가가 그의 어깨를 부축했다.

"헬렌은 결코 죽지 않았어요."

나는 이렇게 외치며 어머니의 손거울을 그 사내 앞에 내보였다. 그리고 어젯밤 열 두 시경, 거짓말처럼 지워지던 일을 떠올렸다. 그러니까 헬렌은 바로 그 시간에 운명을 한 것이었고, 그리고 이 세상에서 영원히 사라진 것이었다.

내가 그런 생각을 하는 사이에 사내는 어머니의 손거울을 거머쥐고 열심히 들여다보고 있었다. 그의 눈에 이상한 광채가 섬광처럼 타오르고 있었다.

갑자기 사내가 어머니의 손거울을 내 앞으로 디밀었다. 이상하게도 지난 날 헬렌의 사진이 들어 있던 손거울 속에는 어머니의 젊은 날의 사진이 붙박이처럼 박혀서 웃고 있었다.

어둠이 실비처럼 젖어들고 있었고, 사파이어로 만든 원형의 드롭 속에는 어머니와 헬렌과 나와 사내가 하나로 얼크러져 원무를 추고 있었다.

이 작품은 "어머니와 헬렌과 나와 사내가 하나로 얼크러져 원무"를 추기 위한 서사로 일관되어 있다. 헬렌의 정체는 독서상의 호기심을 유발하기 위한 책략으로 설정된 것이다. 박정만에게 중요한 것은 헤어져 살던 피붙이들이 한자리에 모여서 대동제를 올리는 것이다. 그러한 공동체적 욕망이 서사의 진행 방향을 제어하고 있다. 그는 "떠나간 호적 속의 사람"(「호적 속의 사람」)을 그리워하지만, 속절없이 "나 또한 예정대로 그 길에 들어섰"(「어머니의 길」)다는 사실 때문에, 자신의 바람은 이루어지지 못할 것을 알고 있다. 이와 같은 도저한 절망감은 그로 하여금 "제게 인간으로 환생할 수 있는 슬프고 괴로운 길을 주세요"(「무화과 나무의 꿈」)라는 기도문을 쓰도록 만든다. 그러므로 이 작품에서 온 가족이 어우러져 원무를 추는 행위는 '어머니의 손거울' 같은 신표를 소원하는 그의 원초적 욕망이 구체화된 것이다.

동화 「시인과 앵무새」는 양자간의 비극적 관계를 취급한 작품이다. 앵무새를 기르며 바닷가에 살던 시인은 운명하기 전 앵무새에게 자신의 유언을 전수한다. 앵무새는 주인의 죽음을 지켜보며 그의 유언대로 말을 재생한다. 하지만 그것은 자신의 사후에 돌보아줄 사람이 없을 것을 예감한 시인이 앵무새에게 고독을 이기는 방법으로 자신과 함께 있는 상황을 부단히 재생시켜준 배려였다. 마침내 앵무새는 죽음의 순간에 시인의 얼굴을 환영으로 바라보게 된다.

　　앵무새는 아저씨와 마찬가지로 매일 수금을 들고 바다쪽으로 나갔습니다. 그리고 아저씨와 마찬가지로 수평선이 가장 잘 바라보이는 그 바닷가의 언덕 위에 앉아 수금을 켰습니다.
　　"오늘은 틀림없이 그 분이 오실 것이다."
　　앵무새는 노래 속에 마음을 묻고 가장 힘킨 물결이 달려오기를 기다리고 있었습니다.
　　그 때에도 해는 끝없이 떠올랐다가 바다로 지고, 다시 바다 위로 떠올랐습니다. 달이 가고 해가 또 몇 차례 바뀌었습니다.
　　그래도 앵무새는 쉬임없이 노래를 불렀습니다.

"바다는 결코 배반하지 않을 것이다."

앵무새는 확신에 찬 목소리로 외쳤습니다. 바다 속에는 하늘이 들어와 있고, 그 하늘 속으로 끝없는 하날의 길이 지나가고 있었습니다.

그러나, 그 분의 그림자는 어디에도 보이지 않았습니다. 그러는 사이 끝없이 세월이 지나갔습니다. 앵무새는 이제 늙고 지쳤습니다.

앵무새는 조용히 눈을 감았습니다. 순간 앵무새의 흐릿한 눈에 빠른 속도로 바다와 하늘이 보이지 않는 햇빛으로 밝아지는 것이었습니다. 그리고 바다 속으로 이어진 하늘의 길을 따라서 누군가 이쪽으로 오고 있는 것이 보였습니다. 모든 것을 포기한 순간에 이 세상의 끝으로 오고 있는 사람은 영락없는 아저씨였습니다.

박정만은 시인과 앵무새를 등장시켰다. 하지만 앵무새의 삶이란 시인의 유언을 집행하는 범주에 국한된다는 점에서, 이 작품은 시인 혼자 등장하여 진행하는 단독 서사물이다. 그가 "바다는 결코 배반하지 않을 것이다"라는 말을 앵무새의 입을 빌려 재언하는 것은, 바다가 그 자신이기 때문이다. 스스로 "나는 저 수평선의 바다"(「엣센스 국어사전」)라고 규정했던 그는 앵무새가 죽는 순간에 반드시 다시 나타날 것을 예언하고 있다. 앵무새가 "수평선이 가장 잘 바라보이는 그 바닷가의 언덕 위에 앉아 수금"을 타는 것은 시인의 생전 버릇을 재현한 것이지만, 동시에 그것은 앵무새의 고독한 삶을 위무해주려는 시인의 섬세한 배려이기도 하다. 앵무새는 수금을 연주하는 동안 시인의 유언을 수행하고, 그로 인해 홀로 있음의 불안으로부터 벗어날 수 있기 때문이다.

동화 「기다리는 사람」은 지금은 사라진 상여집과 아이들의 이야기이다. 상여집은 이승과 저승을 연결해주는 상징적 매개물이다. 우리는 상여집을 통해 차안/피안의 확실성/불확실성을 가늠한다. 그 집은 산 사람의 수군거리는 불안과 죽은 사람의 말없는 평화가 공존하는 경계의 공간이다. 그 집을 통해 사람들은 또 하나의 세상에 태어나며, 지난 생애를 마감한다. 사람들은 망자의 고독과 생존자의 미래적 삶을 차단하기 위한 의례로 상여집에서 "찬물로 낯을 씻는 것"(「한숨의 깊이」)이다.

> 어느덧 비가 그치고 하늘이 개어 있었습니다. 그리고 한쪽 하늘이 열리면서 푸른 햇살 한 줄기가 그 갈라진 하늘 틈으로부터 땅끝으로 내리꽂히고 있었습니다.
> 그 햇살이 선녀네 집 지붕 위로 벙그는 연꽃처럼 퍼졌습니다. 그러자 그 지붕이 마치 하늘로 오르려는 은빛 구름처럼 하얗게 반짝이기 시작했습니다.
> 그 때 돌배와 왕배는 동쪽 하늘로부터 서편 하늘 선녀네 집으로 선연한 무지개가 걸리는 것을 보았습니다. 그들은 빠르게 몸을 돌려 동구 밖 당산 제쪽을 바라보았습니다. 선녀네 할아버지의 모습은 보이지 않았습니다. 그리고 한순간에 선녀네 집도 자취없이 사라지고 없었습니다.

사람들은 상여집에서 저마다 "하늘로 사라지는 꿈"(「이우는 저녁제」)을 꾼다. 죽은 자는 더 이상 말이 필요없는 세상에 진입하기 휘애 불안한 꿈을 꾼다. 이와 동시에 산 자는 죽음의 공포로부터 벗어나기 위해 망자가 하늘에 무사히 당도하기를 꿈꾼다. 그러므로 죽어가는 사람은 언제나 고독하다. 우리들은 상여집에서 양자간에 놓인 공간의 의식적 단절을 체험힌다. 그제서야 비로소 살아남은 사람들은 죽은 자를 열외시키고 현실 세계로 돌아온다. 일종의 통과의례를 거행하는 상여집에서 선녀네 할아버지가 사라지는 것은 이 점에서 유의미하다. 평소 상여집의 정체를 궁금하게 여겼던 아이들은 마을 사람들을 대체한 인물이다. 그들은 격리된 공간에서 외롭게 살아가는 할아버지에게 끊임없이 수군거리며 경계의 눈초리를 보낸다. 그들의 불순한 접근이 완성될 무렵, 할아버지는 무지개를 타고 승천함으로써 집단적 관심을 조롱한다. 그런 측면에서 이 작품은 집단에 의한 개인의 폭력을 동화적 수법으로 형상화한 것이다.

그의 시에서 무지개는 "어설프고 쌍스러운 고운 무지개"(「일엽편주」)이다. 그는 일평생 가난과 이루어질 수 없는 사랑 때문에 무지개조차 '어설프고 쌍스러운' 이미지로 파악했지만, 시인으로서 그것의 '고운' 성질조차 부인할 수는 없었다. 왜냐하면 무지개는 선녀네 할아버지가 승천하였던 다리이며, 또한 자신이 타고 갈 운명의 사다리인 줄 알고 있었기 때문이다. 아울러 그의 동화에는 '무지개 다리', '선녀', '상여집' 등 전통적 소재가 자주 등장한다. 이것은 그의 시적 성향이 전통적 정한의 세계와 맞닿아 있는 사실과 연관된다.

동화 「꽃나라 이야기」는 제목 그대로 "지구의 남쪽 끄트머리에 꽃들끼리만 모여 사는 조그마한 나라"의 꽃들이 쏟아내는 수다를 모은 작품이다. 이 작품은 박정만의 동화 중에 슬픈 결말을 준비하지 않았다는 점에서 이질적이다. 그는 "돌림병처럼 어지러운 세상"(「눈물의 오후」)에서는 "육신이 성한 것도 천형"(「시국담」)이기 때문에 "죽은 듯이 눈을 꼬옥 감고 함묵할 수밖에"(「빠르게 달아나는 피」) 없었다.

그 때, 하늘에서 함박눈이 펑펑 쏟아지기 시작했습니다. 그러자, 여태껏 푸른 치마를 머리끝까지 뒤집어쓰고 있던 사철나무와 소나무가 부끄러운 듯 희디흰 꽃잎을 마구 피워내는 것이었습니다.

그것은 이 세상에서 본 어느 꽃보다도 가장 아름답고 탐스러운 꽃이었습니다. 그 꽃은 이 세상 모든 사람들을 위해 하느님이 지어주신 눈꽃이었으니까요.

사실 "칠오조의 말도 이젠 버려야 할 때"(「부적당」)라던 그의 시에서, 눈은 "간밤 마당에 퍼부어 놓은 눈꽃송이들"(「첫눈이 내린 날 아침」)과 "별처럼 꽃처럼 흩날리던 그 날의 눈발"(「별처럼 꽃처럼」) 외에 나타나지 않는다. 그의 고향이 눈이 많이 내리는 고장이라는 지리적 사실을 전제하면, 이 점은 쉽사리 인정하기 어렵다. 그러나 그가 폭설의 세계, 곧 원시적 낙원의 세계를 동경할 만한 심리적 겨를을 갖지 못할 정도로 영육이 피폐한 삶을 살았다는 사실을 떠올리면, 이조차 수긍할 수밖에 없다. 오죽하면 그는 자신을 "더럽고 천대받은 우졸한 사람"(「유향」)으로 폄하하고, 스스로 "내 인생은 너무나 형편없었어"(「형편없는 시」)라고 자학했겠는가.

　그의 동화에서 유일하게 수다스러운 이 작품은 각별한 의미를 갖는다. 박정만은 작품의 어디에서도 슬픈 내색을 하지 않는다. 다만 함박눈에 덮인 꽃나무들의 수다가 요란할 뿐이다. 왜냐하면 그 꽃은 "이 세상 모든 사람들을 위해 하느님이 지어주신 눈꽃"이기 때문이다. 마치 눈을 맞는 아이들의 표정처럼 순수한 포즈로 설경을 묘사하고 있다. 동화는 그에게 태초의 안락함이 풍성했던 고향 풍경을 수용하도록 마음의 안식을 가져다 준 것이다. 그는 동화를 쓰는 순간에야 비로소 "눈 감고 천년을 깨어 있는 봉황의 나라"(「잠자는 돌」)에서 "가장 순수하고 그리고 먼 조망"(「산과 바람」)을 즐길 수 있었다.

　박정만 동화의 특징은 진한 서정성에 있다. 그만의 독특한 상상력에 기댄 동화들은 슬픈 정조를 바탕에 깔고 있다. 세계의 비극성을 동화에 수용한 셈이다. 그렇지만 그는 동화의 특수성을 고려하여 비극의 문제를 정면으로 취급하지 않는다. 단지 비극적 상황의 제시로 작품의 분위기를 어둡게 채색할 뿐이다. 그것은 그의 수려한 서정성에 기반하여 독자들에게 한 편의 수채화를 보는 듯한 착각을 불러일으킨다. 이 점은 그를 '우리 시대의 탁월한 서정시인'으로 자리매김하도록 만드는 심금이었다.

3. 남은 말

정치의 우위성으로 인해 우리나라의 작가들은 여러 가지 난관에 봉착하기도 했다. 그러나 문학은 정치 권력의 시녀가 아니라, 언제나 지배 담론의 전략을 해체하는 혜안을 갖고 있다. 권력에 의한 폭력이 일상화되었던 시절, 시인 박정만은 모종의 사건에 몰리어 "아우성 몇 마디 한 게 없지만"(「그림자 같이」) 화장실에서 임종을 맞았다. 그는 권력으로부터 불의의 습격을 받아 심신이 극도로 성치 못한 상태에서도 빛나는 서정성을 포기하지 않았다.

요즘처럼 서정성조차 곱게 치장되어 상품으로 팔리는 시대에, 박정만처럼 진한 서정성을 유지하는 것은 참으로 답답한 부류에 속한다. 생전에 "무덤 같이 행복했던 자"(「풍장·Ⅲ」)였던 그의 동화 작품은 시의 영역 확장에 다름아니었다. 시로써 세계를 받아들이기 어려웠던 그는 동화라는 원시적 장르의 힘을 빌어 영혼의 평화를 얻고자 했다. 따라서 그에게 동화는 시쓰기의 연장이었을 따름이다. 그는 "착한 사람은 죽어서 그 영혼을 별에 묻고, 그 별의 소금으로 빛나서 사람의 흐린 눈을 맑게 씻어주신다"(「별에 오른 애리」)던 하느님의 말씀을 실천하기 위해, 지금도 저승의 한복판에서 우리들의 더러운 영혼을 정화시켜주는 서정시를 쓰고 있을 것이다.

동화의 환상성을 드러내는 방식
—박상재론

1. 서론

지금은 동화의 몸값이 올라가는 시대이다. 사람들이 먹고 살만 하니까 후대의 자식들을 위한 배려의 하나로 동화에 대한 관심을 피력하고 있다. 이러한 현상은 분명히 동화가 문제시되었던 문학사적 사실과는 상거를 띠는 것이다. 물론 이러한 시대적 경향은 모두 옳은 것은 아니지만, 그 동안 홀대받았던 동화단의 실정에 비하면 매우 고무적인 현상이라고 할 수 있다. 성인들을 대상으로 한 문학만이 순문학인 양 왜곡하던 이들이 앞다투어 상업자본과 결탁하고, 이른바 '어른을 위한 동화'라는 표제를 달고 저마다 동화집을 내놓는 형편이다. 그러나 이런 류의 동화를 읽으며 공통적으로 느끼는 점은, 그들이 동화를 인식하는 태도가 거의 아마추어리즘에 입각해 있다는 점이다. 그들은 문장만 어린 흉내를 내면 되는 줄 알거나, 소재가 어린 시절의 아스라한 추억을 떠올리면 되는 줄로 착각하고 있다. 그들은 한국의 현대문학에서 극복되어야 할 요소의 하나인 풀냄새 풀풀 나는 과거를 오늘에 되살리는 데 공력을 들이고 있다. 나는 이것을 동시대 작가들의 그릇된 문학 장르관이라고 파악한다.

아울러 컴퓨터 보급의 확대로 인해 요사이 각광받는 판타지 문학에 대해서도 일단 검토의 필요성을 느낀다. 이 현상은 다매체 시대에 필연적으로 대두되기 마련인 장르간의 교섭현상으로 풀이될 수 있는 것이지만, 판타지에 대한 근본적인 이해는 동화의 생리적 속성에 대한 이해 위에서 출발해야 타당하다. 물론 어른들에게 동화는 '희미한 옛 사랑의 그림자'일 수 있다. 그들은 동화를 통해서 아스라한 유년기의 추억을 회상해내고, 사회의 복잡한 현실로부터 다소간의 위안을 받으려고 한다. 그것은 일종의 '심리적 격리 현상'이다. 자아가 놓인 현실을 추악한 세계로 상정하고, 동화적 세계를 되돌아가고 싶은 애정의 대상으로 인식한다. 그들은 동화를 마음좋고 제뜻을 다 받아주었지만, 현실적 제약을 극복하지 못해 끝내 헤어져야 했거나 가슴속에 켜켜이 쌓아두어야 했던, 생각만 해도 푸근한 '옛사랑'으로 수용하는 것이다.

그러나 동화는 어른들에게 거짓 평화나 안겨주는 데 만족하는 안이한 장르가 아니다. 아이들은 동화를 읽으면서, 자신들이 꾸려가야 할 미지의 세계를 가늠한다. 타일러가 일찍이 말했듯이 "동화는 소멸된 신념의 잔존물이 아니고, 옛 의식의 잔존물"인 것이다. 동화는 작가/독자의 개별적 신념의 침전물이 아니라, 구시대부터 미래 세대까지 영원히 계승되어야 할 사회적/집단적 의식의 집적물이라는 것이다. 동화가 끝까지 살아남을 수 있는 존립 근거는 과거의 일상적 세목들을 세세히 적어서 아이들에게 물려주려는 데 있는 것이 아니다. 본질적으로 동화는 인류의 문화유산/사유체계를 아이들에게 문자화하여 고스란히 물려줌으로써, 세대간의 정서적 잇기가 구체적으로 실천되는 문화전승의 현장인 것이다. 그렇다면 동화는 더 이상 안개낀 밤에 찾아 헤매는 옛사랑의 그림자일 수 없다. 이 글에서는 박상재의 동화작품을 중심으로 작금에 문제시되는 점에 대해 생각하는 계기로 삼고자 한다.

2. 환상의 묘사와 묘사된 환상

　동화는 일차적으로 아이들을 잠정적 독자로 상정하여 존립하는 장르이다. 그러므로 불가피하게 독자들에게 문학적 규범을 '가르치는' 장르적 특성을 생래적으로 갖게 된다. 곧 동화는 어른들이 마땅히 가르칠 만한 가치가 있다고 판단한 문화적 가치들을 전승시키기 위해 선택된 문화양식이다. 아이들은 어른들의 일방적인 취사선택에 의해 동화를 강제적으로 학습하게 되고, 그 과정에서 전래되는 문화의 특질을 인지하게 된다. 이것은 동화라는 문학 장르가 갖고 있는 제도로서의 힘이며, 문화의 하위장르로서의 동화가 갖고 있는 교훈적 자질이기도 하다. 따라서 아이들에게 동화를 가르치거나 읽게 하는 행위는 이와 같은 강제적 성격을 고려하여 아이들의 특성을 전제하지 않으면 안 된다.

　아이들은 원시지향적이다. 그들의 사고와 행태를 보면 어렵지 않게 인류의 시원을 상상할 수 있다. 아이들은 동물담을 좋아한다. 그들은 야생이든, 애완용이든, 실재하는 동물이든, 상상의 동물이든 간에 동물에 관한 이야기를 담을 내용이라면 매우 즐겨 읽는다. 동물담을 통해 아이들은 동물에 대한 사랑을 갖게 되고, 동물들의 생존을 위한 힘겨운 분투와 인간의 잔인성에 대해서도 깨닫게 된다. 아직 감정이 미분화 상태에 있는 아이들은 동물을 인격화하고, 그들과의 동일시 체험을 통해 자신의 생각을 깊게 만들어 간다. 그만큼 동물은 아이들다운 상상력을 키워주므로 동화에서 친근한 소재로 차용된다.

　박상재의 동화『개미가 된 아이』는 제목에서 단박에 알아차릴 수 있듯이, 변신 모티프가 주를 이룬다. 변신 모티프는 신화시대부터 인류의 사고를 진화시켜 온 오래된 사유의 산물이다. 인류는 이 모티프를 활용하여 풍부한 문화 유산을 생산할 수 있었고, 사유의 집적을 감행할 수 있었다. 아이들은 주인공의 변신을 통해 자신의 모험담을 신나게 꾸려가게 된다. 그런 측면에서 동화는 모험하지 않는 삶이 얼마나 맛없는 삶인지 알려준다. 삶은 변화를 토대로 형성되는 것이며, 동화는 주인공의 변신에 터하여 존립 기반을 확장한다.

작품의 출발점이자 귀착점인 변신에 기인하고 있는 만큼, 이 동화 속의 주인공 민이가 변신하게 되는 과정을 자세히 살펴볼 필요가 있다. 그는 몹시 개구쟁이다. 그는 여느 아이들과 진배없이 힘 약한 동물들을 괴롭히는데서 즐거움을 찾는다. 그가 약자를 괴롭히는 행위는 이야기의 전개와 결말을 암시해준다. 그는 부모가 일하러 나간 동안에 네 가지의 악행을 결행한다. 부모의 집나감과 아이의 혼자됨은 이야기의 성격을 구획해버린다. 그는 고독감을 모면하기 위한 대리행위로서 약한 동물 괴롭히기를 선택하는 것이고, 그것들은 이야기의 주제의식을 결정해준다. 주인공이 혼자 놀기 심심해서 자행하는 동물 놀려먹기 행위는 그에게 던져진 금기의 계율을 파기하는 것이다. 이 네 가지 계율은 주인공이 사람으로 다시 변신하기 위해 지켜야 할 약속으로 바뀐다. 바로 이 점은 동화라는 장르가 어김없이 구비문학의 근대적 유산이라는 사실을 담보해준다. 따라서 이 동화는 재래의 금기담을 동화적으로 변용한 작품이라고 할 수 있다.

"야, 잡았다! 드디어 잡았다구. 이젠 네가 술래니까 네 눈을 가려야 해."
민이는 바지 주머니에서 헌 양말 한 짝을 꺼내더니 그것을 닭 머리에 뒤집어씌웠습니다.

주인공이 첫번째로 선택했던 약한 동물 골탕 먹이기는, 닭장 안에서 병든 암탉에게 양말을 씌워서 술래잡기 놀이를 한 것이다. 물론 어린 이에게 붙잡힐 정도의 닭이라면 병든 닭이거나 어린 병아리 정도일 것이다. 전적으로 자신이 자의적으로 시작한 술래놀이지만, 자기가 먼저 술래를 하였으니 차례를 바꾸어야 한다는 것. 이것은 아이들의 세계에서는 반드시 지켜져야 할 벼리인 것이다.

그는 이 일을 마치고 집밖으로 나와서 나머지 세 가지의 금기를 마저 범한다. 그는 "풍뎅이들의 다리를 하나씩 잘라"서 손바닥 위에 올려놓고, 그들의 발버둥거림을 춤추는 것으로 생각하면서 재미있게 구경한다. 이제 주인공의 행동이 더욱 잔인한 속성을 내재하고 외현화되기 시작한다. 따라서 주인공은 다리를 '하나씩 잘라' 내야만 한다.

민이는 풍뎅이들의 다리를 하나씩 잘라 냈습니다. 여섯 개의 다리에서 끝마디를 모두 잘라 냈습니다. 풍뎅이들은 잘려진 다리를 꿈틀거리며 몸부림을 쳤습니다.

"히히 녀석들, 춤을 제법 잘 추는데!"

민이의 눈앞에서 풍뎅이들의 춤은 쉬지 않고 이어졌습니다.

약자를 괴롭히는 자신의 행동을 합리화하는 것은 감정이 아직 미분화된 어린이다운 놀이이다. 또 바지랑대 끝에 앉은 잠자리 꽁지 끝을 싹둑 잘라서 날려보내는 장면도 어린이다운 행동이다. 그러나 이것은 예전에는 편재하던 추억 속의 한 장면이지만, 요즘식으로 말하면 동물학대행위에 해당한다. 그의 예기치 못할 동물 괴롭히는 행위는 10쪽 이내에서 변모되어 나타난다. 이것은 아이들의 놀이 특성상 호기심을 집중하는 기간이 짧다는 심리적 요인을 고려한 작가의 섬세한 배려로 보인다. 이런 눈에 보이지 않는 점이 그의 동화/판타지에서 리얼리티를 획득/유지시키는 힘이 되고 있음은 지적할 만하다. 혹자는 이런 것은 논의선상에서 제외하기를 마다하지 않겠지만, 동화는 문학성이나 교훈성, 기타 어느 특성을 내세우더라도 아이들이 읽는다는 것을 일차적 전제로 수긍하지 않은 수 없다. 그렇다면 그들의 특성을 제대로 알고 거기에 자신의 글높이를 맞추는 것이 작가의 옳은 태도라고 할 것이다. 리얼리티/리얼리즘은 교조적으로 선언될 성질이 아니라는 것이다.

> 민이는 잠자리 꽁지 끝을 싹둑 잘라 버렸습니다. 그러고는 그 곳에 마른 솔잎을 끼웠습니다.
> 잠자리는 너무나 아파 온몸을 떨었습니다.
> "잠자리야, 좋은 신랑 만나서 행복하게 잘 살아라."

이러한 약한 자 괴롭히기의 마지막 단계에서 작품의 주된 모티프인 개미와의 조우를 초래하게 된다. 주인공이 변신하게 된 직접적인 이유는, 집에 어린 아이 혼자 남은 데서 유래한다. 그 아이는 서울로 나들이간 형에 대한 질투와 무료한 시간을 보내기 위한 방편으로 동물을 괴롭히는 일을 궁리하였다. 약자를 괴롭히는 화소는 고대부터 숱하게 이어져오는 낯익은 글거리의 하나이다. 이러한 소재는 독자의 관심을 힘들이지 않고 쉬 집중시킬 수 있는 장점이 있다. 물론 그와 상대적으로 독자들에게 식상한 느낌을 줄 수도 있다. 그 양자 사이에 놓인 작품의 위상은 전적으로 작가의 품에 해당한다.

그는 멍석 위에서 잠을 청하는 순간에 자기 종아리를 문 개미 한 마리를 잡아챈다. 그는 자신의 수면을 방해한 개미 날개와 다리를 떼어서 내던져버린 후 잠을 자다가, 그의 몸은 "개미만큼 작아"지게 된다. 그가 개미의 날개와 다리를 "모두" 떼어버리는 행위는, 이제 그가 더 이상 자르거나 떼어낼 대상이 없다는 것을 의미한다. 그는 이제 변신해야만 하는 것이다.

"아, 아얏!"

민이가 갑자기 벌떡 일어나더니 자기 종아리를 철썩 때렸습니다.

잠시 후 민이의 손가락 끝에는 개미 한 마리가 들려 있었습니다. 몸집이 크고 날개까지 달린 개미였습니다.

"낮잠 좀 주무시려는데 방해를 하다니, 네놈을 도저히 용서할 수 없다."

민이는 졸린 눈으로 개미를 노려보다가 날개와 다리를 모두 떼어버리고 멀리 내던졌습니다.

이후에 개미가 된 이후 자신의 잘못을 뉘우치는 대목이 나오지만, 그로써 그의 행위가 용서받을 수는 없다. 악행을 범한 그에게는 그에 상응하는 벌이 수반되어야 하는 것이다. 이로부터 그의 변신은 시작되어 결말부에서 사람으로 환생하기까지, 뜻하지 않은 '개미인생'을 살게 되는 것이 작품의 주된 내용이다.

작품의 주된 개요를 바탕으로 이 작품을 효과적으로 읽어가는데 도움이 될만한 부분을 구체적으로 살펴보기로 하자. 작품에서 주인공이 변신하는 동물 개미는 질서정연하게 행진하고 순종을 잘 한다고 해서 '의로운 벌레'로 불린다. 예로부터 개미는 인간보다 탁월한 삶, 덕행, 애국심 등을 나타내는데 곧잘 쓰였다. 한낱 미미한 벌레에 지나지 않는 개미지만, 물욕에 눈먼 인간을 교훈하기에는 이보다 잘 어울리는 비유가 없었던 셈이다. 대개의 작품에서 개미가 등장하는 것은, 부지런히 일하라는 교훈을 담고 있다. 하지만 이 작품에서는 미미한 생명에게라도 해를 끼치면 화를 입는다는 주제를 전달하기 위해 동원되었다. 그것은 곧 작품의 대상성을 감안한 작가의 배려라고 할 수 있는데, 아이들은 작은 생명체인 개미의 삶을 들여다보면서, 사람이 죽어서 들어간다는 지하세계를 구경하게 된다. 땅 속의 세계를 구경하기 위해서 사람은 '변신'해야 하는 것이다.

동화는 변신이 허용되는 서사문학의 하위 장르이다. 동화 속에서 변신하지 않는 주인공은 너무 뻣뻣하다. 그래서 동화의 재미를 반감시키고, 이야기의 극적인 구성과 전개를 가로막는다. 그런 점에서 동화는 차라리 변신의 횟수나 방식에 의해 그 운명이 결정되는 환상적인 문학 양식이라고 할 수 있다. 동화가 그 속성으로 갖고 있는 변신가능성은, 다른 문학 장르와 대비되는 고유한 변별적 자질이다. 아이들은 작품을 읽어가는 동안 주인공의 변신에 흥미를 갖고, 그의 행동에 주목하게 된다. 그런 측면에서 작품 속에서 주인공의 변신은 그럴 듯해야 하고, 변신은 이전의 몸과는 다른 획기적인 상태로 실행되어야 한다. 그래야만 아이들의 시선을 오래 붙잡을 수 있으며, 변신의 작품적 성과를 한껏 고양시킬 수 있기 때문이다.

인간은 근원적으로 변신에의 욕망을 갖고 있다. 인간은 변신하지 않고서는 폐쇄된 현실로부터 지양/초월이 불가능한 존재라는 사실을 선험적으로 인식하고 있기 때문이다. 그런 이유로 인간의 대리욕망을 채워주는 역할을 일정 부분 수행하는 동화에서는 수없이 반복되어 나타난다. 일찍이 신라의 처용이 가면을 썼고, 이청준의 「가면의 꿈」, 카프카의 「변신」이 대표적인 보기이다. 역사적으로 우리는 변신에 의해 탄생한 조상을 국조로 섬기고 있다. 한국문학 작품에서 나타나는 변신의 양상은 그리스 신화에 귀착되는 서구문학과 달리 귀신/짐승/동물 따위의 비인격적인 모습이 인간의 모습으로 화신한다는 점이 특색이다.

특히 황순원의 『일월』에서는 말을 잘못 전한 죄로 소로 변신하게 되는 우공태자의 변신담이 백정과 그의 후예들의 심리를 묘사하는 데 탁월하게 기여하고 있다. 이와 같이 변신은 현실적 삶의 고달픔으로부터의 초월의 계기를 제공해주며, 인간의 복잡한 심리적 욕망체계를 효과적으로 드러내는데 유효한 모티프로 기능하고 있다. 박상재는 여느 작가들처럼 두루 산포되어 있는 변신 설화를 작품 속에 곧잘 차용하고 있다. 이 작품에서 주인공이 개미로 변신하게 되는 것은 일종의 하강 변신의 예에 속한다. 지상의 존재인 인간이 개미가 되어 지하의 존재들이 살아가는 모습을 구경하게 되고, 그들로부터 교훈을 얻게 된다는 점은 이 작품의 근원적 모태가 어디에 있는지를 여실히 드러내고 있다.

또 작가는 '선/악'이라는 본래적인 도덕률을 인과론에 입각하여 이야기를 전개해 나간다. 그는 사람이란 모름지기 살아가면서 '나쁜 일을 하면 벌을 받는다'는 뻔한 의도를 문맥 속에 감추어 놓고서 시치미를 뗀 채 이야기를 전개해간다. 한국문학사에서 선악에 대한 인식은 철저하게 인과응보 사상에 의지하고 있다. 타인과 중생에게 선행을 베풀면 길복이 뒤따르지만, 악행을 일삼으면 반드시 그에 상응하는 재앙이 내려진다는 생각이다. 이야기에서 악은 가장 인간적인 심리적 행태의 하나라는 점에서 매우 중요하다. 선이 한 국면을 감당하듯이, 악 또한 동일한 비중만큼 그 반대 켠에 내재되어 있는 것이다. 문학이 인간 행동의 해부를 위해 악의 묘사에 치중하는 것은 이러한 까닭이다.

주인공이 개미로 변신하는 것도 따지고 보면, 이 근본적인 도덕률을 풀이하기 위한 동화적 구성방식에 따른 당연한 수순에 다름아니다. 저학년 아이들에게 착함과 악함은 매우 절실하게 다가서는 근원적인 질문이며, 그들은 이 질문에 대한 해답을 찾는 과정에서 자신의 바람직한 가치관을 선택하게 된다. 거듭 환기하자면, 아이들은 동화를 읽어가는 도중에 끊임없이 자아의 인지구조를 작동시킨다. 나이 어림이 생각이 낮음으로 오인되는 이리석음을 가속화시키지 않기를 바라는 취지에서 반복한 말이다. 동화작가들이 종종 자칫 주제의식이 지나쳐서 동화의 재미성을 경감시켜버리는 데 비하면, 독자들에게 사건의 인과론적 전개/해결 과정을 재미성과 적절하게 융해시키는 일은 썩 중요한 일이다.

작품 속에서 희생양이자 주인공을 회개시키는 역할을 담당하고 있는 개미는 지극한 선인의 역할을 수행한다. 그는 지상의 온갖 죄악과는 거리가 먼 착하디착한 지하의 일꾼에 지나지 않는다. 물론 이것은 개미의 다리를 부러뜨린 주인공의 행위에 대한 비교 우위적 진술이지만, 이분법적 사유방식의 소유자인 저학년 아이들을 고려한 편 가르기이기도 하다. 개미가 된 그를 도와주는 체리라는 조력자가 등장한다. 그는 민이를 도와서 이야기가 끝까지 즐거울 수 있도록 이끌어 가는 인물이다. 이로써 문학 작품이 갖추어야 할 요소들은 거의 다 드러난 셈이다. 남은 문제는 이들이 엮어 가는 이야기의 전개 방식이다. 이것이야말로 작가들이 고심하는 부분이고, 그들의 공과를 따지는데 필수적인 요소이다.

　　이 작품의 문장면에서 박상재는 비교적 단문을 구사하여 이야기를 이끌어간다. 그의 단문지향적 문체는 저학년 수준의 동화작품인 「아기도깨비 또비」, 「인절미 다섯 개」, 「올빼미 금눈이」 등에서도 두루 찾아볼 수 있다. 이에 비해 「할아버지의 과수원」이나 「통일을 기다리는 느티나무」 등에서는 고학년의 언어발달수준에 알맞도록 문장이 좀더 길어지는 특징을 띤다. 말하자면 그는 독자의 대상성을 고려하여 문장의 길이까지 세심하게 배려하고 있는 것이다. 이것은 무척 당연한 지적이지만, 동시대의 동화단에서는 진지하게 문제시되어야 할 요소이다. 대부분의 작품들에서는 동화의 장르적 속성은 드러나지만, 문장의 장단을 심각하게 고려하지 않기 때문이다.

　　박상재는 아이들의 공간 구성력이 뒤처지지 않도록 환상 세계와 현실 세계를 적절히 오가면서 기술하고 있다. 그는 개미들이 살고 있는 지하세계를 묘사하면서, 마치 인간의 세계를 그리듯이 세밀하게 묘사하였다. 예컨대 개미들의 병원, 간호사, 안내원, 곰팡이 재배실인 버섯농장, 보육원, 지배 계급과 피지배 계급, 불개미들의 침략과 전쟁, 훈런 과정에 대한 구체적인 묘사는, 환상문학의 리얼리티가 어떻게 구현되어야 하는가에 대한 범문이라고 할 수 있다. 더욱이 불개미들의 침략에 맞선 흑개미들의 응전 전략과 대응 자세는 마치 군인의 세계를 그대로 기술한 듯한 느낌이 들 정도로 생생하다. 그와 같이 세부적인 묘사에 치밀한 태도를 보이는 그의 필력은 『꿀벌 삼총사』에서 '번개작전'을 펴는 여왕구출작전에서도 다시 확인할 수 있다.

그가 동시대의 잘 나가는 동화작가라는 사실을 염두에 두면, 이러한 묘사는 더없이 소중해진다. 비록 일부에 지나지 않지만, 이 즈음의 판타지물이나 동화 작품에서 환상성이 자칫 리얼리티의 배제로 연결되는 오류가 검출되기 때문이다. 그런 경향은 동화의 입지를 크게 위협하여, 동화의 본질적 국면을 훼손하게 될 것이다. 동화는 인간성의 상실에 대한 우려의 목소리가 무리를 지어가는 이 시대에 감당해야 할 몫이 너무 크다. 그 시대적 요구를 반영하여 엄연한 문학현상의 하나로 존재하기 위해서라도, 동화의 환상성은 유지되어야 할 것이고, 그것은 대상의 진지한 묘사로 드러나야 할 것이다.

3. 결론

동화는 어른들에게 추억을 되살려주기 위해 살아남은 화석이 아니며, 동시에 아이들에게 잔소리를 대신해주기 위해 존재하는 장르도 아니다. 그것은 아이들에게 정서적 근원을 깨닫게 해주면서, 역으로 어른들에게 동화를 위해 무엇을 할 것인가를 끊임없이 묻고 있다. 동화 읽기는 단순한 축자적 읽기 행위가 아니라, 문화적 연속성을 파악하는 일종의 인식 행위이며, 어른/아이, 구세대/신세대의 상호 문화교류가 활발하게 이루어지는 소통현장이다. 특히 동물로의 변신을 모티프로 차용하여 아이들의 호기심을 재촉하고, 그들에게 신이한 세계로의 독서여행을 감행할 수 있도록 해주는 것은 어른/작가의 성실한 책무이다.

이상에서 거칠게나마 박상재의 『개미가 된 아이』를 대상으로 동화작품 속에서 환상성을 드러내는 방식에 대해 살펴보았다. 그는 저학년 아이들의 독서 수준과 언어적·정서적 발달 단계를 고려하여 여러 가지 문학적 장치들을 환상적인 장면 속에 적당하게 배열함으로써, 그들로 하여금 작품을 읽어가는 동안에 절로 문학적 규범을 익힐 수 있도록 세심하게 쓴 노작이다. 그런 점에서 박상재는 동화의 교육적 효용성에 대해 관심을 기울였던 헤르더가 "동화에는 옛부터 오랫동안 묻혀 있는 신념이 상징으로 표현되어 있다"고 했던 말을 기억하고 있음이 분명하다. 그는 아이들이 있으므로 존립하는 유일한 문학 장르인 동화에서, 선대와 후대간의 의식의 주고받기가 어떻게 실현되어야 하는지를 인식하고 있다. 그러한 신념이 개미라는 하찮은 동물담을 통해 생명사랑을 드러내려 했던 그의 주제의식을 낳은 것이리라.

'집'의 동화와 동화의 '집'

─박상재 생태동화론

1. 서론

　근자에 이르러 생태계의 파괴를 걱정하는 사람들이 늘어나고 있다. 지상파 방송국에서는 환경 관련 다큐멘터리를 정기적으로 제작하여 송출하고, 신문도 환경 관련 기사들을 즐겨 다룬다. 여기에 상술까지 더하여 생태 관련 행사가 봇물을 이루고, 아이들을 대상으로 하는 캠프도 운영되고 있다. 대저 한국인이라면 누구나 환경주의자가 되어 생태계의 보존에 앞장설 정도로, 생태 관련 담론은 시대의 화두로 활성화되었다. 이러한 경향은 앞만 보고 달려왔던 과거의 개발 시대가 예정한 부산물일 터이다. 그 시대를 선도했던 사람들은 경제 논리에 매몰될 줄만 알았지, 사람들의 가치관이 훼손되거나 공동체가 궤멸되어 가는 광경을 살필 만한 안목을 갖지 못했다. 그들이 대부분 정치경제를 비롯한 사회과학 전공자들이었다는 사실은, 작금의 환경 문제를 초래할 수밖에 없었던 저간의 사정을 시사한다. 물론 예전의 모습들이 아직도 청산되지 못한 채 도처에서 벌어지고 있는 것도 사실이다. 하지만 그들도 한편으로는 생태 운운하고 있을 정도이니, 한국 생태계의 앞날은 가히 장밋빛이라고 해도 무방할지 모른다.

그렇다고 그들의 책임만 묻고 있거나 더 이상 미루어두기에는 생태계의 변화가 심상치 않다. 이런 징후들을 포착한 사람들은 각자 맡은 바 소임을 다하느라 열심이다. 문학이라고 해서 예외가 아니고, 아동문단도 기민하게 대응하고 있다. 최근에 들어서 생태계를 다룬 작품들이 양산되는 현상은 바람직하다. 그러나 대부분의 작품들은 환경문학과 생태문학을 혼동하고 있다. 전자가 환경 문제의 고발에 초점을 맞추는 저널리즘적 발상에 기초하고 있다면, 후자는 훨씬 철학적이고 본질적이다. 그것은 피상적인 환경 논리로 지금의 형편을 다독거릴 게 아니라, 개발지상주의를 앞세워서 사회의 각 부문을 장악하던 경제 논리가 언제라도 기승을 부릴 수 있기에 긴장할 것을 재촉한다. 이에 본고는 박상재의 근작 동화집 『술 끊은 까마귀』(아테나, 2008)를 대상으로, 요즘 동화단에 유행하고 있는 생태동화의 현단계를 점검해 보기로 한다. 작가가 이 동화집에 환경 문제가 아니라 생태 문제를 천착했다고 밝히고 있는 만큼, 그 형상화 정도를 살피는 작업은 동시대의 아동문단에서 제출되고 있는 생태동화의 가능성을 점검하는 기회일 터이다.

2. '집'의 생태학과 생태동화의 '집'

요즘 들어서 인기를 누리고 있는 생태학은 19세기 중반에 학문으로 자리잡기 시작했다. 독일의 생물학자였던 에른스트 헤켈은 자연의 경제와 관련된 지식들을 총칭하여 생태학이라고 불렀다. 그의 혜안은 과학기술의 놀라운 발달에 놀란 뜻있는 지식인들의 동조를 이끌어내어 생태학을 지배적 지위의 학문으로 성장시킨 밑거름이었다. 본래 생태학을 가리키는 'ecology'는 'oekologia'라는 그리스어로부터 파생된 말로, 어의상으로 '집(oeko)'을 연구하는 학문'이다. 이 사실을 주목해 보면, 생물학자이자 철학자였던 헤켈은 문학적 감수성까지 갖추고 있었던 듯하다. 문학생태학을 본격적으로 논의하기 시작한 미국의 비평가들은 한 작품을 녹색의 나무로 파악하였다. 이런 시각은 미국의 신비평가들이 한 편의 시작품을 '잘 빚어진 항아리'에 견주던 버릇을 생각나게 한다. 또 이런 시각은 괴테가 회색 이론과 녹색나무의 영원성을 견주던 생각을 떠올리게 만든다. 아무튼 분명한 것은 생태문학론자들은 작품과 나무를 동일시한다는 점이다. 나무는 고래로 하늘과 땅을 이어주는 매개물이다. 사람들은 나무를 이용하여 하늘의 계시를 듣거나, 하늘에 하소연해 왔다. 그 나무는 '집'을 사위에서 포옹하여 푸근한 안식처로 기능하도록 도와준다.

일찍이 가스통 바슐라르는 명저 『공간의 시학』에 '집'을 위해서 별도의 장을 마련하였다. 그에 의하면 "집은 몽상을 지켜주고, 집은 몽상하는 이를 보호해 주고, 집은 우리들로 하여금 평화롭게 꿈꾸게 해준다"고 한다. 그는 계속하여 "집은 인간의 사상과 추억과 꿈을 한데 통합하는 가장 큰 힘의 하나"라고 강조한다. 이처럼 중요한 기능을 수행하는 집은 사람들이 세계에 기투되기 전에 내던져지는 곳이다. 사람들은 실존적 존재로 규정되기 이전에, 요람에서 '사상과 추억과 꿈을 한데 통합'하는 것이다. 그에게 집이 필요한 가장 중요한 이유이다. 따라서 생태학이 '집을 연구하는 학문'이라고 스스로의 신분을 밝힐 때, 그것은 본질상으로 문학적 조건을 승인하는 것이다. 이른바 생태동화를 표방하는 작품을 분석할 경우에는 이런 관점이 필히 전제되어야 한다. 동화는 근본적으로 미숙한 아이들을 잠재적 독자로 상정하여 창작되는 까닭에, 그들에게 '집'의 중요성을 강조하는 작가의 태도는 당연하다. 왜냐하면 예로부터 집은 물질적 공간이면서, 동시에 우주와의 교응을 꿈꾸는 몽상의 공간이었기 때문이다. 아이들은 '집'을 자궁이나 요람과 동일시하면서 '집'이 있던 곳을 고향으로 여긴다.

　박상재의 동화집 『술 끊은 까마귀』에는 8편의 작품이 수록되어 있다. 그는 '흑두루미, 까마귀, 뻐꾸기, 굴뚝새, 개똥지빠귀, 지렁이, 산양, 소나무' 등의 소재를 차용하여 "앞으로 자연에 더 많은 관심을 갖고 생태를 바르게 이해하는 데 도움"(「머리말」)이 되기를 바라는 충정에서 이 연작 동화를 썼다. 이 작품집에 수록된 8편의 작품들은 고향, 엄마를 다룬 듯하지만, 실상은 '집'이라는 하나의 주제로 귀납된다. 이 점은 작가가 의도하지 않은 것일 테지만, 이 사실만으로도 박상재는 생태문학의 본질을 꿰뚫고 있는 셈이다. 더욱이 그가 소재로 끌어들인 것들은 주위에 흔히 존재하는 것들이라서, 생태에 대한 관심을 불러일으키기에 적합한 요소를 갖고 있다. 사람들의 생태 보전에 대한 관심을 제고하기에는 아무래도 주변에서 일상적 풍경을 구성하는 것들이 제격일 테니 말이다.

　먼저 살펴볼 동화 「흑두루미의 후회」는 "태어날 때부터 몸이 허약해서 엄마의 마음을 아프게 했던 흑두루"가 엄마와 재회하는 내용이다. 흑두루미는 바이칼호수 근처에서 겨울을 나기 위해 한반도로 이동하는 철새다. 지금은 천연기념물 22호로 지정되어 보호받을 정도로, 전 세계에 드문 개체수를 유지하는 새다. 주인공 흑두루는 어릴 적에 나는 연습을 게을리 해 체력을 충분한 비축하지 못한 채 비행 대열에 합류하였다가 임진강 근처에 낙오한다. 흑두루는 이곳에서 흰 두루미들과 어울려 살아가다가, 그들이 캄차카반도로 이동하게 되자 홀로 남아서 흑두루미 대열을 기다린다. 그가 어미를 기다리는 것은 바이칼호로 돌아가기 위한 것이다. 박상재는 흑두루의 이동 생활을 따라가며 '집'의 귀소성을 강조한 셈이다. 어미는 흑두루의 귀향이 실행되기에 필수적인 조력자이다. 이 점에서 모자간의 상봉은 본연의 상태로 돌아가는 자연의 이법이 실현되는 찰나이고, 생태문학의 문법이 구현되는 구체적 장면이다.

표제작 「술 끊은 까마귀」는 '다른 까마귀들과 떨어져 늘 외톨이'로 지내는 까무의 이야기다. 까무는 숲속의 다른 짐승들에게 몹쓸짓을 다반사로 하면서 혈혈단신으로 살아간다. 그는 아내의 잔소리와 '꼬박꼬박 말대꾸를 하며 말썽만 부리던 아들'의 모습이 그리울 적마다 '혼자 사는 게 뭐가 외로워'라고 애써 자위하며 그리움과 외로움을 물린다. 그러던 어느 날 산중에 놀러 온 사람들의 술을 먹게 된 이후로 알코올 중독자가 되어 숲의 동무들에게 주정을 부리게 된다. 급기야 그는 사람들이 제단에 올리는 술을 얻어먹는 일에 재미를 붙이고 공동묘지에 근처에 눌러앉는다. 그러다가 모자가 술로 죽은 아버지의 묘소에서 애도하는 광경을 목격한 뒤로 금주를 선언한다. 이 모습을 보고 크게 깨달은 까마귀는 "구슬픈 울음소리"로 아픔 어머니와 가족들을 그리워하게 된다. 까무의 행동은 방황을 끝내고 가족의 품으로 돌아갈 것을 예징하고 있으므로, 이 작품도 어김없이 '집'의 소중함을 일깨워주고 있다.

박상재의 동화 「날아다니는 소나무」는 강원도 홍천강 가에서 살고 있던 소나무 부부가 횡액을 당하는 얘기다. 소나무는 조선시대에 송강 정철이 심은 것으로, 무려 400년 이상을 살아온 고령수였다. 작가는 이 나무가 청와대에 옮겨졌다가 다시 제자리를 찾게 되기까지의 과정을 다루고 있다. 사건은 청와대에 식재되어 있던 향나무가 시들해지면서 벌어진다. 대통령은 나무를 살리라고 명령하고, 비서관은 그 나무를 살리는 대신에 근사한 소나무를 이식할 것을 건의한다. 그의 의견은 채택되고, 전국적으로 청와대에 적합한 소나무 현황을 파악하라는 명령이 시달된다. 그 와중에 홍천강 가에서 풍파를 견디며 행복하게 살아가던 소나무가 명단에 오르게 되는 것이다.

이윽고 튼튼하고 굵은 쇠밧줄이 기둥과 가지를 꽁꽁 묶었습니다.

"도대체 내가 무슨 큰 죄를 졌기에 이런 대접을 받아야 하나? 뿌리를 잘리우고 포승줄로 묶이고……. 난 이 곳에서 400년 동안 뿌리내리고 살았던 죄밖에 없는데……."

소나무는 너무도 어이가 없어서 눈물도 나오지 않았습니다.

얼마 후 하늘 위로 헬리콥터가 나타났습니다. 헬리콥터는 소나무의 머리 위에서 시끄러운 소리를 내며 빙빙 맴돌았습니다.

헬리콥터에서 내려온 굵은 쇠밧줄과 소나무를 묶은 밧줄이 연결되었습니다.

"자, 튼튼하게 묶여졌으니 출발합시다." (69쪽)

소나무가 청와대로 이사 가는 장면이다. 소나무는 아무 잘못도 없이 강압적으로 '뿌리를 잘리우고 포승줄로 묶이고' 이식에 필요한 절차를 따른다. 그러나 그의 항변은 사람들에게 들릴 리 만무하다. 그는 '이 곳에서 400년 동안 뿌리내리고 살았던 죄'로, 나랏님의 정원수로 발탁된 것이다. 나중에 소나무는 대통령의 지시에 의해 원래의 자리로 돌아와서 부부간에 해후한다. 이 작품에서 작가가 문제를 제기하는 것도 결국 '집'이다. 작가는 애초에 뿌리를 내리고 살았던 곳을 타의에 의해 떠났던 소나무가 제자리로 돌아오기까지의 이력을 추적하고 있으나, 종국에는 '집'의 문제를 제기하고 있다. 집을 나서는 순간, 모든 생명은 원기를 잃어버리게 된다는 평범한 진리를 이 작품은 소나무 부부를 통해서 전달하고 있는 셈이다.

박상재의 「무지개 연못」은 지렁이의 꿈을 소재로 한 동화이다. 지렁이는 여러 동물들로부터 무지개연못의 소문을 듣고, 가고 싶어서 안달한다. 그의 바람은 야반을 틈탄 도로횡단으로 이어지지만, 그는 연못에 도달하기 전에 탈진하여 쓰러진다. 한 소년의 호의로 지렁이는 꿈에 그리던 무지개연못에 닿는다. 마침내 지렁이는 무지개를 보게 되는데, 그것은 연못에 핀 것이 아니라 "소년의 얼굴에서 피어나는 찬란한 무지개"였다. 물기가 사라진 지렁이가 연못에 이르러 생명을 다시 찾기 위해서는 소년의 도움이 필요하다. 아버지와 달리 아직 정령주의를 버리지 않은 소년은 지렁이를 도움으로써 '찬란한 무지개'를 얻는다. 이처럼 생명 사상은 상호 존중으로부터 비롯된다는 사실이야말로 생태문학의 기반을 이룬다. 박상재는 이것을 작품으로 증명하고 있는 셈이다.

「굴뚝새의 죽음」은 추위를 이기려고 굴뚝을 찾아 들어갔다가 죽음을 맞은 새의 이야기다. 아기 굴뚝새는 엄마가 솔개에게 잡혀간 뒤로, 엄마를 기다리다가 겨울을 맞는다. 주위 동물이나 식물들이 한사코 마을로 내려가기를 강권하나, 아기새는 엄마를 향한 그리움에 추위를 견디며 버틴다. 그러다가 굶기와 기다림을 더 이상 참을 수 없어서 마을로 내려가 굴뚝에서 추위를 녹이다가 변을 맞는다. 굴뚝새가 굴뚝에 살아서 붙여진 이름이라면, 그 새가 굴뚝에서 죽음을 맞은 것은 아이러니다. 굴뚝은 그에게 '집'이기 때문에, 굴뚝새가 굴뚝을 찾는 것은 본능적 행동이다. 굴뚝새가 죽음을 '집'에서 맞은 것은 자연의 섭리다. 이것은 작가가 다른 작품과 달리 죽음을 마련하게 된 근본적인 이유일 터이다.

「까치놀」은 숲에서 때까치, 할미새, 할미새사촌, 물레새들과 살던 티티새가 바다 여행을 떠났다가 집의 귀중함을 깨닫는 이야기다. 티티새는 "귀족이나 되는 양 다른 새들과는 어울리지 않으면서 기드름을 피우는" 할미새사촌들의 행동이 비위에 거슬렸다. 그 중에서도 항상 싸움을 일삼는 때까치가 싫었으나, 뻐꾸기 아줌마의 교훈을 경청한다. 그는 평소에 가보고 싶었던 바다로 떠났다가, 바다티티새를 만나 해후한다. 둘은 혈연상의 친밀감을 공유하면서 바다의 풍경을 완상한다.

'해질녘 수평선 위의 까치놀을 보고 있을 때부터 나는 이미 때까치를 그리워하고 있었어. 그 친구가 왜 이리 보고 싶지?'

티티새는 가장 미워하던 때까치가 제일 많이 생각날 줄은 몰랐습니다.

숲 속 티티새는 생각했습니다.

'내일 아침 날이 밝으면 숲 속으로 돌아가야지. 그리고 이제부터는 씩씩하게 나의 노래를 부르며 친구들과도 사이좋게 지내야지.'

그때 바다티티새의 노랫소리가 들려왔습니다. (140쪽)

티티새는 바다를 바라보는 동안에 때까치를 그리워하는 자신에게 놀란다. 그것은 '집'으로 돌아가고 싶은 내밀한 원초적 욕망이 움직인 것이다. 집은 언제나 회귀성의 표지여서, 집을 나간 모든 생명들은 되돌아가기를 꿈꾼다. 아무리 까치놀이 아름답고, 바다티티새가 먹을 것을 구해주는 등의 호의를 베풀지라도, 그것들이 집의 평화를 넘어서지 못한다. 집은 태초부터 평화한 곳이다. 집은 생명이 피곤한 일상으로부터 돌아와 휴식을 취할 수 있는 침대이다. 비록 티티새가 때까치의 근황을 궁금하게 여길지라도, 그것은 또래 없는 외로움을 치유하는 수단에 그칠 뿐이다. 티티새에게 그리운 것은 집의 아늑한 수용성이다. 그것은 선험적인 감정이고, 누대에 걸쳐서 반복적으로 내면화된 습관이다. 모름지기 생태동화란 이처럼 본연의 질서를 궁구하는 작품이라야한다.

「산양 메슬이네」는 고향을 떠나 비무장지대에 터를 닦은 산양의 가족을 다룬 동화이다. 산양 부부는 원래 금강산과 설악산에 살았었는데, 사람들의 위협으로부터 안전을 담보할 수 있는 곳을 찾아 이사한 것이다. 그들은 메슬이와 푸슬이를 낳아 가족을 이루며 단란하게 살아간다. 두 자녀가 성장하자, 부부는 먹이 사냥하는 법과 살아가면서 주의할 사항들을 교육시킨다. 부모로부터 이런저런 얘기를 듣던 중에 자녀들은 부모의 본적지에 대해 궁금증을 표한다. 자신들의 고향을 얘기하던 부부는 회한에 잠겼다가, 더 이상 고향으로 돌아갈 수 없는 이유를 세세하게 설명한다.

> 메슬이는 눈을 동그랗게 뜨고 물었습니다.
> "사람들은 짐승들을 죽이는 일을 즐긴단다. 예전 사람들은 먹고 살기 위해서 짐승을 잡았는데, 요즘 사람들은 자신들의 몸을 위해 희귀한 짐승을 마구 잡거나 사냥이라는 취미 생활을 한다며 짐승들에게 총을 쏘아댄단다."
> "세상에……. 사람들은 정말 잔인하군요."
> 메슬이는 예전에 아빠가 사람들이 늑대나 호랑이보다 더 무섭다고 말씀하신 까닭을 알 수 있었습니다. 그리고 아빠 엄마에게 다시는 고향 이야기를 꺼내지 말아야겠다고 생각했습니다.
> 푸슬이도 아빠의 고향에 가보고 싶었던 마음이 한순간에 사라졌습니다.
> (156쪽)

산양 부부는 '예전 사람들은 먹고 살기 위해서 짐승을 잡았는데, 요즘 사람들은 자신들의 몸을 위해 희귀한 짐승을 마구 잡거나 사냥이라는 취미 생활'을 하는 비교담을 통해서 자식들의 안녕을 빈다. 어린 산양들은 '늑대나 호랑이보다 더 무섭다'는 사람들의 만행을 전해 들으면서 '다시는 고향 이야기를 꺼내지 말아야겠다'고 다짐한다. 그들의 결심은 산양과 사람의 화해가 도달할 수 없을 지경에 다다른 현실을 반영하고 있다. 산양의 기주지 변경은 전적으로 사람늘의 위협으로 초래된 것이란 점에서, 그들의 불우한 처지는 근본적인 치유가 불가능하다. 이처럼 박상재의 생태동화는 '집'으로부터 쫓겨나거나 잃어버린 동물들의 상황을 통해서 생태계의 훼손이 야기할 가공할 만한 사태들에 대한 인식상의 전환을 촉구한다. 그의 동화 「아기 뻐꾸기의 의문」도

'집'을 시비한 점에서 함께 수록된 작품들과 문제를 공유하기는 마찬가지다. 이 점에서 박상재의 생태동화들이 확보한 의의는 결코 가볍지 않다.

3. 결론

이상에서 살핀 바와 같이, 생태동화는 환경 문제를 고발하는 작품들과 다르다. 그것들이 폭로 위주의 저널리즘적 성격을 내포한 한계를 띠고 있는데 비해, 생태동화는 그보다 더 본질적인 국면을 취급한다. 생태동화를 쓰는 작가들은 사람들의 그릇된 인식을 교정하기 위해 동화라는 장르상의 도움을 받고 있을 뿐이다. 말하자면 생태문학은 장르상의 차이를 불문하고, 근본적으로 유사한 접근방식을 취하고 있다. 이 점은 생태동화의 성공적 정착을 위해서 언제나 전제되어야 할 조건이다.

박상재의 『술 끊은 까마귀』는 생태동화의 본질에 입각한 작품집이다. 그는 '집'의 서사적 의미를 구현하려는 단일한 주제의식을 앞세우고 있다. 그의 노력은 후세대에 대한 엄숙한 책임의식의 소산이고, 현세대의 부족한 생태의식을 제고하려는 준엄한 발언이다. 그가 종전에 보여주었던 환상적 기법들이 생태동화에서 수면하에 잠복하게 된 것도, 이러한 현실적 차원을 의식한 배려로 보인다. 그렇다고 해도 생태동화에서 환상적 요소들이 외면받거나 감가상각될 소지가 있는 것은 아니다. 도리어 동화의 특질을 고려하면, 그런 요소들은 좀더 존중되고 과감하게 수용되어도 무방할 것이다.

한의 다섯 빛깔 그리움

—김향이론

1. 서론

예로부터 한민족의 정서적 특질은 한으로 집약된다. 한은 민족의 정체성과 관련되는 실존의 조건이다. 한의 심미적 특성은 희극성과 비극성의 통합에 있다. 한국 근대 소설의 온상인 판소리는 비극미와 희극미가 어우러진 희귀한 사례에 속한다. 민중들의 현실적 삶은 곤궁한 것이 사실이지만, 판소리 속에서 그들은 세상에 대한 비판적 욕망을 가감없이 토로하여 웃음을 자아낸다. 앙리 베르그송의 말을 빌자면 웃음은 지성의 영역에 속하고, 울음은 감성의 영역에 속한다. 어떤 비참한 정황 속으로 몰입되는 심적 상태가 울음의 기반이라면, 그것을 비판적으로 파악하면서 극복하는 과정은 웃음의 기반이다. 옛 민중들은 미학적으로 비장미와 골계미를 농시에 추구함으로써, 생의 어두운 면과 밝은 면을 함께 투시하려고 하였다. 세계문학사적으로 근대 리얼리즘은 비극과 희극의 양식적 결합에서 비롯되었다는 사실과 결부시킬 때, 이러한 심미적 결합 양상은 매우 진보적이고 현실적인 미의식이라고 할 수 있다.

이런 측면에서 한의 정서를 동화/소설 작품에 수용하여 세대간 정서적 연대의식을 제고하고, 문학사적/미학적 계승 문제를 거론하는 일은 필수적으로 요청된다. 김향이는 등단 이래 한의 의미를 지속적으로 천착하고 있다. 그녀의 작품에서 한은 가족의 부재로 인해 발생한다. 소년기의 아이들은 혈육에 대한 애끓는 그리움 속에 무방비 상태로 노출되어 있다. 그러므로 그녀의 작품을 지배하는 모티프는 고아의식이다. 그녀에게 한은 대상의 부재 상태로 인해 형성된 심리 현상이다. 그녀의 한에 대한 천착은 집단적 심상의 원형 탐색이라고 할 수 있다. 이에 본고에서는 김향이의 작품을 중심으로 한의 심미적 형상화 방식을 검토하기로 한다.

2. 한, 그 맺힘과 풀림의 변증법

1) 독백, 그리움의 자위행위

한 작가에게 초기작은 자신의 문명을 좌우할 정도로 중요한 의미를 갖는다. 김향이의 초기작 『달님은 알지요』(비룡소, 1994)는 발표 당시 문단에 커다란 반향을 불러일으키며 상큼한 충격을 안겨주었다. 그녀는 이 장편소설로 〈삼성문예상〉을 수상하였고, 문단에 자신의 이름을 확실하게 각인시켰다. 물론 그녀는 이미 1991년에 계간 『아동문학평론』지를 통해 등단한 기성작가였지만, 독자들은 이 작품을 통해서 그녀의 이름을 주목하게 된다. 그만큼 이 작품은 그녀의 문학적 성취가 두드러진 작품이고, 그 이후의 작업은 이 작품의 성과를 뛰어넘으려는 혼신의 노력이라 해도 췌언이 아니다.

이 작품은 삼대담의 형식을 빈 장편동화이다. 작가는 '금순네―봉동이-송화'로 이어지는 삼대담 속에 만만찮은 역사적 사건들을 에피소드로 삽입하고 있다. 그녀는 폭력과 위선의 세계에 던져진 아이의 눈을 빌어 자신의 지난 시절과 향수를 그리고 있다. 금순네는 "살림은 어렵고 딸 하나 있는 것 정신대 끌려갈까 봐" 혼담을 서둘러 매듭지은 부모의 결정에 따라 12세에 결혼한다. 그녀의 맞상대인 19세의 지아비는 "큰아들은 독립군 나가 죽고, 둘째 아들은 징용 나가 죽고, 막내아들마저 언제 징용 나갈지 모르니 서둘러 혼인시킨" 부모의 뜻에 따른다. 혼례를 올린 신랑은 2년 후 해방을 맞아 "하다만 공부를 마치고 오겠소"란 말을 남기고 상경해버렸고, 금순네는 17세에 첫아들 봉동이를 낳는다. 그러나 잠시 후 지주계급으로 몰려 재산을 몰수당한 뒤, 시부의 명령대로 핏덩이를 데리고 월남하다가 한국전쟁을 만난다. 그러던 중에 세살배기는 산중에서 잃어버리고, 둘째 아이를 사산하였다. 이후 금순네는 만신을 신모로 섬기고 내림굿을 받아 굿판을 벌이며 생계를 이어간다. 아들은 대처에 나가서 큰돈을 벌겠다며 어머니의 저금돈을 훔쳐 달아난다.

아버지의 가출 사건 이후 송화는 할머니와 살아가는 소녀이다. 그녀는 무당집 아이가 숙명적으로 안게 되는 소외감과 함께 할머니와 단둘이 삶으로써 갖는 고아의식으로 충만한 아이이다. 곧, 그녀는 만인의 일인에 대한 폭력 속에 버려진 아이이다. 그녀의 선험적 고아의식은 검정개에 대한 애정의 투사로 나타난다. 아이의 성장기에 특정한 물적 대상에 심리적으로 의탁하는 행위는 방어기제에 속한다. 따라서 그 아이의 일과는 수동적인 언어와 행동으로 나타난다. 그녀는 "사기를 낳다가 죽었다는 엄마, 뜬구름 같은 아빠"가 그리울 때마다 검정개의 "목덜미를 살살 쓸어주"면서 외로움을 달랜다. 송화가 위기에 처했을 때, 검정개는 그녀를 구하기 위해 아이들을 데려온다.

얼마쯤 달리다가 뒤돌아본 검둥이는 아이들이 따라오는 것을 보고 또 쏜살같이 달렸다.

　　"검둥아, 산에는 왜 가!"

　　언덕빼기를 오르던 영분이가 주저앉아 숨을 몰아 쉬었다.

　　"영분아, 빨리 와 봐. 어서!"

　　검둥이를 따라 달려가던 영기가 소리쳤다.

　　"저기, 누가 쓰러져 있어…… 송화 아냐?"

　　"맞아. 송화야. 근데 왜 쓰러져 있지?"

　　영기와 영분이가 허둥지둥 송화에게 달려갔다. 검둥이가 송화의 얼굴을 핥았다. (58쪽)

　　송화는 낮 동안 검정개와 놀이하면서 양자간의 고독을 공유한다. 소녀가 검정개를 향해 "내 이름 송화는 소나무꽃이란 뜻이래. 내가 갓난아기였을 때 얼굴이 소나무꽃처럼 노오랬대."라고 대화하는 방식은 송화가 검둥이에게 발화하는 태도를 취하지만, 사실인즉 자문하는 것이다. 자신의 정체성에 대해 독백하는 아이의 모습은 이야기의 해결 방향을 시사한다. 송화는 독백을 통해 세상의 만난을 극복하는 요령을 습득하고, 자신의 외로운 형편을 자위하는 것이다. 작가가 여러 동화 작품에서 개를 등장시키는 것은 소녀 시절 떠나온 고향의 매개항으로 설정한 것이다. 특히 인용문은 작가의 고향에서 전해오는 의견담을 차용한 것으로 보인다. 따라서 이 작품은 그녀가 "이 글을 쓰는 동안 나는 어린 송화가 되어 고향의 들녘에서 뛰놀았습니다"(「지은이의 말」)고 고백한 것처럼, 여지없이 자전적 작품에 속한다. 김향이의 문학적 관심은 할머니와 개가 구성하는 토속적인 농촌 풍경의 재현으로 구체화된다.

　　두 남자와 생이별을 체험한 할머니는 "적심스럽게도 밤마다 등불을 밝혀 놓"는다. 그것은 세 가지 의미를 갖는다. 하나는 혼인 후 상경했다가 종무소식인 지아비를 기다리는 행위이고, 다른 하나는 집나간 자식의 귀가를 기다리는 방식이며, 또 다른 하나는 손녀 송화가 "한밤중에 잿간의 화장실에 들락거릴 때" 길을 밝혀준다. 그녀의 등불은 삼대에 걸친 서사의 방향을 암시해주는 인공의 불빛이다. 이에 비해 달은 서사의 극적 효과를 고양시켜주는 자연의 불빛이다. 밤이 되면 송화는 달을 거울로 생각하며, 보고 싶은 아빠의 얼굴을 비춰보는 은밀한 욕망을 드러낸다. 송화는 달을 향해 "달님은 알지요? 내 맘 알지요?"라고 되묻거나, 서울로 간 소꿉동무 영분이를 '낮달이 된 친구'라고 표현한다. 또 재회한 아빠의 등에 업혀서 "아버지도 늘 내 맘 속에 낮달로 있었던 걸요."라며, 그 동안의 이별을 대수롭게 받아넘긴다. 그것은 아빠의 위무에 힘입은 것이라기보다는 독백에 의해 자아를 단련시켰기 때문이다. 독백은 송화에게 제도화된 발화 방식이다. 그녀는 독백을 통해 세계와 대결하고, 애절한 사부의 정을 토로/절제한다. 송화가 선생님의 자전거 뒷자리에 타고 가면서 "아빠 냄새도 이럴까?"라고 동일화하는 것도, 자신의 감정을 독백 처리하는 익숙한 습관에 기인한 것이다. 그것은 굿판이라는 독백체 문법 현장에서 평생을 본내 할머니의 문법 체계가 세대간에 계승된 사례이다. 굿판을 벌인 할머니의 독백체는 '돌아온 탕아'의 북치는 행위와 손녀의 속삭임으로 변주된다.

갑자기 북소리가 커졌다. 부돌 엄마에게서 북채를 빼앗은 아버지가 북을 두드리고 있었다. 아버지에게 떠밀려난 부돌 엄마만큼이나 송화도 놀랐다.

아버지의 북 장단에 맞춰 부돌 엄마가 징을 울렸다.

아버지의 몸이 땀으로 흠씬 젖었다. 가슴속에 응어리졌던 한을 풀어내려는 듯 아버지가 북을 두드렸다.

아버지의 북은 할머니의 춤과 한데 어우러졌다. 마치 북 소리가 춤을 추는 듯하였다. 북 소리는 송화의 가슴을 낱낱이 울려 놓고, 구경꾼들의 가슴을 헤집어 놓았다.

"할아버지, 할머니의 춤이 보이세요? 아버지의 북 소리도 들리세요? 할아버지가 보고 싶어서 저렇게 간절히 빌고 계세요."

할머니가 숨을 몰아쉬며 천천히 뒤풀이를 하자, 구경꾼 할아버지 할머니들이 춤을 추며 한데 어울렸다.

할머니가 무복을 벗어 들고 불을 붙였다. 소지 종이를 태워 하늘로 올리듯 하나하나 태워 없앴다.

그제서야 송화는 짐작을 했다. 할머니가 통일굿으로 마지막 굿판을 벌인 것이라고. (203쪽)

할머니가 장만한 굿판은 자식과 손녀 세대의 미래를 위한 것이다. 굿판은 삼대에 걸친 한의 맺힘과 풀림 현상이 응축된 일종의 독백이다. 할머니는 이승에서 마지막 춤판을 벌임으로써 가슴에 응어리졌던 한을 풀어내고 있다. 아들은 북채를 빼앗아들고 어머니의 춤판에 끼어들고, 손녀는 춤판의 진행 상황을 알려주는 정보 제공자 역할을 담당한다. 그것은 곧 할머니의 굿판이 비극적 역사와 세대간의 화해마당이라는 사실을 담보한다. 그러므로 이 작품은 한의 궁극적 국면, 곧 해원상생의 미학적 경지를 구체적 형상으로 보여주고 있다. 밝은 내일을 예비하는 오늘의 괴로운 그리움은 서사의 결말부에서 일시에 탈육체화된다.

2) 달님, 한의 빛살무늬

달은 한국문학사에서 자주 등장하는 문학적 소도구이다. 현존하는 최고의 백제가요 「정읍사」에서 달은 애틋한 부부애를 도드라지게 해주는 희생적 역할을 수행하였다. 또한 작가들은 고유한 빛으로 발광하는 달을 통해 이야기의 속도를 조절하거나, 사건의 증언자 혹은 사건의 해결사 등 다양한 기능을 부여하였다. 그 중에서 달의 주요 역할은 작품 주제의 배경효과에 있다.

김향이의 「베틀 노래 흐르는 방」(『보이니』, 계몽사, 1994)은 달빛의 문학사적 기능을 재확인시켜주는 작품이다. 그녀는 이 작품에서 전라도 할머니의 신산스런 삶을 통해 정서의 대물림 현상을 다루고 있다. 이 작품 역시 할머니와 손녀가 이야기를 주도하고 있다. 또 며느리/어머니의 부재 속에서 이야기가 전개된다는 점에서 고아의식의 계열에 놓인다. 여러 작품에서 작가가 빈번하게 등장시키는 할머니가 서사의 방식을 결정하고, 인물에게 역할을 분배하고 있다. 그것은 작가의 개인사적 배경에서 배태된 요인일지도 모른다. 하지만 할머니는 작가가 천착하는 한의 정서를 계승해주며 보편화시키기에 적합한 인물이다. 또한 할머니 세대의 고유한 체험과 정서는 한국 현대사의 주름을 고스란히 담보해준다는 점에서, 작가의 인물 선택은 무리없어 보인다.

할머니의 베틀은 "칠대조 할무니 적부터 대물림 한 것"이다. 그러나 아들이 어머니의 건강을 염려하여 베틀을 고방으로 치워버린 뒤, 그녀는 빈 물레를 돌리며 살아간다. 그녀에게 베짜기는 "어매한테 눈물 콧물 쏙 빠지게 지청구 들어 감시로" 배웠던 유일한 일상이다. 그 날 이후 할머니는 베짜기 외의 일상에는 관심 없는 무기력한 노인으로 연명한다. 할머니는 베틀이라는 특정 물건에 집착하는 증상을 보인다. 이른바 페티시즘의 발로를 통해 할머니의 일상은 통제/확장된다. 이것은 사라져가는 문물에 대한 작가의 집요한 무의식적 심리 상태의 외연이다.

일과를 차압당한 채 무기력증에 빠진 할머니에게 어느 날 서울에서 손님이 찾아온다. 그들은 할머니의 길쌈하는 장면을 촬영하러 온 사람들이다. 그들을 맞아서 할머니는 베틀에 앉아 "음력 4월에 미영씨 뿌리"던 일부터 "가실에 미영을 따다 말려 갔고 씨아질" 하던 일 등을 신명나게 설명한다. 그녀의 해설은 자신의 인생담 자체이다. 작가는 허구의 서사 속에 실제 서사를 중첩시켜 놓은 것이다. 이런 서사 전략에 힘입어 김향이의 동화는 현실성을 획득하고 공감을 자아낸다.

> "8, 9월에 하루살이 꽃이 피는디. 미영꽃을 보면 왜 그렇게 눈물이 나 쌌는지 몰러. 어린 것 젖 물리고 밭고랑에 앉아서 울기도 많이 울었소. '저것이 눈물꽃이지.' 싶은 게 꼭 내 신세 같더란 말이지. 아, 안 그럴 것이요. 아들 하나 달랑 씨 받아 갖고 청상 과부가 되얐승께 얼매나 서러웠것소……. 꽃이 지며는 다래가 맺잖어. 그것을 따 먹고 우물우물 함시로 눈물도 설움도 꿀떡 삼켰소잉. 다래가 익으믄 톡톡 불거지는디, 이내 한숨을 다 뱉아 놓은 듯이 속이 씨원합니다." (119쪽)

베짜기는 동서양을 막론하고 여인들의 일과였다. 그리스 신화에서 페넬로페는 밤마다 천짜기와 천풀기를 거듭하며 남성들의 청혼을 물리친다. 그녀는 천짜기를 통해 타자의 개입을 차단하면서, 고유한 시간을 확보하고 서사의 결말을 지연시킨다. 천을 짜는 동안 페넬로페는 자신의 정체성을 확인하고, 동시에 이야기를 지속시켜 가는 것이다. 할머니의 베짜기도 예외가 아니다. 작가는 할머니의 독백을 통해서 전래 여인들의 삶을 전달한다. 할머니는 베짜기를 통해 현실/서사의 시간을 지연시키며 작가의 전언을 체현한다. 아들의 간섭에 의해 베를 짜지 못하는 할머니의 시간은 서사의 주도권 상실로 이어진다. 이 때 작가는 세대 단절을 예방하기 위해 손녀를 통해 할머니의 서사 탈락을 만류한다. 이 장면은 할머니의 서사적 지위를 일거에 회복시킨다.

"할머니, 베 짜는 거 가르쳐 주세요."

할머니의 눈이 휘둥그레집니다. 놀란 것은 정월이도 마찬가지입니다. 저도 모르게 불쑥 나온 소리니까요.

"나도 할머니처럼 길쌈하려고요."

"아이구 시상에나, 아이구 내 새깽이……"

할머니가 덥석 정월이를 안습니다. 정월이도 좋아라 뺨을 부빕니다. 할머니와 정월이의 정다운 그림자가 창호지문에 얼비칩니다.

오동나무에 내려앉은 달이 화안히 웃고 있습니다. (121쪽)

조손지간의 평화한 모습에서 화해를 꿈꾸는 작가의 의지가 달밤의 시간적 동조 속에 빛난다. 그녀의 작품에서 검출되는 한의 정서는 대개 이러한 토속적 이미지에 의해 뒷받침된다. 그런 측면에서 김향이의 작품에 등장하는 달은 한의 빛깔을 띤다. 달은 전통적인 배경을 조성해줄 뿐만 아니라, 작품 속 인물들이 고유한 성정을 찾아갈 수 있도록 넉넉한 빛으로 길을 안내하는 역할을 수행한다. 이 결구에 의해 서사의 미적 특질이 드러나고, 작품의 주제의식은 독자의 기대지평과 연결된다.

3) 향수, 혼혈아의 자기정체성 탐색하기

전세계적으로 한민족처럼 종족 보전 풍조가 강력한 사례는 없을 것이다. 한민족은 족보를 앞세워 가문의 혈통을 자랑하고, 타성/이민족에 대한 혈통의 우위를 주장한다. 그러나 인류의 역사는 부단한 도전과 응전 속에서 형성된 것이기 때문에, 순수 혈통에 집착하는 일처럼 무료하게 무지한 일은 없다. 혈통은 종문의 처지에서 보면 근본의 수호 문제이며, 정치적으로는 한민족의 역사적 주름을 불가피하게 드러낼 수밖에 없는 예민한 사안이다. 이러한 민족의 혈통 보존 욕망에 도전하는 부류가 혼혈아이다.

혼혈아들은 민족사적 원죄의 산물이다. 한국 근대사에서 혼혈아는 일제에 의한 국권 침탈기부터 배출되었다. 특히 해방 후 미군의 장기 주둔은 혼혈아의 양적 증가를 촉진시켰고, 그들의 성적 문란성과 다인종성은 혼혈아 문제의 심각성을 잠복시켰다. 역사적으로 외세의 강점과 이권 쟁탈 현장에서 생존해야 했던 한민족에게 혼혈아는 자발적 출산물이라기 보다는, 타율적 소생으로서의 성격이 강하다. 그들은 외군의 점령과 주둔 현상으로 야기된 성범죄의 구체적 결과물인 것이다. 그런데 문제를 더욱 복잡하게 만드는 것은 혼혈아를 탄생시킨 한국인들의 위선적 태도이다. 한국인들은 안정적인 일상의 규칙들을 훼손할 개연성을 갖고 있는 혼혈아 문제를 의식적으로 외면하였다. 그들은 타인의 고통을 사적 영역으로 규정하고, 부르주아의 속물 근성을 은폐하려고 기도한다. 그 전면에는 외세의 침략과 점령/주둔의 피해자로 나타나지만, 후면에는 베트남 혼혈아처럼 가해자의 입장에서 자행했던 범죄 행위가 엄폐되어 있다. 민족적 견지에서 보더라도, 동일한 문제를 두고 동시에 가해자와 피해자가 되는 일은 당혹스럽다.

향수는 인간의 실존적 존립 기반이다. 향수의 시간적/공간적 기반인 유년기는 시드러운 인생사에 지친 영혼에게 '행복의 원형'이다. 혼혈아들은 어머니의 자궁에 착상되는 순간부터 저주받은 생명으로 규정된다. 그 분류 속에서 영원히 은폐하고 싶은 사연을 갖고 출생한 그들은 어머니의 불행을 담보하며, 자신의 유년기를 잠식해버린다. 더욱이 순수 혈통을 가문의 정통성으로 인식하는 모국의 사회 풍조는 그들을 가문의 수치이며, 종문의 종족 보존까지 위협하는 위험 인물로 낙인찍는다. 그러한 멸시와 냉대 속에서 성장하는 동안 혼혈아들은 선험적 고향상실감과 정체성의 극심한 혼란을 체험한다. 그들은 저주로부터

의 해방과 원죄로부터의 구속을 갈망한다. 그것은 자아정체성의 회복
이다.

  문학 작품에서 혼혈아 문제를 본격적으로 수용한 것은 김명인의 연
작시 「동두천」(『동두천』, 문학과지성사, 1979)이다. 그는 1970년대의 군사
독재 시절에 동두천이라는 금역에서 자라나는 혼혈아들의 삶을 통해
시대의 가난과 불행을 형상화하였다. 김향이는 동화 「쌀뱅이를 아시나
요」(『쌀뱅이를 아시나요』, 파랑새어린이, 2000)에서 혼혈아 문제를 취급했
다. 그녀는 동화의 장르적 특성에 입각하여 민족적 문제인 혼혈아 문
제를 한 개인의 자아정체성 탐색과 관련시킨다. 독자들은 이 작품을
통해서 동일한 소재의 장르상 변용 양상을 살펴볼 수 있을 뿐만 아니
라, 혼혈아 문제가 기성세대에 국한된 것이 아니라 민족 구성원 전체
가 연루된 현안과제라는 사실을 확인할 수 있다.

  쌀뱅이는 "얼굴이 하얗다고 쌀뱅이로 불리던 백인 혼혈아"이다. 그
녀의 출현에 의해 '나'의 유년기는 재생된다. 나는 '삼십 년도 더 묵은
기억'을 선뜻 꺼내어 쌀뱅이에게 기억을 되살리려 하지만, 쌀뱅이는 유
년기의 추억을 쉽게 회상하지 못한다. 아직 쌀뱅이에게 고향은 찾고
싶은 곳이면서, 동시에 찾아가고 싶지 않은 기억의 공간인 것이다. 그
곳에서 그녀는 유년기의 추억을 되살릴 수 있지만, 한편으로는 가슴
아픈 체험들을 기억해야 한다. 과거의 공간에는 "양색시가 된 딸 때문
에 명랑을 먹지 않고는 못 견디는" 할머니의 신산스러운 고통이 있고,
목놓아 울던 핏덩이를 놓고 달아나던 생모의 뒷모습이 아련하게 남아
있으며, 자신을 '아이노꼬'라고 경멸하던 농네사람들의 시선이 살아
있다. 그런 삼중의 아픔이 병풍처럼 에워 쌓인 곳에 연약한 인간은 쉬
찾아갈 수 없다. 작가는 쌀뱅이의 심리적 시간을 지연시키는 전략을
구사한다.

  쌀뱅이의 귀국은 조국이 아닌 모국으로의 공간 이동을 나타낸다. 그

녀의 가방 속에서는 입양 당시에 가져갔던 '조개피리'가 들어 있었다. 조개피리는 이국땅에서 쌀뱅이의 입양된 삶을 견디게 해주면서, 고향과 그 조개를 갖고 놀던 소꿉동무와의 추억이 담긴 신표이다. 예로부터 동화 속에서 물적 표지는 등장인물 간의 관계망을 형성/유지/지속/복원시켜주는 기능을 담당한다. 그러므로 조개피리는 두 사람을 만나게 해주며, 쌀뱅이의 망향의지의 물표가 된다. 쌀뱅이가 갈망했던 조개피리의 세계는 원시적 평화가 온전하게 구현된 곳이다. 조개피리의 외형적 특성에 의탁한 발화 의미는, 원의 세계에 대한 동경이다. 그 세계는 현실적 조건의 타파이면서, 정체성을 복원시키기 위한 시간의 역류를 초래한다.

> 마거릿이 뒤늦게 생각났다는 듯 조개피리를 꺼내 내 손에 올려놓았다.
> "아, 이거! 내가 만들어 주었어."
> 나는 조개를 테이블에 대고 긁어 구멍을 뚫는 시늉을 해 보이고 조개피리를 입술에 대고 불어 보였다.
> 마거릿이 그 큰 눈에 눈물이 그렁그렁해서 나를 끌어안았다. 덩달아 목이 멘 나는 그녀의 어깨를 다독거렸다. (66~67쪽)

조개는 육체적 탄생과 정신적 재생을 상징하며, 입사식과 깊은 관련을 맺고 있다. 따라서 조개피리는 쌀뱅이에게 정신적 재생을 의미한다. 그녀는 나와 조개피리를 불면서 유년기의 삶을 온통 놀이로 채웠다. 곧 놀이의 도구는 그녀에게 놀이를 회상시켜주는 매개물로 기능한다. 나는 여느 아이들로부터 따돌림을 받는 쌀뱅이에게 조개피리라는 새로운 세계를 경험케 해준다. 그러므로 조개피리는 그녀에게 매우 신이한 것이고, 유년기의 추억을 되살릴 수 있는 유일한 물건이다. 조개피리는 세계와의 대결에서 야기된 쌀뱅이의 실존적 바람을 회귀성으로 규정해주고, 자기정체성을 확보하도록 도와준다. 쌀뱅이는 조개피리를 매개로 '행복의 원형'을 찾고, 41년간의 한을 소멸시키는 것이다.

김향이는 이 작품을 통해 가난으로 굴절되었던 개인사적 과거와 불행한 역사의 그늘을 담아냈다. 그녀는 혼혈아라는 민감한 소재를 동화의 영역 안으로 끌어들여서, 민족의 고통스러운 문제를 다루고 있다. 이 점에서 동화 소재의 확장은 계속되어야 한다. 그녀는 근대화 과정에서 파생되었던 예민한 국가적 과제를 조개피리라는 개인적 상징물을 통해 조심스럽게 접근하고 있다. 그녀의 노력은 동화의 장르적 속성은 물론 독자의 대상성에 착목한 접근 방법이다.

4) 기도, 행방불명된 자식과의 만남

한은 긍정적 인물뿐만 아니라, 부정적 인물조차 화해의 세계로 인도한다. 기층민중들의 언어 중에서 '척진다'는 말이 있다. 한국 민중들은 이웃이나 낯선 이들에게 척지는 것을 삼갔다. 민중들은 그들과 불편한 관계를 형성하지 않기 위해 작은 물적 표지들을 정표로 공유하며 살았다. 역사적으로 윤회를 믿는 불교의 영향하에서 배태된 내생이나, 유교 세력 아래서 생성된 현세의 삶을 약속하는 것은 원만한 인간관계였다. 물론 그러한 영향 관계는 지금도 확인 가능하지만, 민중들의 사유 체계를 수용한 판소리 소설에서는 보편적으로 나타난다. 한국인들이 원한을 기휘하는 심리적 성향은 소설사의 발전 추이에서도 확인된다. 그 사례는 한국 소설이 계보에서 악한소설이 출현하지 않는 것과 복수 모티프가 거의 발견되지 않는 것에서 찾을 수 있다.

김향이의 「부처님 일어나세요」(『쌀뱅이를 아시나요』, 파랑새어린이, 2000)는 현대사의 비극이었던 5·18 광주민중항쟁의 후일담이다. 후일담 문학은 역사적 사건 이후에 반드시 생산되는 반성적 사유의 결과물이다. 작가는 후일담을 통해 사건에 참여하지 못했던 자신의 소시민성을 회고하면서 문학적 반성문을 작성한다. 독자들은 후일담을 통해 동시대의 작가들의 사건에 대한 인식 태도를 추측할 수 있으며, 사건에 참여 (못) 했던 자신의 체험을 작가와 공유하게 된다. 따라서 후일담은 불가피하게 사실적 묘사가 요청되며, 작품의 주제는 한결같이 현재적 관점에서 해석된다. 작가는 이 작품에서 세계의 부정한 폭력과 부정직성에 직면하여 정면으로 대응하지 못한 동시대인들의 비겁한 대응 방식을 고발하고 있다.

순임이는 "5·18 광주민중항쟁 때 행방불명된 외삼촌 때문에 밥집을 하시게 됐다"는 할머니, 어머니와 살아가는 소녀이다. 할머니는 외삼촌의 이름을 따서 식당 상호를 '박우천 밥집'이라고 작명하고, 식당 벽면에 '박우천 있는 데를 알려주시면 후사하겠습니다'라는 문구와 사진까지 첨부해두었다. 행불된 자식을 찾으려는 할머니의 염원은 이미지로 존재할 뿐이다. 실체를 찾을 수 없는 이미지로서의 자식 찾기, 그것은 역사적 사건의 경과 후에 수반되는 개인사적 불행을 심화시킨다. 허상만이 존재하는 구체적 현실 속에서 할머니는 기다림의 끈을 자르지 못한다. 할머니는 그 끈을 잡고 있을 때에만 생존할 수 있기 때문이다. 따라서 할머니는 비현실적 상황 속에서도 자식에게 도망가라고 잠꼬대한다.

"할머니, 또 외삼촌 꿈꿨지?"

"뭐들라고 왔나? 할매는 암시랑토 않구만……."

할머니는 옷소매로 이마에 밴 땀을 닦아내고 눈을 감았다. 그러나 할머니가 측은해서 순임이는 너스레를 떨었다.

"나쁜 꿈이야? 괜찮아. 할머니 꿈은 반대래. 참, 엄마가 할머니 예쁜 스웨터 샀어. 이거 봐. 북실북실하고 색깔도 곱지? 얼른 입어 봐. 내가 어울리나

봐 줄게. 응?"

"있는 옷도 천신 못하것는디 옷을 사? 니 에미는 돈이 썩었는갑다."

"할머니, 또 남 줄려고 그러지? 엄마가 알면 당장 쫓아와서 모셔 간다고 할걸?"

지난번에 할머니가 탈장 수술을 받고 퇴원할 때, 어머니가 집으로 모셔 간다고 해서 한바탕 실랑이를 했었다. 그런 다음부터 할머니는 어머니가 쫓아온다고 하면 슬그머니 고집을 꺾으셨다.

밖에서 흰둥이가 끄응 앓는 소리를 냈다.

"아이고, 우리 흰둥이 밥 멕였는가 담양댁헌티 물어 봐라." (151~153쪽)

인용문은 전형적인 할머니의 형상을 보여준다. 할머니는 새로운 옷 선물을 받으면서도 전혀 기쁨을 표현하지 않고, 도리어 "있는 옷도 천신 못하것는디 옷을 사? 니 에미는 돈이 썩었는갑다."고 타박을 한다. 또한 절간에 홀로 사는 당신을 집으로 데려가겠다는 딸의 성화에 우람한 자세를 수그린다. 그리고 자신에게 있는 것은 이웃에게 나눠주는 훈훈한 인심을 보여준다. 이러한 장처와 함께 입심 좋게 구사된 전라도 방언은 작품의 리얼리티를 담보해주는 역할을 수행하기에 충분하다. 하지만 엄마와 어머니의 혼용, 표준어를 사용하는 손녀의 그릇된 어법, 예컨대 의태어 '북슬북슬/복슬복슬'을 전라방언 '복실복실'로 오용한 것 등은 작가의 실수로 지적될 만하다. 그것은 트리비얼리즘의 표명이 아니라, 인물의 어법과 작품의 핍진성 관계를 언급한 것이다.

한국이 고대소설 작품에는 악힌 인물이 등장하지 않는다. 반내 인물은 순간적 실수나 악행을 범했을지라도, 곧 자신의 과오를 반성하며 긍정적 인물에게 조력한다. 순임에게 사건의 전모를 알려주는 동냥치 스님도 예외는 아니다. 그는 광주 사건 당시에 진압군으로 참가했던 인물이다. 그러나 사건이 종료 된 이후 그는 '동냥치 스님'이 되어 전

국의 사찰을 주유하며 참회 속에 살아간다. 그는 서사의 전개 국면을
전환시키는 역할을 수행한다. 그에 의해 자식잃은 할머니의 한은 화해
의 메시지로 변주되어 순임에게 전달된다.

"부처님, 오늘은 할머니 대신 제가 왔어요. 그저께 새벽에 부처님께 다녀
오시다가 눈길에 미끄러져서 꼼짝 못하고 누워 계시거든요. 부처님은 우리
할머니 마음을 누구보다도 잘 아시지요? 그래서 말인데요. 이제 그만 일어
나세요. 부처님이 일어나기만 하면 세상이 바뀐다고 하대요. 우리 할머니나
동냥치 스님말고도 얼마나 많은 사람들이 가슴앓이 하는 줄 아세요? 사람들
끼리 서로 상처주고 상처받지 않는 행복한 세상이 왔으면 좋겠어요. 그러니
까 제발, 이제 그만 일어나세요. 네?"(171쪽)

1980년 5월 권력욕에 눈 먼 한 떼의 광란자들에 의해 남녘에서 자행
되었던 동족 살해 사건은 여전히 진행형이다. 당시 광주는 완벽한 어
둠 속의 섬이었고, 사람들은 로댕의 유명한 조각품처럼 '칼레의 시민
들'(강인한 시집『칼레의 시민들』, 문학세계사, 1992)이었다. 광주 사건의 비
극성은 현재적 시점에서도 문제적이다. 사건의 가해자/피해자들이 엄
연히 생존한 상태이며, 양자의 관계는 여전히 대척적이다. 가해자들은
기득권층에 소속된 지위를 상실하지 않았으며, 피해자들은 금전적 보
상과 명예회복을 명분으로 죽거나 심신이 병든 채 살아 있다. 양자가
진정한 의미에서 화해하기 위해서는 가해자의 통렬한 참회 행위가 선
행되어야 하지만, 가해자들은 사과행위를 기득권의 포기와 동일시하
면서 지금도 완강하게 거부하고 있다.
　하지만 아이들은 기성세대의 위선과 역사적 채무관계로부터 해방되
어야 한다. 그것은 명백한 아이러니이지만, 역사는 항상 목판본 빛깔
의 고통을 육화한 채 재생산되는 것이다. 한의 측면에서도 채무로부터

아이들의 해방은 긍정적 화해로 연결된다. 한의 정서는 언제나 이중적 측면을 갖고 있다. 한의 부정적 자질은 결핍과 부재로부터 생겨나지만, 그것은 화해를 지향하는 긍정적 자질을 압도하지는 못한다. 양자는 역사적 비극성에 기초한 대결 국면을 지양하고 세대간의 화해를 목적한다. 따라서 동냥치 스님의 참회 행각과 순임이의 기도문에 나타난 김향이의 주제의식은 동화의 본령에 대한 확고한 신념의 표시로 보인다.

5) 놀이, 콩쥐와 팥쥐의 화해 방식

한국 사회도 이혼율이 급증하면서 가족의 해체/재구성 현상은 점차 만연화되었다. 이제 이혼은 항사가 되어 일상의 영역으로 편입된다. 현대인들은 자신에게 이혼이 일어나지 않기를 바랄 뿐, 주위의 이혼 현상에 대해 거부감없이 수용한다. 이혼이 부모의 생존에 토대한 가족 해체현상이라면, 부모 중 한 쪽의 사망은 가족의 해체를 지연시킬 뿐 가족을 유지시켜주지 못한다는 점에서 아이에게는 동일한 상처를 남긴다. 오히려 이혼이 부모 중 한 명과의 만남에 대한 기대를 갖게 해준다면, 사망은 부재의식을 형성시켜서 절망의 경지까지 인도한다. 성장기의 아이에게 가족의 해체/재결합/재구성은 극심한 심리적 고통을 안겨준다. 이 경우 아이는 가족공동체를 일종의 구성체로 파악하게 되며, 사회와 국가의 존재 이유에 대해서도 동일한 시각을 유지한다. 아이에게 가족은 견고한 공동체가 아니라, 일종의 유기체로 인식되는 것이다. 가족을 유기체로 파악하는 아이의 내면은 불안하다.

한국의 전래동화에서 콩쥐와 팥쥐는 고약한 자매의 전형으로 등장한다. 이 작품을 위시한 고대 동화에서 나타나는 권선징악의 메시지는 이른바 시적 정의의 지역화 된 발언일 것이다. 이야기의 도식성은 작품의 수명을 연장해주는 비결인데, 아이들은 두 주요 인물의 갈등을 통해 세상을 배운다. 인물간의 갈등 양상이야말로 이야기의 흥미와 주제의식을 삼투시키는데 유용한 구실을 담당한다. 또한 두 인물은 무수한 거듭남을 통해 동화나 소설 작품에서 재출현한다. 아이들은 전래동화의 읽기를 통해 문학적 문법체계를 습득하게 되고, 현실의 부조리와 모순을 헤쳐 나가는 방법을 체득한다. 또한 전통적 정서인 한의 전개양상을 무의식 속에서 검열하고 각인한다.

한은 소극적인 측면이 강하다. 그것은 대상이나 세계의 결핍에서 파생된 정서적 특성이기 때문에 나타나는 자연스런 현상이다. 그러나 한은 소극적 상태에서 출발하여 풀림을 향한 적극적 국면으로 전개된다는 점에서 이중적이다. 한의 운동성을 동화 작품에서 찾아볼 수 있는 사례로 개구쟁이들이 등장하는 김향이의 작품을 들 수 있다. 그녀의 「하늘 엄마 땅 엄마」(『보이니』, 계몽사, 1994)는 콩쥐 팥쥐 이야기의 변형이다. 주인공 유나는 엄마의 죽음으로 인해 어느 날 새 엄마와 지혜를 가족으로 맞이한다. 수다쟁이 지혜의 등장으로 유나는 아빠의 사랑을 빼앗기고, 새 엄마의 눈치를 살피는 소심한 아이로 변해간다. 그러던 어느 날 유나는 지혜를 찾으러 나섰다가 골목길에서 오토바이에게 치이는 사고를 당한다. 이 사건을 계기로 유나는 병원으로 이송된다.

유나가 응급실에서 실려 나올 때 새 엄마가 헐레벌떡 달려왔습니다.
"이를 어쩌니……. 이를 어쩌니……."
새 엄마는 고장난 녹음기처럼 이를 어쩌니 소리만 하였습니다. 지혜는 겁에 질려서 엄마의 눈치만 살폈습니다. 누군가 한 마디만 하여도 곧 울음을 터트릴 얼굴이었습니다. (132쪽)

사고의 원인 제공자가 지혜이고, 희생자가 유나라는 사실은 두 자매간의 처지를 역전시키는 계기를 예비한다. 부상당하여 발화를 멈춘 유나 앞에서 지혜의 수다는 "누군가 한 마디만 하여도 곧 울음을 터트릴 얼굴"로 변한다. 지혜의 다발성 언어행위가 울음을 예비한 얼굴로 변하는 것은, 언어의 부유하는 기표가 내포적인 기의로 이동하는 것에 해당한다. 지혜의 음성언어가 신체언어로 국면 전환을 단행하는 순간, 언어는 침묵하고 감정은 상호 교류한다. 마침내 '하늘 엄마 땅 엄마'는 유나의 가슴속에서 화해하고, 유나는 지혜를 친동생으로 받아들인다.

어느 평자가 '전형적인 명랑소설'이라 자리매김한 김향이의 『내 이름은 나답게』(사계절, 2001)는 자매편 『나답게와 나고은』(사계절, 2001)과 함께 짙은 비애가 무쳐진 슬픈 작품이다. 이 작품은 「하늘 엄마 땅 엄마」와 유사하면서도 다른 구도를 갖고 있다. 유사한 점은 어머니의 부재와 새 엄마, 그리고 동생의 출현이며, 상이한 점은 남매의 이야기를 작가가 별권으로 취급했다는 점이다. 그러나 차이점은 크게 두드러진 것이 아니고, 모두 놀이의 방식을 통해 화해를 지향한다는 점에서 동일한 범주에 속한다.

주인공 나답게는 할머니와 아버지와 함께 살아간다. 외가에 다녀오던 날 아버지의 음주운전으로 교통사고를 당한 뒤, 엄마를 잃고 아버지는 다리에 부상을 입었다. 그는 천방지축 날뛰는 개구쟁이로, 어머니를 잃고 놀이로서 일상을 채워간다. 순수한 성정의 소유자에게 세상은 생기발랄하여야 제격이다. 하지만 그의 내면에는 늘 채워지지 않는 결핍된 정서가 자리잡고 있다. 그 결핍은 그 아이의 생존 조건이면서, 이야기를 전개히는 필요조건이다. 당연히 이야기는 결핍된 상태를 해소시켜주는 충분조건을 찾아 나아간다.

나답게에게 그리움은 사모의 정이다. 나답게는 할머니의 '빈 껍데기 젖'을 빨면서 자라난 아이이다. 그러므로 그에게 "아가, 이리 와. 이리 와아. 젖 먹자, 응?"하며 따라오는 미친 아줌마는 사모곡의 모티브를 제공한다. 더욱이 학교 급식 도우미로 온 고모를 보면서 어머니의 생각은 더욱 간절해진다. 급기야 답게는 "우리 아빠도 빨랑 시집이나 갔으면 좋겠다"고 칭얼대기에 이른다. 마침 학교에서 글짓기 과제로 내준 '그리움'은 답게로 하여금 심리적 정향성을 획득하도록 만든다.

> 그리움: 나는 그리움이 어떤 건지 안다.
>   그건 콜라맛 같은 거다.(97쪽)

아이다운 재치와 순수가 번득이는 작문 내용은 이 작품을 '명랑소설'로 범주화하는 태도를 힐난한다. 그리움이라는 정서가 기호 음료로 표현될 수 있다면, 그것은 아이에게 일상화된 상태라고 보아야 한다. 일상의 그리움은 아이의 일과를 그 정서 속에 편입시키며, 아이로 하여금 간단없이 대리만족을 경험할 수 있는 감각적 표현을 자극한다. 아이는 성장기 소년의 특성에 적합한 감각적 세계에서 결핍소를 충족시키며 현실적 삶을 지탱하는 것이다. 이와 같이 아이의 절실한 생의 의지를 형상화한 작품에서 명랑성을 추출하는 것은 확실한 오독이다.

『나답게와 나고은』은 이복남매의 정 붙이기 과정을 그린 작품이다. 전편에서 나답게가 고독과 생의 쓸쓸함을 견디며 살아간다면, 후편은 나고은이라는 새로 생긴 여동생과 아옹거리며 우애를 쌓는다. 한의 논리를 대입시키자면, 어두운 세계에서 밝음을 세계로 나아가는 과정을 그린 작품이다. 물론 답게는 "엄마없이 막 크는 애"이고, 그애에게 가장 큰 위안은 엄마를 그리워하는 것이다. 그러던 어느 날 그에게 "사람들 앞에서는 잘해주는 척하고, 혼자 있을 때는 괴롭힌다"는 새 엄마가 들어온다.

"미나야, 네 이름이 맘에 안 든다고 했지? 고은이라고 하면 어때?"

"고은이? 나고은! 어, 좋아. 엄마, 오빠가 새 이름 지어 줬다!"

미나가 저렇게 좋아할 줄은 몰랐어.

나는 내 이름과 동생 이름을 입 속으로 가만히 불러보았어.

'나답게와 나고은…….' (131쪽)

작가는 한자어 미나를 고은이라는 순수 한국어로 작명함으로써, 이복남매 사이의 이름 사이에 놓인 언어적 단절을 회복시킨다. 마치 기호의 정치경제학적 실천 현장과 유사하다. 성명의 기호적 변환은 여동생을 가족의 일원으로 인정하는 정치적 제스처인 동시에, 그동안 불가피하게 응결되었던 각종 감정의 앙금들을 제척하여 정서의 거리를 단축시키는 경제적 효과를 가져온다. 더욱이 그 행위의 주체를 답게로 설정하여 손윗사람의 경우 바른 태도를 보여주면서, 한의 궁극적 측면인 화해의 장면을 제시하고 있다. 두 남매는 미나의 이름 바꾸기를 통해 정상적 관계를 회복하고, 행복한 결말부를 향해 서사의 진행 속도를 재촉한다.

세 작품은 한국의 고대소설에서 도식적으로 차용했던 해피엔딩 수법이 한의 정서적/미학적 특질과 연루된 양상을 구체적으로 증거해준다. 물론 서구의 이론적 틀에 기대어 소설의 구성면을 살펴볼 때, 해피엔딩은 후진적이고 유치한 수법이다. 그러나 소설의 결말부를 비극적으로 처리하게 되면, 등장인물의 원한은 지속된다. 한국의 옛 민중들은 유교의 영향으로 구원의 경역을 현실 세계로 국한시키려는 경향이 있었다. 그러한 주자학적 질서 체계가 구현된 소설 작품에서 해피엔딩으로 결말부를 처리하게 된 것은 당연한 결과이다. 이와 같이 긍정적 주인공이 구원을 받게 되는 화해지향성이야말로, 동화의 문학사적 연속성을 확인시켜주는 것이며, 어둠의 세계에서 출발하여 밝음의 세계를 지향하는 한의 전개 방식을 증좌해주는 것이다.

3. 결론

앞으로는 전자문명의 홍해 속에서 한마저 사그라질지 모른다. 디지털시대를 향유하는 세대들에게서 한의 징후를 찾아내기란 여간 어려운 일이 아니다. 그들의 행동 특성에 대한 기성세대의 평가는 경박성과 이기심 등 부정적 경향이 주를 이룬다. 따라서 지금은 문명이 문화를 구축하는 혼란 속에서 조상 전래의 정서적 유산을 보존하는 방법에 대해 심각하게 논의할 시점이다. 더군다나 이분법적 구조로 이루어진 전자 문명의 우산 아래서 생존해야 하는 아이들의 문학에서 한의 수용 문제는 진지하게 논의될 필요가 있다. 이런 측면에서 한의 정서를 지속적으로 형상화하고 있는 김향이의 노력은 돋보인다. 그녀의 동화 작품에 나타난 한의 정서는 대부분 대상의 부재와 결핍으로 인해 발생한다. 그것은 간절한 그리움으로 응축되어 등장인물의 내면 속에서 고아의식으로 잠복되고, 그로 인해 서사의 전개 추이는 결정된다.

그녀의 동화에 나타나는 인물들은 한결같이 대상의 부재를 의식한다는 점에서 정체성을 획득하고 있다. 또한 등장인물들은 문제 아동이 아니란 점에서, 결손가정에 대한 기계적인 대응 방식을 비웃는다. 그것은 그녀의 장점이며, 동시에 한계이다. 그것은 작가가 거대담론을 취급하려는 의욕의 과잉에서 유래한다. 특히 「쌀뱅이를 아시나요」에 드러나듯이, 인물 형상에 대한 형식적 재고가 필요하다. 이 외에 미소한 실수를 지적할 수 있지만, 한의 동화적 변용에 주목하는 김향이의 노력은 평단의 지속적인 관심을 요청한다.

성장기 체험의 사실적 재현

　－정도상론

1. 서론

　세대차는 인간 세계를 발전시킨다. 각 세대마다 지니고 있는 독특한 경험들은 층위를 달리하면서 문화를 형성한다. 세대별로 문화의 층차가 존재하기에 인류는 지금의 문명과 문화를 이룩하였다. 세대차의 근본은 경험의 질적 차이다. 사회가 발전하고 시간이 흐르면서 세대들은 저마다 상이한 문화를 경험한다. 경험이 과거의 산물이란 점에서, 세대차를 점검하는 것은 과거사를 거들떠보는 것과 다르지 않다. 각 세대들은 자신의 세대가 겪었던 문화적 충격이나 지체현상을 기록하여 유산으로 남긴다. 유산의 인수인계 과정은 언제나 평탄한 게 아니다. 어떤 세대는 수차의 전란을 통해 자심한 상흔을 특징적 자질로 공유하는가 하면, 어떤 세대는 비교적 평화한 시내 넉분에 득별한 유산을 남기지 못하는 경우도 있다.

　한국의 최근사에서 386세대는 문제적이다. 이전의 세대가 식민지 체험과 해방－한국전쟁－4·19혁명과 5·16군사쿠테타 등으로 점철된 역사적 격동기를 보냈다면, 386세대는 지금의 민주화를 견인한 시대적 소명감으로 충만했던 세대이다. 그들은 전후세대로서, 출발선상부터 경쟁체제에 편입되었다. 유년기에 민주 혁명과 그것을 전복하는 군사정변을 겪었고, 성장 과정에서는 장기간에 걸친 군부독재를 축출하느라 전력을 쏟아야 했던 불행한 세대이다. 지금 그들은 사회의 중추 세력으로 자리잡았고, 후세대에 의해 구세대로 분류될 만큼 그들의 경험은 거시적이고 비일상적이었다. 386세대는 후속세대의 개인주의적 사회생활이 미덥지 못하고, 그들의 미시적 생활 모습에 눈살을 찌푸리기 일쑤다. 그런 탓에 어느덧 한 가정의 가장으로 늙어가는 그들에게 화급한 문제는 후대와의 의사소통이다. 그들의 시국을 우선시하는 사고방식은 가족간의 의사 단절 상태를 초래하는 빌미로 작용한다. 그들 세대는 공통적으로 위의 문제점을 해결하지 않으면 안 되는 중년인 된 것이다.

이런 사정을 헤아린 정도상은 장편동화 『아빠의 비밀』(내 인생의 책, 2003)에서 독자적인 해결 방안을 제시하고 있어서 시의적이다. 그는 전북대학교를 졸업한 뒤, 1987년 단편소설 「십오방 이야기」로 문단 활동을 시작했다. 그간 『친구는 멀리 갔어도』를 비롯한 소설집을 발간하는 한편, 동화의 발표에도 열심이어서 『종이학』 등의 동화집을 발간하기도 했다. 그는 소위 민주화 운동 세대들이 필연적으로 겪어야 하는 세대차로 인한 가족간 화합의 문제를 지혜롭게 해결할 수 있는 방안을 이 동화 작품에서 보여주고 있다. 그의 작품이 지니고 있는 미덕은 동시대의 동세대들이 공통으로 직면하고 있는 문제를 고민했다는 점이다. 이에 본고는 그의 고민한 바를 살펴봄으로써, 세대간의 원활한 의사소통 문제가 문화의 전승으로 연결될 수 있다는 사실을 확인하기로 한다.

2. 세대와 세대의 소통 방식

앞에서 언급한 바와 같이, 한국의 386세대는 비극적이다. 그들은 전통적인 효제사상을 교육받은 세대답게 부모에게 지극한 효도를 실행한다. 자신보다는 부모의 뜻을 따르도록 훈련된 그들이기에, 효도는 부모에 대한 자식의 당연한 도리이다. 그러나 후세대들은 그들의 행동방식을 이해하기 힘들다. 신세대에게 부모세대는 전래의 사고방식을 완강하게 고수하는 고루한 세대로 분류될 뿐이다. 그들은 부모의 행실을 본받기보다는, 자신의 의지에 따라 행동하는 가치관을 더 중시한다. 그들의 거부반응 속에서 부모로서의 386세대는 선대와 후대 사이에서 샌드위치가 된다. 이러지도 못하고 저러지도 못하는 그들은 자식들에게 고지식한 부모로 각인되어 극복의 대상으로 전락하였다. 사회적으로는 중추세력이 되어 한국의 미래를 설계할 역군이면서도, 가정에서는 가족들의 바람을 헤아리지 못한 채 일중독 환자에 지나지 않는다. 그들은 그것을 세대의식과 가치관의 균열 상태로 자각하면서도, 국면을 역전시킬 비책을 갖고 있지 못해 곤혹스럽다. 이에 정도상은 동세대의 문제를 감당한 글쓰기를 보여주기로 결심한다.

　어린이 여러분! 아버지의 어린 시절을 알고 있나요? 아버지와 많은 대화를 하는 어린이라면 혹시 잘 알고 있을지도 모르겠습니다. 하지만 대부분은 거의 모르는 채 지내고 있을 겁니다.

　돌이켜 보면, 내가 초등학교를 다닐 때와 어린이 여러분들이 초등학교에 다니고 있는 지금은 시대가 많이 다르답니다.

　아빠의 비밀은 바로 거기에 숨어 있답니다.

　내가 초등학교에 다닐 때에는 사실 전깃불도 거의 없었습니다. 그러니 인터넷이나 게임은 두말할 필요도 없는 것이지요. 하지만 우리는 참으로 재미

있게 놀았답니다. 학원은 당연히 존재하지도 않았죠. 하지만 밤이면 호롱불 밑에 엎드려 연필에 침 묻혀 가며 숙제를 했고, 일기도 썼답니다.

　나는 어린이 여러분에게 '아빠의 어린 시절'을 꼭 한 번 들려주고 싶었답니다. 그래서 이 글을 쓴 것이지요. (「지은이의 말」)

동일 세대의 처지를 동시에 체험하고 있는 정도상은 노골적으로 이 작품을 쓰게 된 동기를 드러내고 있다. 그의 직설적인 표현에 힘입어 독자는 '아빠의 비밀'이 작가의 '비밀'과 다르지 않다는 사실이 판명된다. 그의 고뇌는 성장기에 겪었던 자잘한 일상사들을 세밀하게 재현한 모습에서 도드라진다. 그는 지금과 다른 시대를 살았던 자신의 얘기를 회고하여 그 시절을 모르는 아이들에게 '아버지의 어린 시절'을 들려주고 있다. 작가는 그 시절의 앎과 모름을 기준으로 아버지와 여러분을 구별한다. 이런 태도야말로 전적으로 기성세대의 의식에 뿌리를 둔 것이다. 그는 세월 속에서 기성인으로 편입된 자신의 정체성을 반추하다가, 어중간한 자세로 세대교체의 분위기에 편승한 신세를 발견한다. 그러자 그의 현실인식은 세대차로 집중되고, 다른 문제는 부차적 과제로 밀려난다. 그 문제를 시급하게 파악한 작가는 소년기의 추억을 오늘에 되살리기로 결정한다.

　아빠는 공터 구석에 있는 나무로 만든 틀에 돼지의 발을 묶었다. 잠시 후에 수염이 더부룩한 아저씨가 수퇘지를 끌고 나왔다. 수퇘지는 우리 돼지를 보자 꿀꿀거리며 소리를 질렀다.

　아빠가 그 아저씨한테 종이돈을 몇 장 주었다. 그러자 그 아저씨가 수퇘지를 우리 돼지의 등에 올라타게 해 주었다.

　그러자 수퇘지의 배에서 끝이 뾰족한 나사못처럼 생긴 빨간 잠지가 나왔다. 그 아저씨는 수퇘지의 잠지를 잡아 우리 돼지의 '똥꼬'에 잘 들어가도록 해 주었다. 그 모습을 보니 기분이 요상했다.

　'저게 접이란 거구나.'

　수퇘지가 우리 돼지 등에 올라탄 모습을 보니 내 잠지가 찌르르 울리면서
오줌이 마려웠다. (22~23쪽)

　옛날 시골 마을에서 가끔 볼 수 있었던 광경이다. 아직 수의학이 발
달하지 못하고 인력이 부족하던 시절이었으므로, 동물의 인공수정은
만연되지 못하였다. 같은 동네나 이웃 동네에서 적당한 배필을 찾아다
니면서 씨받이 공사를 하던 풍경이 눈에 선하게 들어온다. 그러면서도
작가는 '내 잠지가 찌르르 울리'는 느낌을 표백하여 아이의 신체적 변
화를 암시한다. 정도상의 작품을 읽다보면, 이처럼 이른바 아어에 대
한 관심이 아예 없다는 사실을 알게 된다. 예컨대, 그는 "치사 빤스"니
"이년이 나를 삶네, 삶아. 이 나쁜 년" 등에서 보는 바와 같이, 상스러
운 구어들을 가리지 않고 구사한다. 그에게는 현상과 사건의 사실적
묘사가 중요할 뿐, 서술상의 잔재주나 날렵한 도회지 냄새는 관심권
밖으로 밀려난다. 이러한 점은 그의 운동권 체질과도 상관있을 터이지
만, 현실에 대한 객관적 인식을 중시하는 386세대의 세계관이 자리하
고 있다.

　이 작품에서 작가는 '오줌싸개, 똥을 먹는 돼지, 부스럼, 맹호부대
흉내 내기, 촌스러운 이름 짓기, 솔방울 줍기, 국민교육헌장 외우기,
대보름놀이, 꽃상여, 채변봉투' 등, 지금은 사라진 옛 풍습을 고스란히
재현하고 있다. 그것은 작가 세대에게는 보편적인 경험이고, 시큼은
추억이다. 작가는 구술문화가 지배하던 당대의 어린이들이 경험했던
일상의 세목들을 차근차근 기억하여 슬로우비디오로 제시한다. 그의
회상에 함의된 바는 과거적 경험들이 집적되어 현재적 순간을 구성한
다는 것, 작고 보잘 것 없는 일상들이 축적되어 역사라는 거대서사를

작성한다는 것, 그러므로 선대의 경험들은 후대에 전승되어 보존될 필요가 있다는 것이다. 이처럼 정도상은 소박한 내용을 강조한다. 그것은 역으로 상식적인 범주에 속하는 것들이 상대적으로 무시되거나 소외받고 있다는 문제의식을 반영하고 있다. 그의 조급증은 할머니에게서 학습한 바를 서사적으로 되살리도록 추동한다.

> 밥을 먹은 나는 세수를 하려고 무거운 놋대야를 들고 장독대로 갔다. 검은색의 럭키 흑설탕 비누로 세수를 했다. 세수를 끝낸 뒤에 대야에 담긴 세숫물을 마당에 휙 뿌렸다.
> "아이고, 야아! 물을 그렇게 뿌리면 어쩌냐!"
> 할머니가 깜짝 놀라 손사래를 쳤다.
> "예?"
> 나는 무엇을 잘못 했나 싶어 할머니를 빤히 쳐다보았다.
> "물을 그렇게 뿌리면, 마당에 있는 개미 같은 벌레들이 깜짝 놀라잖냐? 벌레들도 귀한 생명인데 물을 살살 뿌려야지. 이렇게."
> 할머니는 마당에 물을 뿌리는 시늉을 하며 내게 시범을 보였다. 할머니처럼 물을 버리면 마당에 있는 벌레들이 놀랄 염려는 없을 것 같았다. (79쪽)

할머니는 세숫물을 함부로 버리지 않도록 손자를 훈계하고 있다. 그녀는 '벌레들도 귀한 생명'이므로, 깜짝 놀라게 해서는 안 된다고 손자의 행동을 나무란다. 그녀의 교훈은 뭇생명들을 차별하지 않고 사랑하는 범애주의에 연원을 둔 것이다. 할머니는 하찮은 생명조차 함부로 대하지 말라는 선대의 교훈을 내면화한 인물이다. 그녀의 실천 행동은 손자에게 전해지기를 욕망하는 기대의 표시다. 작가로 추측되는 손자는 '할머니처럼 물을 버리면 마당에 있는 벌레들이 놀랄 염려는 없을 것 같았다'고 말하여 할머니의 가르침을 내재하기로 마음먹는다. 이러한 조손간의 문화계승 장면은 작가의 소망이다. 곧, 이 대목은 정도상이 실제 현실에서 반복되기를 바라는 마음에서 의도적으로 설정한 것이다. 그는 지상에 존재하는 온 생명체들이 서로 존중하고 더불어 살아가는 공동체를 꿈꾼다. 비록 그의 기대는 호응하는 이들이 많지 않아 실현 가능성이 적지만, 그것이 소중한 이유는 꿈이기 때문이다. 꿈은 현실적 불만을 극복하는 무의식적 욕망 기제이며, 현실 세계의 오류를 시정할 수 있는 계기를 제공한다. 따라서 작가의 소원은 세대간에 활발한 의사소통이 이루어져서 단절에 대한 불안의식이 거세되기를 바란다.

3. 결론

정도상의 『아빠의 비밀』은 장르상으로 동화가 아니라 소설이다. 동화와 소설의 근본적인 차이는 환상성의 차이에 있다. 혹자는 환상적 리얼리즘 등을 동원하여 소설의 환상성을 옹호하기도 하지만, 그런 분류 태도는 아이들에게 강요할 수 없다. 아이들은 소설작품을 읽으면서, 예전의 동화와의 차이점을 체득한다. 언어상으로도 이 작품에서 남발되는 비속어는 동화에 적합하지 않다. 이런 문제점들을 안고 있지만, 이 작품은 '아빠의 어린 시절'을 통해 후대와의 화해를 모색하고 있다는 점에서 유의미하다. 그것은 문화의 원만한 계승을 도모하는 차원에서라도 서둘러 공론화되어야 할 문제이다. 작가의 문제제기가 시골의 체험에 국한되어 있으나, 한 세대 전에는 한국에서 두루 찾아볼 수 있었던 생활 장면이어서 쉽게 호응된다. 그런 측면에서 『아빠의 비밀』은 선세대와 후세대 간의 문화적 간극을 최소화할 수 있는 현실적 방안을 제시하고 있다고 평가할 수 있다.

제4부
서평, 해설, 발문

'해'와 놀이하는 시인
—전원범 동시집 『해야 해야 노을자』평

    시인들이 연작에 착수하게 되는 이유는 여러 가지일 터이지만, 그 중에서도 가장 으뜸가는 것은 대상에 대한 가없는 애정일 터이다. 연작은 말 그대로 하나의 대상에 대한 집요한 관찰과 서정적 반응을 필요로 한다. 그런 까닭에 연작은 자칫 잘못하면 시적 긴장감이 느슨해지는 염려로부터 자유롭지 못하다. 그에 반해 우려할 만한 요소들을 슬기롭게 극복한다면, 연작은 시인에게 형용하기 어려울 정도의 성취감을 안겨준다. 그는 연작을 통해 자신의 시세계를 극명하게 강조할 수 있으며, 시적 상상력의 진폭을 확장하여 심화할 수 있다. 이런 이유로 뭇 시인들은 연작을 간단없이 발표하고 있으며, 그들이 제출하는 노력의 결과물을 통해 독자들은 상상력의 여러 양상을 비교하며 완미하게 된다.

    전원범의 새 동시집 『해야 해야 노을자』(청개구리)는 '해'에 관한 연작 70편을 모은 작품집이다. 익히 알려졌다시피, 그는 등단 후부터 지금까지 '해'를 열정적으로 시화한 시인이다. 그는 차라리 시작 생활 내내 '해'를 우러르며 살아왔다고 해도 과언이 아닐 만큼, '해'를 대상으로 갖은 상상력을 선보여 왔다. 이번 시집은 기왕에 발표했던 시편들을 한데 묶어서 독자들에게 자신의 시적 정체성을 확고히 각인시켜주기에 안성맞춤이다. 그의 연작시들은 전적으로 '해'의 속성을 순간적으로 포착한 인식안에서 남상된 것이다. 그는 생명성, 편재성 등의 '해'가 지닌 본래적 속성을 과학적으로 관찰한 뒤에, 자신의 서정적 반응 부위에 적절히 대응시켜서 선명한 심상을 빚어내고 있다. 말하자면, 그는 "잎사귀마다 빛을 터는 소리"(「또 하나의 세상―해·42」)조차 놓치지 않을 만큼 섬세한 감수성을 적극적으로 활용하여 대상의 특성을 순간적으로 포착하고 유효한 심상을 빚어내는 것이다. 이것이 전원범의 '해' 연작이 갖고 있는 강점이고, 독자들이 얻을 수 있는 독해상의 잇점이다.

소리라는 소리는 모두 거두어 가지고
빛깔이라는 빛깔은 모두 거두어 가지고
밤 내내 무엇을 하는가
어디서 잠을 자다가
해는 또
저리도 일찍 일어났을까

새벽녘서부터 해는
색칠하기에 바쁘다
꽃은 빨간 꽃이게 하고
잎은 파란 잎이게 하고

세상 모든 것들에게
하나씩 또 하나씩
소리를 놓고 다니기에 바쁘다.

새에게는 새소리를

풀벌레에겐 풀벌레 소리를……

빛깔이라는 빛깔을 모두 풀어 놓고

소리라는 소리는 모두 달아 놓고

해가 산마루에서

일어서고 있다.

─「일어서고 있다─해·23」 전문

　전원범의 작품들은 대부분 전통적인 구성 방식을 표방한다. 그의 시조 창작 경험과도 관련된 사실이겠으나, 이러한 작법은 작품의 균제미를 확보하는데 기여하고 있다. 위 작품에서도 그는 4연의 형식을 빌어서 '해'가 돋아서 지기까지의 일상을 선명한 이미지로 포착하였다. 그는 예정된 수순을 따라 움직이는 '해'를 따라가면서 면밀하게 관찰한 바를 감각적으로 형상화하는 태도를 보인다. 그의 섬세한 시선에 의해 '해'의 행동반경이 요연하게 드러나는 것은 물론이다. 그의 형식에 대한 관심은 잠재적 독자인 아이들을 위한 기성세대의 친절한 배려이면서, 동시의 성격을 효과적으로 명시하는 효과를 수반한다.

　그는 "해의 웃음소리"(「새는 보았어요─해·11」)조차 들을 수 있을 정도로 귀 밝은 시인이고, "나락 속에 쟁여지던 햇빛"(「옥수수 알마다─해·39」)까지 찾아낼 수 있는 눈 맑은 시인이다. 그의 관찰에 의해 '꽃은 빨간 꽃', '잎은 파란 잎'의 고유한 색깔을 부여하고, 나아가 '새에게는 새소리', '풀벌레에겐 풀벌레 소리'를 부과하는 '해'의 부산한 일상이 전경화된다. 그는 우주의 이법을 수행하는 '해'의 일과를 아이들이 감촉할 수 있도록 시각과 청각을 동원하여 이미지를 구축하고 있다. 그의 시적 모색은 이른바 '말하기'의 시보다는 '보여주기'의 작법에 익숙한 성향에 기인한다. 이것은 현하의 동시에서 문제점으로 지적되고 있는 내용 우위의 교훈성을 극복하려는 수범적 사례에 속한다. 그가 심상을 통해서 주제의식을 표명하고자 하는 이유이다. 아래의 작품에서도 그가 진력하고 있는 시작상의 편린을 살펴볼 수 있다.

> 꽃 속에 작은 해를 하나 묻어 두고
> 잠자는 아기 얼굴에
> 해를 하나 놓아 두고
> 아침을 풀었다가
> 다시 하루를 말아 올린다.
> 해는
> 커다란 빛의 얼레.
>
> ─「둥그런 꽃─해·32」 부분

위의 인용 작품에서 알아차릴 수 있듯이, 그의 상상력은 아이들의 놀이를 빌어 빛을 발할 때 최고조에 달한다. 겨울날의 연날리기에서 차용한 이 작품에서 시인은 세상의 온갖 생명을 관장하는 '해'의 역할을 '얼레'에 비유하고 있다. '해'는 "일곱 빛깔의 색실"(「커다란 실타래─해·28」)을 얼레에 감아서 '꽃 속'과 '잠자는 아기 얼굴'이 제빛을 드러내도록 하루 동안 실을 감았다가 풀기를 되풀이한다. 만약 '해'가 없다면 삼라만상에 존재하는 만물이 본연의 성질을 유지할 수 없다는 과학적 사실을 전원범은 탁월한 상상력을 동원하여 웅변히고 있는 셈이나. 이처럼 그의 장기는 말하고 싶은 바를 보여주는 데 있다. 그것은 사물의 생리적 특성을 즉각적으로 파악하는 일에 능숙한 덕분이기도 하지만, 그보다는 시안을 아이들의 눈높이에서 구동하고자 노력한 소산으로 보아야 제격이다. 예컨대, 아이들은 '해'와 유사한 행동 패턴을 보인다. 그들은 '해'의 움직임에 따라 일과를 시작하고 마무리한다. 아무리 피곤하게 보낸 날이라 할지라도, 아이들은 '해'가 돋고 나면 훌훌 털고 일어나서 아침을 맞는다. 그들은 놀다가 지치면 "해 한 덩이 베어 먹고"(「지훈아―해·29」) 힘을 얻는다. 이처럼 아이들과 진배없는 날카로운 직관을 앞세우는 전원범의 자세는 존중받아야 마땅하다.

하지만 그가 언제나 아이들의 수준에서 시작하는 것으로 생각하면 오산이다. 그는 어엿한 어른으로서, 아이들이 간과하기 쉬운 관점, 곧 극진한 주의에 토대하여 대상과의 거리를 좁힐 대로 좁히는 시인다운 관점을 제시한다. 앞의 시는 어린이의 놀이에서 암시받은 작품인 까닭에 연을 날리는 도구가 동원되었다. 그에 비해 아래의 작품은 기성시인의 안목에서 사물을 바라보고 있기 때문에, 사물과의 정서적 거리를 삭제하면서 신중한 자세를 유지하고 있다. 두 작품 사이에서 발견되는 차잇점은 동시의 작자가 내포하고 있는 이중적 성격을 고스란히 노출시킨다. 새삼스럽게 전원범의 시작품을 꼼꼼하고도 정치한 독법으로 읽어야 할 명분이다.

작은 떨림으로
바람이 인다.

흙 사이로 나앉는 풀씨를
받으며
아까부터 해는
숨을 죽이고 있다.

겹겹이 싸 놓은
이야기를 풀어

꽃잎이

마악

벙그는 순간

조이던 가슴을 풀고

해도

가만히 웃는다.

―「숨을 죽이고―해·33」 전문

해는 "연약한 뿌리를 조심스레 내어 뻗을 때까지"(「빛을 내리고 있다―
해·60」) 대상의 미세한 움직임까지 응시한다. 마치 아기를 바라보는 어
머니의 눈길처럼, 그것은 시인과 대상의 거리감을 상쇄하는 전제 조건
이다. 그에 힘입어 시인의 바라봄과 '해'의 바라봄이 동일한 시간적 배
경에서 조우한다. 두 관점의 교차를 통해 꽃잎은 시인과 '해'의 반응권
으로 편입하고, 공간상의 침묵은 특정한 의미장을 형성하게 된다. 즉,
하나의 꽃이 피어나기 위해서는 우주적 조응이 필요하다는 시인의 전
언은 행간에서 묵언으로 장치되어 있을 뿐이다. 이와 같이 시인은 '말
하기'를 삼가는 대신에 작품의 공간에 주제를 산포해둔다. 이러한 사실
로 인해 그의 작품이 지니고 있는 장처는 그간 제대로 조명되지 못하
는 불우한 환경에 처했었다. 그러므로 동시집『해야 해야 노을자』의 시
사적 의의에 대해서 진지하게 거론될 시점이다.

지금까지의 한국 현대시사에서 '해'를 지배적 심상으로 설정한 작품
들은 드물다. 1930년대의 김기림이 '태양의 풍속'을 형상화하고, 김해
강이 '태양'을 싣는 배를 띄우려고 노력한 것은 사실이다. 그렇지만 그
들의 시도는 식민지시대의 특수한 상황을 전제하지 않으면 의미를 획
득하기 난망하다. 그만치 한국의 시인들은 태양을 찾는 '오전의 시론'

보다는, 달을 선호하는 '오후의 시론'을 추구해 왔다. 그에 비해 전원
범은 일관성 있게 '해'를 추앙하는 시작 태도를 견지해 오고 있다. 이
런 측면에서 그의 노력은 시사적 의의를 획득하기에 충분하며, 동시의
갈래상의 특성을 고려하면 그의 고투는 좀더 각광받을 필요가 있다.
이 시집의 편제로 보건대, 전원범은 앞으로도 '해' 연작을 더 시도할
작정인가 보다. 연작의 끝 작품에 붙은 '해의 씨앗'이라는 부제로 미루
어 볼 때 그런 예감은 더해진다. 아마 그의 시적 열정이 '해'를 닮은 것
인지도 모를 일이다. 그가 과작의 시인이라는 사실을 고려하면, 이런
다짐은 독자들의 기대심리를 자극하고도 남는다. 따라서 '해'를 중심
으로 이루어질 그의 시작업이 제출하게 될 심상의 변주 양상을 주목하
기 위해서라도 이 시집은 독자들의 주의를 요한다.

동시, 마음의 안식
－윤이현 동시집 『내 마음 속의 가을하늘』평

　같은 시라고 할지라도 성인시와 동시는 다른 효용 가치를 지니고 있다. 시는 세계의 무질서에 둔감해진 우리들의 자동화된 사유를 꼬집어서, 사회현상에 대한 인간의 정서적 불감증을 문제 삼는다. 이에 비해 동시는 세파에 지친 우리들의 영혼을 맑게 씻겨준다. 동시 속에는 나이 어린 화자가 보고 느끼고 생각하는 바가 갖가지 표정으로 등장한다. 그를 통해 우리는 아스라한 과거적의 자신을 돌아보며, 빙그레 웃음짓게 된다.

　따라서 동시는 단순성을 미학적 심급으로 삼는다. 동시는 어려워서는 안 되고, 나이 든 화자의 더부룩한 발언이 나타나서도 안 된다. 그것은 동시라는 장르가 갖고 있는 문학적 준거이다. 이러한 외면적 속성에 주목한 사람들은 동시를 우습게 여기고 자시의 문학적 치기를 발동시킨다. 하지만 그의 시도는 언제나 빗나간다. 그 이유는 무엇일까? 바로 자신의 내면에 동심을 갖지 못하고 있기 때문이다. 동시는 동심이라는 불가시적인 관념 체계를 거느리고 있다. 그것은 우리를 편안한 원시적 질서의 세계로 인도하는 마력적임 힘을 가졌으면서도, 단 한번도 제 모습을 드러내지 않는다.

동심은 동시를 쓸 수 있도록 받쳐주는 심리적 원형질이다. 그 깊이를 알 수 없는 동심으로 인해 세상은 순수를 잃지 않는다. 윤이현의 동시집 『내 마음 속의 가을 하늘』(아동문예)은 44년의 교직 생활을 마치고 정년퇴임하는 한 동시인의 시집이다. 서문에 의하면 그는 "언제부터인가 가을하늘을 좋아했고, 가을 하늘을 닮고 싶"었단다. 그의 교직 생활은 "동심, 그 순수에 머무를 수 있었으면 더 바랄 것"이 없던 삶, 그 자체였던 것으로 보인다. 그의 대표작 '가을 하늘' 연작은 이 동시집을 그의 인생사로 읽도록 만든다. 그는 가을 하늘을 우러르면서 자신의 부끄러움을 반성하고, 어머니의 모습을 떠올리고, 그리움에 눈물 젖고, 가슴속에 감추어두었던 은밀한 욕망을 드러내기도 한다.

물들이고 싶다.

마음 한 조각
뚝, 떼 내어
물들이고 싶다.

저/파아란 물.

이와 같이 동시는 작품을 둘러싸고 진행되는 온갖 논의를 배제해버린다. 그냥 읽으면 될 뿐, 동시는 난해한 이론으로 포장한 설명이나 해석을 제척한다. 짧은 시행 속에 참으로 많은 이야기를 담고 있다. 그 사연은 언제나 동일한 메시지로 귀결된다. 그것은 독자들로 하여금 순수의 시대를 추구하라는 것이다. 물론 이러한 주제는 성인시에서도 구현된다. 하지만 동일한 주제를 드러내는 방식에서 차이를 지닌다. 동시는 동심에 기초하고 있기 때문에, 성인시에 비해 항상 힘이 세다. 시의 기법을 능수능란하게 구사하는 시인은 기교적인 사람이지만, 동시를 잘 쓰는 사람은 세상의 어떤 기교도 인간의 순수한 성정을 따라갈 수 없다는 사실을 온몸으로 보여준다. 시를 잘 쓴다고 동시 앞에서 까불 일이 아니다.

동시가 주는 매력은 바로 여기에 있다. 인간의 삶에서 미래는 살아갈수록 뿌연해지는데 비해, 소년기의 추억은 우리들의 마음을 평화하게 한다. 그럴 적마다 우리는 동시집을 읽으며 잃어버린 순수의 시대를 기억하며, 마음의 평정을 되찾을 일이다. 다시 한 번, 동시는 우리들에게 잃어버렸던 웃음을 되찾게 해주는 힘을 갖고 있다.

제 '이름값 하기'의 어려움
―김향이 동화집, 『나는 쇠무릎이야』평

김향이의 동화를 읽으면 알싸하다. 그러므로 그녀의 동화는 자근자근 곱씹으며 읽어야 한다. 첫째, 그녀는 주제를 드러내기 위해 서두르지 않는다. 그것은 그녀가 작가의 개입가능성이 큰 동화의 장르상 유혹을 잘 이겨내고 있다는 점에서, 독자들에게 든든한 믿음을 준다. 둘째, 그녀의 글은 창호지가 먹은 풀조차 되살릴 정도로 찹찹하다. 이것은 작품을 읽은 뒤에 인물들로 하여금 독자들 앞에서 알씬거리도록 만든다. 셋째, 그녀의 동화는 독자들에게 따뜻한 외로움을 가져다 준다. 그것은 외로운 분위기를 끊임없이 조성하면서도, 종국에는 긍정적 화해를 지향하는 작가의 세계관에서 유래한다. 이런 이유로 그녀의 동화는 되풀이하여 읽어야 제 맛이 우러난다.

그녀가 새롭게 펴낸 『나는 쇠무릎이야』(푸른책들, 2003)는 4편의 동화를 묶은 것이다. 그녀의 말을 빌자면, 이 책은 아이들이 "하찮게 여기는 돌멩이, 풀, 소나무, 비둘기들의 삶도 간단치 않다는 것, 그들도 우리처럼 희로애락을 느끼며 산다는 것을 알아줬으면" 하는 소망을 담고 있다. 하지만 주위의 미물을 무시하는 것은 어린이보다 어른들이라는 점에서, 이 책은 어른들이 먼저 읽은 뒤에 아이들에게 권할 만한 내용이다. 이것은 기성 문인들이 쓴 동화에서 두루 발견되는 어른의 잔소리가 눈에 띄지 않는다는 사실을 에둘러 한 말이다.

「쇠무릎 이야기」는 절간에서 자신의 이름도 모른 채 다른 꽃들로부터 구박만 받던 쇠무릎의 슬픈 사연을 담고 있다. 어느 날 쇠무릎은 주지스님이 출가한 소년을 집으로 돌려보내며"넌 네 이름값을 할 게다"라는 말을 듣게 된다. 그 말의 의미를 곰곰 생각하던 쇠무릎은 씨앗을 맺게 되면서 이름값 할 기대에 부풀어오른다. 하지만 이름을 모르니 값을 할 수 없었던 쇠무릎은 남을 부러워하는 것으로 손가락질 받는 일상의 삶을 견딘다. 그러던 중에 "이 풀을 약으로 쓰면 아팠던 무릎이 소의 무릎처럼 튼튼해진다더라"는 할머니의 말을 듣고, 자신의 이름과 유래를 알게 된다. 쇠무릎은 반죽거리는 꽃들보다 훨씬 더 유용한 풀이었던 것이다. 작가는 질긴 생명력을 밑천으로 다른 꽃들로부터 온갖 미움을 받는 쇠무릎을 통해 우리들의 폭력성을 고발하고 있다. 그렇지만 그 방법은 철저하게 동화의 형식에 기대고 있기 때문에, 독자들은 두려움없이 진상을 파악할 수 있다.

「비둘기 구구」는 인간과 동물의 사랑을 담은 작품이다. 구구는 참새처럼 하늘을 자유롭게 날고 싶은 욕망 때문에, 비둘기집에 갇혀 사는 자신이 원망스럽다. 구구는 사육장 관리인이 한눈 파는 틈을 이용하여 집 밖으로 나와서 꿈에 그리던 창공을 날아다닌다. 힘찬 날갯짓으로 세상을 구경하던 차에, 그만 구구의 발이 아이들이 날린 연실에 걸려 땅에 떨어진다. 구구는 친구의 손에 이끌려 공원의 할머니에게 인도된다. 할머니는 공원의 비둘기에게 먹이를 주며 무료한 일상을 건디는 사람이다. 할머니는 "못난 사람들은 서로 오도가도 못 하게서리 삼팔선을 긋고 살디마는, 너덜은 오고 싶으믄 오고, 가고 싶으믄 갈 수 있디 않네"라고 독백하면서 구구를 정성껏 치료해준다. 그녀의 목소리에는 평생을 이산의 고통 속에서 살아온 신산스런 과거가 온축되어 있다. 김향이의 장기는 일상화된 역사의 비극을 놓치지 않고 포착하여 독자들의 눈앞에 보여주는 데 있다. 분단시대의 고통을 온몸으로 체험하는 할머니를 등장시키면서도, 작가는 무거운 역사를 정면으로 다루지 않는다. 그녀는 동화작가인 것이다.

「쓸만한 놈」은 한여름 장맛비가 퍼붓던 날에 벼락을 맞아 산산조각 난 바위의 기구한 이야기이다. 본래 큰 바위였던 깜장돌은 물살에 떠밀려 떠돌아다니는 신세가 된다. 깜장돌은 마침 물놀이를 나왔던 한 아이의 손에 들려 정착할 집을 찾는다. 그 아이의 집에서 돌은 어머니의 오이지 누름돌, 아버지의 쥐구멍막이, 그리고 할아버지의 산수경석으로 번갈아 쓰인다. 깜장돌은 오이지를 누르던 시절과 수챗구멍을 막던 더러운 시절을 지내면서 자신의 처지를 한탄하기도 하고, 바위 시절의 찬란한 영화를 떠올리며 스스로 위로하기도 한다. 할아버지로부터 "고향 산천이 네게 담겼구나"라는 찬사를 들으면서부터 깜장돌은 자신을 발견하기 시작한다. 작가는 하나의 돌이 용처에 알맞게 두루 쓰이는 것을 가리켜 "사람마다 물건의 가치를 다르게 보기 때문"이라고 말한다. 그 말은 곧 사람마다 가치관이 다르므로, 우리들은 타인의 관점도 포용할 줄 알아야 한다는 것이다.

「볕고개에 오신 산타할아버지」는 달동네의 소나무 이야기이다. 소나무는 동네 아이들의 친구가 되어 그들의 놀이 동무가 되어준다. 환경미화원은 그 나무 옆에 앉아 쉬면서 하루 일과를 들려준다. 소나무는 사회로부터 소외된 주변부 인물들이 일상에서 겪은 수다를 다 들어주다가, 아이들이 모두 집으로 돌아간 밤이면 "이게 뭐야. 돌아가 쉴 집도 없고, 마음을 나눌 가족도 없이……."라며 궁싯거린다. 그러던 중에 크리스마스가 다가오자 환경미화원은 소나무를 이용하여 크리스마스트리를 만든다. 소나무는 자신에게 달동네의 아이들의 크리스마스 선물을 매달아 준 그에게 고마움을 표백한다. 작가는 이 작품에서 자연과 인간의 어울려 삶의 의미를 묻는다.

이와 같이 김향이는 이 동화집에서 일상의 삶에서 제 이름값 하기의 어려움을 찾아서 잔잔한 목소리로 들려준다. 자신을 과대/과소평가하여 삶을 함부로 재단하는 것은 인간의 교만이다. 지금까지 자신이 흉보았던 허물조차 쓸모 있다는 생각이야말로 스스로를 발견하는 지름길이다. 작가는 동시대의 우리들이 갖추어야 할 덕목으로 이름값 하기를 들고 있다. 그녀의 생각은 선인들의 말씀을 반복한 것이지만, 동화의 형식적 특성을 활용하여 독자들이 지루하지 않도록 서술하고 있다. 그러므로 이 책은 속도의 일상성에 길들여져 자신의 존귀함을 망각한 현대인들에게 딱 어울린다.

스포츠의 필요성과 스포츠 시의 중요성

―이준섭 동시집 『운동장 들어올리는 공』 해설

지난 8월에 이웃 나라 베이징에서 열린 올림픽 경기는 모든 국민들을 흥분의 도가니로 몰아넣었습니다. 사람들은 텔레비전 앞에 바짝 다가앉아서 한국 선수들이 최선을 다해서 좋은 성과를 올리기를 바라며 열심히 응원했습니다. 모든 국민들은 하나를 대표하여 출전한 선수들을 마치 자신처럼 생각한 것이지요. 스포츠는 이와 같이 사람들을 하나로 뭉쳐주는 힘이 있습니다. 더욱이 나라 안팎에서 소란스럽던 시절이라서 국민들이 올림픽 경기를 관람하는 데 더욱 열중하였습니다. 국민들은 스포츠 경기를 시청하는 동안에, 자신의 가슴을 억누르고 있던 갖가지 고민과 어려운 일들을 씻어내는 것이지요.

이처럼 스포츠의 중요성이 날로 강조되는 이 즈음, 이준섭 시인이 최초의 스포츠동시집 『운동장 들어 올리는 공』(정인출판사, 2009)을 발간하게 된 것은 기쁜 일입니다. 이 선생님은 1986년 첫 동시집 『대장간 할아버지』를 발간한 이후에 활발히 작품을 발표하고 있습니다. 선생님의 동시에 나타난 두드러진 점이라고 하면, 아이들의 뛰어노는 모습을 즐겨 다룬다는 것입니다. 이것은 그 분의 시세계를 헤아리는 데 아주 쓸모 있습니다. 시인들은 누구나 작품에서 곧잘 취급하는 대상이 있고, 그것을 통해 독자들은 시인의 생각을 짐작할 수 있기 때문입니다.

　이번에 나온 시집은 '운동횟날ㅡ체육시간에ㅡ앞산 들어올리는 역기ㅡ삼천리 울리는 씨름ㅡ더 높은 곳을 향해'의 순서에 따르며 나눈 묶음 속에 80편의 동시를 수록하고 있습니다. 이 순서를 보면, 학교 체육에서 사회의 체육 활동, 국가간의 체육 경기로 나아갑니다. 말하자면 독자들이 경험하는 공간이 확대되는 데 맞추어서 작품을 편집한 것이지요. 어린이들은 학교ㅡ사회ㅡ국가ㅡ국제의 순으로 공간을 체험하면서 어른이 되어 갑니다. 이것만 보아도 이준섭 시인의 독자에 대한 세심한 배려를 살필 수 있습니다.

　예로부터 사람들을 가리키는 말 중에 '놀이하는 사람'이라는 말이 있습니다. 이 말이 생겨나게 된 이유는, 사람들이 지닌 여러 가지 본능 중에서 놀이하는 특성이야말로 가장 사람다운 것이라고 본 것이지요. 그렇다면 사람의 나이 중에서 놀이에 애착을 보이는 때는 당연히 어린 시절이지요. 그 시절에는 한시도 다소곳이 앉아 있지 않을 정도로 아무 때나 밖으로 나가서 놀고 싶습니다. 혼자 놀면 심심하므로, 어린이들은 또래들을 불러내어 무리를 이룹니다. 그들은 마치 한몸 한뜻인 양, 힘을 합치거나 겨루면서 시간을 즐깁니다. 그들은 노는 곳을 가리지 않습니다. 또한 그들은 아무 때나 어디서나 옆에 있는 물건들을 이용하여 놀이기구를 만들어 놉니다.

　이런 특성을 잘 아는 학교에서는 운동회를 열어서 어린이들이 마음껏 재주를 자랑하는 행사를 갖습니다. 학교에서 운동회 잔치가 열리면, 학생들은 일년 동안 배운 바를 마음껏 뽐냅니다. 학생뿐만 아니라 학부모, 동네사람들까지 높고 푸른 가을하늘 아래 모두 모여서 흥겨운 가을잔치를 열지요. 이준섭 시인은 이것을 놓치지 않고 열두 편의 작품을 썼습니다. 시집의 '운동횟날'을 살펴보면, 운동회가 시작되어 끝난 뒤의 아쉬움까지 아우르고 있습니다. 이걸로 미루어 볼 때, 시인은 이 시집을 내기 위해 아주 공들인 셈입니다. 아마 시인은 그 동안 동시에서 소홀히 취급했던 스포츠를 깊이 다루고 싶었는가 봅니다. 그는 운동회가 열리는 날의 흥분을 "말짱한 날도 벼락치며 천둥소리 들썩거린다"(「체육관의 노래」)고 전해줍니다.

지르고 싶은 환호성이 들어 있다
부르고 싶은 노래들도 들어 있다

오색풍선 동동 뜨고
만국기 휘날리는
운동횟날도 들어 있다.

—「북소리」에서

이 시처럼 운동횟날은 여러 가지 경기가 열립니다. 예를 들어서 "조금 달리다 그물 밑으로 기어나"(「웃음꽃이 밀가루처럼」)오는 '장애물 경기', "손님 찾기 메모판 들고"(「처음 1등한 이슬기」) 달리는 '손님 찾아 달리기', "1학년에서 6학년 대표 선수"(「새길 열어 날아가기」)가 빠르기를 겨루는 '청백 달리기', "둘이 호흡을 맞추어야 하는 경기"(「높은 하늘 나의 큰 꿈」), "우리 할아버지들도 청백으로 나누어"(「하얀 머리칼 휘날리며」) 달리는 '할머니 할아버지 달리기', "올라갈 때마다 덜덜덜 떨리"(「하늘을 날아다니는 슈퍼맨」)는 '피라밋 쌓기' 등이 열립니다. 이런 경기가 열리는 운동장은 어린이들의 '지르고 싶은 환호성'과 '부르고 싶은 노래들'이 가득합니다. 이 날은 경기에 참가하는 이나 구경하는 이나 한마음이 되어서 "젖 먹던 힘까지 다하여"(「젖 먹던 힘까지」) 뛰는 자기편을 응원합니다. 사람들은 응원을 통해서 살아가는 동안에 쌓였던 스트레스를 해소하며, 서로 간에 쌓였던 불신을 씻어냅니다. 이런 아름다운 모습은 운동회가 선사하는 귀중한 선물입니다.

하지만 "오늘처럼 신나고 즐거운 운동횟날"(「신나는 운동횟날 날마다 할 수 없나」)이 날마다 열릴 수는 없기에 어린이들의 아쉬움은 큽니다. 이제 어린이들은 내년의 운동횟날을 약속하면서 학교의 체육 시간을 이용하여 아쉬움을 달랩니다. 운동을 좋아하는 시인이 이런 모습을 놓칠 리 없지요. 이준섭 선생님은 학교에서 오랫동안 근무했었거든요. 그는 자신의 경험을 살려 '공놀이, 축구, 배구, 턱걸이, 철봉, 평행봉, 줄넘기, 구르기, 물구나무서기, 멀리뛰기' 등, 체육 시간에 배우는 여러 가지 운동을 모두 작품에 담았습니다. 새삼스럽게 시에서 경험의 중요성을 느끼게 해줍니다.

줄을 돌려라 빙빙 돌려라
하나 둘, 하나 둘 잘도 돌아간다
하나 둘, 하나 둘 내려올 때마다
똑같이 맞추어 살짝 뛰어 넘자
웃으며 뛰어 넘자
반 바퀴 살짝 돌아서
마주보고 웃으며 줄을 넘자
하나 둘 셋 넷 …
웃음꽃이 피어나누나
방실방실 피어나누나.

우리들 모두 하나 되어 넘자
우리 모두 하나로 넘어간다
모두가 하나 되니 이렇게도 신나는구나
신나는구나.

씽씽 돌려라

빨리 빨리 돌려라.

빨리 돌리며 넘을수록

하나된 우리들 기쁨에

웃음꽃이 피어나누나

동실동실 피어나누나.

−「단체 줄넘기」 전문

　학교에서 이루어지는 여러 가지 놀이학습 중에서 단체 경기가 지닌
의미는 아주 중요합니다. 어린이들은 단체 놀이를 통해서 집단을 이루
는 책임감을 느끼게 되고, 협동의 필요성을 깨닫게 되기 때문이지요.
위 작품에서도 단체로 줄넘기를 하는 어린이들의 표정에서 '하나된 우
리들 기쁨'을 찾아볼 수 있습니다. 그들은 그 순간을 '우리들 모두 하
나 되어 넘자'고 구호를 외치면서 '모두가 하나 되니 이렇게도 신나는
구나'라고 표현합니다. 서로 호흡을 맞추면서 줄을 넘는 동안에, 어린
이들은 '웃음꽃'을 피우며 "땀방울 눈물 속에 흩날리는 꽃가루"(「3반 이
긴 날」)를 온누리에 뿌리는 것이지요. 그 기쁨을 느끼면서 어린이들은
줄넘기를 혼자 할 때와 여럿이 할 때의 차이점을 알게 됩니다.
　시인은 줄넘기를 하는 어린이들의 표정을 실감나게 그리고 있습니
다. 1연에서 되풀이 나오는 '하나 둘, 하나 둘'을 읽는 여러분들은 모르
는 사이에 어린이들의 줄넘기하는 행동을 떠올리게 됩니다. 바로 박자
가 자아내는 효과이지요. 동시에서 박자는 작품의 분위기를 만드는데
크게 이바지합니다. 만약 이 작품에서 줄넘기에 필요한 박자를 사용하
지 않았다면, 시인은 '방실방실'이나 '동실동실'처럼 피어나는 어린이
들의 재잘거림을 '웃음꽃'으로 피울 수 없었을 것입니다. 시인의 세심
한 박자감에 의해 위 작품에서는 줄을 넘는 어린이들의 신나는 표정이

즐겁게 나타날 수 있었습니다. 이와 같이 학교에서 체육 수업을 재미 있게 받은 학생은 집에 가서도 운동하기를 좋아하는 것은 당연합니다.

오늘은 일요일
아파트 공원에서
오빠와 배드민턴 치기를 한다.

간밤 꿈속에서 접어 날렸던 종이학을
오빠 앞에 하나씩 꺼내어 날려보낸다

열 마리 백 마리 천 마리 …
종이학이 솟아올라 안길 때마다
웃음꽃이 피어난다
행복의 땀방울이 흘러내린다.

오늘 아침
난 부쩍 키가 크고 늘씬해져
날개 달고 저 하늘로 날아간다.

－「종이학 날려 보내기」 전문

오누이가 다정스럽게 배드민턴하는 모습이 뚜렷하게 포착되어 있습니다. 집 가까운 공원에서 남매는 "김자리저럼 날아올라"(「훨훨 날아오르는 철봉선수」) 배드민턴을 칩니다. 동생은 간밤에 꾸었던 꿈을 떠올리며 오빠와 '행복의 땀방울'을 흘립니다. 그녀는 '열 마리 백 마리 천 마리…'의 종이학을 날리면서 오빠와 우애를 다집니다. 그런 태도는 운동하는 동안에 눈에 보이지 않게 얻어집니다. 날마다 배드민턴으로 다정

하게 노는 남매의 모습은 '날개 달고 저 하늘로 날아간다'는 종이학처
럼 우아합니다. 둘의 모습을 바라보는 이들까지도 저마다 예쁜 종이학
이 되어 하늘로 날아갈 수 있을 듯합니다. 흔히 볼 수 있는 운동 모습
을 '종이학 날려 보내기'로 표현한 시인의 감각이 두드러져 보입니다.

이와 같이 사람들은 운동을 하는 동안에 서로 간에 두터운 정을 쌓을
수 있을 뿐만 아니라, 정신까지 맑아지는 것을 느낍니다. 왜냐하면 운
동은 언제나 정정당당한 자세를 요구하기 때문에, 사람들은 운동을 통
해서 바른 가치관과 참되게 살아가는 태도를 익히게 되거든요. 평소
운동으로 다져진 튼튼한 그의 몸속에 건전한 정신이 자리잡게 된 결과
입니다. 이것이야말로 사람들이 운동을 좋아하는 으뜸가는 이유일 터
입니다. 마음이 건강한 사람은 바른 행동으로 세상을 살아갑니다. 그
는 옳은 일을 행하고, 얌전하게 움직입니다. 흔히 스포츠맨십이라고
부르는 것이 바로 이것이지요. 바른 스포츠맨은 약자를 도와주고 정의
를 실천하느라 힘씁니다. 사람들은 그의 행동을 본받아서 자신의 행동
을 고치려고 노력합니다. 운동이 사람들의 행동까지 바꾸게 되는 것이
지요. 운동은 그만큼 사람들에게 커다란 영향을 끼칩니다.

아무리 많은 눈이 쌓였을지라도
겨울산에 오르면 보게 되리라
눈 밑에 포로롬 봉오리진 봄꿈을

아무리 얼음 꽁꽁 얼었을지라도
겨울산에 오르면 듣게 되리라
얼음장 밑으로 흐르는 새하얀 봄숨결을

한겨울 새하얀 눈살 속에 떠 흐르는 소리

단단한 겨울의 뼛속을 떠 흐르는 소리
물 젖은 목소리 속삭이며 들려오는 봄의 왈츠곡!

눈 속에서 맨먼저 봄의 숨결을 듣는 이
눈꽃송이로 피어 사분사분 내려오는 이
발길 따라 꿈길 따라 햇살 칭칭 감기는구나.

-「겨울산에 오르면」 전문

　시인은 등산을 좋아합니다. 그는 한겨울 산에 오르면서 아직 다가오지 않은 '봄숨결'을 듣습니다. 그의 날카로운 귀는 얼음 밑으로 흐르는 물에서 '봄의 왈츠곡'을 듣습니다. 보통 사람들에게는 들리지 않는 얼음물 소리가 그에게는 크게 들렸나 봅니다. 이처럼 시인은 자연의 사소한 움직임 하나까지도 놓치지 않습니다. 무엇이건 간에 그의 손아귀에 들어가면 고운 말로 변해버립니다. 이처럼 시인에게는 남들이 쉽게 따라잡을 수 없는 마술 같은 힘이 있습니다. 그는 산을 오르는 이나 내려오는 이들을 비추는 햇살마저도 '칭칭' 감긴다고 표현합니다. 이것은 등산을 좋아하는 그의 운동 습관이 시인의 섬세한 감수성과 한데 어우러져 나타난 눈부신 표현입니다.

　이준섭 선생님은 첫 동시집에 이은 제2 동시집 『내 짝궁 개똥참외 녀석』(1991)에서 어린 시절에 '개똥참외 녀석들'과 어울렸던 재미있는 놀이들을 작품으로 발표했었습니다. 말하자면 시인은 예전부터 꾸준히 어린이들의 노는 모습에 관심을 기울이고 있는 셈입니다. 그의 이런 태도가 동시를 잘 쓰게 된 밑바탕이 되었을 것입니다. 그 동안 시인과 함께 이리저리 쏘다니며 놀았던 친구들만 해도 40명이 넘습니다. 이런 사실을 통해 시인이 어린 시절에 뛰어놀던 경험들을 아주 소중하게 생각하는 줄 짐작할 수 있게 됩니다. 그 흔적은 이번 동시집에도 나타나서 그의 추억하는 습관이 아직도 여전하다는 점을 알게 해줍니다. 더불어 시인의 고향이 도시가 아니라 시골일 것이라는 사실도 추측하게 해주지요.

풀밭에서
산언덕에서도
내 짝꿍 개똥참외 녀석들은
곧잘 닭싸움을 하지.

두 눈 부릅뜨고
두 입술 말아물고
두 손으로 한 발을 들어잡고
통통거리는 풀잎처럼
폴딱폴딱 뛰어다니며 싸우는
내 짝꿍 개똥참외 녀석을 보면
가장 신나는 웃음꽃이 피어나지

오뚜기처럼 뛰어다니며
몇 녀석을 쓰러뜨리고도
힘이 넘치는 듯 언제까지나
풀밭을 온통 통통거리며
팔딱팔딱 뛰어다니며 놀고 있지.

ㅡ「통통거리는 풀잎처럼」 전문

참외 중에서 개똥참외는 토종 참외입니다. 순전히 한국적인 개똥참외는 옛날 시골에서 흔히 볼 수 있었습니다. 그러다가 어느 날부터 노랑참외에게 자리를 빼앗기고 역사의 뒤란으로 밀려나버렸지요. 그런 점을 생각하면, 시인이 아직도 개똥참외를 그리워하는 것은 가슴 아픕니다. 그의 마음은 '가장 신나는 웃음꽃'이라는 표현에서 찾을 수 있습니다. 그가 개똥참외에 대한 안타까운 심정을 되새길수록, 그 시절이 결코 돌아올 수 없는 줄 알기에 숙연해집니다. 이처럼 시작품을 읽다 보면, 당시의 풍물이나 모습을 알 수 있습니다. 그래서 시인이나 작품이 역사의 한 켠을 당당히 차지하게 되는 것이지요. 이 작품에서 다루고 있는 옛날의 놀이를 통해서 조상들의 풍습을 알 수 있는 점은 시를 읽으며 덤으로 얻을 수 있는 귀한 공부입니다.

시인은 어느 날 풍경에서 그 친구들과 닭싸움 놀이를 하던 어린 시절을 발견하였습니다. 그때에는 '통통거리는 풀잎처럼' 개똥참외 녀석들과 '오뚜기처럼 뛰어다니며' 자유롭게 뛰어놀 수 있었습니다. 시인과 그들은 거칠 것 없이 이곳저곳을 마음대로 뛰어다니면서 우정을 두텁게 쌓았지요. 우정은 생명이 질기고, 기억을 오랫동안 보존시켜주는 힘을 갖고 있습니다. 사람들이 우정의 소중함을 자주 이야기하는 이유이지요. 아무튼 시인에게 개똥참외 녀석들과의 장난치며 놀던 개구쟁이 시절은 두고두고 잊혀지지 않는 추억인 듯합니다. 그렇다고 해서 개똥참외 녀석들이 놀이만 잘하는 것은 아닙니다. 그들은 '예절바른 나라의 아들임'을 잊지 않고, 어른들에게 공손히 인사도 잘합니다.

이 시집의 '더 높은 곳을 향해'에는 30여 편의 시가 있습니다. 이 작품들은 베이징에서 개최되었던 올림픽 경기를 보면서 쓴 것입니다. 각 작품들은 경기 종목을 이우르고 있어서, 그의 스포츠에 대한 관심을 말해줍니다. 당시에 온 국민은 그곳에서 들려오는 소식에 날마다 밤마다 귀를 기울였습니다. 이웃 나라에서 열리는 경기였기 때문에, 국민들 중에는 응원하기 위해 직접 그 나라까지 간 사람들도 많았습니다. 국민들의 스포츠 열기를 느낄 수 있었던 기회였지요. 그 경기에서 한국은 국민들의 성원과 선수들의 노력으로 인해서 우수한 성적을 거두었습니다. 특히 박태환, 장미란 선수 등이 보여준 결과는 한국의 자랑이 아니라, 아시아 사람이라면 누구나 자랑할 정도로 위대한 업적이었습니다.

2008년 8월 베이징올림픽 야구 결승전

꿈속에서만 그처럼 그렸던
쿠바와 결승전 경기
홈런왕 이름 날린 4번 타자 이승엽 선수
투 스트라익 투 볼에서 들어온 공을
힘껏 멀리 받아쳤다
공이 하얀 비둘기처럼 멀리멀리 날아간다.
홈런! 홈런!

금메달이 우리 대한민국 앞으로 한발 다가왔다
베이징 야구장도, 우리나라 잠실 야구장에서도
박수소리 울려퍼졌다.
천둥소리 같은 큰소리로
운동장도 들썩거리다 올라간다.
역시 홈런왕 이승엽 선수 최고야!

3:2로 앞선 우리 선수단 파이팅,
그러나 9회말엔 역전당할 위기가 왔다.
손에 땀이 솟는 아슬아슬한 순간이 왔다.
포수는 바깥쪽 변화구를 주문

받아친 쿠바 선수의 공은 병살타!
한순간 쓰리아웃으로 이겼다. 금메달!
선수들 오두 얼싸안고 눈물을 흘렸다
김경문 감독을 높이높이 헹가레쳤다.
올림픽 야구경기에서 첫 우승!
대한민국 야구단 만세 만만세!

올림픽 역사에 남을 대한민국 야구 금메달!

─「대한민국 야구단 만세」 전문

대한민국 국민이라면, 그 누구도 그날의 감동을 잊을 수 없습니다. 시인도 그 경기를 놓치지 않고 관람했나 봅니다. 그날 야구 선수들이 보여준 경기력은 한 편의 드라마라고 해도 지나치지 않을 정도로 감동적이었습니다. 국민들은 야구 경기를 시청하는 동안에 "선수들이 휘젓는 손길 따라"(「푸른 꿈 날아오르는 농구공」) 가슴을 조마조마하게 졸이면서 잠시도 눈을 뗄 수가 없었습니다. 선수들은 '올림픽 역사에 남을 대한민국 야구 금메달'을 통해서 심란한 국민들의 마음을 위로해주었습니다. 그와 함께 국민들은 선수들을 통해서 세계에서 제일가는 꿈을 이룰 수 있었습니다.

이것이 스포츠가 갖고 있는 강점입니다. 스포츠는 모든 국민을 한 덩어리로 만들어줄 뿐만 아니라, 나라의 자존심을 세계에 자랑할 기회를 마련해줍니다. 또한 외국에서 씩씩하게 살아가는 동포들에게도 조국에 대한 가없는 충성심을 불러일으키게 만듭니다. 왜냐하면 스포츠는 세계 어느 나라 사람이건 간에 즐길 뿐만 아니라, 나라마다 다른 언어가 문제되지 않기 때문입니다. 그래서 사람들은 옛날부터 스포츠를 통해서 서로 만나 얘기를 나누며 우정을 쌓고, 나아가서는 사람들끼리 생기게 될 불필요한 마찰을 예방하려고 노력했었습니다. 이런 점에서 스포츠가 지닌 여러 가지 좋은 점들은 아무리 강조해도 부족합니다.

위에서 살펴본 바와 같이, 이준섭 시인의 동시집 『운동장 들어올리는 공』은 운동에 관한 작품들로 이루어져 있습니다. 그는 한국에서 처음으로 나오는 스포츠동시집을 통해서 운동의 중요성과 필요성을 말하고 있습니다. 그의 작품들은 교훈적인 요소들을 작품의 밑바탕에 지니고 있으면서도, 놀이하는 사람들의 모습에 초점을 맞추고 있어서 잔소리처럼 들리지 않습니다. 도리어 "기쁨의 큰소리들이 들썩들썩"(「무지개 떠오르는 축구공」) 들려서 시를 읽는 독자들의 어깨를 들썩거리게 만들어줍니다. 이 점은 그가 동시를 쓰기 시작한 후부터 지금까지, 한시도 어린이들의 놀이 장면에서 눈을 떼지 않고 있기 때문에 가능한 일이지요. 그러므로 그의 이 시집이 널리 읽혀서 어린이들이 운동의 즐거움을 깨닫고, 스포츠를 통해서 건강한 정신을 가꾸는 데 노력하기를 바랍니다.

가난한 삶들에 대한 애정의 시화
—강만영 동시집 『작은 민들레』 해설

1. 동시, 인간에 대한 애정의 문학적 표지

나는 가끔 이토록 경박한 세상에, 이름하여 키취의 시대에 여리디 여린 동시가 무얼 할 수 있을까 하고 고민에 빠질 때가 있다. 그것은 의미를 알 수 없을 만치의 깊이를 감춘 진한 한 잔의 커핏잔 속에서도 나를 우러르며 되묻기도 한다. 이런 질문은 차라리 생겨나지 않는 것이 좋을 성싶게, 비린내 나는 동시대에 동시를 쓴다는 것은 참으로 지난한 몸부림이다.

동시를 쓰는 행위는 무엇인가. 대체 무얼 하겠다고 이 땅의 동시인들은 쉼없이 동시를 창작하고 있다는 말인가. 이 물음에 곤궁스럽게 쭈그려 나온 대답은, 인간에 대한 애정의 표지라는 것이다. 특히 자라나는 아이들을 점재적 독자로 겨냥하면서, 그들에게 다함없고 가없는 관심을 문학적 문법으로 언어화한 것이 동시라는 것이다. 이런 나의 대답은 그리 보상적이질 못하다. 내가 동시인들에게 마땅히 줄만한 것도 없으려니와, 그들 역시 무얼 바라며 시를 써내지 않는 까닭이다. 이런 점에서 우리 모두는 이 나라의 동시인들에게 빚을 지고 있다. 그들이 피를 말리는 문학 생산 행위에 진력하고 있을 적에도, 우리는 그들을 외면하기를 마다하지 않았고, 그들이 경제적 궁핍상을 혼자 짊어지고 한숨지을 적에도, 우리는 남의 일로만 금 긋느라 정신이 없었다.

지금은 시집이 팔리지 않는 세상이다. 그 중에서 특히 동시집은 항상 적자투성이여야 발간 취지에 부합되는 듯한 세상의 책시장의 구조적 병폐, 그런 참혹한 시장 구조를 그리 원망하지도 않으면서도, 자신의 시적 작업을 새롭게 다지기 위하여 결행한 시집 발간에 거는 장삿속은 참으로 어리석다. 이것이 시인 강만영의 인성이다. 이런 성정 속에서 마그마처럼 시의 광맥을 따라 흐르다가, 마침내 우러나오는 것이 그의 시편일진대, 따뜻한 온기를 느끼지 않고는 못 배길 것이다.

지천명의 나이에 부끄러움을 접으며 아동문학계에 발을 내딛은 그는, 지난 1987년에 제1동시집 『연못 속에』를 상재한 바 있다. 그런 뒤 계속된 시작 생활을 점검하는 의미에서 이번에 묶어내는 것이 제2동시집이다. 이 경사는 우리로 하여금 문학하는 동네에서는 연치나 시력이 중요한 것이 아니라, 무엇보다도 줄기찬 노력과 끊임없는 가슴앓이가 소중하다는 진리를 재확인시켜 준다.

2. 가난한 물상을 사랑으로 쓰다듬기

강만영은 시의 쓸거리를 생활 주변에서 찾는다. 물론 시가 삶의 문학적 굴절인 바에야, 이런 태도가 당연한 것이라 할 만하겠으나, 그의 소재는 아무나, 아무데서나 대할 수 있는 범상한 것들이다. 그러면서도 그것들은 그의 유년기 시절을 담보하고 있는 농촌 공간에 치우쳐 있다. 가령 그가 시화하고 있는 꽃들만 하더라도 한결같이 범박한 것들인데, '목련꽃', '삐비꽃', '장다리꽃', '진달래', '작은 민들레', '들미나리꽃', '사과나무꽃' 등이 그것이다. 이렇게 화려하지 않고 시시한 꽃들이 꾸미는 그의 꽃밭은 참으로 담백하기 그지없다. 이것은 그가 농촌이라는 성장 공간을 결코 떠나지 않았다는 확연한 물증이면서, 그의 의식적 지향을 어림할 수 있게 해준다.

> 새벽녘 먼동이 트일 때
> 하나님 말씀을 가지고
> 아이들은 떠들어댄다.
>
> —「하나님 말씀」 제1연

 이 시의 화자는 새벽녘 아이들이 하나님 말씀을 갖고 떠들어댄다고 하였다. 아이들은 하나님이 창조한 말씀조차 저희들끼리 갖고 놀며 히히덕거리고 떠들어댈 수 있다. 그것은 하나님과 가장 가까운 위치에 있는, 아니 하나님의 또 다른 육화인 아이들이기 때문에 가능한 일이다. 그들은 말을 갖고 키득거려도 말을 창조한 지엄한 하나님의 권위에 손상을 끼치지 않는다. 그들은 차라리 하나님에 대한 경외와 불경을 하나로 혼화시켜서 양자간의 구분을 아예 없애는 천사들이다.
 강만영이 보여주는 가난한 이웃에 대한 애정 갖기는 다음 시편에서 쉬 발견할 수 있다. 그의 장기는 지극히 사실적인 묘사에 시선을 그치려 하지 않고 있다는 점이다. 이런 습벽이 그로 하여금 어렸을 적에 누구나 한번쯤은 경험하였음 직한 짝궁과의 별리를 고요한 밤의 기운에 실릴 수 있게 한다.

> 그리움에 겨운 고요한 밤
> 하얀 빛이 깜박깜박
> 창 유리에 부딪친다.
>
> —「전학간 단짝」 제1연

이밖에도 강만영의 제2동시집을 읽노라면 유난스럽게 울어대는 개구리 울음소리에 귀를 쫑긋 세워야 한다. 그가 이 왕방울만한 눈을 가진 작은 동물에 진한 애정을 갖고 있다는 증거를 보여주는 작품이 두 편 있다. 「눈 뜬 개구리」와 「밤 개구리 울음」이 그것이다. 전자는 농삿일과 연루되어 있는 개구리인 까닭에, "밭갈이 논 준비하라 농부 아저씨"를 부른다. 이에 비하여 후자는 서정성에 닿아 있는 개구리여서 "별 따달라"고 밤을 울음으로 새운다.

이에 덧붙여 가느다랗게나마 줄기찬 「개똥벌레」의 빛이 반짝거린다. 시인은 이 연작시는 무려 12편에 달하고 있는데, 인간들이 놓치기 쉽고 하찮은 개똥벌레의 삶을 주의깊게 살펴본 뒤, 이를 서정적 자아로 하여금 발언하게 하였다.

3. 농촌, 강만영 동시의 궁극적 고향

한국의 동시인들은 대부분 그 상상력의 뿌리를 농촌이라는 물리적 공간에 내리고 있다. 이것은 우리 사회가 산업화의 물결에 휩쓸려 오면서 그만치 잃은 것이 많다는 사회학적 사실의 드러냄이기도 하고, 아울러 동시처럼 특수한 문학 갈래에서는 시작상 원시주의와 친밀한 고리를 유지하여야 한다는 문학적 사실의 노정이기도 하다.

한 인간의 정신사적 출발점과 귀착점을 찾고자 할 경우에, 그의 혈족 관계를 따져보는 편이 훨씬 수월하고 인간적이랄 것이다. 이런 범상한 진리는 시인의 경우에도 여지없음은 물론이다. 고려가요 「사모곡」에서 비롯된 이 민족의 어머니를 찾아가는 방식은 정한모의 사모곡류나, 김초혜의 가작 「어머니」에서도 익히 검증된 바 있다. 성적 차이에도 불구하고, 우리의 시인들이 찾아가는 막다른 귀의처가 고향이고, 어머니라는 사실은 그리 심각하지도 않고, 문학적이지도 않고, 낯선 것도 아니다. 다만 이러한 심상한 소재의 시적 승화에서 문제시되는 것은 시인이 얼마나 유별한 체험을 가졌으며, 그것을 어떻게 고단위 처방전을 사용하여 시로 형상화하였느냐가 관건이다.

강만영에게서 볼 수 있는 어머니가 계신 고향은 산업화의 격랑에 밀려 사라진 우리들의 전통적인 농촌이다. 그렇기에 그의 시를 읽노라면, 곳곳에서 고향을 수놓는 추억의 흑백 필름들이 빛바란 사진첩마냥 모아져 있다. 탈색의 정도가 그의 아쉬움의 폭과 깊이이다. 먼저 그는 도시화의 붐에 밀려 우리의 뇌리에서 차차 잊혀져 가는 현상들에 대하여 매우 안타까워한다. 예컨대, 유년기의 추억이 가득한 뽕나무밭에서의 놀이를 시화한 「뽕나무밭」이라든가, 잠자리 쫓던 시절의 땀내가 배인 「고추잠자리」와 「텃밭 잠자리」, 「잠자리 매미채」, 시내에서 천방지축 노는 시끄러운 소리가 들리는 「다슬기」, 「냇가에서」, 청보리 팰 무렵의 들녘을 지나다가 만들어 불었던 「보리피리」, 「풀피리」, 그리고 모정에서 빙 둘러앉아 더위를 식히며 두던 「장기 두는 소리」 등, 그의 시편마다에는 지금은 찾을 길 없는 전래의 한국적인 놀이들이 간단없이 시의 소재로 재생되고 있다. 그는 이렇게 되돌아올 수 없는 과거적 사실들을 시로 굴절시키면서도, 하나같이 애상조를 띠게 하지 않는다. 이러한 시작법은 그의 낙천적인 성격에 힘입은 바 크다.

내 놀던 그곳 동산이
지금은 이렇게
아파트로 변했다.

―「지금은 아파트」 제4연

이 시작품에서도 안타까움은 직정적으로 토로되지 않는다. 그렇지만 읽는 사람은 제목의 '지금은'에 주목하여 성장의 터전을 상실당한 시인의 안타까움이 시의 바닥에 흐르고 있다고 읽는다. 이른바 묘사적 시점에서 쓰였다고 말할 수 있는 이 시는 그의 시풍이 첫 시집과 달라진 점을 암묵적으로 드러내주면서, 그가 쉼없이 시작법의 천착에 애를 끓이고 있는 모습을 얼추나마 짐작하게 돕는다. 그가 삭이고 있는 애달픔은 다음 시편에서 대할 수 있듯이 매우 심각한 것이다.

> 아버지 이마에 계급장은
> 홈 패인 물줄기
> 땀 묻은 괭이 자루
> 투박한 손으로 꼭 쥐시고
> 바닥을 갈아 넘긴
> 허기진 논길을 걸어가신다.
>
> —「아버지의 한숨」 제1연

1연만 읽더라도 시 속의 아버지는 전형적인 한국의 농투산이다 주름살이 '홈 패인 물줄기'처럼 굵은 아버지의 모습은 우리들이 잃어가는 것 가운데 가장 큰 것이 무엇인가를 뚜렷하게 제시해준다. 그처럼 이 작품은 강만영의 시적 형상력을 가늠케 해주는 가작인데, 시제와 맞물려 턱턱 막히는, 한숨어린 우리들의 아버지가 걸어가셨던 구불거리는 길을 사실적으로 보여주고 있다. 또한 이 시편은 한국 동시에서 여전히 일가를 이루고 있는 여성적 편향성을 덮을 수 있을 만큼, 남성주의의 시적 묘사에 공들인 작품이다. 굳이 한을 갖다 붙이지 않아도 남는 이 땅의 아버지들의 구겨진 삶을 시로써 개별화하는 데 애쓴 그의 공로는 인정하여야 할 듯싶다.

물 한 그릇 부뚜막 올려놓고

두 손 모아 옹어리진 가난을

가슴앓이로 달래신 우리 어머니

—「가난 속 어머니」 제5연

이 작품으로 인하여 앞의 아버지는 어울리는 짝을 만난다. 목을 메이는 가난에 찌든 아버지와 살을 맞대고 살아왔던 우리들의 어머니가 조왕신에게 날마다 빌었던 기도의 내용은 무엇인가. 부엌을 주재하는 신에게 빌었으니, 그것은 다름 아닌 밥이 아니겠는가. 되돌아보기도 싫은 우리들의 을씨년스럽고 부끄러웠던 과거를 여지없이 드러내주는 이 시는 전형적인 한국 여인네들의 삶의 태도를 그대로 보여준다.

4. 남은 말

강만영은 늦깎이 시인이다. 그는 나이 50에 계간 『아동문학평론』지의 동시 추천 과정을 마치더니, 지난해 10월에는 월간 『한국시』에서 성인시 부문에서도 천료하였다. 이러한 그의 부지런떨기는 이 글의 모두에서 제기하였던 이 시대 동시를 쓴다는 것이 무얼 할 수 있는가를 곰곰 생각하게 만든다. 아무튼 우리는 그의 제2동시집 발간을 마음으로 하례하면서, 이 동시집을 읽으며 당초의 질문의 답을 찾아 나설 시점이다.

숲에서 들려오는 다정한 목소리

—임복근 동시집 『숲속에 내리는 비』 해설

1. 동시를 쓰는 시인의 자세

문학이 그것의 존립 배경인 사회상의 총체적인 필름이라면, 그것을 인화하는 작업은 진지하여야 할 것이다. 무릇 시가 모든 문학의 가장 예민한 부위를 차지하고 있다면, 우리는 시를 통하여 사회의 일그러진 모양을 바르게 펴는 일에 앞장서야 할 터이다. 이런 점을 미리 알아차린 공자는 "시를 읽지 않는 사람은 담벽을 마주보는 것과 같다"고 교훈하였던 것이리라. 아울러 문학이 아동을 위한다는 명분을 높이 들 적에, 사려 깊은 독자들은 작품 속에서 시인의 아동을 위한 발화 양식에 주목하려 든다. 따라서 동시를 읽는다는 행위는 단순한 시읽기에서 한 걸음 더 나아가 아이들을 둘러싸고 있는 사회의 제반 요인들의 실상을 시적으로 점검해보고, 아이들의 정서를 온전히 발달시킬 만한 힘을, 한 개인의 고뇌에 찬 창작물에서 구하는 행위를 뜻한다.

요사이 들어서 생산되는 창작물들을 보노라면, 참으로 낼만한 작품집인가 하는 의구심이 앞을 가린다. 그만치 우리는 문학물의 흥건한 물량 공세에 시달리고 있다고 하여도 그리 지나친 언사가 아니다. 엄나무 가시 같은 감각적 예리함이 없는 시는 이미 본래의 기능을 잊은 것이다. 시는 쏜 살 같은 직관의 운동이 속 깊은 시인의 사유방식에 무리 없이 젖어든 후 쓰여야 한다. 그러므로 날카로운 풍자가 도처에 잠복하게 되고, 엇나간 메타포가 의젓하게 자리 잡고서도 표표히 독자를 매혹하게 된다. 그렇지만 이런 요건을 충족시켰다고 하여 이른 바 '좋은 시'는 아니다. 시 속에는, 특히 아이들을 잠재적 독자로 상정하여 쓰는 동시에서는, 무엇보다도 시인의 따뜻한 배려를 찾을 수 있어야 한다. 그것은 이 나라의 동량들에 대한 시인의 마음씀이며, 그들의 삶을 누구보다도 앞서 이해하는 시선이라 보이기 때문이다.

이런 요건들을 두루 갖춘 시를 읽는 일은, 참으로 만나기 어렵고 듬성한 일이다. 그러나 갓 나온 임복근의 시에서 바로 그런 기미를 볼 수 있음은, 여간 기쁜 일이 아니다. 십년이 넘은 인연이지만, 임 시인의 모습은 언제나 푸근한 둥금의 이미지, 바로 그 자체이다. 그의 낯빛이 변하는 모습을 찾을 수 없었고, 매양 자기보다는 남의 일을 챙기느라 더 바쁜 사람이다. 마치 허리가 일그러지도록 짓밟혀도 뾰족뾰족 돋아나는 '잔디가 놀다 넘어지는 아이를 안아주듯'이, 그는 나이 어린 사람들에게는 한 그루 느티나무로 서있다. 그의 첫 시집의 상재를 축하하는 마당에, 원만한 성품이 맑은 물의 선마냥 선연히 다가서는 것도, 죄다 그만이 갖고 있는 인간적인 힘이리라.

2. '숲'을 찾아가는 시인의 발자국

임복근의 시는 편안하다. 세월을 잊은 물살이 흘러가는 소리가 난다. 이것은 순전히 시인의 천부적 품성에 터해 있다고 밖에, 달리 볼 수가 없다. 이것은 시가 그 생산자의 가슴에서 나오는 한 영원한 것이다. 보기 들어, 재치 넘치는 이 상의 시에서는 그로테스크한 시인의 심리가 선명하게 투사되지만, 깔끔한 강인한의 시에서는 날카로운 풍자가 단정하게 들어앉아 있다는 사실을 연관지어 보라. 가히 총체적 불안의 시대에 이만큼 편안한 소품을 읽을 수 있다는 것은, 우리가 임복근과 동시대에 살아서 누리는 특권이다. 더군다나 어린이를 위한다는 동시니만치, 이 점은 더 우뚝해 보인다. 그렇게 기본기에 충실한 면면을 살필 수 있는 것이 바로 이 시집이다.

이 시집의 편제는 다섯 개의 작은 장면으로 구성되어 있다. 그것들은 일정한 주제의식 아래 묶여져 있는 바, 이는 시인의 심리적 내면풍경을 암묵적으로 드러내주고 있다. 임복근의 시세계를 건듯이나마 구경해보면, 유난히도 '숲'이 우거져 있다. 시인이 애용하는 모티프는 시인의 원형적 심상이라 할 수 있다면, 그가 희원하는 세계는 '숲'의 세계라 할 수 있다. 그 숲 속에는 애초부터 남에 대한 원망이나 질시가 없다. 말 그대로 원시적 평화가 깃든 아늑한 몽상의 세계이고, 그 곳이야말로 동심이 충만한 행복의 공간이다.

> 서로 서로
> 미워하지도
> 시새움할 줄도
> 욕심 내지도 않는
> 숲
>
> —「숲 속 2」

위 시에서 바로 알 수 있듯이, 시란 시인이 견지하는 삶의 자세와 상관한다. 이런 차원에서 시 작품은 시인의 숨결 소리이며, 호흡의 길이이며, 들숨과 날숨이 교차하며 짜는 언어무늬라는 정의가 성립한다.

또 이 시편은 시인이 복무하는 직업적 속성과 맞물려 읽는 이를 화평하게 한다.

3. 사랑을 나눠주는 시인의 모습

임복근은 현실적으로 일선 학교의 최고책임자이다. 이러한 그의 직업적 위상은 그의 시편들 속에도 눅눅히 배어 있다. 특히 이 시집의 제2부에 실린 시편들의 속감이 그러하다. 어느 시편을 읽어보아도, 그의 무궁한 교육애와 모든 생명을 사랑하는 마음을 심어주려는 자세가 기저에 가라앉아 있다. 그는 날마다 '세계를 굽어 볼 장군별'과 '미래를 꿈꾸는 샛별'과 '나라를 이끌어 갈 큰 별'들 속에서, 그들이 자라는 소리를 '콩콩콩' 들으며 살아간다.

반짝이는
까만 눈망울들이

날마다
교문에서
기다리다가

반짝!
눈빛 마주치면

선생님 선생님 교장선생님 !

뜨겁게 안겨오는

　　깜찍스런 아이들

―「아이들이 곁에 있으면」

　이 대목은 시인이 근무하는 학교 아이들의 표정이다. 반짝이는 까만 눈망울들이 '날마다' 교문에서 기다리는 교장은 얼마나 행복한 사람인가. 그러나 그보다 더 진하게 우리를 전율케 하는 감동은 바로 이 외침이 아니겠는가. '선생님 선생님 교장선생님!' 교육자에게는 제자의 부름보다 더 큰 보람은 없는 법. 더군다나 직접 가르치는 제자를 두지 못하는 것이 교장의 위치이고 보면, 아이들의 때국 묻은 환호성은 아주 진하게 전해 온다. 그런 제자를 둔 교장으로서의 시인은 다음처럼 소박한 꿈을 이루고 싶어 한다.

　　고운 아이 미운 아이

　　모두 모두

　　내 가슴에

　　품어주고 싶다.

　독자들은 이 시에서 시인의 일상적 삶이 매우 '교육적'인 삶의 연속이란 사실을 어림할 수 있다. 시인이란 모름지기 가슴에서 상시 용암이 분출하는 사람일진대, 그가 직업상 교육 분야에 종사하고 있다면, 용암이 흘러내리는 줄기가 따뜻해야 하지 않겠는가.

　임복근 동시의 특징은 극적 상황의 서술에 있다. 아마 이런 기법은 전혀 임복근스러운 것이면서, 그의 시와 다른 이의 그것을 구별지우는 변별적 자질이라 여겨진다. 상황을 설정하는 방식은 어떤 상황의 형상화를 전제로 하였다고 보아야 한다. 따라서 임복근의 시에 곧잘 나오는 상황은, 그의 꿈의 시적 발현태라 보아야 그럴 듯하다. 가령 「하얀 도화지에」라는 시를 예로 들자면, 이 작품은 경아라는 아이가 혼자서 집을 보며 심심해하는 이야기이다. 첫 연에 설정된 작품의 상황은 뒤 이을 시상을 제한하는바, 시제와 면밀한 조응관계를 유지하는 힘이다. 경아가 엄마, 아빠랑 살 집을 짓고, 꽃밭을 만들고, 나무를 심고, 까치 가 있고, 새끼도 키우는 등 평소의 제 꿈을 화폭에 옮기는 행위가 순차 적으로 진술되어 있다. 이런 표현방식을 일컬어 '부채꼴 담화체'라 부 를 수 있는바, 시인의 정서적 반응폭이 넓다는 사실을 반증한다. 아울 러 임복근의 시에서, 특히 교육 현장이 시의 소재로 인용된 시편들을 읽으면, 그의 천성적인 교육애가 물씬 담겨 있다. 그런 점에서 동시 작 가는 현장의 교육 담당자가 상당한 지분을 차지하고 있는 점과 함께, 문학과 교육의 따뜻한 만남을 주선하는 중간자의 역할을 병행한다.

이밖에 자연 현상에 대한 애정의 시적 수용과 인간에 대한 사랑 혹은 그리움의 정서에 반응하는 시편들이 있다. 조금만 눈여겨 읽으면, 전 자의 보기를 이 시집의 제3부에서, 후자의 보기를 4부에서, 당해작의 분위기에 장단을 맞춰가며 구경할 수 있다.

4. 마치며

이제 우리는 임복근이 늦깎이로 문단에 나와서, 자기 말로 '부끄럽 게' 펴낸 이 시집에 주목하여야 한다. 지긋한 연령의 시인이 낸 저녁시 집이, 젊고 패기만만한 신예들의 그것과 상이한 점이 무엇인지 비교할 근거가 생겼기 때문이다. 하지만 우리는 우선 임복근의 나이를 잊은 창작열에 경의를 표백하는 일을 서두르도록 하자. 그것은 연장자에 대 한 인간적인 도리이기도 하고, 문학 담당층의 일원으로서 우리가 해줄 수 있는 유일한, 시인을 향한 압력이다. 우리의 압력하는 바가 크면 클수록, 임복근은 '향내음이 천리나 간다는 천리향'의 시를 생산하리라 기대하기 때문이다.

부록
전북 아동문학 연구 자료

어린별들

어엽부고 귀여운
　　　　어린별님들
당신들의 가는곳
　　　　어대임니가
숫핀동산 차저서
　　　　놀너가나요
어머님을 일어서
　　　　차저가나요
밤이깁퍼 자려고
　　　　집에가나요
이웃나라 달나라
　　　　지내가걸랑
우리옵바 게신곳
　　　　차저보시오
아버님이 그립고
　　　　보고십허서
옵바옵바 불으며
　　　　설니운다고
부대부대 한매듸
　　　　전해주시오

—《조선일보》, 1928. 2. 29.

누나야

누나야 어서나와
　　　별님마즈라
쌀간빗 동쪽나라
　　　어린별님이
귀엽게 번쩍이는
　　　금빗옷닙고
우리들 보고십허
　　　여기왓단다
누나야 어린동생
　　　쌀 리쌔어라
파란빗 서쪽나라
　　　놀러나간별
우리들 차저오러
　　　여긔왓다면
이번엔 단여가면
　　　언제나올가

─《조선일보》, 1928. 3. 14.

슬푼밤

달님이 방글방글
　　　웃는이밤에
봄바람 타고오는
　　　피리소리는
물건너 어린동무
　　　보고십허서
애타는 춘성이의
　　　한숨이래요

사람의 자최조차
　　　업는이밤에
파란불 달고오는
　　　째아닌배는
그리운 우리나라
　　　오고십허서
애타는 어린동무
　　　눈물이래요

—《조선일보》, 1928. 4. 21.

나의 노래

은하수에 흘러가는 아기별님은
그리웠든 서쪽나라 차저가지만

시내물에 흘러가는 버들닙새는
봄이업는 먼나라로 차저가지만

바람결에 흘러가는 나의노래는
먼데잇는 어린동무 차저갑니다

—《조선일보》, 1928. 4. 24.

아버님생각

봄볏알에 시내물은 졸졸거리고
바람결에 피리소래 굼틀가리니
날기르든 압바생각 절로납니다

하늘하늘 부러오는 얄븐바람은
달나라에 게신다는 나의아버님
슲허하는 한숨인가 생각됩니다

짜우에에는 전긔불이 파수를 보고
하날에는 달과별만 쌘작거리니
사랑하든 압바생각 더욱납니다

　　　　　　　　—《조선일보》, 1928. 4. 25.(《중외일보》, 1928. 4. 23 중복발표)

봄이 오면

봄이오면 우리누나
　　　　바구니들고
비비배배 피리노래
　　　　불어가면서
보리삭닙 쯧기에도
　　　　조리지만요

봄이오면 우리들이
　　　　구렁을메고
입답입답 종달노래
　　　　불러가면서
솔방울을 줍기에도
　　　　자미잇지요
(1928. 3. 23 作)

　　　　　　　　　　　　　　　　—《중외일보》, 1928. 4. 2.

나의 놀애

은하수에 흘러가는 아기별님은
그리웟든 서쪽나라 차저가고요

사내물에 흘러가는 버들닙새는
봄이업는 먼나라로 차저가지만

바람결에 흘러가는 나의놀애는
먼대잇는 어린동무 차저갑니다
1928. 4. 12 새암골에서

—《중외일보》, 1928. 4. 25.

보스락비

학교가는 아가씨 쌈안우산에
보슬보슬 나리는 보스락비는
아가씨의 깨끗한 하얀보선에
알롱달롱 수놋는 알롱비라오

공장가는 아가씨 쌈안머리에
보슬보슬 나리는 보스락비는

아가씨의 해쓱한 하얀얼굴에

눈물매처 흘리는 눈물비라오

—《중외일보》, 1928. 5. 5.

깃븐 밤 슯흔밤

(밤이 엿흘째)

동쪽나라 달님이

　　　　구경오는밤

숨박국질 잘하는

　　　　어린도련님

깜안숫이 욱어진

　　　　나무밋헤서

쌍충쌍충 숨으며

　　　　웃고놉니다

은하수에 별님이

　　　　둥실쓰는밤

궤짝메인 썩머리

　　　　어린도련님

사람들이 다니는

　　　　길거리에서

안팔릴가 겁이나

한숨쉽니다

(밤이 깁흘째)
넓은밤에 등불이
　　　　파수보는밤
별님나라 놀러간
　　　　어린도련님
푸근푸근 두터운
　　　　닙불속에서
동글동글 쌔틔며
　　　　소리칩니다

바람결에 개소리
　　　　사라지는밤
갈곳업서 헤매는
　　　　어린도련님
사람자최 살아진
　　　　네거리에서
가엽게도 달님만
　　　　바라봅니다

(밤이 새일째)
벽에걸린 시계만
　　　　속삭이는밤
서울사리 하러간
　　　　어린도련님

어머니의 짜뜻한
　　　가슴속에서
어느째나 밤샐가
　　　애를씁니다

머-ㄴ데서 닭울음
　　　들려오는밤
북쪽나라 차저갈
　　　어린도련님
한숨으로 밤새는
　　　압바엽헤서
밤이새기 무서워
　　　눈물집니다

―《중외일보》, 1928. 5. 7.

이것 보아요

(놀애터)
도련님 어서나와 이것보아요
새들의 놀애터인 봄동산에도
가엽게 물어뜯긴 하얀어린새
닙업는 넝쿨속에 알코잇서요

(춤터)
아가씨 어서나와 이것보아요
나븨의 춤ㅅ터인 봄동산에도
농속에 갓처잇는 하얀어린새
서러워 쌔르르르 울고잇서요

(웃음터)
동무여 어서나와 이것보아요
쉿들의 웃음터인 봄동산에도
먹을것 차저가는 하얀어린새
먼곳에 날러가며 한숨쉬어요

—《중외일보》, 1928. 5. 15.

가엽슨 쉿

(씨쌕릴째)
하얀씨를 쑤럿네
봄동산에 쑤럿네
아름다운 움트라
삿붓삿붓 쑤럿네

『그러나 쌈안새가 주어먹을가
누나는 넘려되어 애를탄나네』

(싹틀째)
파란싹이 나왓네
비온뒤에 나왓네
종달놀애 들으러
샌족샌족 나왓네
『그러나 쌈안암소 밟어버릴가
누나는 두려워서 애를탄다네』

(싯필째)
하얀씻이 피엇네
바람결에 피엇네
나븨들과 놀려고
벙글벙글 피엇네
『그러나 쌈안낫이 헤어버릴가
누나는 겁이나서 애를탄다네』

—《중외일보》, 1928. 5. 16.

쌜간 조희(동화시)

조그마한 마을에도 봄이돌아와
푸른하날 종달새의 부는노래에
복송아쏫 쌩긋쌩긋 쌩긋이웃고

노랑나븨 너울너울 춤을출째에
기와집뒤 쓰러지는 오막사리엔
아가씨와 늙은엄마 살엇습니다

해진봄날 배곱흐나 먹을것업서
어느날은 늙은엄마 남의집가고
열두살된 아가씨는 집을보는데
늙은엄마 일하고서 집에오시면
물이라도 싹근하게 스러드리려
아가씨는 갈퀴하나 찍찍쓰시고
망태업시 나무하러 갓섯습니다

다썰어진 치마싸락 거머쥐고서
솔방울을 하나둘식 줍기도하며
서툰갈퀴 솔가루를 긁엇습니다
　　부자집엔 봄이잇서
　　숫이피고 종달새운다고
　　어린동무 쒸놀지만
　　우리집엔 봄이업서
　　이갈퀴로 봄을긁어놋코
　　나도나도 노라볼가
이와가티 가느라케 불렷습니다

아가씨는 쓸쓸함을 더욱 늣기여
돌아가신 아번님이 보고십허서
　　우리엄마 말슴하되

돌아가신 너의압바
무명나무 쏫이피면
오시리라 하시드니
엄마말슴 그짓인가

쌔아버슨 무명나무
쏫옷닙어 호사하고
강남갓던 제비님도
봄을차자 돌아온데
엇대엇재 안오시나

산이잇서 못오시나
바다잇서 못오시나
바다거든 배를타고
산이거든 구름타고
엇재엇재 안오시나
가엽게도 이런노래 불럿습니다

아가씨가 서러워서 불른노래가
봄바람에 하늘하늘 날러가다가
도련님들 귓속에로 들엿습니다

나무하든 심술구즌 도련님들은
아가씨의 잇는대로 바로쏘차와
노래한번 더하라고 졸라대다가
반나절을 애타가며 굵은나무를

움켜쥐고 도망질을 하얏습니다
아가씨는 쏘차가다 잡지못하고
헐덕헐덕 산우에로 도로올라와
얼마동안 솔방울을 주섯습니다

이때마츰 산님자가 쏘차나와서
갈퀴자락 쌔서들고 후려짜리고
뉘쌀년이 나무하냐 호령을하며
겨우주슨 나무조차 쌔섯습니다
아가씨는 만히맛고 쌍에쩔어져
흑흑늣겨 우는소래 점점놉하도
누구하난 이런조를 몰랏습니다

해는점점 기우러져 물들어가고
마을에선 저녁연긔 써올를때에
먼마을로 일간엄마 도라오다가
산언덕에 아가씨를 보앗습니다
일간엄마 엄청나서 말도못하고
아가씨를 흔들흔들 쌔여노흐니
『아하아하쌁안조희 아쌁안조희
우리압바 주신 것이 어디로갓소』
이와가티 헛소리를 하얏습니다

어가씨는 얼마후에 정신차리여
『엄마엄마아변님이오시던이만
넘우슯흐니울지말고어서커나서

내가하든일을맛허해라합듸다
어려서부터너는올은일을
위해서싸워라
그러면내가깃버한다』
이와가티 글이쓰인 쌞안조희를
어대슨지 ᄭ내여서 나를줍듸다』
힘이업시 어머님쎄 말햇습니다
『그래그래 너도알지 아번님쎄서
낫븐것과 싸우시다 도라가신뒤
숨에바든 쌞안조희 쓰힌글귀는
언제든지 잇지말고 긔억해두라
아번님이 엇지하여 도라가신지
각금각금 자세한말 이약이하마』
일간엄마 쑥쑥쑥쑥 눈물흘리며
이와가티 아가씨에 이약이하고
어둠침침 산길헤서 집에도라와
한숨으로 그날밤을 새윗습니다

아가씨는 쌞안조희 쓰엿든글귀
언제던지 닛지안코 더생각하여
그의나희 열두살된 아가씨지만
올흔 것을 위해서는 더용긔내여
남이치면 맛드래도 싸윗습니다
1928. 4. 9作 새암골에서

―《중외일보》, 1928. 7. 8.

아버님 무덤

맴이소래 고요히 들여오는곳
아버님의 무덤은 쓸쓸도하네
새한마리 안젓다 날러를가고
너우러진 풀닙만 하늘거리네

겨울동안 죽엇든 무과수나무
가지도더 쏘다시 살엇것만은
아버님은 어째서 아니사시나
무덤압헤 안저서 부르지젓네

엉성글한 풀닙새 보기실허서
하나둘식 힘업시 잡아쓰들제
각금각금 들리는 나무군노래
슯흔맘을 더욱히 흔들어놋네

—《중외일보》, 1928. 8. 27.

벌레의 눈물

달밝은밤 숩속에 버레웁니다
모다자는 이밤에 엇재울가요

굴머죽은 어린이 버레가되여
서러웁고 분해서 작고웁니다

대롱대롱 풀닙헤 매젓습니다
어느누가 이눈물 쑤렷슬가요
굴머죽은 어린이 버레가되여
밤새도록 울어논 눈물입니다
1928. 10. 밤 새암골에서

―《중외일보》, 1928. 10. 6.

배곱하 우는 밤

벌레우는 가을밤 쓸쓸한 방에
철모르는 내동생 배곱하우네
뒷동산에 새들도 도라왓는데
나무일간 어머니 엇재안오나

창문밧게 바삭바삭 소리나기에
이번에나 오실가 내다보앗네
기대리는 어머니 아니오시고
오동나무 입새만 쩌러지누나
1928 가을밤

―《중외일보》, 1928. 10. 27.

해ㅅ빗

짬짬한 바람이 잇싸금지내가는 장터ㅅ거리에
수만흔 어린동무들이 치워잠못일우고
슴벅이는 별님만 바라봅니다

밤에도 낫과갓치 싸뜻한 햇빗이나 잇스면
옷업고 집업는 불상한동무들이
햇빗에 감 둘 것을……

어린 이몸이 죽고쏘죽어서라도
밤에ㅆ는 해가된다면
나는나는 겁내지안코 죽겟습니다
1928 가을밤 새암골에서

―《중외일보》, 1928. 10.31

| 스케취文 |

피리부는 不具少年

쌩 쌩―쌩 쌩―
급작히 자동차 소리가 요란하다. ××町 골목에 모엿든 사람들은 이리저리

빗기노라고 한참 야단이다. 숏놀이하는 사람들의 자랑인지? 술주정인지 손에
는『사구라』숏을 모다 들고 자동차 안에서도『곤드래─ 만드래─』고개를 주
체 못하며 안 나오는 소리를 힘드려 게걸─ 게걸─게걸─ 지른다. 그들의 번
개 가튼 희극 한 막이 사라지자 빗겻든 사람들은 쏘다시 모여든다. 돈버리 업
는 지게꾼들도 빈 지게를 질머지고 어슬렁어슬렁 모여든다.

『썩─ 잘 부는데……』

『팔은 업서도 얼굴은 잘 생겻서.』

『글세……』

『퍽 불상한 소년이야.』

『여보게 돈 한푼 주게.』

『……』

이즈음 구경하든 사람들은 돈 한푼도 안 주며 쓸데업는 말만 한다. 그들 가
운데는 나희 열너덧살 쯤 먹어 보이고 왼팔이 업는 소년이 흥잇게 피리를 불
고 안젓다.

저녁 햇빗은 소년의 얼굴을 물드럿다. 불상한 소년의 부는 피리에는 애처로
운 봄놀애가 흘러 나와 사람의 마음을 마듸마듸 흔든다. 그리고 그 애닲은 곡
조는 길 가는 사람의 발을 스스로 멈추게 한다.

어썬 양복 닙은 신사 한 분이 썩 드려다보더니,

『오! 불상한 아이로군.』

하며『포케트』에서 오 전짜리 두 푼을 내던저주며 내가 돈을 주엇스니 내가
누군가 보아 달라는 듯이 여러 사람의 얼굴을 휘휘 도라보고 슬금슬금 물러선
다.

흥잇게 불든 소년은 돈을 못 벌어서 그러는지? 여러 사람의 얼굴을 물긋─
물긋─ 바라다보며 ××골목으로 향하야 간다. 가면서도 피리는 계속하야 분
다. 구경하던 사람들은 소년의 뒤를 바라보며 혀를 쓸쓸 찬다. 어린 아이들은
소년의 뒤를 졸졸─ 쌀하 간다. 발길을 차차 먼데로 옴기는 소년의 피리 소리

는 기우러지는 햇빗과 가티 점점 사라진다.

—《동아일보》, 1928. 4. 21.

| 동화 |

새파란 안경

어느 마을에 아주 큰 부자가 살엇습니다. 그 부자는 돈이 만하얏습니다.

열두 철궤 속에는 새 돈이 가득가득 담겨 잇섯습니다. 그러함으로 이 우에 돈이 더 잇다 하드래도 싸허둘 만한 곳이 업섯습니다. 부자는 돈에 대한 욕심이 만하얏습니다. 돈 외에는 아무것도 귀엽게 보이지 안햇습니다. 자긔의 사랑스럽은 아들도 귀여웁지 안햇습니다. 다만 돈 하나만 귀엽게 보게 보이엇습니다. 부자는 오즉 일평생을 돈 모으기에만 힘써 왓습니다.

그리하야 날마다 생각하는 것은 『어쩌케 하야 내 소원대로 돈을 모아볼가』하는 궁리뿐이엇습니다. 그러나 조흔 도리는 업섯습니다. 생각다 못하야 『이 세상이 자긔 한 사람만 남기고 모다 돈으로 변하게 하야 달라고 한울에 빌엇습니다.

아츰이 되면 일즉히 닐어나 무릅꿀코 정성스럽게 빌엇습니다. 하로도 쌔이지 안코 몃 해를 계속하얏습니다. 그 동안에 돈은 더 만히 늘엇습니다. 부자는 자긔가 죽을 쌔까지 이 돈을 물쓰듯 하드래도 적을 넘려는 업섯습니다. 그러나 부자는 이것만으로 만족을 늣기지 못하얏습니다.

날이 갈스록 돈에 대한 생각은 더욱더욱 심하야 갓습니다. 가을은 몃 번이 지나갓습니다. 뜰 압헤 누른 국화는 아름다웁게 피엇습니다.

어느 날— 부자는 무슨 일을 하다가 정신을 일흔 사람 모양으로 벽장에 우르르 들어갓습니다. 그리하야 철궤를 열어 노코

『아 귀여운 돈! 내 아들보다 귀여운 돈!』

하며, 돈을 내여 만즈작거리엇습니다.

바로 그째이엇습니다—

수염이 하야케 난 로인 한 분이 차저왓습니다.

『나는 당신의 소원을 듯고 왓소이다. 이제 당신의 소원을 풀어들이겟습니다. 이 안경을 쓰십시요. 그리하면 당신의 소원은 풀어집니다.』

그 로인은 이러케 말 멋 마듸를 하고 호주머니에서 새파란 안경을 쯔내여 부자에게 주고 어대로 살어저버리엇습니다. 그 안경은 달은 안경과 달라서 세상 사람의 드러운 마음을 깨끗하게 하야 주는 안경이엇습니다.

부자는 한울이 자긔의 정성을 돌보아 그 안경을 주신 줄 알앗습니다. 퍽으나 깃벗습니다.

부자는 안경을 집어 썻습니다.

—참으로 이상한 일이지요.—

어대서 쏘다지는 지화, 금전, 은전이 자꾸 쏘다집니다. 겨울에 퍼붓는 눈가티 함박으로 쏘다집니다. 부자는 사방을 분간하기에 애를 썻습니다. 그러나 어대가 어대인가 몰랏습니다.

—(1), 《동아일보》, 1929. 11. 25.

얼마 동안 잇다가 정신을 가다듬어 사면을 바라보니까 온 세상은 돈나라로 되여 잇섯습니다. 개, 도야지, 말, 소, 나무, 산, 바다 가튼 것은 말할 것도 업고, 자긔의 살든 집과 사랑스러운 아들까지 돈으로 변하야 잇섯습니다. 그러나 부자는 자긔의 살든 집과 사랑스러운 아들이 업서진 것을 조금도 섭섭하게 녁이지 안하얏습니다. 그것은 부자가 늘 이 세상이 돈나라로 되기를 원하엿기 째문입니다. 온 세상은 부자 한 사람만 남기고 돈나라로 변하얏든 것입니다.

돈나라는 부자의 독차지엿습니다. 부자의 깃븜이야 말할 수 업섯습니다.

부자는 모든 것이 한울의 조화인 줄 알엇습니다.

『한울이시여 감사하옵나이다. 돈나라에서 생전 살게 하야 주소서. 청컨대 이 돈나라에서 쪼차내지 마소서.』

부자는 이러케 한울에 감사한 뜻을 말한 후 생전 돈나라에서 살게 하야 달라고 원하얏습니다.

—멧츨 후이엇습니다.—

부자는 배가 곱핫습니다. 돈에 팔여서 밥 먹기를 니젓든 것입니다. 얼마 동안은 참어 보앗스나, 배가 차차 줄이기 시작하얏습니다. 온 자미를 돈에 두엇든 부자는 하는 수 업시 먹을 것을 차저 나갓습니다. 그러나 아무리 단여도 먹을 것은 업섯습니다. 세상의 모든 물건이 돈으로 변하얏슴으로, 먹을 것이 잇슬 리 업습니다. 일상 흐르든 강물조차 돈으로 변하야 물 한 목음 먹을 수 업섯습니다. 좀 쌜리 단여 보랴고 애를 써도 발이 돈에 파뭇처서 더욱 곤난하얏습니다. 부자는 멧츨이 지내도록 물 한 목음 먹지 못하얏습니다. 그러나 먹을 것이 잇다면 돈쑨이엇습니다. 돈은 먹을 수 업섯습니다. 줄리고 줄리어 창자는 압핫습니다. 이제는 거닐 수도 업섯습니다. 일어서면 기운이 업서저 꺼구러젓습니다.

이러케 되어 잇는 돈나라는 쓸쓸한 곳이엇습니다. 밤이 되면 별조차 업섯습니다. 다만 잇다금 쌀쌀한 바람이 살을 베일 듯이 불어올 싸름이엇습니다. 그러고 돈 우에는 눈이 나리엇습니다. 부자가 가장 귀엽게 넉이는 돈은 모다 들어 붓기 시작햇습니다. 지화, 금전, 은전은 모다 얼어부텃습니다.

생전 살기 위하든 부자는 이제 하루를 더 못 살 듯 마음은 깁작이 변하얏습니다. 쇠를 싸겔 듯한 치위에는 참으로 견닐 수 업섯습니다. 그나마 물 한 목음도 먹지 못하고는—.

부자의 눈에는 눈물이 쑥쑥 나왓습니다.

『아! 한울이시여. 돈나라는 사람이 못 살 곳입니다. 이 지긋지긋한 돈나라에서 벗어나게 하야 주소서.』

부자는 돈에 진저리가 낫습니다. 그리하야 이러케 다시 부르짓지 안할 수 업섯습니다. 부자의 눈은 눈물이 얼어부터 눈을 뜰 수가 업섯습니다. 이제는 죽은 사람 모양으로 몸을 움즉이지 못하얏습니다. 그리고 정신을 일헛습니다.

－(2),《동아일보》, 1929. 11. 26.

그새－ 세상이 별안간 쪼개질 듯한 소리가 굉장하게 낫습니다. 돈나라는 벌서 업서젓습니다. 그리고 일하는 나라로 변하얏습니다.

－부자는 깨엇습니다.－

자긔가 돈나라를 버서나서 사람 사는 나라로 온 줄을 깨달엇습니다.

사람 사는 나라는 일하는 나라이엇습니다. 어린 사람과 로인은 일을 아니합니다. 그 외에는 모다 일을 합니다. 그러함으로 부자도 업고 가난한 사람도 업섯습니다. 들에는 나락을 비는 사람, 땅을 파는 사람, 돌을 깨는 사람, 집을 짓는 사람, 다각긔 일을 하고 잇섯습니다.

부자는 일하는 사람을 차저갓습니다.

『배가 곱하 죽을 지경이오. 밥 한 술만 먹여 주십시요.』

이러케 부자는 애원하얏습니다.

『밥이라니! 무슨 밥이오? 멀정한 사람이－.』

일하는 사람들은 돌아보지도 안코 비웃는 듯이 대답을 하얏습니다.

부자는 할말이 업섯습니다. 염치를 무릅쓰고 밥만 먹여달라고 말할 쑨이엇습니다.

『그러면 당신도 일을 하십시오. 이 나라는 일 안코 밥을 먹을 수가 업습니다. 우리는 노는 법이 업습니다. 놀 쌔는 놀고, 일할 쌔는 일합니다. 저 마을을 보십시오. 다가티 일을 하니까아무 불평업시 다가티 잘 사는 것을－.』

일하는 사람은 평화한 마을을 가르키며 말하얏습니다.

부자는 하는 수 업시 일을 하얏습니다. 부자가 지게를 질머지기는 생전 처음이엇습니다. 지게를 지니까먼저 업든 긔운이 바싹 낫습니다. 부자는 돌짐을 지고 산비탈을 내려오게 되엇습니다. 밥을 먹기 위하야서는 이러한 일을 아니 할 수 업섯습니다.

이상한 일이엇습니다.

몸이 흔들흔들하얏습니다. 그러고 갑자기 무서운 긔가 들엇습니다. 어쩌케 하면 조흘지 몰랏습니다. 정신이 가물가물하얏습니다. 이 지음에

─아ㅅ 하고 소리를 질을 째에는─

부자가 벌서 산비탈에서 떨어젓든 것입니다.

그 무거운 돌짐을 지고요…….

안경은 산산히 부서젓섯습니다. 부자는 벌덕 일어낫습니다. 하도 어이가 업서서 먼─산만 바라보앗습니다.

─모든 것은 쑴이엇습니다.─

동편에 떠오르는 햇님은 이꼴을 보고 웃엇습니다.

─(3),《동아일보》, 1929. 11. 27.

| 평론 |

어린이를 학대 말고 보호합시다

아동은 가정에서 부모의 손에 꼭 매여 잇습니다. 그러므로 아동은 부모한테 어떠한 학대를 받는다 할지라도 송사할 법정이 없고, 말로 답변하자 하니 지혜의 힘이 없을 뿐 아니라 증인을 불러 대일 특전이 없는 상태에 잇습니다.─ 라고 한 미국의 낄만 부인(夫人)은 어린이의 처지를 여실하게 들어내어 말하

엿습니다. 세상의 어느 부모가 자기의 사랑하는 자녀를 학대한다 하겠습니까마는, 그래도 이 사회에는 학대받고 혹사(酷使)되는 아동이 무수히 잇는 것만은 부인치 못할 엄연한 사실입니다.

우리 조선에는 아즉도『아동학대문제』를 전문으로 연구 조사하는 기관이 업고, 즉접 아동 학대 방지에 노력하는 단체가 업서서 그에 대한 통계 자료를 얻지 못하므로 조선 사회의 아동 학대 실상(實狀)은 어떠한지 명확하게 알 수 업습니다마는, 나날이 신문에 보도되는 아동 학대 사건만 해도 얼마나 만습니까?

아동을 학대하고 혹사하는 것은 이제 비로서 생긴 일이 아니고, 또한 어느 한 사회에서만 볼 수 잇는 현상이 아니어서 아동 학대는 아주 옛날부터 잇엇든 것을 여기저기 문헌(文獻)에서 볼 수 잇습니다.

고대(古代) 에짚트 시대에는 부모 되는 이가 자기의 자녀를 죽이는 때에는 그 아이 시체를 부모의 목에 걸치어 주야로 사흘 동안이나 시가로 끄집고 다녓다는 등의 기록을 볼 수 잇거니와, 구라파에서 산업혁명(産業革命)의 과도적 시기(過渡的 時期)에 잇서서는 각국(各國)이 모다 아동을 혹사(酷使)하엿다는 것은 두루 세인이 다 아는 바입니다. 현금에는『아동애호사상』이 발달되어 선진 각국에서는 아동 보호에 대한 여러 가지 시설이 거의 완비에 가까웁고,『아동학대방지법률(兒童虐待防止法律)』혹은『아동학대방지회』같은 기관이 잇서서 아동을 학대하지 못하도록 극력 단속하고 잇는 터이나, 이는 최근의 현상이며, 아동 학대를 문제 삼고 사회적으로 즉접 학대 방지에 손을 뻗치기는 약 六十년에 지나지 못하다고 생각됩니다.

동물 학대를 방지하자는 모음(動物虐待防止會)은 이미 一八四四年에 미국에서 생겻스나, 아동 학대를 방지하자는 모음은 그보다 훨신 뒤저서 一八七四年에야 비로서 미국에서 최초의 설립을 보앗스니, 약 六十년 전에는『아동 학대』를 한 사회 문제로 여기지 안헛다고 말할 수 잇습니다. 여기에 그 일면을 말하는 에피-소드가 잇스니, 때는 바로『동물학대방지회』가 미국에 생겻슬 당시, 뉴-욕의 어느 한 학대받는 아이가 몸에 짐승의 껍줄을 둘러쓰고 당시의 『동물학대방지회』 회장인 헨리바-ㄱ 씨를 찾어 와서

『나도 동물과 함께 보호하야 줍시오.』

하며 애원하야 그곳에서는 사람의 아들을 소와 말과 같이 녀기고, 그 아희를 보호하기로 하엿드라합니다. 이러한 이야기가 머리에 떠돌 때마다 나는 한갖 고소(苦笑)를 금치 못하거니와, 우리 조선에는 현재 그러한 보호라도 받을 수 잇기를 바라는 동안이 수만히 잇지 안는가 하는 느낌을 억제할 수 업습니다.

무지한 학대와 혹사에서 당연히 따뜻한 보호를 받어야 할 아동이 무수히 잇스런마는, 조선에서는 아즉도 이에 대하야 아무런 대책이 없이 보히니 어찌 우리의 관심할 바 아니 되겟습니까?

그러나 『아동학대문제』는 어대까지든지 사회의 중심 되는 문제에 뿌리를 박고 것이므로 쉽사리 그 문제를 일조일석에 해결할 수 없으며, 그에 대하야서는 충분한 리해와 연구가 잇어야 할 줄로 생각됩니다.

－(1),《동아일보》, 1935. 2. 9.

아동 학대란 무엇을 말함인가

부모는 자녀를 사랑하고 사회는 아동을 보호한다고 합니다. 그리하야 대개 부모 사회에서는 아동 학대를 부인하는 일이 만습니다. 누가 아동을 학대할가?

아이들을 조금 때리는 것을 학대라 할 수 잇을가? 집안이 가난하야 아동을 걸식(乞食)시키며 병을 고처주지 못하여 병신이 되게 하는 것이 어찌 학대이랴 하는 것이 사회의 보통 생각인 듯합니다. 그러면 아동 학대란 무엇을 가라처 말함일가요? 어디서 어디까지를 학대라고 할 수 잇을가요?

이 아동 학대를 감별(鑑別)하는 표준은 그 나라의 문화 정도와 경제적 조건에 따라서 다르다고 생각됩니다. 각국(各國)의 아동 학대 방지 법률은 그 아동 학대의 감별 표준을 말하고 남는 것이니, 여기에 그 일례를 들어『아동 학대』의 개념(槪念)을 살펴보고저 합니다.

영국에서는 일즉이『유소년자(幼少年者) 학대 방지』라는 법률을 제정하엿는데, 그 법률 제 十二조를 보면,

『유소년자를 감시, 감독 혹은 보호할 十六세 이상 되는 자가 일부러 유소년을 능욕(凌辱) 학대하고 혹은 방임(放任) 유기(遺棄)하야 유소년자를 과도의 고통 혹은 건강 상해(傷害)─(눈, 귀, 기타 四肢 또는 다른 기관의 상해, 상실, 정신착란을 포함)─의 위험성 잇는 상태에 버려둘 때에는 아동 학대로 간주(看做)한다 하엿고, 동 十七조에는

(一) 十六세 미만의 소녀를 감시 보호할 의무가 잇는 자로서 그 소녀로 하여금 정조를 깨트리게 하고 혹은 매음을 시키며 또는 이를 유도할 때는

(二) 일부로 소녀로 하여금 창부(娼婦) 혹은 부도덕의 성행(性行)을 가진 자와 사괴게(友交) 하고 또는 그의 고용(雇傭)에 맡기어 이를 계속 시키는 때는

아동 학대로 간주(看做)한다 하엿습니다. 다시 여기에 일본 내지의『아동 학대 방지법』을 옮겨 살펴보겠습니다. 그 법률은 작년 十月 一日부터 일본 내지에만 한하야 실시한 것인 바, 그 대략을 훑어보면

(一) 본법(本法)에서 아동이라고 함은 十四세 미만을 일커름인데, 이를 보호할 책임 잇는 자, 즉 친권자(親權者), 후견인(後見人), 고주(雇主) 같은 자가 학대를 하고 또는 현저하게 감독 보호를 게을리 하는 때는─하엿고

(二) 불구기형(不具畸形)을 관람케 하는 행위, 걸식, 경업곡마(輕業曲馬) 등 위험한 업무로서 공중(公衆)의 오락을 목적으로 하는 것과 호호(戶戶) 또는 도로에서 물품을 판매하고 또는 가요유예(歌謠遊藝) 기타의 연기(演技)를 하는 업무. 예기, 작부, 여급 등 술잔을 드는 업무 등에서 아동을 사용하지 못

할 것 등을 지정하여 잇습니다. 이 법률은 재래의 절대적권리(絶對的 權利)로 되어 잇는 친권행사(親權行使)에 대하야 어느 정도까지의 제한을 가하얏다고는 할 수 잇스나, 전술한 영국의 『아동학대방지법』에 비하여 보면 일본 내지의 법률에는 친권사가 가정에서 아동을 학대하엿다는 것을 무엇으로써 감별(鑑別)할 것인지 명확한 표준이 지적되어 잇지 안습니다.

그러나 이 글의 옮기는 목적은 『아동학대방지법』의 잘 되고 못됨을 비판하고저 함이 아니오, 다만 아동 학대의 개념, 다시 말슴하면 어데서 어데까지를 학대라고 할 것이냐에 대하야 밝혀 살펴보고자 함에 불과합니다.

그리고 이상에 말슴한 외에도 미취학아동(未就學兒童) 또는 결식아동(缺食兒童)을 방기(放棄)하는 것이나, 유년로동자(幼年勞動者) 사용 등은 넓은 의미로서의 아동 학대라 말할 수 잇지 안흘가 생각됩니다.

―(2), 《동아일보》, 1935. 2. 10.

학대의 경향, 여아를 애호하자

아동 학대의 형태도 가지가지이며, 그것을 감별하는 표준도 각국이 고루 다르거니와, 아동 학대의 경향(傾向)을 통계 수자(數字)에 의하야 분별하여 보면은, 그 사회의 사정을 여실히 반영하고 잇다 생각됩니다. 그리고 그 경향을 명확히 알어 내이고 리해함으로써 『아동 보호』의 참 이론(理論)을 발견하고, 그것에 의하야 『아동 보호』는 완전히 수행(遂行)되어질 줄로 믿습니다. 그러나 먼저도 말슴한 바와 같이, 우리에게 아즉 그에 대한 조사연구기간(機關)이 없어서 그 통계 자료를 얻기 어려우므로 여기에서 결정적으로 논술(論述)하지 못하나, 일본 내지에서 『아동학대방지법(兒童虐待防止法)』을 제정하야 발포 실시하기 전에 아동 학대의 실상(實狀)을 일본 내지에 한하야 소화 五년도에 조사한 바를 사회국(社會局)에서 발표한 일이 잇섯는데, 이 통계 수자는 아동 학대 문제를 연구하는 데에 한 참고가 될 듯하야 여기에 옮기고저 합니다.

그 조사에 의하면

(1) 소화 四년 중에 아동을 보호할 책임자가 도리어 아동을 학대하여 경찰에 검거된 사건에 의하야 조사한 피학대아동수(被虐待兒童數)

	남	녀	합
十四세 미만	三十	四十二	七十二
十四세 이상 二十세 미만	一七	三十三	五二
합계	四七	七五	二一二

(2) 곡마(曲馬), 곡예(曲藝), 기타 이에 흡사한 위험한 업무에 사용되는 아동수(소화 五년도)

	남	녀	합
十四세 미만	四二	一二二	一六五
十四세 이상 二十세 미만	七二	一五〇	二七二
합계	一一四	二七二	三八七

(3)공중(公衆)에 관람시키는 불구기형 아동수(우와 같음)

	남	녀	합
十四세 미만	一	四	五
十四세 이상 二十세 미만	二	二	四
합계	三	六	九

(4) 특수한 업무에 종사하는 아동수(소화 五년도에 十四세미만 아동에 대하야 조사한 것)

	남	녀	합
예기(藝妓)		一,二三一	一,二三一
무기(舞妓)		一,〇五八	一,〇五八
작부(酌婦)		八五	八七
녀급(女給)		三六〇	三六〇
배우(俳優)	六一	一〇六	一六七

유예(遊藝)	一三七	三一〇	四四七
로상(路上) 상업	二,一五八	六〇九	二, 七六七
합계	二,三五四	三,七六一	六,一一五

(5) 보수를 받고 양육하는 아동의 수(우와 같음)

男 二,六二八人 女 二,八六八人

합계 五,四九六人

이러한데 이 통계에 의하야 우리 조선의 아동 학대 실상과 경향을 추상 못할 바 아니어니와, 제일 주목되는 점은 이것을 성별(性別)로 나누어 보면 남아보다 여아가 만코, 그의 약 반수 이상 三천명의 여아가 예기(藝妓), 무기(舞妓) 혹은 술집의 작부, 여급, 배우 등이라는 것입니다. 이러한 현상은 남존여비(男尊女卑)의 사회를 아동 사회에서도 여실하게 보혀주는 것으로써, 세계 각국의 공통된 결점이 아닌가 합니다. 비교적 아동을 이해하고 애호하여 주는 가정에서도 『여아』는 가슬리 여기고 『남아』는 더 대우하여 주는 경향이 잇지 안흘가요?

이상의 통계 수자에서 한 가지 더 주목되는 점은 아동 학대라 하면은 그것이 곧 가정 안에서의 부모의 손에서 즉접 학대되는 경우를 연상할 수 잇으나, 그와는 반대로 부모의 보호를 받어야 할 아동들이 일단 그 가정에서 쪼기고 버림이 되어 남의 손에서 학대를 받고 혹사(酷使)됨이 거의 전부에 가까운 수자를 보이니, 이 현상은 아동 학대 문제를 연구하는 데에 중심이 되지 아니치 못할 것으로 생각됩니다.　　　　　　　　　　－(3),《동아일보》, 1935. 2. 14.

세 가지 부면 애호, 보호, 구호

아동의 권리를 신장(伸張)하고 보호하는 데에는 세 가지 부면(部面)이 잇슴니다.

(一) 첫째는 아동의 의, 식, 주, 교육 등을 빠짐없이 돌보아 줌이요. (二) 둘째는 법률로서 아동 학대를 금하고『로동 아동』을 보호하는 것이며 (三) 셋째는 대개 사회사업 기관의 손으로 보호되는 것을 말합니다. 그러므로 외국의 아동 학대 방지 형태(形態)를 살펴어 보면은 대개 아동 학대 방지 법률을 제정하야 국가로서 어느 정도의 보호를 가(可)하거니와, 사회적으로는『아동옹호회』혹은『아동학대방지회』등을 일으키어 아동애호사상을 선전하며, 한편으로는 학대아동을 수용하야 양육을 합니다. 대체로 아동 학대 문제에 대하야서는 문헌(文獻)이 퍽이나 드물어서 자세한 바는 알 길이 없거니와, 아동 학대 방지 운동은 미국에서 제일 먼저 일어낫다 합니다.

그 봉화를 들고 나선 이는 가난하고 불상한 한 부인이엇습니다. 때는 一八四四년 가을. 뉴욕시(市)의 一 목사가 가난한 폐병환자인 한 부인을 보호하고 잇섯는데, 바로 그집 이층에는『헤렌』이라는 소녀가 잇서서 늘 학대에 못 이기어서 울고 잇는 것을 그 부인은 참다 못하야 자기의 병도 생각하지 안코 단연히 일어나 당시 동물학대방지회장인 헨리 박씨와 협력하야 아동학대방지운동을 이르켯다 합니다. 그러나 일반 사회에서는 별로히 관심도 안할 뿐 아니라 비웃음이 만헛다 합니다.

그리하야 三十여년이 지난 一八七五년에 비로소 미국에서『아동학대방지회』는 최초의 설립을 보앗고, 영국에서는 一八七五년에, 독일에서는 一八七六년에 그와 같은 모음이 생겻습니다. 불란서에서도『아동학대방지불란서협회』라는 회를 세웟스며, 각국의 위원들은 三年만에 한번씩 모이어 만국아동학대방지회(萬國兒童虐待防止會)를 열엇다 합니다.

영국(英國)에서는 일년에 十一만인의 학대 아동이 학대방지회의 손에 발견되고, 특히 여학생들만으로 설립된 구화회(衢火會)라는 모음이 잇서서 그 회의 특장은 여학생들이『가정』과 연락하여 아동 학대 방지에 협력하는 것입니다. 그리고 불란서(佛蘭西)에서는 파리(巴里) 단풀 롯셀로 가(街)에『학대아동보호소』를 두고『아동학대방지법』에 의하야 발견된 아동을 수용하야 양육하고 잇스며, 일본 내지에서도『아동옹호협회』가 그 사업을 하고 잇습니다.

아동학대방지법률은 그 내용이 각국이 모다 다르며, 지면 관계로 여기에 그 내용을 전부 옮겨보지 못하므로 성약하거니와, 이태리(伊太利)에서는 一八七三년 에, 영국(英國)에서는 一九○八년에, 미국(米國)에서는 一九二一년에, 불란서(佛蘭西)에서는 一九一六년에, 일본(日本) 내지에서는 一九三三년에『아동학대방지법』을 제정 발포하여 잇습니다.

그런데 一九二三년 三月에 미국 아동학대방지회의 회장인『로뻐트 시에삘』씨가 론술한 보도에 의하면 一九二一년에 一 아동을 학대한 뉴욕시의 한 남자에 대하야 형을 선고한 판사(判事)의 태도와 그 계량(計量)이 가볍다 하야 씨는 크게 세론을 이르킨 일이 잇는데, 이에 대하야 고려할 점은

『법정에서 내린 선고가 적당하냐 안느냐가 문제될 것이 아니요, 세인은 웨 아동을 그토록 학대하는가. 그리하야 그러한 사건을 판사에게 맡기지 안흐면 아니 될가……』라고, 어느 평론가의 지적한 바와 같이 이 점에 대하야 특히 고려할 필요가 잇슬 줄로 생각됩니다.　　　　　　－(4),《동아일보》, 1935. 2. 15.

원인은 무엇?『뿌』녀사의 조사법

한 환자의 병을 고치자면 약을 쓸가 생각할 것이 아니요, 먼저 청진기를 대이고 그 병의 성질이며 원인을 알어내어야 합니다. 이와 같은 의미로서 아동학대의 원인은 어데 잇는가. 그 학대의 형식은 어떠한가를 명확히 알어내임으로서『아동보호』는 완전히 수행되지 안켓습니까?

아동 학대 문제를 조사 연구하는 데의 가치잇는 한 자료를 제공한 이는 미국(米國)의 딱터 카사린 뿌리닉 녀사입니다. 그 녀사의 분류(分類) 방법에 의하면은『아동은 어떠한 원인으로 학대되는가』, 또는『어떠케 학대되는가』를

알어내일 수 잇다 합니다. 그런데『뿌리닉』녀사는 아동을 학대하는 가정의 내부적요소(內部的 要素)를 제일 아버지, 제이 어머니, 제삼 가정생활, 이러케 나누고 다음에 학대의 형식에 대하야서는 제일 아동의 생활, 제이 병약아(病弱兒)의 경우, 제삼 혹사(酷使), 제사 육체적 학대로 나누엇습니다.

이제 그 조사법을 옴기어 보면,

[A] 가정의 내부적 요소

1. 아버지

(一) 음주를 하는가. 주벽(酒癖)이 잇는가.

(二) 종교를 믿는가. 무슨 교를―.

(三) 교양의 정도는 어떠한가.

(四) 직업의 종류는 무엇인가.

(五) 오락의 종류는 무엇인가.

2. 어머니

어머니에게 대하여서도 이상의 아버지에 대한 조사와 똑같이 행할 것.

3. 가정생활

(一) 아버지가 계부인가. 어머니가 계모인가.

(二) 그 아동은 어느 한 편에 서자(庶子)나 혹은 사생아(私生兒)가 아닌가.

(三) 그 양친(兩親)의 어느 편이나 정신적 혹은 육체적 결함을 갖지 안흔가.

(四) 남편 되는 이가 실업 상태에 잇지 안는가. 그 생활 정도는 어떠한가.

(五) 어머니가 통근(通勤)을 하기 때문에 아동을 보호할 여자가 없지 안흔가.

(六) 안해 되는 이는 간통하는 사실이 없는가. 또는 매음하는 일은―.

(七) 부부의 어느 편이거나 도박(賭博)을 하지 안는가.

(八) 부부는 싸홈을 조하하지 안는가.

(九) 부부의 어느 편이나 가정을 협위(脅威)할만한 중병에 걸려 잇지 안는가.

[b] 학대의 형식

1. 아동생활

(一) 학대 받는 그 아동은 양친 혹은 어느 한 편에게 버림을 받은 것이 아닌가.

(二) 아동의 수면(睡眠)에 대하야 부모는 어떠케 취급하는가.

(三) 아동에게 최근에 새옷(新衣)을 입히엇는가.

(四) 아동에게 충분한 음식을 주는가.

2. 병약아의 경우

(一) 아동은 육체적으로 불구자인가. 혹은 질병이 잇는가.

(二) 생활이 웬만하면서도 그를 의사에게 치료식히지 안코 방임(放任)하지
안는가.

(三) 걸식(乞食)시키지 안는가.

3. 혹사

(一) 몸에 당치 못할 일을 식히지 안는가.

(二) 공장에 보내지 안는가.

4. 육체적 학대

(一) 매음을 식히지 안는가.

(二) 양친의 어느 편이나 아동을 꾸줏을 때 과도한 중벌(重罰)적 행동을 취
하지 안는가.

이상의 조사법은 미국각주(米國 各州)에서 취급된 아동 학대 건을 토대로 하

여 뿌리닉 여사가 분류한 것인 바 미비한 점도 잇고, 우리에게 전부 타당되지 못할 점도 잇스나, 아동 학대 문제를 연구하는 데나 아동을 갓인 가정에 만흔 참고가 될 듯합니다. ─⑸,《동아일보》, 1935. 2. 16.

아동의 권리, 가정과 사회 협력

아동을 학대하는 원인은 일률로서 말할 수 없습니다. 혹은 부모의 무지로서 혹은 가정이 빈곤하야 아동을 학대하게 되는 수도 잇스며, 생활이 넉넉하다 할지라도 아동을 이해하지 못하는 것이 곧 학대로 되는 경우가 만습니다. 그러므로 첫재 가정을 아동 본위로 할 것이며, 둘재는 아동을 사회적으로 보호할 것입니다. 법률만으로서 아동 학대를 방지할 수 없음은 론할 여지도 없거니와, 가정에서 아동을 아무리 이해하고 애호한다 할지라도 사회적보호시설 (社會的 保護 施設) 없이는 도저히 기대할 수 없는 일이라 생각됩니다. 또한 사회적으로 보호한다 하드라도 가정에서 아동을 이해하지 못한다면, 참 의미의 『아동 보호』는 되지 못할 것이 아닙니까?『엘렌 케이』여사는 그의 저서(著書)『兒童 世紀』에서 『아희는 어버이를 택할 권리가 잇다.』하엿습니다마는, 그 의미는 곧『몸을 튼튼하게 나어(生) 달라는 주장이 되겟습니다. 그뿐 아니라 아동에게는 여러 가지 권리가 잇습니다. 그중에 제일 큰 권리는『씩씩하게 길러 달라는 것』과『충분한 교육을 식혀 달라』는 것입니다.

그러나 부모는 가정이 빈곤함으로써 마음에 없는 학대를 하는 경우가 또한 잇지 안습니까? 어머니나 아버지가 날품을 팔러 외출을 하면 아이 혼자 집에서 무슨 일을 당할지 누가 알겟습니까? 이러한 아동을 보호하기 위하야 선진 각국에서는 탁아소(託兒所) 사업이 발달되어 잇습니다. 최근 조선에서도 농번기(農繁期)에는 약간의 탁아소를 개설하야 만흔 효과를 내이는 듯하나, 도시에도 개설하고 그것을 상설기관으로 할 것입니다. 그뿐 아니라 끼니를 이으지 못하는 아동들을 위하야 급식제도(給食制度)를 세우며, 아동무료치료소 (兒童無料治療所)로 하여금 빈곤한 아동의 질병을 치료케 하고, 또한 미취학 (未就學) 아동에게 공부할 기회를 주는 것이나,『아동 노동』을 금지 혹은 보호 함으로써 아동 학대가 되지 안토록 그를 미연에 막을 것입니다. 가정에서는 아동을 애호하며, 사회에서는 아동을 위하야 충분한 시설을 한다면 어찌 아동 학대가 되겟습니까?

다시 생각하건대 우리의 학대 아동들은 아무러한 보장이 없습니다. 눌리고 짓밟히는 아동은 얼마나 되나— 그 실상조차 알 길이 없지 안습니까? 그들에 게는 보호할 일 편의 법규도 없으며 기관도 없습니다.

지난 一월 七일의 신문 보도에 의하면, 서울 시내 옥인동의 한 계모는 十세 아의 팔을 불어트렷스나, 처벌할 법규(法規)쫓아 없어서 경찰은 그 계모를 설 유만으로 거저 돌려보내엇다 합니다.

나는 우리에게도『아동학대방지법』이 잇기를 바라는 의미로서 이상의 보도 를 되푸리하는 것이 아니요. 우리 조선의 아동들은 이토록 처절한 처지에 잇 슴을 지적함에 불과합니다. 내가 이 글을 쓰고 잇는 이 순간 수만흔 아동들은 얼마나 학대를 받고 잇슬까? 그러나 아무 소리도 없이, 어떠한 반항도 없 이……. ─(6),《동아일보》, 1935. 2. 21.

늦은 봄

봄바람이아장아장 사라지구요
햇볕이누엿누엿 늦어가는봄
앞산골로봄님이 떠나갑니다
　　　×
송이송이봄꽃이 떨어지구요
풀잎이다복다복 첫여름마중
숲속으로여름이 찾아옵니다.

　　　　　　　　　　　　　　　　　　　　　　　　　　　　─『어린이』, 1930. 5.

전보ㅅ대

거리거리 전보ㅅ대
키다리병정
웃둑웃둑 키대로
느러서서
하로종일 긔척만
하고잇지요

갓가운 전보ㅅ대는
키다리병정

멀니선 전보ㅅ대는
쇠맹이병정
하로종일 긔척하고
느럿서지요

—《중외일보》, 1930. 3. 17.

| 웅변 원고 |

규칙적 생활

우리는 해마다 이 여름방학을 맞습니다. 그러나 어떻게 해야 이 여름방학을 가장 유익하게 이용할 수가 있을까? 이것은 대단히 쉬운 듯 하면서도 극히 어려운 문제입니다.

그러나 나는 이렇게 생각하였습니다. 여름방학은 제일 지리하고 더워서 모-든 것의 실증이 나는 때임으로 방학이 되면 대개는 피서를 하야 시원하게 보내는 것이 중요한 일거리가 되어 버립니다. 그러나 한 달이나 넘는 짧지 않은 시일을 오직 시원한 것으로만 목적을 삼는다는 것은 아무리 너그럽게 생각하여도 우리 조선의 사정으로 보아 너무 섭섭한 일이겠습니다.

그럼으로 나는 이 아래 몇 가지를 여러분께도 권고히고 또 저기부터도 그대로 실행하려 합니다.

먼저 아침에는 꼭 일찍이 일어나서 세수를 한 후에 소년단의 조기 운동회에 가겠습니다. 운동을 마치고 집에 돌아오면 조금 쉬인 후에 반드시 독서를 하다가 아침을 먹고 약 한 시간 후에 운동장에 가서 『테니스』를 하던지 혹은 냇

가에 가서 고기를 잡겠습니다. 점심을 먹고 오후에도 이같이 하되 혹은 산에
도 오르며 냇가에 가 목욕도 하겠습니다. 저녁을 먹으면 제일 먼저 밖으로 나
가서 시원한 바람을 쏘이며 동무들과 함께 모여서 재미있는 이야기와 또 음악
을 하겠습니다. 이외에도 여름방학 동안에 특별히 일기를 쓸 것은 물론 또한
감상문을 많이 지어서 선생님께 보이려 합니다. 또 경치 좋은 먼 곳으로 원족
은 꼭 가겠으며 또 언제든지 틈 있는 대로 어린 동무들을 모아놓고 유익한 이
야기와 필요한 지식을 가르켜 주어서 그들에게 조금이라도 유익함이 있도록
힘써 보려 합니다. ─(박수)─"

─『어린이』, 1929. 7·8.

개미 한 마리

우리집어린아이 먹다흘린
조고마한 과자부스럭이

그보다도 더적은 개미한마리
영치기 영차 물고간다

쓸을다 힘에부처 재주를넘고
쎄밀다 곤두박질 미테들어도

다시 일어나선 쉬지도 안코
영치기 영차 물고서간다

적은몸 팔과다리 힘이들어도
처음에작정한뜻 변함이 업서

바등바등 애쓰며 밀고가며
영치기 영차 물고서 간다

—《동아일보》, 1930. 2. 24.

五月이 낳은 아기

五月이 낳은아기
五月이 낳은 아기
고운 해볏은버드나무 잎새에서 자라납니다.
그 많은 눈동자를 반작이면서버드나무 잎새에서 자라납니다―.
五月이 낳은 아기 고운 바람은익어가는 보리밭에 춤을 춥니다.
바다의 물결처럼 넘실거리며익어가는 보리밭에 춤을 춥니다―.
五月이 낳은 아기
어린 송아지푸른 잔디 침상에서 잠을 잡니다.
즐겁고 아름다운 꿈을 꾸면서푸른 잔디 침상에서 잠을 잡니다―.
五月이 낳은 아기
우리 아기는엄마의 품안에서 기뻐합니다
복스러운 두볼가득 웃음띄우고엄마의 품안에서 기뻐합니다.
―愛女 喜多에게 주는 노래

―『동광』 제35호, 1932. 7.

| 동화 |

새끼 잃은 검둥이

영길의 집에서는 한달 전에 검둥이가 새끼를 낳습니다.

그런데 두 마리는 어미 개를 닮은 검둥이요, 한 마리는 얼룩이였습니다.

영길은 기뻐하야 날마다 이 강아지들을 안아주기도 하였고 그 보드라운 몸을 쓰다듬어 주기도 하였습니다.

어떠한 때에는 어미 검둥이에게 물릴 뻔한 일도 있었습니다. 그것은 어미 검둥이 생각에는 영길이가 제 새끼를 빼앗아 가지나 아니할까 염려하여 이빨을 내놓고 응기린 것입니다.

어버이 검둥이가 이렇게 사랑하던 새끼 검둥이들은 난지 한달 되는 날에 다른 곳으로 어미 모르게 가져가 버렸습니다. 한 마리는 영길의 사촌 집에서 가져가고, 또 한 마리는 영길의 이웃집에서 키우려고 얻어 갔습니다. 남은 것은 다만 얼룩이 하나였습니다.

영길은 대단 섭섭하였습니다. 그리하야 하루는 어머니께 물었습니다.

『강아지를 왜 우리 집에서 다 키우지 않습니까?』

어머니는 웃으면서 대답하였습니다.

『그것을 세 마리나 다 키워 무엇하니?』

영길은 그 대답이 더욱 섭섭하였습니다.

그리하야 『그러면 영애 누님 집에는 개기 다섯 마리나 되던데요.』라고 말하였습니다.

영애 누이의 집에 가게 되면 여러 개들이 악착스럽게 짖고 덤벼든 일을 생각하였습니다.

어머니는 영길의 말을 듣고 힘없이 대답하였습니다.

『영애의 집은 부자이니까 개를 여러 마리라도 키울 수 있지마는 우리 집은 어떻게 그리 할 수 있니?』

영길은 대단히 슬펐습니다.

그리하야 『어머니. 그러면 내 밥을 조금씩 덜어서 주고라도 강아지를 키웁시다.』하고 청하였습니다.

그러나 어머니는 그 말을 우스운 말로 돌리고 그대로 아무 말도 안 하였습니다.

영길은 어미를 떨어진 강아지들이 어떻게 슬플까 그것을 생각하고는 밥도 잘 먹지 못하고 잠도 잘 이루지 못하였습니다. 그리고 지금의 어미 검둥이를 일년 전에 자기 집으로 가져 왔을 때의 일을 생각하였습니다. 오늘의 어미 검둥이도 그때에는 새끼 검둥이었습니다. 집으로 갖다 논 사오일 동안은 저녁에는 조금도 잠을 자지 않고 어미를 찾으며 끙끙거렸습니다.

이것을 생각하매 지금의 새끼 검둥이 둘이 어데서 끙끙거리며 애를 태우는 것이 눈에 뵈이는 듯하였습니다.

그리하야 영길은 다시 어머니에게 『어미 검둥이가 작년에 끙끙대는 것처럼 새끼 검둥이도 지금 다른 곳에서 끙끙거리겠지요?』라고 물었습니다.

어머니는 『그런 것을 생각하면 무엇하니?』라고 예사로 여기는 듯이 대답하였습니다.

영길은 『자기의 집도 영애 집처럼 부자이었으면 검둥이가 그대로 있을 수 있을 것을…….』이라고 생각하였습니다.

그러나 며칠 뒤에 다만 한 마리 남았던 얼룩이조차 다른 일가 집에서 가져가 버렸습니다.

영길은 새끼를 다 잃어버린 검둥이를 볼 때마다 가엾은 생각을 하였습니다.

—『어린이』, 1925. 3.

보고 생각하는 데서

일년 중에 사람으로 하여금 생각을 제일 많이 일으키는 철이 가을철입니다. 신량입교허 정화초가친(新凉入郊墟火硝可親)이란 예로부터 내려온 문구도 필경은 사람의 샘솟듯 하는 생각을 잘 이용하고 즐기자는 것인 듯 합니다. 조용한 밤에 서리찬 하늘의 교교한 달을 바라보는 것도 가을의 기쁨의 하나이오 백곡이 익은 넓은 들에서 배부른 생각을 하는 것도 역시 가을을 즐겨함의 하나일 것입니다. 그러나 모두가 보는 그것뿐이 위안이 아니오, 기쁨이 아니라 그것을 보고 생각하는 데에 맛이 있고 흥이 있는 것입니다. 그럼으로 가을을 투철히 즐기는 법은 무슨 일이든지 보고 생각하는 데에 있을 줄 압니다.

—『어린이』, 1928. 9.

백모님과 싸우고

몇 살 때의 일이엇는지 잘 기억할 수는 업스나, 겨우 달음질을 해도 거꾸러지지 않을 만한 때이엇스니, 아마 네 살이나 나섯 살 되엇슬 때의 일인 듯합니다. 막 배운 거름으로 온갖 위험한 짓을 함부로 하는 까닭에, 어머니에게 매양 꾸지람을 어더 들엇습니다.

안에서 사랑으로 나아가려면 넓은 마당도 잇섯지만, 어찌함인지 처마 밋 돌로 싸올린 토대로 살금살금 줄 타듯이 것게 되엇습니다. 아마 평탄한 마당으로 걸어가는 것보다, 위태한 노픈 길로 거러가는 것이 자기의 재주를 보이는 것이라는 공명심으로 그리한 것이겟습니다.

나는 한참 줄타는 사람처럼 조심스럽게 발을 내노코 거러 들어 올 때에, 집에서 기르는 개 힌둥이가 나의 길을 뺏으려는 듯이 내 겻흐로 바짝 대 서자, 나는 개에게 밀리어 토방 밋 부엌 아궁이로 떠러젓습니다. 시골 부엌이란 서울과 크게 달라서 넓고도 높습니다. 나는 부엌으로 떨어지며 정신업시 재로 탈을 쓰고, 울며불며 야단을 치며 어머니를 차젓든 것입니다. 어머니는 대경실색하야 내가 우는 곳으로 달음질해 오셧습니다. 물론 힌둥이가 악의가 잇서서 그런 것이 아니오, 나를 반기는 나머지 그리한 것이엇겟지만, 어머니는 재로 탈을 쓰고, 울고 업드러진 내가 넘우나 가엽던지 『망한 년의 개도 잇다.』하고, 개를 나무랏습니다.

그 때에 우리 집에서는 백모가 잡안 권리를 가지고 잇섯습니다. 말하자면, 우리는 백모의 집에부터 산 것이엇습니다.

『망한 년의 개』라는 말에 백모가 대노하야 너머진 조카는 상관할 것 업시, 『그래. 그게 뉘 갠줄 알고 그런 욕을 한담!』하고, 어머니와 말다툼이 시작되엇습니다.

지금에 그때의 내 심리가 어떠하엿든 것인지 자세하게 기억햇다고 할 수 업스나, 어찌하엿든 속일지라도 슬픈 생각이 난 것은 사실입니다. 지금도 눈아페 여실히 나타나 보히는 것은 우리 어머니가 나의 얼굴의 재를 물로 씻기면서 흘리시던 눈물입니다.

그후 얼마 뒤에 필경 우리집 가족끼리 따로 나서 살게 되엇습니다. 그 뒤에 들은즉, 큰 원인이 개가 나를 부엌으로 미러트려 너흔 것이 따로 나게 된 원인이엇다 합니다.

—『어린이』, 1928. 5.

저녁 산보

　나는 사철 중에 여름을 제일 실허합니다. 그래서 무엇에다가 재미를 붓처볼가 해마다 생각하는 일이지만은, 별로히 재미붓칠 것을 발견지 못하엿습니다. 만일 이것이라도 재미잇는 일이라면—저녁에 서늘한 바람을 쏘이고, 산보하는 일이 되겟습니다. 여름 저녁의 산보란 형용할 수 업는 취미가 잇습니다. 온종일 땀에 저즌 몸을 깨끗이 씻고, 가벼운 옷을 걸치고, 단장을 이끌고, 친한 친구와 어깨를 맛추어 밝은 등불이 깜박어리는 거리로, 또는 사람의 자취가 고요한 공원이나 산 가튼 곳을 거닐 때는, 그날의 더위를 아주 이저바리고 맙니다.

―『어린이』, 1929. 7.

| 평론 |

童話에 나타난 朝鮮 情調

　아모리 民族과 鄕土를 超越한 人類的이오, 世界的인 思想의 主潮라 할지라도, 思想의 土臺를 일운 그 情緖이 흘르는, 惑은 民族的이나 人種的으로, 惑은 地理的으로 色彩와 濃淡을 다르게 하는 것은 더 말할 것도 업습니다.

　따라서 그 情緖의 表現인 藝術의 核心 思想이 다 달을 것도 넉넉히 알 수 잇습니다. 그럼으로 南歐 明媚한 地方의 라틴 民族의 文學과 北洋의 찬바람이 자조 불어드는 北歐文學은 惑은 柔軟하고, 惑은 剛直하며, 惑은 明快하고, 惑

은 陰鬱하야 各各 民族과 地理의 特色을 가지게 되는 것은 思想 自體가 그 地方에 土臺한 人類의 精神的 所産의 表現인 以上에는 엇지 할 수 업는 事實일 것이외다.

그럼으로 佛文學에는 佛蘭西의 特色이 잇고, 露西亞文學에는 露西亞의 特徵이 잇습니다. 이러케 보아 오면 生活 樣式과 言語 文字가 特殊한 우리 朝鮮에도 特殊한 情緒의 內容을 가진 朝鮮文學이 잇서야 할 것이외다. 그러나 今日의 朝鮮 現狀으로 말하면, 遺憾이지마는 朝鮮에 朝鮮文學이 잇느냐 업느냐 하는 것은 問題가 되겟습니다. 勿論 朝鮮文學이라 하여서 世界文學史 가운데에 大書特筆할만한 아모 것도 업는 것은 事實입니다.

그러나 나는 다만 하나의 旣存하엿든 思想! 現在에도 吾人의 心的 生活의 基調가 된 情緒의 特徵이 무엇인가는 充分히 觀察할 수 잇다고 생각합니다. 이것은 오날 形便으로 하면 아즉은 組織的으로 硏究되지 못하야 文學史로서 엇더한 體系를 이루지 못한 것은 勿論 遺憾이나, 이것이 早晩間 엇더한 形式으로던지 朝鮮文學의 特色이 엇더하엿다는 것을 闡明하는 同時에, 將來의 엇더한 方面으로 進展할 것을 暗示하는 날이 반다시 잇슬 줄 밋습니다.

原始 文學의 淵源이 神話나 童話에 잇섯다는 것은 勿論 누구든지 아는 바입니다. 이러한 意味에서 이와 갓흔 文學의 淵源인 童話나 神話를 通하야 우리 民族의 情緒가 엇더하엿든 것과 現在의 思想 主潮가 如何한 것을 아울너 考察하고 보면, 매우 滋味스럽고도 首肯할만한 것을 만히 發見할 수 잇다고 생각합니다. 이러한 童話는 在來로 固有한 것과 創作인 것을 勿論하고, 그 民族의 所産으로 民族的 情緒의 特徵이 그 가운데 숨어 잇슬 것은 말할 것도 업습니다. 그럼으로 近代文學에 그 民族의 固有한 情緒가 잇는 것과 마찬가지로 그의 淵源인 古代 童話에도 반다시 나타나 뵈일 것입니다.

그러면 朝鮮의 童話에 엇더한 情緒의 特色이 잇느냐 하면, 그것은 童話 種類의 如何한 것을 勿論하고 모다 哀傷的인 것이 그 特色이라고 할 수 잇습니다. 쏘 하나의 特色을 우리의 自來의 生活이 만흔 境遇에 消極的이엇고, 被壓

迫的이엇고, 隱遁的이엇다는 것을 發見할 수 잇는 것입니다.

우리나라 땅에 발을 듸러 놀 쌔에 第一 먼저 늣기는 것은 孤寂과 隱哀라 하는 것은 國外에 放浪하야 異國의 情調와 風物에 오래동안 慣熟한 사람들이 故國에 들어올 쌔에 依例히 歎息하는 말 가운데 하나입니다. 우리가 엇더한 心的 過程으로 그러케 孤獨과 哀傷을 늣기게 되는 것은 이것이 엇더한 先入見이나 槪念的으로만 그러타고 解釋할 수 업는 것입니다. 이것은 어느 程度까지 突然的으로 가삼에 달나 붓든 것인 孤獨과 哀傷은 具體的으로 볼 수 잇스며, 實際로 經驗할 수 잇습니다. 더욱이 近日과 가티 政治的으로는 去勢를 當하고, 經濟的으로느 破産에 處한 半島人에 무슨 活氣가 엇서 뵈이겟습니가마는, 이것은 다만 近日의 現狀뿐이 아니라 昔日에도 孤獨과 哀傷의 雰圍氣는 如前히 열븐 안개처름 半島를 덥고 잇섯스리라고 생각합니다. 이것은 무슨 宿命論的 見地에서만 말하는 것이 아니라, 半島의 氣分을 體驗한 實感에서 나오는 虛僞업는 告白이라고 생각합니다.

한편으로 보면 다른 사람은 이러케도 말할 수 잇습니다. "放浪이나 旅行하는 사람의 情緒는 어느 쌔에든지 感傷的이 되기 쉽다. 그럼으로 다른 사람이 例事로 역이는 것에도 그 센티멘탈한 氣分이 動作하야 반다시 哀傷을 늣기게 하는 것이다. 그럼으로 半島 안에 孤獨이나 哀傷의 氣分이 實際로 잇는 것이 아니라, 이것은 늣기는 사람의 一種 感傷的 情緖이오, 主觀이다. 그러한 哀傷이 客觀的으로 存在할 리는 업다. 마음 먹는 데에 잇다."고 할 것이다.

그러나 이것은 哀傷이 客觀的으로 存在치 안코, 이것을 그러케 늣기는 그 사람의 主觀이라 하든지, 半島 江山에 先天的으로 孤獨과 哀傷의 雰圍氣가 잇서 이것을 보는 사람이 그러하게 늣기게 되는 것이리 하든기, 아모러케 말하여도 相關이 업습니다. 그것은 그와 가티 哀傷을 늣길 것이 업는 데에도, 반다시 哀傷을 늣기게 된 主觀을 가지게 된 것은 그러케 偶然한 일이라 볼 수 업는 까닭이외다.

—(1)《조선일보》, 1924. 10. 13.

以上에 말한 바가티 우리나라 童話는 詠嘆的인 哀傷이 基調를 일우엇다 함도 童話를 組織的으로 文學의 價値를 附與하야, 이것을 具體的으로 硏究한 結果로 云云한 것은 勿論 아닙니다. 다만 自身의 幼稚期에 童話에서 이른바 感激이나, 쏘는 其他의 氣分을 長成한 今日에 여러 가지 稀微한 記憶 中에서 불러일으킬 쌔에 비로소 어든 바 經驗입니다. 童話 自體도 아즉 組織的으로 그 系統을 硏究된 바이 업슴으로 우리가 幼稚 쌔에 할머니이나 이웃집 老婆의 무릅 우에서 얼골을 치어다보며 듯던 모든 童話가 반다시 우리 民族的 所産인지, 惑은 外國이나 他民族에게서 傳來한 것인지는 알 수 업스나, 어 든 이것이 우리 民族이 先祖쌔부터 입에서 입으로 傳하여 온 以上에는 그 系統 如何는 明白히 할 수 업다고 하드래도, 그것이 우리 民族化한 것이라고 볼 수는 잇습니다.

이와 가튼 比較 硏究는 大端히 興味잇는 問題이나, 이것은 後日을 期합니다. 그러나 우리 朝鮮 由來의 文學이란 것이 漢文學의 分家인 感이 不無한 點으로 보아서는 童話 亦 漢文學 思想의 影響이 크게 잇스리라고 할 수 잇스나, 나는 생각컨대 우리 民族間에 傳來하는 童話가 今日에 이르러 組織的이나 系統的으로 硏究하기 어렵도록 典籍이 乏한 그것만큼 그 가운데에는 民族味가 잇는 民族的 創造라고 아니할 수 업습니다.

그럼으로 이와 가티 말함이 엇더한 獨斷에서 나옴인지 알 수 업스나, 우리 民族間에 傳來하는 童話의 內容 情緖는 漢文學의 影響이라 함보다는, 차라리 佛敎思想이 그 基調가 되엇다고 볼 수 잇스며, 그것보다도 民族的 固有한 情操가 그 가운데에 더욱 活躍한 것이라고 생각할 수 잇습니다. 엇지하야 이와 가티 哀傷이 固有 情緖化하게 된 因果關係는 더 말할 것도 업시 原因이 結果가 되고, 結果가 다시 原因을 지어 輪環連鎖의 關係를 만들은 것이라고 볼 수 밧게 업습니다. 그럼으로 우리들이 童話 그것으로 말미암아 幼稚時에 이른바 感銘이 잇다 하면, 그것은 다시 말할 것 업시 哀傷的 氣分이라 할 것입니다.

그런데 이것을 具體的으로 좀 생각하랴 합니다. 우리나라에 傳來하는 童話

에 『해와 달』이란 것이 잇습니다. 이 童話의 內容을 間斷히 말하면,

　엇더한 山中에 늙은 寡婦가 男女 세 자식을 두엇는대, 살기가 대단 가난하
야, 하로는 뫼 넘어 洞里 富者집에 가서 방아를 찌어주고, 먹을 것을 어더 가
지고 오다가 山中에서 猛虎를 만나 여러 가지로 哀乞하다가, 結局은 그 호랑
이의 밥이 되고, 집에서 母親의 도라옴을 苦待하든 어린 아이들도, ㄱ 어머니
로 둔갑하여 가지고 온 호랑이에게 禍를 當하게 되엇는대, 그 中에 男妹 두 사
람이 이 患을 避하야 집 뒤안 우물 겻헤 잇는 나무 우에 올라갓섯다. 그러나
結局은 호랑이가 그 나무로 올라오게 되야 運命이 瞬間에 逼到하엿슬 째에 두
사람이 하누님께 祈禱하야 동아줄을 타고 하날에 올라가서 한 사람은 해가 되
고, 한 사람은 달이 되엇다 한다.
　이 童話의 內容을 생각할 째에 外面에 나타난 그것으로만 보면 참으로 詩的
이오, 空想的입니다. 그럼으로 엇더한 意味에서는 童話로서 純化된 것이라고
생각할 수 잇습니다. 이러한 反面에 그 內容은 어느 곳을 勿論하고 慈哀가 가
득합니다. 그쑨 아니라 消極的이오, 退嬰的입니다. 벌서 貧困한 寡婦가 富者
長者집에로 밥을 빌러 갓다는 것이 알 수 업는 厭惡를 늣기게 됩니다. 그리고
오는 길에 虎患을 當하엿다는 것이며, 쏘 집에서 어머니가 밥 어더오기를 침
을 생켜가며 기다리다가 自己 母親으로 둔갑하여 온 바 호랑이를 여러 번 疑
心하다가 畢竟 어버이를 밋는 어린이의 純情으로 그 猛虎를 마저들여 어엽분
어린 동생을 그 虎食을 만들고, 結局은 男妹 단둘이 逃亡하야 우물가의 낡 우
에 올라갓다가 一刻一刻으로 危險하여 오는 瞬間에 하누님께 동아줄을 내려
달라고 祈願하야 하날로 올라가서 해가 되고 달이 뇌야 男妹 두 사람이 恒常
만날 수 업시 밤낫으로 이 世上을 비쵀어준다는 것을, 그것을 部分部分으로
생각하드래도 이것은 어느 곳, 어느 마듸에 哀傷이 아니 나타난 데가 업습니
다. 哀傷으로 비롯하야 哀傷으로 씃츨 박엇습니다.
　이 童話에 넘치는 情緖의 基調는 徹頭徹尾로 哀傷이오, 退嬰的이오, 消極的

이오, 詠嘆的이오, 被壓迫的입니다. 勿論 이 가운데에 호랑이가 나무 우에 숨은 어린이의 그림자를 우물 가운데에서 發見하고, 『함박으로 건지자! 조리로 건지자!』하고 코노래 부르는 것은 이 童話 中의 唯一한 諧謔이라 할 수 잇스나, 이것을 보고 아이가 나무 우에서 生母의 安危가 目前에 逼迫한 그째에도 희희 우섯다는 것은 어린이의 單純한 感情을 表한 것이라 無邪氣한 그 純眞을 도리혀 사랑스럽다고 생각할 수 잇스나, 이것은 차라리 그 純眞이란 것보다도 우리 民族의 大陸的 悠長한 氣分을 表徵한 것이라 볼 수 잇습니다. 現代의 아모리 神經이 날카워질대로 날카워진 兒童이라도 자긔의 生命이 危險한 그째에 일부러 나무에로 逃亡해 와 잇스면서, 호랑이 하는 짓이 좀 우습다고 희희 우스리라고는 생각할 수 업습니다. 이것은 哀이라는 것보다도 朝鮮의 固有한 諧謔이나 悠長한 것을 遺憾업시 發揮한 것으로 볼 수 잇습니다. 낫븐 意味로 解釋하면 우리 民族的인 鈍感을 表하엿다 할 수 잇고, 好意로 解釋하면 그 悠長하고, 純眞하고 詩人的 風味를 他人의 追從을 不許할만치 뵈인 것이라고도 할 수 잇습니다.

全體로 보면 哀傷的인 것은 以上에 말한 것과 마찬가지라고 합니다. 이 童話만 限하야 그러함이 아니라, 「콩죠시 팟죠시」나, 「호랑이의 恩惠갑기」나, 其他 모든 固有한 童話의 內容을 分析하여 보면 亦是 同一한 哀傷的 氣分이 流露됩니다. 이와 가튼 童話를 이약이할 째에 말하는 사람은 목 메인 나오고, 듯는 사람은 눈물을 흘리고 한숨이 나오게 될 것입니다.

－(2)《조선일보》, 1924. 10. 20.

| 동화 |

순희와 종달새

어느 따뜻한 봄날ㅡ.

무덤 앞에 곱게 피어난 할미꽃은 부끄러운 듯이 고개를 숙이고 먼 산에 아지랑이가 아물아물 춤추는 날이었습니다.

순희가 밭 두둑에 혼자 앉아서 나물을 뜯고 있을 때 어디서인지

『순희씨! 순희씨!』

하고 부르는 가느다란 말소리가 들렸습니다.

순희는 나물을 뜯다 말고 벌떡 일어서서 사방을 휘휘 둘러보았으나 사람이라고는 보이지 않았습니다.

『누가 나를 불렀을까!』

하고 순희는 더욱 이상히 생각하면서 두어 번 고개를 갸웃거리다가 다시 나물을 뜯기 시작하였습니다.

그러니까 조금 있더니 아까 보다는 조금 크게

『순희씨! 순희씨! 나 좀 보세요.』

하는 소리가 또다시 들렸습니다.

그러나 여전히 사람은 보이지 않고 다만 눈에 얼른 띄이는 것은 조고만 새 한 마리뿐이었습니다.

『혹시 저것이 나를 부르지 않았을까』

하고, 순희는 그 조그만 새의 곁으로 가서

『네가 나를 불렀니?』

하고 물었습니다.

그러니까 조고만 새는

『네. 내가 불렀습니다.』

하고 분명히 대답하였습니다.

순희는 너무도 이상해서 생글생글 웃으면서 또다시 물었습니다.

『정말 네가 불렀어… 무얼 하려고?』

『네! 다름 아니라 내 몸에 감긴 그물을 좀 끌러 줍시사고요….』

과연 그 조고만 새의 몸뚱이에는 무서운 그물이 친친 얽히어 있었습니다.

이것을 본 순희는

『에그머니 불쌍해라. 어쩌면 저렇게 조고만 새 몸둥이에 저런 그물이 걸려 있을까.』

하고 얼른 달겨들어서 그 그물을 낱낱이 풀어주었습니다.

그물 속에서 간신히 살아나온 고 조고만 새는 햇죽햇죽 웃으면서

『순희씨! 죽게 된 이 몸을 이렇게 살려주시니 참말 감사합니다. 나는 종달이라고 하는 샙니다.』

『옳지 옳지… 그러면 요 일전에 공중에서 노래를 하든 새가 바로 너였구나? 난 무슨 새가 그렇게 노래를 잘 부르나 하고 퍽 궁금해 했지.』

『아이구 순희씨두… 아니 이때까지 종달새를 몰랐어요?』

『그래 나는 참말 몰랐단다.』

『호호호… 우습기도 해라.』

이렇게 한참 이야기를 하다가 갑자기 순희의 몸에도 마치 새 모양으로 날개가 돋혀지며 종달새와 함께 넓으나 넓은 하늘로 날아올라갔습니다.

『종잘 종잘종지루리… 종잘종잘 종지루리….』

이렇게 노래를 부르면서 하늘 위를 빙 떠돌아다니었습니다.

◆

저녁때였습니다.

그렇게 기쁘던 순희의 마음은 갑자기 변해서 종달새와 같이 노래 부르는 것이 싫어지고 그 대신 어머니 아버지가 한없이 그리워졌습니다.

『종달새야. 나는 고만 놀고 인제 저 땅으로 나려갈 테다.』

『에그 그게 무슨 말이요. 그게 무슨 말이요. 이렇게 좋은 세상을 버리고 어디를 간다고 그리우….』

『우리 집을 찾아간다니까. 어머니 아버지를 만나려….』

『순희씨! 내 말 좀 들어보세요. 힘 세인 어른들이 당신네 어린이를 내리누르고 꾀 많은 사람이 무식한 사람을 제 마음대로 속여나 먹는 저 인간 세상이 그렇게도 가고 싶어요. 순희씨! 언제든지 자유로우며 영원히 평화스러운 이 세상에서 나하고 같이 살아요. 네?』

『그러나 종달새야. 저— 세상에는 나를 길러주시고 나를 사랑해 주시는 어머니 아버지가 계시니까 나는 가야 한다.』

『순희씨! 순희씨! 그러나….』

종달새가 무슨 말을 또 하려 했으나, 순희는 못 들은 척하고 그냥 후두두 날아서 어머니 방으로 살풋이 나려 앉았습니다.

아! 그러나 그것은 모두 한 꿈이었습니다.

순희가 낮잠을 자다가 꾼 허무한 꿈이었습니다.

—『어린이』, 1929. 5.

| 수필 |

어릴 때 본 눈

보통학교에 처음으로 들어가던 해 겨울입니다.

교실에서 선생님께 글을 배우고 있노라니까 밖에서는 허―연 눈이 펑펑 쏟아져 내렸습니다.

눈송이가 어찌나 굵고 탐스럽든지 마치 흰 목화송이가 공중에서 쏟아지는 거 같았습니다.

캄캄한 공중에서 천갠지 백천갠지 모르게 많은 눈송이가 뱅뱅도리를 치며 내려 쌓이는 것이 어떻게나 보기가 좋던지.

교실 안에서는 화덕불이 활활 타며 훈훈한데 밖에서 눈이 오는 것이 퍽은 재미스러웠습니다.

오래지 아니 하여서 마당으로 언덕으로 지붕으로 모다 하―얀 눈이 가조롱히 덮였습니다.

나는 눈구경에 정신이 팔려서 선생님이 하시는 말씀을 하나도 알아듣지 못하였습니다.

내가 한눈을 파는 것을 선생님이 보시고 처음 두번은 좋게 나무라시더니 세 번째는 아주 무섭게 역정을 내셨습니다.

나는 선생님의 꾸지람이 무섭기도 하였지만 또 재미도 있었습니다.

역정난 선생님 얼굴, 활활 타는 화덕불, 펑펑 내리는 눈―아주 재미가 있었습니다.

―『어린이』, 1929. 12.

원고·빙수

이정호 선생님이 옆에 앉아서 원고를 써 달라고 어떻게 몹시 조르는지 견딜 수가 없습니다. 그러나 나는 글도 재미있게 쓸 줄을 모르거니와 더구나 여러분 어린이가 읽어서 재미있을 글은 통히 쓸 줄을 모릅니다.

그래도 이 선생님은 남의 넙적다리를 꼭꼭 꼬집으면서 조릅니다 그려! 이런 딱한 일이 있습니까?

그래 할 수 없이 꾀를 하나 생각했지요. 생각해 가지고는

『여보 이 선생! 내가 지금 원고를 쓰기는 쓸텐데 더워서 못 쓰겠으니 빙수를 한턱 하시오. 그러면 빙수를 먹어가면서 원고를 쓰리다』해 보았습니다.

그랬더니 이 선생님이 싫다고도 안하고 얼핏 급사를 시켜 빙수를 사러 보내겠지요! 이거 야단나지 아니 했습니까? 조금 있다가 빨간 딸기물과 노ㅡ란 빠나나 물을 곱게 친 시원한 빙수가 들어오겠지요. 보기만 해도 시원해요.

그래 나중 일은 어떻게 되었던지 덮어놓고 먹었지요. 참 시원하고 좋아요.

쓱 먹고 나서

『이 선생! 대단 고맙습니다. 그러나 원고는 생각이 아니 나서 그래도 못 쓰겠오……자ㅡ, 배를 따고 얼음을 도로 꺼내 가시오』했더니 하하, 이 선생님! 하도 기가 막혀서 머ㅡㅇ 하고 바라다보기만 합니다.

여러분도 사진으로 이 선생님의 얼굴을 보셨겠지만 그때의 머ㅡㅇ 하고 있는 이 선생님의 얼굴이 어땠을는지 생각해 보십시오.

ㅡ『어린이』, 1930. 7.

추석날에 세배

전라도에서는 추석날 산소에 성묘를 갑니다(딴 곳에서도 많이 그러지만)

성묘뿐이 아니라 일년 중에 제일 즐거운 명절입니다.

지금은 사람들이 모두 가난하여지고 어려운 세태에 근심 겨워 명절들도 명절답지 않게 쇠이지 못하지만 내가 나이 어린 20여년 전만 해도 명절—더욱이 8월 한가윗날은 참 즐겁고 좋았습니다.

그도 그럴 것이 논에 벼가 익고 밭에 콩팥이 누르렇고 산에 밤 대추가 익어 그것을 가지고 근심 없이 시비 없이 졸리는 것 없이 마음을 턱 놓고 소 잡고 도야지 잡고 술 비지고 그리하여 마음대로 제사지내고 먹고 놀고…… 오죽이나 즐겁고 좋았겠습니까

그러하였든 만큼 지금은 추석을 당하면 몹시도 그전 일이 그리워집니다.

내가 여기서 이야기하려는 것은 이 즐거운 추석날 단단히 망신을 하고 무렴해서 성묘도 가지 못하든 우스운 이야깁니다.

일곱 살이 아니면 여덟 살이었을 것입니다. 그때만 해도 집안이 구차하지 아니하였겠다. 게다가 오형제 중의 막내아들이니 응석받이요 귀염둥인지라 가뜩이나 명절을 당하니 온통 내 천지인 듯 하였습니다.

아침에 일직 일어나서 밥을 먹고는 옷을 갈아입었습니다. 굉장하게 호사를 했지요

그 호사가 지금 보면 활동사진의 야만사람들의 호사인 듯 싶게 혼란스럽지만 그때에야 단연 씨—크·뽀—이지요

그리고는 둘째 언니든지 셋째 언니든지를 보고 어서 세배를 가자고 졸랐습니다. 내 딴에는 그게 정월 초하룻날이거니 여겨 의심치 아니한 셈이지요

그랬더니 언니가 싱글싱글 웃으면서 너 먼저 이웃집 할아버지한테 가서 세

배를 하고 오라고 하였습니다.

　그래 같이 가지 아니하는 것이 좀 이상은 하나 그것을 깊이 케일 생각이 없이 이웃집으로 가서 마침 밥상을 바든 영감님께 절을 넘픗이 했습니다.

　『오!…… 그런데 이놈 오늘 아침에 웬일 이가!』

　이렇게 그 영감님이 물었습니다. 나는 서슴지 아니하고

　『세배 왔어요』라는 대답을 하였습니다.

　그랬더니 그만 그 방안이 웃음통이 터져 버립니다

　나는 무슨 영문인지 몰라 어리벙 하고 앉았는데 실컷 웃고 난 그 영감님이

　『이놈아 오늘이 성묘가는 날이지 세배하는 날이냐?』하겠지요!

　나는 무렴해서 그만 왕-하고 울었습니다 울면서 그 집 머슴에게 업혀서 집으로 오니까 집안에서도 웃음 천지지요

　어떻게도 무렴하고 또 언니에게 속은 것이 분하든지 트집을 쓰느라고 정작 성묘는 따라가지 못했습니다.

—『어린이』, 1932. 9.

| 김완동 |

1940년 함경북도 성진 에리볼틴학교 교장 시절

동시선집 『반딧불』과 김완동 시인

▲ 每日中報社 앞에서(맨 뒷줄 오른쪽에서 두 번째)
▶ 이익상 소설가

최승렬 시인과 동시집 『무지개』와 소년시집 『푸른 눈동자에 그린
그림』

교창소년회 어린이날

찾아보기